KB062749

여울넘이

여울넘이

초판 1쇄인쇄 2021년 8월 3일
초판 1쇄발행 2021년 8월 5일

저 자 윤찬모
발행인 박지연
발행처 도서출판 도화
등 록 2013년 11월 19일 제2013 - 000124호
주 소 서울시 송파구 중대로34길 9-3
전 화 02) 3012 - 1030
팩 스 02) 3012 - 1031
전자우편 dohwa1030@daum.net
인 쇄 (주)현문

ISBN │ 979-11-90526-45-6 *03810
정가 15,000원

도화 道化, fool는
고정적인 질서에 대한 익살맞은 비판자,
고정화된 사고의 틀을 해체한다는 뜻입니다.

여울넘이

윤찬모 장편소설

도화

|차 례|

작가의 말

가비와 낭이 · 12

동패와 단패 · 35

골세 · 65

총호사의 고민 · 106

대사공代沙工들 · 140

낭청 정동설 · 166

세곡선단 · 195

침몰 · 221

예선군 · 251

나그막 · 275

대탄바위 · 301

여울넘이 · 335

거슬리 오르는 사람들 · 359

고쳐 쓰고 나서

※ 이 작품은 조선왕조의 〈현종실록〉과〈인선왕후산릉도감
의궤〉, 〈인선왕후국장도감수로의궤〉를 참고하였음.

시간의 화석을 그리며

우리에게 순간이라는 것이 있기나 한 것일까?

시간이 지금 이 순간 우리 곁을 스쳐 지나갔다고 하면 어딘가에는 그 시간이 아직도 바람처럼 지나가고 있거나 우리에게서 멀리 떠나가서 어딘가에 머물러 있을 만도 한데, 아직껏 지나간 시간을 보았다거나 느꼈다는 사람들의 얘기는 못 들었으니 우리식 셈법으로 따지고 있는 시간들이 모두 헛것이 아닌가 하는 의구심이 든다. 그래서 흐르는 물만도 못한 것이 시간이다.

물은 분명히 내 곁을 떠나 흘러갔더라도 세상 어딘가에 주변의 생김대로 존재하면서 다시 만날 수 있는 막연한 기대를 갖게 하지만 시간은 그렇지 못하다는 얘기다. 흐르는 물은 가두어 두고 야금야금 필요한대로 빼어 쓰기도 하니 시간이라는 것도 제 마음대로 흘러가버리게 내버려두지 말고 흐름의 길목을 막아서 모아두었다가 필요할 때 요긴하게 쓰면 이 세상이 좀 달라지지 않겠는가 하는 엉뚱한 생각을 한다.

흐르던 남한강물이 어느 날 갑자기 그 자리에서 멈추어 버렸다. 시간이 멈춘 것 같은 정지감각으로 물끄러미 강물을 바라보면서 그 속에 잠긴 날들이 우글거리며 되살아나려고 애를 쓰고 있는 모습이 보이는 것 같은 착각에 빠졌었다. 그럴 수밖에 없는 것이 수천 년을 그렇게 흘렀을 강을 뒤집어 흐르는 물을 멈추게 하였으니, 그곳에 묻어 있을 시간의 화석들은 이제 그 흔적을 기억하는 사람들이 하나 둘씩 사라져 가면서 이 땅에 영원히 묻혀버리는 과거가 될 것이기 때문이다. 남한강 강변 마을을 휘돌며 찾아보아도 빛바랜 사진 한 장 남지 않아, 그때 그때마다 눈꺼풀을 셔터처럼 껌벅거리며 보이는 장면을 찍어 머릿속에 저장해 두었던 기억들마저 하나 둘씩 사라지고 나면 어쩌나 하는 생각이 문득 들었다. 그래서 강이 모두다 흘러가버리기 전에 남아 있는 기억들을 되살려 잡아 놓아야 한다는 긴박감과 절박감으로 한 켜 한 켜 이야기를 되살려 엮었다. 그러다가 불현듯 생각나면 붓을 들고 물속에 잠긴 지난 세월을 찾아다니다가 두 해가 흘러 이제야 세상의 빛을 보게 되었으니 그동안 도움을 얻은 모든 이에게 감사할 따름이다.

물속에 잠겨 있는 바위를 다시 찾기 위해 강가에서 더듬거리고 있을 때에 '그런 건 알아내서 뭘 하려는 거요?'하면서 의아해 하던 표정이 나를 약간 덜 떨어진 사람으로 보는 듯했었다. 그러나 우리 역사를 통통 털어서 뒤져 봐도 왕실의 장례를 위하여 이백 리 강물길로 대여를 운구를 했다는 기록은 이것 밖에 없지 않은가. 그러니 찾아서 세상에 밝힐 만한 가치가 능히 있지 않은가 하는 생각에 많은 밤을 지새웠다. 그런데 험하게 흐르는 여울을 홀로 넘는다는 것이 얼마나 무모한 일인가.

동서양을 막론하고 이 땅에 존재하는 기록은 싸움에서 승리하여 권력을 잡은 왕가의 역사이지, 그 시대를 살았던 평범한 사람들의 이야기는 남아 있지 않으니 그 시대 백성들의 삶을 되살려 내서 남기는 것은 작가의 일이다. 그렇다면 내가 그것을 찾아 만들어 메우면 되지 않겠는가 하는 생각에 용기 백배 더하여 막히는 글 길을 뚫어 나갔다. 세상이 변해도 그대로 기억해야할 사람들의 이름과 지명, 그때에 몇몇 도구들은 그대로 썼고, 작가가 감히 산을 번쩍 들어 강가로 옮겨 놓기도 했고 기록에 없는 몇몇 운명을 더 만들어 내기도 했다. 그러니 읽으면서, 고개를 갸우뚱하면서 씨줄날줄을 짜맞추어 보려고 하는 사람이 있다면 소설냄새가 확 달아날까봐 염려스럽기도 하다. 감히 왕가의 역사를 건드리는 만용을 부리지 않았나 하는 생각도 든다.

하지만 '여울넘이' 이야기는 하루아침에 급조된 것도 아니고 양평 땅에 켜켜이 쌓인 남한강 이야기가 소재가 되었고 이제야 여울을 한고비 넘었다고 생각하니 마음속이 후련하고 든든하기는 하다.

여기에다 남한강에 흐르는 물이 그 주변에서 살아가는 사람들의 팔자와 운명조차 바꾸어 놓을 정도로 대단하다는 얘기는 마저 하지 못했다. 읽는 분들에게는 이야기의 전후 사정을 좀 더 선명하게 그려 놓지 못한 미안함과 아쉬움이 남는다. 그럼에도 불구하고 작가로서는 작품이 많은 사람들에게 읽히기를 바라는 것 외에 달리 뾰족한 행복감이 없을 것이다. 읽는 분들이 읽으면서 부디 눈을 떼는 지루함을 느낄 겨를이 없기를 바랄 뿐이다.

이천십사 년 구월 일일 처음 쓰고,
이천이십일 년 유월 십일 고쳐 씀.

용문산 백운봉 밑자락에서
저자 윤 찬 모

여울넘이

가비와 낭이

응달진 석산 초막으로 칠월의 뙤약볕이 서서히 찾아들고 있었다. 가비가 돌쟁이 일을 배우기 시작한지 이제 겨우 일 년이 되어 망치 잡는 손이 익숙해졌다. 석산으로 올라오는 비탈길로 빈마차가 앞서고 그 뒤에 포졸 서넛이 창을 들고 뒤따라오고 있었다.

"가비! 얼른 피해! 포졸들이 올라오는 걸 보니 자넬 잡으러 오는지도 몰라."

나이 지긋한 석수가 올라오는 포졸들을 먼저 보고 정질하던 가비에게 산으로 달아나라고 재촉했다. 가비는 그 길로 초막을 돌아 뒷산으로 뛰었다. 낭이가 갑자기 산으로 도망치는 가비를 보자 씻던 그릇을 내던지고 그 뒤를 따라서 광목치마를 펄럭이며 뛰었다. 얼마 전에 낯선 길을 물어물어 석산으로 가비를 찾아와 초막 부엌간 일을 하며 눌러앉은 낭이다. 매번 석물이 나갈 때면 반복하는 일이다.

이제 두 사람을 숨겨 주는 일은 석수들의 일상이 되었다. 그날도 어느 대갓집에 초상이 났는지 상석·촛대석·문인석·십이지석까지 한 벌을 잘 갖추어 만들어냈는데, 올라오는 마차 뒤로 여느 때와 다르게 창을 들고 따라오는 포졸이 보이자 노석수가 급히 가비에게 몸을 숨기라고 이른 것이다.

석산 중턱은 숲이 우거져 조금만 깊이 들어가도 못 찾는다. 가비는 더 높은 곳으로 치달리고 낭이는 숨 차는 가슴을 움켜쥐며 그 뒤를 쫓아 올랐다. 그만 머물러 주었으면 좋겠는데 소리를 지를 수도 없으니 낭이는 가비의 등만 보고 쫓는다. 가비는 매정하게 뒤도 안 돌아보고 포수에게 쫓기는 노루처럼 달아났다. 낭이는 저러다가 정말로 여기서 아주 도망쳐 버릴지도 모른다는 불안에 더욱더 뒤쫓기를 멈출 수가 없었다. 얼마나 많은 날을 헤매면서 겨우 여기까지 찾았는데. 이번에 또 놓치면 끝장이다. 쫓아가다 숨이 끊어지더라도 멈추지 않으리라. 예닐곱 살 아이의 발걸음이 언제 이렇게 질겼던가.

가비는 낭이에게 유일한 인연 줄이었다. 이제는 가비를 놓치면 안 된다. 어느새 가비는 산꼭대기에 오르고 낭이도 쉬지 않고 그 뒤를 따른다. 가비가 오지 말라고 손짓한다. 그럴수록 낭이는 더 급히 가쁜 숨을 몰아쉬며 쫓아 오른다. 위에 앉은 사람이 가비인줄 알았는데 산꼭대기에 올라보니 이 땅에 없던 낭이의 어미가 손짓을 하고 있다. 낭이는 미끄러지고 넘어지는 발을 끌어 올려 나무 그루터기를 짚고 한 발, 한 발 힘겹게 올라갔다.

노란 하늘에서 어미가 웃으면서 힘을 내라고 손짓한다. 어미는 둥그런 백자항아리에 그림을 그렸다. 어미가 그리는 그림은 꽃 같은 낭이의 얼굴이다. 어미의 얼굴이 백자항아리 속으로 들어간다. 낭이의 얼굴만 남는다. 낭이가 웃는다. 낭이는 자기 얼굴을 보듬어 안는다. 더욱 힘세게 안는다. 항아리 속에 들어간 어미의 얼굴이 신음한다. 푸짐한 항아리가 미끈거리며 낭이의 가슴에서 빠져나갔다. 낭이가 신음한다.

두 사람을 지켜보고 있는 맑은 하늘은 두 갈래로 찢어지려는 못된 여름날이었다. 그렇게 얼마나 시간이 흘렀을까. 가비의 손이 낭이의 이마를 흔들어 깨우고 있었다.

"낭이야. 내일은 여길 꼭 떠나라."

가비는 눈을 뜬 낭이를 내려다보며 타일렀다. 낭이는 누운 채로 응석부리듯 싫다고 도리질했다.

"머지않아 여기도 숨어 살 곳이 못 될 거다. 이 나라가 역적의 핏줄기는 기어코 찾아 끊어낼 거다."

"그 끊어질지도 모르는 핏줄을 내게 이어줘요. 내가 그 핏줄을 이을게요. 어서요. 그 핏줄을 아무도 찾을 수 없도록 내게 숨겨 놓으란 말이에요. 그러면 언젠가는 그 핏줄이 오라버니의 숨을 쉬면서 이 땅에 살고 있을 거예요."

가비는 멍하니 하늘을 바라보았다. 보잘것없는 목숨 하나가 왜 이리 힘들게 살아가는가. 그저 이 세상 한 귀퉁이에서 돌이나 깨먹으면서 목숨을 부지하고자 하는데.

가비는 손에 뽀얗게 남아 있는 돌가루를 털어내고 기대앉은 바위를 두 손으로 쓰다듬었다. 바싹 마른 쑥빛 바위 옷이 부서졌다. 수세미질 하듯 바위 옷을 긁어낸다. 낭이가 달려들어 솔잎으로 털어내니 바위는 검은 반점만 남는다. 주먹돌을 들어 바위를 긁어 나가자 선은 그림이 된다. 입을 만든다. 코를 만든다. 귀를 만들고 머리 상투를 만든다. 눈을 넣는다. 아버지가 살아났다. 쪽머리를 만든다. 웃는 입을 만든다. 어머니가 살아났다. 낭이는 선을 더욱더 진하게 긁어 나갔다. 아버지와 어머니의 얼굴은 바위에 나란히 누웠다. 가슴쯤에다 거북등을 그린다. 거북은 목을 길게 뺀다. 아버지와 어머니가 거북의 등을 탔다.

"우리 아버지와 어머닌 거북등 타고 바다로 갔을 거예요. 아버진 거북을 빚고 어머닌 거북등을 그렸어요. 거북이가 구워지는 날, 거북인 배에 매달려 헤엄쳐 강으로 갔어요. 아버지도 어머니도 거북이도 이제는 바다로 살러 갔을 거예요. 거기엔 칼 들고 아버지를 찾는 사람들이 없을 거예요. 강물이 서로 싸우다 지치면 따로 흘러가 바다에서 만나 화해한대요. 어머니가 그랬어요. 바다는 아마 이렇게 생겼을 거예요."

낭이는 어느새 바위 위에다 바다 물결을 그리고 있었다. 널찍한 바위가 그림으로 가득 찼다. 그럴 것이다. 낭이가 바라는 대로 그들의 부모들은 바다로 갔을 것이다. 높낮이 없이 평평한 바다로 갔을 것이다.

"높아지려고 해도 저 홀로 높지 못하고 낮아지려고 해도 나 홀로 낮지 못하고 서로를 의지하는 평평한 바다. 이제 우리도 그 바다로 가서 살고 싶어요."

가비가 물끄러미 그 모습을 내려다본다. 멀리 강이 보인다. 저 강물이 흘러가면 내가 살던 강가에 닿겠지.

"낭이야 나를 찾고 싶으면 강을 따라 내려가라. 내가 죽었단 얘기가 들리기 전엔 찾지 마라."

낭이가 가비를 바라보면서 실눈을 흘겼다. 가비가 손에 잡히는 대로 솟아오르는 솔 순을 꺾어 입에 물었다. 입안에서 떫다가 새콤해진다. 씹고 씹어 꺼칠한 찌꺼기를 뱉어낸다. 입안에 녹색 물이 든다. 낭이가 따라 한다. 녹색 물을 바위에 누운 어미의 입에 흘려 넣는다. 향긋한 솔내가 어미의 입에 묻는다. 어미는 삼키지 못하고 입가에 녹색 물을 줄줄 흘려 내렸다.

가비는 솔가지 뻗은 응달로 몸을 뉘었다. 자신을 따라 오르다 지쳐 쓰러진 낭이를 안아 올린 힘겨움과 초막에서 산꼭대기까지 단숨에 뛰어오른 피로가 한꺼번에 몰려 스르르 눈이 감겼다. 하늘 가까운 곳에 왔으니 이대로 하늘로 오르고 싶었다. 낭이네 부모는 거북을 타고 바다로 갔다는데.

낭이가 거북을 본 적이 있을까. 낭이 아버지가 흙으로 만들었던 거북을 보았겠지. 하늘에 가면 어디엔가 말로만 듣던 가비의 아버지도 살고 있겠지. 세상 사람들 모두 손가락질하던 아버지는 하늘 어디쯤에 숨어있을까. 둘은 눈을 감고 하늘을 보았다.

아니, 땅속에 있을까, 물속에 있을까? 몸속에 흐르는 반골의 피를 다스려야 한다. 그렇지 않으면 대대손손 피를 묻혀야 숨이 멎을 것이다. 아비가 죽고 아들이 죽었다. 그 곁가지가 숨어 살아 숨을 쉬며 움트고 있다. 그 움이 사람들의 눈에 띄면 여지없이 문질러버릴 것이다. 어찌하랴. 핏줄을 끊자. 씨 내림을 내 대에서 끊어 버리자. 낭이가 따라왔으니 이 초막생활도 이제 오래가지 못할 것이다.

가비의 속을 아는지 모르는지 낭이가 갈잎을 모아 잠든 가비의 얼굴을 부채질한다. 가비는 의지할 곳 없는 낭이에게 마지막 믿음이었다. 몸에 휘감기는 세상을 뿌리치고 달아나려는 가비는 아직 잠들지 않았다. 눈꺼풀이 떨린다. 눈을 감고 무슨 생각을 저리할까. 낭이가 조심스레 가비의 어깨를 주무른다. 돌을 메어 나르고 등짐으로 져 나르던 삼베저고리 올이 피어났다. 성긴 올 사이로 가비의 팔에서 검은 털이 삐죽삐죽 솟아났다.

충주까지 가서 배를 얻어 탄다면 물을 따라 내려가기에는 어렵지 않을 것이다. 육로로 가려면 곳곳에서 기찰을 하고, 산적 같은 도적들도 많아 아무것도 가진 것이 없는 가비에게는 목을 내놓으라고 할지도 모른다. 낭이에게 생각을 들킬까 봐 돌아눕는다.

가비는 낭이의 얼굴을 물끄러미 내려 보았다. 오누이도 아닌 것이 어려서 버릇으로 오라버니, 오라버니라고 하더니 이제는 가비의 핏줄을 제게 숨겨 놓으라고 한다. 제가 핏줄을 잇겠다고 한다. 어려서 철모르는 아이의 지껄임일까 보았더니, 이제는 그게 아니다.

"오라버니가 정말 과리장군의 숨은 아들 맞아? 오라버니를 숨겨

줘서 우리 어머니 아버지가 잡혀가셨다는데. 사람들은 내게 와서 가비를 찾으면 꼭 붙들어 오라고 했지. 내가 이렇게 잡았네. 이 가슴 속에 과리장군이 숨 쉬고 있네."

낭이의 손이 가비의 가슴을 쓸어내린다. 가비가 손을 밀쳐낸다. 낭이가 팩 토라져서 돌아눕는다.

과리장군은 모함에 몰려 내침을 당하려 한다는 낌새를 알고 선수 쳐서 난을 일으키다 삼 일 만에 도성을 내주고 쫓기는 몸으로 부하의 손에 죽임을 당한 역적이다. 가비는 과리장군의 숨은 씨라고 했다. 어미는 잡혀가서 문초를 당하다 목숨을 잃었다. 가비를 어디에 숨겼는지 대라고 문초할 때에 어미는 죽음의 문턱에서까지 꾹 다문 입을 열지 않았다고 했다. 과리장군의 씨 말리기는 어미의 죽음으로만 끝나지 않았다. 이웃에 함께 살던 낭이의 부모까지 잡혀가서 죽임을 당했다. 그러한 낭이가 석산 초막까지 가비를 찾아온 게 벌써 지난해다.

어른들에게 과리장군 얘기를 들어온 가비는 불끈 솟는 힘을 누르지 못했다. 가비는 낭이의 가슴을 등 뒤에서 싸안았다. 낭이의 다 자란 젖무덤이 손에 뭉클하게 잡힌다. 낭이가 움찔하다 이내 몸을 맡긴다. 가비의 솟는 힘은 여린 낭이의 앞가슴을 누르고 배를 눌렀다. 숨 가쁜 낭이가 가비의 등을 깍지 끼며 꼭 껴안는다. 이 순간, 이 세상에 무엇을 더 바라랴. 가비만 있으면 되는 것을. 낭이를 으스러트릴 것만 같은 힘은 가비의 가쁜 숨에서 비롯되었다. 가비의 숨소리는 바닥에 솔잎을 모두 흩날릴 것만 같이 세차게 내뿜는다.

가비를 바라는 낭이의 구원은 간절했다. 가비를 받아들이는 낭이의 뜨거움이 더욱 그랬다. 가비의 몸을 받아들인 낭이가 가볍게 신음하다 진저리친다. 언제 끊어질지도 모르는 과리장군의 아들 가비의 핏줄이 이제는 낭이의 몸으로 흐르고 있을 것이다. 그런 후에도 낭이는 가비의 등을 안아 깍지 낀 팔을 놓지 않았다. 영원히 이렇게 잠들어 있고 싶은 것이 낭이의 생각일까. 가비도 그럴까. 가비는 그대로 하늘을 보며 긴 잠에 빠져들었다.

얼마나 잤을까. 깨어보니 낭이가 곁에 없었다. 혹 먹을 것을 가지러 내려갔을지도 모른다. 가비는 솔잎을 털고 일어났다. 기회다. 가야 한다. 이대로 머물러 있다가는 또 언제 누가 들이닥칠지 모를 일이다. 산 너머로 내려다보니 멀리 강줄기가 보인다. 이 골짜기가 이 세상 어디쯤인지는 모르지만 물만 따라 내려가면 낭이가 말한 대로 강에 이르고 바다에 닿을 수 있을 것이다. 언제까지 이렇게 쫓겨 다니면서 살 것인가.

높은 곳으로 몸을 숨겨 도망 온 것이 잘못이었다. 그래 더 낮은 물로 가자. 그러면 평생 높은 곳만 쫓았다는 아비, 과리장군의 뜻처럼 살지는 않게 될 것이다. 가비는 채석장 초막이 있는 골짜기 반대편 능선 길을 잡았다. 낮이고 밤이고 걷다 보면 머무를 만한 곳이 있을 것이다.

석산에 낭이를 버려두고 산을 내려가는 가비는 이제부터 세상에 홀로였다. 가비의 곁을 끈적거리며 따라붙어 다닌 눈총은 견딜 수 없이 따가웠다. 함께 일하던 석수들마저 눈치채고 벌레 보듯 피하니 언제 관원을 만나서 토설할지 모른다.

큰일을 저지른 과리장군도 힘 때문이었다. 홀로의 힘만 믿고, 임금의 힘을 등지고 세상을 누르려 했으나 문약하다고 생각했던 자들의 뭉침은 더 강했다. 사람들은 과리장군의 힘을 더 경계했다. 가비의 힘이 범상치 않은 것을 보면 과리장군의 피만은 틀림없는데 감추려니 세상살이가 이리도 힘든 것은 팔자가 아니겠는가.

등성이에서 골에 이르자 샘이 보이기 시작한다. 가비는 털퍼덕 주저앉아서 샘 줄기가 보이는 곳에 흙을 걷어냈다. 흙물이 엉겨 흐르더니 이내 맑은 물이 고인다. 솔 순을 씹어 시큼했던 입을 가셔내고 물로 배를 채웠다. 어둑어둑해지면서 강가에 닿았다. 괴산에서 충주로 흘러드는 달천이다. 땀이 흐르는 몸을 적시려고 강물로 들어가려다 멈추었다. 물이 흘러내리는 쪽으로 길을 잡아야 한다. 낮에는 햇볕에 가려 들리지 않던 여울물 소리가 제법 거칠다. 강변으로 난 자갈밭, 모래밭, 풀밭을 번갈아 걸으면서 물을 따라 부지런히 걸었다. 밤새도록 걸으려면 해가 지기 전에 빌어먹든지 훔쳐 먹든지 요기를 해야 한다. 먹을 것을 구하려면 아무래도 사람이 사는 곳을 찾아야 한다. 더 어두우면 그대로 강가 모래밭에 누워서 이슬을 맞을 작정이다.

작정은 했었지만 낭이에게 말 한마디 전하지 못하고 떠난 게 후회가 되었다. 낭이는 지금쯤 석수들과 함께 초막주변을 헤매면서 찾고 있을 것이다. 아니 이미 떠나려고 준비했던 걸 알고 내버려 둘지도 모른다. 낭이 혼자만 속을 태우고 있을지도 모른다. 낭이에게 속마음을 얘기했다가는 무슨 수를 써서라도 따라붙었을 것이다. 오늘 낮 낭이는 그동안 졸여온 긴장을 풀었을 것이다. 잘 살아다 오. 걸으면서 마음속으로 되뇐다. 영영 못 볼 낭이여.

이 강변길이 갑자기 바위 절벽을 만나면 어디서 끊어질지 모른 다. 부지런히 간다면 이틀 밤 안에는 큰 강에 닿을 수 있을 것이다.

달강 변을 따라 충주 쪽으로 걷다가 허기진 배를 채우려고 불빛 이 비치는 집으로 들어갔다. 옥수수 한 자루 얻어먹고 잠이 들었다 가 새벽에 깨어보니 돌바닥이다. 어둠 속에서는 평상인 줄 알았는 데 초가 앞에 놓인 바위 위에서 잠이 든 것이다. 지난밤에 찐 옥수 수를 건네주었던 아낙은 마른 옥수수를 돌바닥에 깔고 호박돌로 대끼고 있었다. 가비는 끼닛값은 하고 가야겠다는 생각에 바위에 서너 사발 들이 절구를 팠다. 맞춤한 돌을 잘 다듬어 공이도 만들어 주었다.

마을에 돌을 다루는 재주꾼이 왔다고 소문이 났다. 아낙의 청을 거절할 수 없어서 돌절구를 몇 집 더 만들어 주었다. 먼 길을 가던 몸이 무작정 오랫동안 마을에 눌러 있을 수가 없어 떠나야겠다고 생각하던 밤, 후덥지근하던 날씨가 저녁때부터 퍼붓기 시작하더니 강물이 늘기 시작하였다. 설마 하면서 그대로 잠이 들었던 게 사고 였다. 가비가 묵었던 집은 산골짜기 물이 강으로 흘러드는 접점, 합 수머리에 비탈진 밭 옆 초가집이었다. 순식간에 골짜기 물이 집으 로 쓸어 닥쳤고 집은 힘없이 강으로 쓸려갔다. 돌바닥에서 잠을 잤기에 망정이지 집안에 들어가서 잠이 들었다면 지금쯤 강 밑바닥에 있든지 흙 속에 묻혔을 것이다.

잠에서 깨었을 때는 우레와 같은 물소리에 저승으로 가고 있는 것 같은 세상을 만났다. 어둠 속에서 이승인지 저승인지를 분간할 수 없으니 발버둥 쳐도 소용없는 짓이다.

돌 위에서 잠자다 초가로 덮친 물에 쓸려 내린 것은 분명하다. 숨을 참지 못해 물을 벌컥 마셨다. 허우적대는 그 와중에도 입안에 흙냄새가 꽉 찬다. 웩! 하고 뱉어내면서 떠내려가고 있다는 것을 깨달았다. 이대로 죽는구나. 낭이의 말대로 바다에 가는구나. 허우적거리는 어둠 속에 짚 뭉치가 손에 잡힌 것은 삶의 징조였다. 초가가 함께 쓸린 것이다. 숫제 집 한 채가 강물에 떠내려가고 있었다. 가비는 안간힘을 써서 기어올랐다.

희미하게 밝는 중에도 오싹한 바람이 몸에 스칠 정도로 흐름은 빨랐다. 골짜기에 물과 흙과 쓸려 내린 지붕은 끝 모를 바다로 달리고 있었다. 이대로 가다가 바위라도 만나 산산이 부서지면 또다시 흙탕물 속으로 들어가야 한다.

몸을 물에 맡길 수밖에 없었다. 몇 해에 걸쳐 단단하게 묶은 초가지붕의 두께는 붉은 급류에도 부서지지 않았다. 통나무와 돼지와 소, 항아리와 함지박, 소쿠리, 반달이도 함께 주인을 버리고 바다로 떠나가고 있었다. 부론을 지나는 합수머리에서는 섬강 쪽 물줄기의 힘을 못 이기고 흐름이 굽는다. 섬강 쪽에서 흐르는 물은 더 검다. 웃옷을 벗어 흔들어 봐야 소용없는 일이었다. 배를 가지고 덤벼든다 해도 쉽게 따라잡을 수 없으니 사공이라도 제 목숨조차 보전하지 못할 것이다. 그래도 웃옷을 벗어 휘돌리며 목청껏 소리 지른다. 살려달라고.

부론을 지나 강천에 이르러 지붕은 섬으로 갈라지는 여울 쪽을 탔다. 기회였다. 섬에는 아직 깊은 물이 들지 않고 우거진 나무가 반쯤 물에 잠겨 잔잔하다. 가비는 서서히 흐르는 초가지붕에서 뛰어 밑동이 물에 잠긴 수양버들가지를 잡았다. 부론에서 내리는 물이 강천쯤에 이르자 강바닥이 넓어지면서 흐름이 늦어지고 섬을 덮은 물은 허리에 찰 정도였다. 뼈 저리는 한기에도 가까스로 나뭇가지를 잡고 기어오른 가비의 얼굴에 땀이 범벅으로 흘렀다. 그렇게 죽는 줄 알았더니 이렇게 사는구나.

물은 머물러 있는 것 같으면서도 계속 흐른다. 주인을 떠나 골짜기로 쓸려 내려온 살림살이들은 가난만 남겨놓고 서서히 밑으로, 밑으로 쓸어 내려가고 있었다. 가비가 이 흐름을 따라 바다까지 가기에는 아직 이른 모양이다. 언뜻 보니 여주 땅, 강촌쯤이 분명한 것 같고 여기서 얼마간을 견딘다면 물 빠지기를 기다려 땅으로 나갈 기회를 잡을 수 있을 것 같았다. 버드나무 중등가지에 걸터앉아 무엇이든 떠내려오는 먹을 것을 찾았다. 호박덩이가 나무 밑에서 떠나지 않고 둥둥 떠돈다. 건져 올렸다. 여기저기 긁히고 얻어터진 상처가 껍질에 가득하다. 뭐 먹을 것이 더 있나 휘돌러 본다. 참외가 넝쿨째 떠내려오다 나무에 걸쳐진 놈을 건져 올린다. 익은 놈이 아직 없어 푸르다. 한입 베어 무니 씁쓸한 맛이 입에 가득하다. 뱉어내고 호박을 베니 비릿하다.

　나무에 매달려 떠내려오는 것들을 건져 먹고 지쳐 있을 때 물은 섬 바닥을 드러낼 만큼 빠졌다. 샛강 건너 사람들이 멀리서 알아보고 배로 건너왔다. 지붕을 타고 물에서 떠 내려와 섬에 걸려 사흘을 지났으니, 그리고도 멀쩡히 살아있었으니 아직 죽을 목숨은 아니다.

　"어디서 살다가 떠 내려와 이 지경을 당했소?"

　"하늘에서 빗물과 함께 떨어졌다고 하면 믿겠소? 하늘에서 구름 타고 놀다가 비가 내리니 이 땅에 떨어질 수밖에요. 하늘에서는 순하던 구름들이 땅에 모이니까 사납데요. 구름이 강을 쓸어 덮고 내려가니 세상이 바뀔까 두렵군요."

　가비가 정처를 찾으려니 어디로 갈까나. 태어난 근원을 말할 수도 없고 찾아가 닿는 곳을 말할 수 없으니 하늘에서 구름 따라, 강에서 물 따라 왔노라고 말할 수밖에. 배를 타고 온 사내 하나가 가비의 나이를 짐작하고 꾸짖었다.

　"예끼, 이 사람! 실없는 농을 하는 걸 보니 나무에 매달려 며칠을 굶다가 실성했나보구먼. 보아하니 사정이 딱한 것 같은데 우선 배를 타고 마을로 들어가세."

　강가에 배를 부리는 초가로 들어가 갈아입으라고 내주는 옷을 얻어 입고, 차려주는 밥을 후딱 먹어치웠다. 나룻배를 밧줄로 단단히 묶어 놓은 걸로 봐서 분명 이 근처 어딘가가 나루인 것 같은데 물이 불었으니 더 빠질 때를 기다려야 한다.

"무엇하던 젊은이요? 입성을 보니 귀한 댁 자제는 아닌 듯하고 허우대를 보니 장골인데 하늘에서 구름 타고 노닐던 사람 같지는 않아서 묻는 말이오."

가비는 대답을 안했다. 차려준 밥상을 물리고 나서 주인에게 고맙다고 큰절을 했다. 주인이 당황해서 어정쩡하게 절을 받는다.

"어디서 살다가 이 지경을 당했느냐 말이오. 여주, 부론, 충주, 영월까지 걸어서 올라가려면 몇날 며칠을 가야 할 텐데. 물에 떠내려가서 죽은 줄만 알았던 사람이 살아 돌아오니 집안에서는 경사가 나겠구려."

"경사 날 집안이 없소이다."

"홀로구면. 오히려 잘 됐소. 나와 함께 나룻배나 부리면서 예서 삽시다. 난 자식도 없고 앞으로 이 짓도 십 년을 더 못할 것이니 내 뒤를 이어받으면 밥은 먹고 살 거요. 보아하니 힘깨나 쓸 것 같은 기골인데 노질과 삿대질은 남에 뒤지지 않을 것 같소. 자! 어떻소."

주인은 가비의 눈치를 살폈다.

"갈 곳이 없으니 머물러보기는 하겠어요. 그런데 여기가 어디쯤 되나요? 한양 땅이 얼마나 남았는지. 아직도 충청도 땅인지, 강원도 땅인지?"

이 말은 들은 주인은 껄껄 웃으면서 응수한다.

"구름 타고 놀다가 떨어진 몸이 아무려면 어떠한가. 날이 가물면 다시 하늘로 올라갈 텐데. 허허허허."

"돌 파먹던 돌쟁이요. 여기는 돌이 없지 않소."

"석수장이?"

"그렇소. 여긴 파먹을 돌이 없소. 지금까지 깨고 부셔서 파먹고 살았는가 본데 저 강 건너 쪽으로 내려가면 흙을 뭉치고 빚어서 그릇으로 구워먹는 데가 있소. 깨고 쪼는 재주가 뭉쳐 빚는 재주와 통할 것 같지는 않지만 모양을 내는 데는 다르지 않을 거요. 그도 못한다면 다른 석산을 찾아가든가. 예서 나와 함께 뱃놀이나 하면서 사는 게 더 나을 듯도 한데…."

"이 손은 흩어지는 흙가루를 모아 빚어 굽기에는 이미 틀린 손이요. 단단한 놈을 깨어 부셔야만 살아갈 손이오. 부스러진 흙을 반죽해 빚어 구어 내는 것도 소용이지만, 단단한 놈을 쪼고 깎아서 세상에 내버릴 것은 버리고도 소용이 되는 게 있으니 그게 돌이요. 이손은 무어든지 깨어내야 할 손이요."

사람들 틈에 살 가비가 아니다. 홀로 돌을 쪼면서 살아야겠다는 홀로의 결심이었다.

"고맙소만 물이 더 빠지면 배를 타고 내려가겠소. 양근 땅, 어디쯤에 돌산이 있다고 들었는데 거기서 머무를 생각이오."

주인은 더 이상 잡지 않았다. 가비는 밥값을 하느라고 그 집 앞에 있는 돌에다 절구통을 파주었다.

"콩이고, 깨고, 보리고, 벼고, 강냉이고 빻는 데나 대끼는 데는 쓸 만할 거요."

"밥값은 하고 가시는구먼."

떠나는 날 주인댁 아낙이 아쉬워하며 가비를 보냈다.

가비가 양근 땅의 건지산에 온 지 삼십여 년 넘는 세월이 흘러 노인이 되어있었다. 건지산 바위계곡은 비가 오기만 하면 하늘에서 받은 물을 한 방울도 땅속으로 품지 못하고 흘려보내서 골짜기에 물은 금방 불어났다. 사월에 돋아난 푸른 새순을 적시며 순식간에 내린 소나기 한줄기는 마른 바윗골을 채웠다. 흙이 없으니 티끌도 없어 내린 물은 맑았다. 물이 흐르는 골 앞에는 겨우 비만 가릴 정도로 쳐놓은 석수작업장 초막이 있는 데, 그 앞에서 가비가 데려다 키우고 있는 조그마한 딸애가 단비를 반가이 맞으면서 추녀 끝으로 줄지어 떨어지는 빗물을 모았다. 빗물은 작은 도랑을 이루어 바윗골 계곡으로 모여들었다.

딸애는 초막 뒤켠에서 작은 바가지로 흙을 퍼 날라 추녀 끝에 골이 져 흐르는 실도랑을 막고 있었다. 실도랑에 고인 물은 물막이 흙무덤을 금방 넘었다. 딸애는 넘치는 물이 아까워서 허둥대며 낡은 바가지에 부지런히 흙을 퍼 담아다 작은 둑을 돋웠다. 딸애도 물이 귀한 줄은 아는 모양이다. 딸애가 만든 작은 둑은 이내 물이 넘어 거침없이 무너졌다. 딸애는 어쩔 줄 몰라 당황한다. 문지방에 앉아 한동안을 바라만 보던 석수 노인, 가비가 내려서서 딸애가 만들어 놓은 물막이 둑으로 다가갔다. 가비는 딸애가 만들어놓은 조그마한 둑 한곳을 발로 꾹 눌러 무넘기를 만들었다. 물은 그리로 쏠려서 넘칠 듯 말 듯하던 둑을 살렸다. 찰랑찰랑하던 물이 줄어들었다. 딸애는 노인이 발로 눌러 막은 무넘기를 또다시 흙으로 메웠다. 물은 또다시 고이기 시작하여 실도랑 위까지 차올랐다.

"물은 흘러야 해!"

"아까워! 할버이!"

"넘치면 또 터진다."

딸애는 가비가 물을 귀하게 다루는 모습을 오랫동안 보아왔다. 그럼에도 모아 놓은 물을 흘려보내 훼방을 놓는 '할버이'가 미웠다. 건지골에 내리는 단비는 열 살배기 딸애조차도 반겨가며 모을 정도로 물이 간절했지만 빗줄기가 가늘어지면서 실도랑으로 흐르는 물은 더 늘지 않았다. 딸애는 아쉬운 듯 가비가 밟아 놓은 무넘기를 흙으로 더 막고 손으로 토닥거려 다졌다. 더 이상 모여들지 않으니 물은 이제 고여 있을 뿐 더 넘쳐흐르지 않는다. 고여 있는 물은 또 언제까지 그렇게 머물러 있을 것인가? 딸애는 땅속으로 조금씩 스며드는 물을 보고 또 안절부절못할 것이다.

물은 속절없이 줄어들다가 간곳없이 마를 것이다. 딸애는 비가 그치자 물 받기를 포기한다. 벗었던 짚신을 앙증맞게 두 손으로 갖춰 들고 하늘을 쳐다봤다. 안개가 돌산 중턱으로 오른다. 개이고 있는 하늘에는 이제 비구름이 멀리 간듯하여 아쉬웠다. 비구름은 건지골을 지나치려다 무게를 참지 못하고 쏟아버린 것 같았다. 올 같은 가뭄에도 건지골에 오랜만에 비를 준 것은 하늘의 실수인 듯 했다.

화강암으로 덮인 산 밑에 건지골은 물이 귀하기로 가근방에서 소문난 곳이었다. 비가 올 때에는 계곡물이 급작스럽게 늘어났지만 비만 그치면 한 시간도 못 돼서 쭉 빠져나갔다. 마을 사람들은 물에 배신당하는 생각이 들어 항상 떠나간 물을 야속해 했다.

그해에 그 논에서 거둔 쌀알은 해가 짧은 동짓달 보름이 되면 내 남없이 떨어지고 없었다. 그나마 거두어들인 알곡은 건지골에 흠뻑 내렸다가 그날로 빠져나가는 소나기 물처럼 해를 넘기기도 전에 독 안에서 비어갔다. 건지골 사람들에게는 가난이 아니라 오랫동안 겪어온 생활이었다. 양식이 떨어지면 열심히 돌을 쪼아서 땟거리를 구했다. 다듬잇돌, 돌절구, 맷돌, 연자매, 묘석 등을 쪼아냈고 때로는 어느 부잣집 부인네들이 남몰래 간직하는 애장품을 만들기도 했다. 그중에 묘석은 대가가 후했지만 쉽게 일거리가 걸려들지 않았다. 묘석을 쓸 만한 사람들은 대개가 쉽게 죽지 않았다. 그들은 풍족하게 먹었고 편안하게 살았기 때문인지 오래오래 살았고 드문드문 죽어갔다.

그래도 물 없이 메마른 산에 풍족한 돌은 건지골 사람들에게 양식거리가 되었다. 단단한 화강암이었다. 바위산 한 자락에 자리 잡은 마을은 농사꾼의 생각으로 보면 사람이 살 곳이 못 되었지만, 돌을 깨먹고 사는 석수들은 평생을 벌어먹을 수 있는 터전이었다.

"할버이 물이 하늘로 날아가!"

딸애는 연장 망태를 메고 나서는 가비를 막아서며 모아 둔 물이 흙 속으로 스며들어 줄고 있는 것을 보고 걱정스런 얼굴을 했다.

"물은 땅속으로 잠자러 가는 중이야. 땅속에서 오랫동안 잠들어 있을 거야. 땅 위에 있으면 사람들이 모두 먹어버리잖니?"

"물이 하늘에서 내려왔는데 하늘로 돌아가지 않고 왜 땅속으로 가?"

딸애는 고개를 갸우뚱거렸다. 노인의 딸이라고 하기에는 너무 어렸다. 딸애는 노인을 '할버이'라고 불렀다. 겨우 젖을 떼었을 때쯤 가비가 석물을 만들어 가져갔던 돌데미 마을 최 영감네 집에서 데려왔다. 그 집에서 종살이를 했던 어미는 딸애를 낳다 죽었다고 했다. 아비는 누구인지 모른다고 했다. 먹을 것 구하기조차 어려운 건지골에서 딸애는 입 하나를 더하여 짐이 될 듯도 했지만 가비는 딸애를 친손녀처럼 아껴 길렀다. 짬짬이 틈을 내서 딸애에게 돌로 조그마한 장난감을 만들어 주었다. 가비가 조그만 손에 쥐여주는 강아지, 말, 소, 닭들은 딸애의 벗이었다. 그러나 딸애는 딱딱하고 메마른 것들과의 놀이에 곧 싫증이 났다. 오랜만에 땅을 적시는 물이 딸애에게는 더 재미있었다.

얼마 전 근동에 어느 양반댁에서 용의 머리를 만들어 달라고 가비를 찾아왔다. 먹물을 찍어 세필로 그렸을 용의 머리 모습은 살아 있는 듯 보였다. 용의 눈은 석수 노인을 바라보고 있었다. 가비가 왼쪽에서 보면 용의 눈은 왼쪽으로 따라 돌았고 오른쪽에서 보면 오른쪽으로 따라 돌았다. 가비의 눈으로 보면 그림 속에 용은 분명 밖으로 튀어나올 것처럼 살아있었다. 몸을 상하좌우로 돌아봐도 용은 먹 점의 눈동자를 돌리면서 살아있는 듯 가비를 바라보고 있었다. 종이 위에 그려진 용의 눈은 흑백으로도 분명한 생명력을 갖고 가비를 노려보았지만 그의 돌조각 솜씨로는 그 생기를 돌에 박아 쪼아낼 자신이 없었다. 예리한 정의 날 끝은 섬세한 부분을 쪼아내기는 좋았지만 얼마 못 가서 무뎌졌다. 용의 눈을 정밀하게 쪼아내려면 좀 더 예리한 날 끝이 필요했다. 대장장이 망가가 열심히 담금질을 해주어도 석질이 워낙 단단해서 정은 열흘 일을 견뎌내지 못하고 망가네 대장간을 자주 찾았다. 이번엔 용을 접어 두고 조그마한 손절구와 침돌(寢石), 여인들의 애장품 몇 점과 무뎌진 연장을 망태에 넣어 걸머메고 초막을 나왔다.

"망가네 아저씨한테 다녀오마."

망가네 대장간은 건지골에서 두 마장 떨어진 대탄大灘가에 있었다.

"지난번에 벼린 정은 담금질이 덜 되었는지 날이 너무 물렀어!"

가비는 망태 안에서 연장을 꺼내 놓았다. 담금질을 제대로 하지 않은 탓을 망가에게 했지만 망가는 대답이 없다. 언제나 그랬다. 가비를 맞은 망가는 대답 대신에 반백의 수염 사이로 누런 이빨을 보였다. 오랜만에 만나는 인사였다. 대장간 노爐 안에 불은 혀를 널름거리며 쇠를 태웠다. 망가가 길쭉한 불집게로 불에 익은 막대 쇠를 꺼내서 망치로 다듬는다. 만드는 본새로 보아서 정이나 지레를 만드는 모양이다. 정이나 지레라면 돌을 다루는 물건이다. 돌 깨는 건지골 누군가 주문한 모양이다. 헛간에는 만들어놓은 정과 지레가 꽤 있었다. 건지골 서너 집이 일 년 동안 쓸 연장이면 이 정도로도 충분할 텐데 망가는 노 안에서 달군 쇠를 연실 꺼내 쇠막대를 다듬고 담금질한다. 한꺼번에 이렇게 많이 만드는 것도 본 적이 없었다.

"이게 모두 뉘 집 일이여?"

아무래도 건지골 일은 아닌 듯해서 묻는 말이다. 온몸이 땀에 젖은 망가는 스스로 때리는 망치소리에 아직도 가비의 말을 못 알아들었다. 망치소리가 아니라도 쇳덩어리를 두드려서 모양을 내는 동안에는 옆에서 누가 소리를 질러도 들리지 않는다. 말랑말랑한 불덩이는 숨 한번 내쉴 동안에도 빠르게 굳기 때문에 망가의 망치질은 빨랐다. 숯을 아끼기 위해서라도 불이 살아있는 동안에 망치질하는 마음은 항상 급했다. 그래서 돌을 다루는 가비의 마음은 느긋하지만 대장장이 망가의 성미는 급했다. 불이 삭기 전에 쇠를 달구어야 하고 달군 쇠가 식기 전에 두드려서 모양을 내야 하니 그렇다. 석수장이가 돌 다듬기를 부지하세월로 하니 성미 급한 대장장이의 마음은 알지 못한다. 석수가 대장장이처럼 돌을 다루다가는 일감을 모두 망친다. 가비는 엽연초를 말아 불을 붙였다. 그 맛이 항상 구수했다.

큰여울, 대탄나루터 망이네 대장간은 항상 일거리로 넘쳐났다. 근동에 농부와 목수, 석수, 관원들까지도 일감을 맡겼다. 보습, 괭이, 호미, 쇠스랑, 삼지창에 낫, 식칼, 창칼, 작두, 도끼, 대팻날, 자귀, 마구까지 모든 연장 일을 맡겨 대장간 일은 항상 바빴다. 옆에 헛간은 만물상이었는데 며칠 만에 찾아온 대장간에는 정과 지렛대만 가득했다. 망가는 벌써 며칠째 그 일만 하고 있는 듯했다. 수염은 불 끝에 더 끄슬러져 있었고 망치질 하는 팔의 알통은 퍽 지쳐 있었다. 망가는 분명 누군가에게 그 일로 쫓기고 있었다.

관에서 시킨 일이 분명하다. 관아의 일이 아니라면 그렇게 쫓기면서 할 일이 아니다. 성을 쌓는 일일까. 관원의 모습을 생각하니 또 불안감이 밀려왔다. 이제는 잊어버릴 만도 한데 쫓기는 악몽은 사라지지 않고 번뜩번뜩 떠올랐다. 성을 쌓는 일에는 돌이 무한정 들어갔다. 건지골 산에서 돌을 모두 깨 날라도 넉넉하지 않을 것이다. 어느 성일까? 성을 쌓는다는 것은 싸움을 예고했다. 또 난리가 일어나는 모양인가. 난리라면 인조임금 때에 병자년 똥뙤놈들 난리로도 넌더리가 났다. 오랑캐들이 남한산성을 범하고 이십 년이 넘었지만 난리의 상처는 강변 마을 곳곳에 남아 있었다.

성을 쌓는다면 석수들은 너나없이 부역에 동원되어야 한다. 예전 같으면 자기 한 입만 풀칠하면 그만이었는데 딸애를 맡고부터는 건지골을 뜬 일이 없었다. 답답하게도 망가는 망치질을 끝낼 줄 모르고 불에 달군 쇳덩이만 애꿎게 두드리다 이내 멈추었다. 망가가 푸념한다.

"어젯밤에 한양에서 사람이 왔다 갔대요."

"또 난리를 일으키려고?"

"이번엔 그게 아닌가 보오."

"그럼 이 많은 걸 어디다 쓴대?"

망가는 망치질을 하다 말고 이마에 땀을 훔치면서 손가락으로 앞에 내려다보이는 강을 향해 찔렀다. 손끝을 따라 멀리 물 가운데로 커다랗게 솟아난 바윗덩어리가 보였다. 물은 넓게 흐르다 바위에서 모여 머뭇거린다.

"저걸 깬다오."

오랜 가뭄이라서 집채만 한 바위는 마른 물때를 덮고 허옇게 드러났다.

"또 물속에 바위를 깬다고?"

"작심이 대단한 걸 보니 이번엔 꼭 깨낼 모양이네요."

"우릴 또 얼마나 닦달하려고?"

강 가운데 솟은 바위는 가뭄이 들 때면 도적떼 같은 세곡선단의 길을 막았다. 나라에서는 오래전부터 그 바위를 깨려고 덤벼들었다가 번번이 물러났다. 바위는 대탄에서 청탄으로 흘러내리는 앞강 길목을 떡 버티고서 오르내리는 배를 막았다. 사람들은 대탄바위 앞에서 가득한 욕심을 덜어내고 지레 같은 삿대로 배를 떠넘기듯 하면서 내려갔다. 그 바위를 깨러 온다니 필요한 연장을 만드는 모양이다. 분명 관원의 명령일 것이다. 망가는 숨을 돌려 입에 문 엽연초에 뻘건 쇳조각을 갖다 대고 빨면서 이마에 흐르는 땀을 훔쳤다.

동패와 단패

여주 쪽에서 흘러 내려온 강물은 이포에 머물러 나루를 채우고 흐르기에 지쳐 잠시 숨을 고르면서 더 내려가기를 망설인다. 그 망설임 위에 옷차림이 초라한 젊은이 하나가 도포에 갓을 쓴 사람들 틈을 비집고 배로 올랐다. 등허리를 덮고 아무렇게나 흘러내린 검은 머리채는 관자놀이쯤에 무명 끈을 동여매고 어깨에는 봇짐을 메었다. 얼른 보아서 장사꾼 같지는 않고, 그렇다고 해서 농사꾼 같지도 않은데 봇짐 멜빵에 짚신 몇 켤레 걸은 것을 보니 제법 먼 길을 잡은 듯하다.

배에 오르자 선객들은 나들이옷을 입은 몸을 더럽힐까 겁을 내고 모두들 낯선 사내를 외면했다. 생김새가 험악하여 잘못 건드렸다가는 나중에 앙갚음이야 어찌 되었든지 간에 비취색 도포자락의 양반님네라 할지라도 물속에 빠지는 망신을 당하기 십상이니 모두 조심스럽게 헛기침하며 자리를 내주었다.

　사내는 선객들이 피하는데도 아랑곳 않고 배에 올라 눈앞에서 멀지 않은 파사산을 바라보았다. 어젯밤에 이슬 맞고 하룻밤을 지낸 곳이다. 나룻배만 물을 건너기에 바빴지 오르내리는 배들은 여주 쪽에서 내려오고 양근 쪽에서 올라와 이포나루에 머물러서 한가롭게 물길이 뚫릴 때를 기다리고 있었다. 물길이 뚫리려면 비가 넉넉히 오거나 배가 오르내릴 수 있는 물골을 파내야한다. 군데군데 물이 깊은 나루는 갈중 없이 배가 건너지만 강을 오르내리려면 가뭄이 들어 곳곳에 졸아든 물줄기에 강은 바닥을 드러내니 배가 덤벼들기는 쉽지 않았다. 모래자갈을 파내서 골을 만들고 물을 흘리면 당분간 오르내리기는 쉽지만 얼마 가지 않아 잠겼던 물마저 졸아든다. 그렇게 물줄기가 군데군데 토막 난 강바닥은 봄부터 오랫동안 비어 있었다. 비움의 냄새는 강돌에 엉겨 붙어 말라가는 물때이끼로 비릿했다.

　배가 이포나루에 닿자마자 사내는 이천 쪽으로 길을 잡아 먼지가 풀풀 나는 길을 바삐 걷는다. 이포나루에 장거리를 지나서 이천으로 이어지는 길을 두 마장 정도 걸어 가다보니 울타리도 없이 목로를 벌인 주막이 나온다. 그곳에서 떠꺼머리총각 하나가 멋대로 생겨먹은 옹기를 잔뜩 쌓아놓고 지나가는 사람들을 불러 모으고 있었다.

　"자~아. 옹기 한번 속 시원하게 깨고 가세요. 탁배기 한 잔 시원하게 마시고나서 이 항아리더미를 박살내면 노독이 확 풀릴 거요."

떠꺼머리총각이 헤죽헤죽 웃다가 등짐을 지고 온 사내를 위아래로 훑어보며 희롱하는 듯하다. 그러나 그 희롱에 노할 젊은이는 아닌 듯싶었다. 젊은 사내는 등짐을 내려놓고 호기심 어린 눈으로 옹기더미와 목메를 번갈아 본다. 눈치 빠른 떠꺼머리가 목이 잘록한 오지술병을 들고 와서 대접에 가득 따라 사내에게 권했다.

"뭘 그리 망설이오. 엽전 두 닢이면 되오."

대접을 받아든 젊은이에게 떠꺼머리가 손을 내밀었다.

"옛소!"

젊은이는 허리춤에서 엽전 두 닢을 꺼내 떠꺼머리 손바닥에 얹었다. 받아 든 대접에 탁배기를 단숨에 들이켜고 두 손에 침을 탁탁 뱉어 목메를 높이 치켜들었다. 팔뚝에 힘줄이 툭 불거지더니 어느새 쌓아놓은 옹기더미가 박살이 났다. 사내의 눈에 최 영감이 어린다. 사내는 목메로 덜 깨진 옹기를 마저 깨려고 있는 힘을 다해 여러 번을 더 내리쳤다. 사금파리 조각이 여기저기 흩어져 난장판이 된다. 사내는 또다시 바닥에 깔린 사금파리를 목메로 내리치며 더 잘게 부순다. 그 위로 최 영감의 얼굴이 엉망진창이 되었다. 쌓아놓은 독을 모두 깰 기세다.

"그만하면 됐소! 이제 엽전 한 닢 값은 됐소."

떠꺼머리는 젊은 사내에게서 목메를 빼앗듯 낚아챘다. 얼굴에 땀이 흐른다. 사내는 팔등으로 이마에 흐르는 땀을 훔쳤다. 목로에서 술을 마시던 맨상투 몇이 이쪽을 흘끔 돌아봤다. 젊은 사내를 바라보는 얼굴이 편한 표정은 아니다. 떠꺼머리가 눈치를 살피며 삽으로 사금파리를 긁어모았다.

"이 보오. 젊은이. 이리 와서 탁배기 한 잔 더하소. 탁배기 값은 내가 내겠소."

"일 없소."

젊은이는 벗어 놨던 등짐 멜빵을 집어 들었다.

"어이! 젊은이 독을 깼으면 독 값은 치루고 가야지!"

젊은이는 가다말고 고개를 휙 돌려서 말을 건 사람이 누구인지 살핀다. 목로에 좌중이 주춤했다.

"지금 독 값이라고 했소?"

"그렇소. 독을 깨는 값이 한 냥, 탁배기 값이 한 냥, 깨진 독의 본 값이 열 냥이오. 열 냥을 내고 가소. 그것도 없으면 이 탁배기 한 잔 받고 가든가."

"그럼 이 탁배기 한 잔 마셔 주는 값은 또 얼마요? 탁배기 값은 또 얼마고?"

"허허허허. 이 사람 이제야 이야기가 좀 통하는구려. 가슴 속에 무엇이 그리 쌓여 있어서 한풀이를 그리하오?"

젊은이는 탁배기 대접을 받아 단숨에 들이켰다.

"남의 일에 괘념치 마오."

"어허, 남의 일이 아니라 내일이 될 듯싶어 그렇소."

젊은이는 깐죽깐죽 달라붙는 맨상투를 위아래로 훑어보다 한마디 더 던지면서 돌아섰다.

"내일이 어찌 그쪽 일이 되겠소?"

"저 아래 나루께 삼신당 밑에 사는 과부 만신이 그쪽처럼 힘센 사내 하나를 구한다오. 내 오늘 술값은 중신 값으로 벌충하려 했더니만, 오늘도 글러버린 것 같구려. 남은 해가 짤막하니 어서 갈 길이나 서둘러 가소. 이천 고을로 들어서다보면 드잡이 하려는 패들이 하도 많아서 힘쓸 일이 많을 거요."

그 말에 목로에 모여 앉은 좌중은 젊은이 뒤에 대고 킬킬거리며 웃는다. 사내는 희롱당하는 것 같아 불쾌한 기분에 주막에서 나오려다 말고 숫제 목로패들 틈에 끼어들었다.

"좋소! 그쪽에서 중신을 서고 중신 값으로 내가 오늘 저 옹기더미 한 번 더 깹시다."

젊은이는 대답을 들을 것도 없이 등짐을 내려놓고 떠꺼머리가 쌓아놓은 옹기더미로 다가가서 목메를 다시 부여잡았다. 목메가 하늘로 솟는 듯싶더니 어느새 옹기가 박살이 나기 시작한다. 젊은이는 묵직한 목메를 부지깽이 다루듯 하면서 덜 깨진 옹기 조각을 한동안 더 부쉈다. 한바탕 귀를 찢듯이 옹기더미가 깨지고 나서 주막 안은 한동안 침묵에 잠겼다. 깨지지 않은 항아리가 고스란히 드러났다. 사내는 있는 힘을 다해 소래기 덮여있는 항아리를 목메로 내려쳤다. 항아리는 끄떡도 하지 않고 목메가 튀어 오른다. 사내가 약이 바짝 올랐다. 제힘으로 못 깰 항아리가 아니다. 제까짓 항아리 주제에 어디서 감히 목메 앞에 힘자랑을 해? 쇠망치를 가져오랴? 사내는 비장한 자세로 목메를 치켜들었다가 내려친다. 그러나 끄떡없다. 오히려 목메가 장작 뼈개지듯이 두 조각으로 갈라졌다.

주변에 구경꾼들이 침을 삼키면서 사내의 표정을 살핀다. 사내는 자루만 남은 목메를 내던졌다. 얼굴에 흐른 땀을 팔뚝으로 훔치고 항아리를 집어 들어 머리위에 올린다. 항아리는 댓돌 위에 떨어졌다. 쿵 소리를 내면서 항아리가 두 동강으로 갈라졌다. 산산 조각이 나야할 항아리가 목메처럼 두 토막이 나고 그만이다. 항아리가 제구실을 하려면 속이 비어야 무언가를 담을 수 있고 때로는 힘에 못 이겨 깨져 주기도 하는 데, 두 토막이 나서 때굴때굴 구르니 속은 붉은 흙으로 꽉 차서 돌덩이처럼 굳어있었다. 모두들 아연실색했다. 겉 무늬만 항아리였지 속은 붉은 욕심을 가득 담고 있었다. 누가 무엇을 하려고 항아리를 이렇게 만들었을까?

"무신 눔에 항아리가 이러오?"

"허, 허. 그건 욕심항아리라는 게요. 항아리는 비어야 하는데 그 항아리에는 욕심이 가득 들어 있어서 아무것도 담을 수 없잖소."

"그럼 옹기쟁이 욕심을 여기에 담았다는 말이요?"

"그렇소. 더 잘게 부숴보면 그 욕심이 나올 것이오."

사내가 갈라진 항아리 한 토막을 집어 들려고 하자 목로에 앉아 있던 맨상투가 탁배기 한 사발을 들고 와서 사내의 팔을 잡고 권했다. 사내는 전과 같이 받아서 '고맙소.' 하면서 단숨에 들이켰다. 맨상투는 자신의 팔로 젊은이의 얼굴에 솟는 땀을 닦아준다.

"도대체 무슨 사연을 가슴에 가득 안고 그러는 것이요?"

맨상투가 대답을 구하지 않는 듯 한마디 던졌다.

"엄니 찾아 가는 길이오. 이쯤 어디메 산다고 들었는데 아마도

40 여울넘이

한 달은 찾아 봐야 할 거요. 여주와 이천 바닥, 어느 옹기막 영감의 후실로 갔다고 들었소. 거기서 전실한테 모진 매를 맞고 쫓겨났다고 들었소. 내 그 옹기막 영감과 전실 자리를 만나서 우리 엄니 신세 좀 갚아 드리려 하오."

"저런, 쯧쯧쯧쯧!"

"이보오. 혹시 그쪽 이름자가 동패 아니오?"

떠꺼머리가 뒤에서 듣고 있다가 냉큼 나섰다.

"어떻게 내 이름자를 아오?"

"동패라는 사람이 내 형이라고 우리 엄니에게 귀에 못이 박히도록 들었소. 나루께나 장터에서 힘센 사람을 만나면 원수처럼 싸우지 말고 이름부터 알아보라고 했소. 엄니는 속이 꽉 찬 맹꽁이 항아리를 깨는 사람이 있으면 이름을 물어 보라고 했소. 난 단패라고 하오. 단패! 그쪽이 동패가 분명하다면 이제 우린 한 패거리가 되는 거요."

동패가 고개를 끄덕이자 단패가 반가운 듯 젊은이 동패를 와락 껴안았다. 안긴 채로 동패가 단패의 등을 토닥였다.

"형님!"

"아우님?"

눈물겹게 진한 단패의 음성이 동패의 귓속에 박혀들었고 동패가 받았다. 서로의 땀내가 시큼했다. 두 사람의 씨는 다르지만 배가 같은 유일한 핏줄이었다. 불안하던 목로 좌중이 껴안은 두 사람을 향해 박수를 쳤다.

"어이! 단패 총각. 이리와 합석하지. 젊은이는 동패라고 했나. 이리 와 앉게. 양 패들의 첫 만남을 축하하는 술을 들어야지. 보아하니 이번에도 삼신당 과수 중신하기는 틀려버린 것 같구려."

좌중이 흥분되어 두 사람 만남을 축하했다.

"엄니는?"

동패는 단패에게 어머니의 거처부터 물었다.

"잘 살아계셔요. 여기서 좀 떨어진 곳에."

"내일이면 만날 수 있을까?"

단패는 고개를 끄덕였다.

"그럼 옹기막 영감태기는?"

대답 대신 단패는 동패를 방으로 끌어들였다.

"엄니가 형님 얘기를 자주 했소. '너에게는 동패라는 형이 있다. 여기서 있다 보면 언젠가는 만날 수 있을 것이다.' 그런데 이렇게 우연히 만나게 될 줄은 정말 몰랐소. 형님 이름자가 동패, 분명히 맞소? 엄니가 옹기막에 재취로 들어가면서 형님을 옷밥걱정 안 시키려고 부잣집에 개구멍받이로 들이밀었다는 데 그게 정말이오? 그래, 그 부잣집에서 설움은 안 당했소?"

단패는 들떠서 초면인데도 불구하고 동패보다 더 어른처럼 얼굴을 이리저리 뜯어보면서 걱정했다. 동패도 어안이 벙벙하기는 마찬가지다. 웬 난데없는 아우인가? 그렇다면 이 작자는 옹기막에서 낳은 서얼일 텐데 주막거리에서 이 짓을 하고 있는 것을 보니 옹기막 아들 대우도 제대로 못 받는 모양이다.

"내 엄니가 날 낳아서 부잣집에 들이밀고 옹기막 영감네로 들어간다고 들었다만 어느 옹기막인지 몰랐었는데 바로 여기였더냐?"

"아니오, 형님. 엄니는 사기막이라는 곳에 들어가서 나를 낳고 십여 년을 잘 사셨더랬는데 큰 엄니와 이복형제 등살에 마음고생이 심했소. 내 아버진 옹기가마 불에 돌아가셨소."

"그럼 내가 옹기막 영감을 잘못 짚었나?"

"아니, 맞소. 엄니는 아버지가 돌아가시고 나서 옹기막에서 갖은 구박에 설움과 매를 견디다가 쫓겨났소. 엄니가 옹기막에 들어가고부터 옹기가 파치가 난다는 게 이유였다오. 내가 열 살이 넘어서 그쪽 이복형제들에게 들은 얘기요. 그 형제들 엄니가 우리 엄니를 매일같이 들볶았소. 처음엔 아버지가 엄니만 싸고돌았소. 아마도 그게 형제들과 큰 엄니의 맘을 건드렸던 것 같소. 아버지는 옹기를 빚어 가마에 가득 넣고 나면 엄니를 불러서 함께 잤소. 옹기막에 불은 매일아침 일찍 일어나서 아버지가 직접 지폈고 불이 사윈 다음에 아버지가 직접 꺼냈소. 그런데 어느 날엔가 옹기가 반 넘게 파치가 난 것이오. 주저앉고 일그러지고 구멍이 나고 실금이가고 해서 아버지는 식구들을 모두 불러 놓고 그 앞에서 모조리 깨뜨려 버렸소. 그날 큰 엄니가 우리 엄니를 안으로 불러 갔소. 엄니는 큰 엄니에게 심하게 쥐어뜯겼소. 머리카락은 산발을 하고 얼굴에는 피멍이 들고 옷은 갈기갈기 찢기고. 그 이후로도 아버지는 옹기를 구우려고 가마에 넣은 날마다 엄니와 함께 잤소. 난 그때마다 불안했소. 다음날은 엄니가 또 큰 엄니한테 불려가도 심한 매를 맞고 올 것이 뻔했기 때문에. 보고만 있을 수 없어, 난 가마 안에 숨어서 밤을 지켰소. 밤이 깊었을 무렵에 형제 하나가 가마 안에 들어와서 옹기마다 흠집을 내는 것이었소. 그때 난 얼굴에 피가 거꾸로 솟는 기분이 들었소. 그런데 그 형제는 내 인기척을 눈치채고 내 멱살을 잡아 끌어낸 것이오. 형제 중 제일 큰 놈이었소. 그 형제가 고래고래 큰 소리를 지르면서 식구들을 깨웠소. 가마에 넣은 옹기에다 장난질한 놈을 잡았다고. 그 형제는 아버지와 큰 엄니, 식구들이 모인 자리에서 내게 죄를 덮어 씌웠소. 자기가 숨어서 옹기막을 지키고 있는 데 내가 옹기막 안으로 숨어 들어가서 옹기를 망쳐놓았다는 것이오. 나의 엄니가 큰 엄니에게 맞은 분풀이를 하려고 그랬다는 거요. 그때 나는 꼼짝없이 당했소. 우리 모자는 그들에게 사정없이 무진 몰매를 맞고 그날 밤으로 옹기막에서 쫓겨났소. 오갈 데 없는 것을 거두어서 먹여줬더니 은혜를 원수로 갚는다고 하면서 맨 몸으로 쫓아냈소.”

이야기를 멈추고 단패는 분이 아직도 가득한 듯 눈에 날을 세웠다.

“그 집 식구들에게 실컷 얻어맞으면서 나는 변명할 기회조차 주지 않았소. 아니오. 내가 그때 아무리 사실을 말한다고 해도 믿어줄 사람이 없었을 거요. 엄니는 내가 그런 짓거리는 하지 않았을 것이라는 것을 단단히 믿었는지 그일 이후로는 정말로 내가 그 짓을 했는지 묻지도 않았소. 철이 들어 형제들의 따돌림을 눈치 챘을 때서야 내가 태어난 배와 그들이 태어난 배가 다르다는 것을 알았소.

그 눈치를 피하려고 나도 매일 매일 옹기가마 일을 거들면서 밥값을 했소. 그 옹기막 영감은 참 좋은 사람이었소. 우리 모자에게 참 잘해주었소. 내가 옹기 깨는 일을 한 것은 그때부터요. 처음에 그 영감은 파치가 난 옹기를 깨지 않고 따로 모아두었소. 내가 영감님 한테 이 옹기를 왜 깨버리지 않느냐고 물었더니 그 영감님은 어린 내 물음이 대견한지 되물었소. 이놈들이 잘못 태어난 것은 내 정성이 부족한 탓인데, 내 정성 부족으로 무조건 깨버리면 사람 목숨도 잘못 태어난 것들을 그렇게 없애 버릴 것이냐고. 잘못 태어났어도 세상에 태어난 이상 이놈들대로 다 쓰임이 있는 것이라고. 어린 내가 영감님에 되묻기를 '이것들이 세상에서 깨져야할 필요가 있다면 그 깨짐이 곧 쓰임이 아니겠느냐'고 했소. 영감님은 내 말을 듣고 나서 곰곰이 생각하다가 내게 목메 하나를 쥐어 줬소. 날더러 한 번 깨보라고 하는 거요. 나는 처음에 머뭇머뭇 했소. 영감님은 내게서 목메를 빼앗아 들고는 몇 개를 깨보였소. 그리고는 이렇게 깨보라면서 또 시켰소. 나는 못이기는 척, 목메를 치켜들고 산더미처럼 쌓아놓았던 옹기더미를 모조리 깨뜨렸소. 한참동안 정신없이 목메질을 하고 났는데 엄니가 내 손을 잡고 그만 하라고 했소. 그때 엄니는 눈에 축축한 물기가 가득했소. 지금에서야 철들어 생각인데 그때 엄니는 '저 어린 것이 받은 설움이 얼마나 심했으면 저럴까' 하고 생각했을 것이오. 그때 영감님은 내 머리를 쓰다듬었소. 땀에 젖어 축축한 내 머리를 만지면서 아무 걱정 말라고 했었소."

단패는 제 이마를 손바닥으로 훔치면서 정말로 땀을 내는 듯했고 동패는 이야기에 빠져들었다.

"그 후, 얼마 되지 않아 그 옹기막에 불이 났소. 내 아버지는 그 불로 돌아가셨소. 우린 그 옹기막을 나와서 더 깊은 산속으로 들어 갔소. 엄니는 지금도 만나면 그때 형님을 남에 집에 보낸 일을 후회 하면서 동패형님 돌아오기만 기다리고 있소. 형님을 부잣집 대문 안에 들이면서 동패라는 이름자를 적어 놓았다고 했소. 그래야 나 중에라도 피붙인 줄을 알고 찾을 수 있을 것이라고. 다행히 그 댁에 서도 형님 이름은 바꾸질 않은 것 같네요. 이름을 그대로 썼다면 그 댁에 식구로 치지 않았다는 얘긴데 그렇다면 머슴살이를 한 게요?"

동패는 고개를 끄덕였다.

"나는 나루께 길목을 지켜야 형님을 만날 수 있다기에 물가로 나 온 것이오. 파치가 난 옹기가 돈이 될 수 있다는 것을 여기서 알았 소. 어느 날 내가 옹기막에서 옹기를 깨부수고 있는데 어떤 장사꾼 하나가 오더니 자기가 한번 깨보겠다는 것이오. 나는 오기를 부려 서 이 일은 아무나 하는 게 아니라고 했소. 그러니까 그 자는 옹기 값을 물고 깨야겠다고 했소. 그 사람은 주저 없이 옹기 값만큼의 엽 전을 내게 쥐어 주고 옹기를 실컷 깨다 갔소. 이것이 장사가 되겠구 나 싶어 그담부터 파치가 난 옹기를 모아다 길가 주막 옆에 쌓아놓 고 길손을 끌어모아봤소. 제법 장사가 되는 것을 보면 이 세상 사람 들한테는 나름대로 가슴속에 쌓여 있는 한 덩어리가 많은 모양이 오. 엄니는 내가 철이 드니까 그제야 동복형님이 있다는 얘기를 해 줍디다. 날더러 그릇 빚는 일을 그렇게도 배우라고 했는데 난 그 일을 하기에는 영 틀려버린 놈 같소. 뺑뺑이 돌림판을 앞에 놓고 있으면 세상이 요지경처럼 모두 어지러워지는 것 같고 이대로 있다가는 울 아비같이 될까봐 겁이 나서 도무지 흙이 손에 안 잡히더라고요. 그래서 엄니가 나를 데리고 새로 들어간 옹기막도 털고 나와 버렸소. 내게는 옹기를 만드는 일보다 깨는 일이 더 제격이었던 것 같소. 이 세상에서 제대로 만들어지지 못한 것들은 세상 맛을 보기 전에 박살을 내서 그 생명을 없애 버려야 후회가 없지, 정을 두고 살려 놓았다가는 두고두고 천덕꾸러기가 되는 것이오. 나도 그렇지 않소."

"아우는 허우대가 멀쩡한데. 어디가 어때서? 잘못 구워진 옹기도 아니고."

"근본이 다르고 흙이 다르다오. 엄니가 그러는데 내 뱃속에 주먹만 한 염통이 둘이래요. '네 행동거지로 봐서 네놈은 분명히 뱃속에 염통이 두 개나 있을 것이라'고."

단패는 손으로 가슴을 쳤다.

"그걸 믿고 여태 살았느냐. 설령 염통이 두 개라 해도 그게 뭐 그리 잘못됐냐. 목숨이 두 개인 것이나 같을 텐데."

"바로 그것이오. 물불 안 가리고 덤벼드니 엄니가 하던 얘기요. 하고 싶은 일을 못하면 가슴이 벌렁벌렁하면서 염통 두 개가 번갈아 뛰는 것 같소. 그러고 보면 엄니 말이 맞는 것 같기도 하고."

그 말을 해 놓고 단패는 동패의 얼굴을 보면서 문풍지가 떨리도록 껄껄거리며 웃었다.

"아버지는 공들여서 만들고 아들은 망가진 물건을 깨뜨렸소. 가마에서 나오는 초벌구이 옹기들을 손에 잡고 돌리면서 파치가 난 것은 사정없이 내던져 버렸소. 어렸을 때부터 난 그걸 보아왔소. 만들 때는 내 자식 다루듯 애지중지 하면서 정성스레 구워냈어도 불에 견디지 못하고 일그러지거나 흠이 나면 아버지는 미련 없이 내던졌소. 여염집에 주면 밥그릇이나 물병으로 요긴하게 쓰일 만도 한데 말이오. 아버지가 깨다만 옹기를 내가 덤벼들어서 깨기 시작한 게 그때부터요. 난 아버지 뒤를 따라다니면서 던져 버린 옹기를 알뜰하게 깨뜨려 버렸소. 깨뜨리는 일은 내게 야릇한 쾌감이었소. 나처럼 잘못 태어난 놈을 내 손으로 깬다는 게 정말 시원스런 일이었소. 이제 형님 살아온 얘기 좀 해보소."

"나도 최 영감네 집에서 부엌엄마 젖을 먹을 때까지 그 집 아들인 줄 알고 컸었지. 근데 아니었어. 그 부잣집에서 내가 자라나면서 허드렛일만 시킬 때에는 어리광도 부려보고 싶었고 떼도 써보고 싶었지. 그런데 그런 마음이 들기 전에 부엌엄마는 내가 태어난 근본이 그 집과 다르다는 걸 얘기해 주었지. 넌, 이집 자식이 아니라고. 널 이집에서 멕여주고 길러주었으니 이제는 밥값을 해야 하지 않겠느냐고. 어떻게 알았는지 부엌엄마는 내 태생의 근원을 훤히 알고 얘기해 줬지."

두 사람은 방으로 들어가서 밤이 깊어가는 줄 모르고 이야기를 나누고 있었다. 동패의 이야기가 이어졌다.

물이 천녕(川寧 : 여주 이포의 옛 이름) 땅에서 양근으로 이어내리는 돌더미 마을, 강변으로 가파른 절벽을 타고 내려가면 황소 한 마리가 웅크리고 앉아 있을만한 크기로 움푹 파인 굴이 있었다.

오월 그믐밤, 강변 굴 안에서 한 남자가 부싯돌을 때리며 불을 일으키고 있었다. 부싯돌 소리는 강여울에 섞이고 불빛만 번쩍이면서 여러 번 어둠을 뚫다가 마른풀이 타는 냄새와 함께 굴 안이 밝아졌다. 이윽고 마른풀에 옮겨 붙은 불이 빨갛게 일어났다. 남자는 마른 삭정이를 올려 불을 키웠다. 죽음과 같은 어둠 속에서 삶을 구하듯 불이 살아났다. 이제야 물가에 가득 찬 어둠을 불빛이 뚫었다. 남자는 삭정이를 더 얹어 흩어지는 불길을 모으고 불 주변으로 호박만한 강돌을 주워다가 쌓아 솥걸이 아궁이를 만들었다. 불길이 아궁이 안에서 휘돌자 남자는 그 위에 앙증맞은 무쇠솥단지를 올리고 바가지로 강물을 퍼다 부었다. 불이 괄해지자 무쇠솥 뚜껑 사이로 김이 솟아올라 어둠에 섞였다. 남자는 불붙은 관솔 하나를 들어 솥뚜껑을 열어보고 물이 끓자 관솔불로 앞을 비춰 물가로 갔다.

물가 바위틈에 감춰 두었던 삼베자루 안에 고기를 건져냈다. 꽤 큰놈이 펄떡인다. 남자는 펄떡거리는 고기를 감싸 안고 강바닥을 더듬어 주먹돌로 머리를 후려쳤다. 몇 번 요동을 치더니 놈은 이내 힘을 잃었다. 험상궂은 몸덩이가 솥 안에서 또 한 번 요동을 치더니 축 늘어졌다. 솥단지 안이 놈의 몸으로 꽉 찼다. 남자는 솥뚜껑을 덮고 삭정이를 더 꺾어 넣어 불을 키웠다.

험상궂은 가물치였다. 오늘 낮에 운이 좋게 강에서 큰놈이 잡혔다. 어둠 저편에서 희미하게 여자가 다가오고 있었다. 불빛 가까이로 다가온 여자는 들고 온 삼베 보자기를 풀어 누룽지를 꺼내 남자에게 건네고 나서 불앞에 쪼그려 앉았다. 남자는 누룽지를 한 조각씩 입에 넣고 우물거렸다. 딱딱한 누룽지가 미끈거리면서 녹아 고소한 맛이 입안에 가득 찼다. 오월이라지만 그믐 밤 물가에 어둠은 아직 춥다. 남자가 여자 옆에 쪼그려 앉았다. 여자가 두 손을 모아 불앞에 펼쳤다. 남자가 마디 굵어 투박한 손을 여자의 어린 손등 위에 덮었다.

남자는 동패고 여자는 송녀다. 최 영감 댁에서 동패는 바깥일을 하고 송녀는 부엌일을 한다.

최 영감 댁 마님은 춘삼월 해동이 되면서 고뿔을 못 이기고 몸져 누운 지가 꽤 오래였다. 마님은 최 영감에게 보신거리를 해달라고 졸랐다. 최 영감은 동패를 시켜 강에 가서 가물치를 잡도록 했다. 가물치라는 놈이 아무 날 아무 때에 아무 손에나 쉽게 잡히는 놈이 아니다. 굵은 점박이, 그놈의 몸은 영물 같아 섣불리 다루기조차 두려운 놈이다. 오늘 낮에 그 가물치라는 놈이 동패의 손에 걸려들었다. 동패는 가물치를 집으로 가져가지 않고 삼베 자루에 넣어 칡으로 단단히 묶고 물가 바위틈에 꼭꼭 숨겨 놓았다. 고뿔 걸린 마님보다 부엌에서 쓰러지던 송녀가 먼저 눈에 어렸기 때문이다.

동패의 눈앞에서 불빛을 받은 송녀의 손이 붉고 얼굴이 붉었다. 동패의 큼직한 두 손이 삼베적삼 안에 들어 있는 송녀의 작은 등을 감쌌다. 송녀의 작은 등이 동패의 두 손 안에 들어왔다. 송녀가 움찔하다 이내 편안해한다.

얼마 전에 송녀는 최 영감이 물리는 밥상을 들고 부엌에 들다가 쓰러졌다. 사기그릇 깨지는 소리에 동패가 부엌으로 뛰어들어가 보니 상이 내팽개쳐지고 송녀는 부엌바닥에 쓰러져 있었다. 동패는 송녀를 두 팔로 받쳐 안아다 뒷방에 눕혔었다. 그때 송녀의 몸은 마른풀처럼 가벼웠다. 어지러움을 억지로 털고 일어난 송녀의 모습은 매일 매일 허약해 보였다. 동패가 송녀에게 관심을 갖기 시작하던 게 그때부터다.

그 넓은 집안에 최 영감과 마님, 그리고 송녀와 동패가 살았지만 아이가 없었다. 벌써 오래전부터였다. 마님은 죄책감에 갖은 노력을 다했지만 허사였다. 최 영감이 송녀에게 눈찌검을 하기 시작한 것은 마님의 아기 갖기 노력이 번번이 허사가 되면서부터다. 마님은 보약을 먹는다, 백일기도를 한다, 남근목을 삶아 먹는다, 별별 짓을 다했지만 효험이 없었다.

마님이 작정하고 봉미산에 있는 큰 절로 백일기도에 들던 날이었다. 밥상을 물린 최 영감이 거세게 솟구쳐 오르는 욕정을 참지 못하고 방으로 들어온 송녀를 범하였다. 이후부터 송녀는 두려움에 최 영감의 요구를 번번이 거절하지 못하고 마님에 대한 죄를 더해 갔다. 송녀는 꽤 여러 번에 걸쳐 최 영감에게 몸을 빼앗겼는데도 몸에는 아무런 변화가 없었다. 그럴수록 몸이 달아오르는 것은 최 영감이였다. 밭을 바꾸어 씨를 심어도 싹이 나지 않는다면 씨가 문제일 수도 있는 것이었다. 더욱 그러한 것이 송녀의 몸에 산기가 있을 만도 한데, 최 영감에게 여러 번 능욕을 당하고 나서도 몸에 변화가 없었다. 최 영감의 조바심이 더욱 심해졌다. 송녀도 마찬가지였다. 오히려 다행스런 일이지만 벌써 여러 번에 걸쳐 송녀의 몸에 최 영감 씨를 심었는데도 싹이 틀 기미조차 없으니 송녀는 자신이 문제일 수도 있다는 생각으로 굳어갔다. 송녀의 어지러움은 그때부터 왔다.

동패의 두 팔에 얹혀 뒷방으로 들어가던 날 송녀는 부엌 안에서 하늘을 보았다. 가벼운 몸이 공중에 뜨면서 하늘로 오르고 있었다. 송녀는 그때의 그 황홀감을 기억한다. 잠시 떠오른 곳은 하늘이 아니고 동패의 두 팔 위였다. 그러나 깊은 잠에 빠졌다가 깨었을 때에 날카로운 마님의 눈초리가 내려다보고 있었다.

그때부터 송녀는 자신을 안아 올리던 동패의 두 팔을 잊지 못했다. 평소 무표정이던 송녀가 이제는 동패와 눈이 마주치면 싱긋 웃었다. 동패 역시 송녀의 웃음에는 적잖이 가슴이 울렁거렸다. 그때부터 한집안 일꾼으로 사는 송녀에게 동패가 듬직한 믿음이 되었다.

저런 사내 하나가 평생 내 곁에 있어 준다면. 송녀는 눈을 감고 동패를 그리다가 최 영감 생각에 고개를 절레절레 흔들고 말았다. 마님에게 생각을 들킬까 싶어 더 요란하고 부지런히 몸을 씻듯 설거지를 했다. 곤한 잠에 빠지면서도 눈을 감으면 송녀는 몸 한 구석에라도 남아 있을 동패의 손길을 되살려 보다가 진저리치면서 최 영감의 늙은 손길을 털어냈다.

물이 얼마나 끓었을까. 솥에서 내뿜는 김이 구수한 고기 맛을 풍겼다. 송녀의 배에서 꼬르륵 소리가 났다. 저녁을 먹은 지 꽤 오래 지난 시간이다. 동패는 손에 쥐고 뜯어 먹던 누룽지 조각을 송녀에게 건넸다. 송녀가 머리를 흔들었다.

부잣집 음식을 만들어내는 부엌일에 배곯을 송녀가 아니다. 송녀의 어지럼증은 부족한 피 때문이었다. 가끔 피를 쏟아낼 때마다 어지럼증에 시달렸다. 속도 모르는 마님은 일이 더디다고 타박했고, 야무지지 못하다고 나무라고 게으르다고 윽박질렀다. 마님이 송녀를 못마땅해 하는 것이 기실 일 때문이 아니었다. 송녀의 곱상한 얼굴과 가녀린 몸매가 자기 사내의 눈길을 떼지 못하게 하기 때문이었다. 젖먹이 적에 최 영감 댁으로 들어온 송녀는 나이가 들어가면서 점점 처녀티를 내고 있었다. 마님은 집안 사내의 눈길이 송녀에게 자주 닿고 있는 것을 눈치채고 있었다. 마님은 송녀가 자라면서 부엌 밖으로도 못나가게 하고 잠은 뒤채에서 재웠다. 남정네들이 오가는 안마당에는 얼씬도 못하게 했다. 동패는 어쩌다 부엌문을 여는 송녀와 얼굴이 마주치면 웃음으로 알은체를 했다. 그러는 날이면 동패는 밤잠을 설쳤다. 그렇게 마음뿐이었다.

동패는 자신의 잠방이를 벗어 송녀의 등에 얹었다. 송녀가 잠방이를 다시 젖혀 동패에게 건넨다. 동패는 물가로 가서 발을 담갔다. 달아오르는 몸을 식히고 싶었다. 차가운 물소리에 발이 뼈가 저리도록 시리다가 이내 견딜만해졌다. 고개를 들어 하늘을 보았다. 별이 짙다. 별빛이 물에 떨어져 아그작 소리를 내면서 부서졌다. 어두운 하늘에서 떨어져 부서질 것들은 아직 많다. 동패는 하늘에 걸려 있는 모든 것들이 이 땅에 떨어져 주었으면 하는 바램이다. 세찬 여울이 발을 간질였다.

자라서 오갈 데 없이 최 영감 댁 밥을 먹은 지가 벌써 스무 해를 넘어간다. 마음만 먹으면 언제고 떠날 수 있는데 그의 발길을 잡고 있는 사람이 송녀였다. 때로는 송녀를 데리고 밤에 어둠을 빌어 떠날 생각도 했었다. 그때 생각을 하면서 동패는 혼자 웃었다. 바로 오늘이 그날이다. 바람만 불어도 쓰러질 것 같은 송녀를 그대로 데리고 나서기가 쉽지 않았다. 가물치가 낚시에 걸렸을 때만 해도 동패는 최 영감의 말대로 마님에게 가져가려고 했었다. 그러나 낚시줄 끝에서 펄떡거리는 놈의 힘을 느끼는 순간 부엌에 쓰러진 송녀를 가붓하게 안아 올리던 기억이 떠올랐다. 동패는 가물치를 집에 가져가려던 마음을 돌렸다. 가물치를 삼베자루에 넣은 채로 줄을 매달아 물속 깊이 감춰두고 밤이 깊기를 기다렸던 것이다. 송녀에게 메기를 고와주겠다고 해서 나왔지만 솥 안에는 가물치가 끓고 있었다.

푹 고아서 먹일 것이다. 송녀는 아무것도 모르고 솥단지 밑에 불만 살리고 있었다. 내뿜는 김에서 구수한 고기 맛이 새어 나왔다. 동패는 물가로 가서 낮에 잡아 올린 잡고기를 삼베자루에 털어 담았다. 어둠에도 손은 익숙하다.

얼마나 지났을까. 동패는 물에 젖은 짚신채로 질벅거리며 물이 뚝뚝 떨어지는 자루를 들고 송녀가 있는 불 곁으로 다가왔다.

"가물치?"

송녀가 삼베 자루를 손가락으로 가리키며 물었다. 동패는 고개를 끄덕였다. 솥 밑에서 불이 사위어 가고 있었다. 자정쯤 되었을 것이다. 동패는 짚신을 벗어 솥단지 귀를 싸잡고 물가로 갔다. 가물치를 푹 곤 물을 한 바가지 퍼서 송녀에게 권했다.

"자! 이게 메기란 놈을 고아낸 물인데 이 국물을 쭈~욱 마셔봐. 어지럼증에 명약이래. 아무것도 넣지 않아서 조금 비릴 거야."

송녀가 머뭇거리다가 받아 마셨다. 비리지만 구수한 맛이 섞여 있어 남기지 않고 마셨다. 동패는 마음속으로 흡족해 했다. 오래전부터 안쓰럽게 생각하던 송녀를 이렇게 해주고 싶었었다. 송녀가 다 마셨다고 자랑하듯 바가지를 뒤집어 동패에게 건넨다. 동패는 바가지를 받아 물에 헹궜다. 어둠에도 손놀림은 익숙하다.

동패는 모래밭을 골라 땅을 파고 가물치 고은 물이 담긴 그대로 솥단지를 묻었다. 그 위로 모래를 편편하게 덮었다. 송녀가 솥단지를 걸었던 곳에 물을 붓고 불을 껐다. 그러는 사이에 동패는 엉덩이를 까고 쭈그려 앉아 참았던 변을 쏟고 풀을 뜯어 덮었다. 이렇게 해 놓으면 대낮에 누가 보더라도 피할 것이다. 동패는 잡고기가 든 삼베자루를 챙겨들고 만족한 듯 송녀에게 다가와 손을 잡아 일으켰다. 각각 집에서 나왔지만 둘이 함께 돌아간다. 어둠은 그들의 행적을 덮어주고 있었다. 동패는 잡고기가 든 삼베 자루를 우물가 함지박에 넣고 행랑채 방으로 들어가 눈을 붙였다. 눈만 감으면 송녀가 어른거린다. 내일부터는 송녀의 몸이 좀 나아지겠거니.

이튿날 동패는 놋대야 던지는 소리에 잠을 깼다.

"가물치를 잡아 오랬더니만 송사리만 잔뜩 걷어다 무어에 쓸려고! 내다 버려!"

최 영감은 성이 났다. 하루 종일 강가에 나가 살다시피 하던 동패가 가져다 놓은 것은 삼베자루 안에 잡고기 몇 마리뿐이었다. 송녀가 부엌에서 얼굴을 내밀다 깜짝 놀랐다. 어젯밤 눈짐작에 그것은 분명 가물치여야 했다. 그런데 터진 삼베자루 안에는 잡고기가 배를 허옇게 드러내며 우물가에 흩어졌다. 그렇다면 어제 자신이 바가지에 퍼마신 것이 가물치 곤 물인가? 송녀는 성급히 부엌으로 들어가서 가슴을 움켜쥐었다. 자신도 모르게 배를 쓸어내렸다. 토해낼 수도 없는 노릇이고. 그렇다고 발설할 수도 없고. 부엌 문틈으로 보니 최 영감 앞에서 동패가 어쩔 줄 모르면서 흩어진 고기들을 주워 모았다.

최 영감이 큰기침을 하면서 마루로 올라가자 송녀는 인삼달인 물을 목판에 바쳐서 올렸다. 최 영감이 받아 마시면서 젖은 수염을 쓸어내렸다. 부엌으로 들어가는 송녀의 뒤태를 살피는 최 영감의 눈꼬리가 예사롭지 않다. 댓돌 아래 마당에서 최 영감의 눈꼬리를 살피는 또 하나의 눈은 동패였다.

동패는 날이 어둑해지면서 강으로 나와 어젯밤에 묻어 두었던 모래위에 풀을 걷고 자신이 쏟았던 오물을 걷어냈다. 솥단지를 열어 냄새를 맡아 보았다. 땅속에 묻혀 있어서 아직은 선선하다. 어제보다 이른 저녁인데 황소굴에 마른나무를 모아다 불을 피웠다. 낮에 잡은 잡고기 몇 마리를 껍질 벗긴 버들가지에 꿰어 올린다. 구수한 냄새에 회가 동하자 살을 발려 먹었다. 이대로 함께 떠나버릴까? 불현듯 동패는 그런 생각을 했다. 송녀가 눈에 어른거린다. 고개를 들어 별을 보다가 생각을 하늘에 들킨 듯 머리를 흔들었다.

송녀 전의 부엌엄마에게 들은 대로라면 동패를 낳은 어머니는 옹기장이의 후처로 들어갔다고 했다. 옹기장이가 죽자 그 아들들에게 쫓겨나서 어딘가에서 홀로 산다고 들었다. 동패는 입안에 고소한 고깃살을 씹으면서 눈을 감는다. 불이 제법 살아나자 솥단지를 올리고 바싹 마른 삭정이를 더 넣었다. 살아 오르는 불은 희망이었다. 어딘지는 모르지만, 무언지는 모르지만 갈 수 있을 것 같고 생겨날 것만 같은 서운瑞運이었다.

솥단지가 뜨거워질 무렵에 송녀가 왔다. 이번에는 아예 놋대야를 가져왔다. 최 영감이 보냈으리라. 딴 생각 말고 가물치를 잡았으면 고스란히 담아오라는 뜻일 거다. 동패는 웃음이 절로 나왔다. 솥뚜껑을 열어 가물치 곤 물을 한바가지 퍼내서 입으로 후후 불어 식혔다. 열기가 식기를 기다려 송녀에게 내밀었다. 송녀가 입을 대려다 고개를 흔들었다. 동패는 송녀가 밀치는 손을 꼭 잡고 바가지를 입으로 가져갔다.

"자~아. 쭈~욱, 마셔봐. 어지럼증이 덜할 거야."

송녀가 못 이겨 받아 마신다. 뼛속까지 더운 기운이 퍼지는 듯하다. 동패가 그 모습을 만족스럽게 바라봤다. 솥단지 안에 남은 물을 호리병에 부었다. 불빛이 동패를 도왔다. 둘은 불이 사월 때까지 황소굴에 나란히 앉아 있었다. 물소리가 송녀의 가슴에 가쁜 숨소리를 감춘다. 동패가 팔을 들어 송녀의 등을 감쌌다. 움직이지 않는다.

"이 참에 우리 함께 다른 데로 가버릴까?"

송녀가 움찔했다. 송녀에게는 동패도 그렇지만 최 영감 댁은 고향 같은 곳이었다. 평생 다른 곳으로 떠나리라고는 생각해 본적이 없는 본가나 다름없었다. 어미 없는 것도 아비 없는 것도 운명이려니 했지 신세를 한탄하지 않았다. 동패는 송녀의 감긴 눈을 뜨여주고 있었다. 강을 중심으로 흘러내리는 세상이 송녀에겐 전부였다.

"무서워!"

송녀는 웅크렸다. 어둠과 밤이 무섭다기보다 동패가 먹고 있는 마음이 무서웠다. 송녀는 동패의 얼굴을 쳐다봤다. 꺼져가는 불빛은 동패의 얼굴을 가리고 있었다. 그러나 동패의 어둠 속 음성은 그냥 해보는 얘기가 아니다. 생각하다가 몇 번이고 머리를 흔들면서 오랫동안 품어온 말이다. 그 말을 이 밤에 송녀에게 털어 놓았다. 송녀가 어떻게 나오든 말을 해 놓고 나니 후련했다.

"세상 어디를 가도 우리가 살 곳은 있을 거야. 낮에 보니 새들도 알을 깨고 나와 날개가 성하니까 제 살 곳으로 날아들 가던데. 아무렴 제 어미도 아닌 품에서 벗어나려는 게 그렇게도 두려울까?"

"아무리 세상 한구석에 꼭꼭 숨어서 우리들끼리만 살아도 저 하늘에 수많은 별들이 우리들 숨은 곳을 샅샅이 뒤져서 찾아낼 거야."

동패는 송녀의 팔을 슬쩍 꼬집었다. 황소굴의 안온한 기운이 웅크렸던 송녀의 저린 다리를 뻗게 했다. 그때서야 동패의 옷에서 비늘 묻은 비린내가 났다. 어둠 속에서 보이지 않으니 콧속으로 스며드는 비린내가 더 짙어졌다. 동패의 몸은 강바람으로도 식혀주지 못하고 불덩이로 달아올랐다. 동패의 우직한 팔이 한아름 밖에 안 되는 송녀의 몸을 싸안는다. 황소굴에서 내다보이는 하늘에 별은 더욱 짙어진다. 폭넓은 동패의 양어깨가 그 별을 가렸다. 송녀의 눈에 별빛을 가리고 나니 다시 어둠이다. 송녀는 지그시 눈을 감았다. 떠도 그만 안 떠도 그만인 눈앞에 보이는 것이 어둠뿐이라면 차라리 눈을 감는 게 낫다. 어느 사이엔가 동패의 가슴팍 비늘비린내는 송녀의 코에 익어갔다. 송녀는 투박하고 우직스런 최 영감의 담뱃진 냄새를 생각했다. 감히 밀치고 벗어나지 못해 몸을 내주던 때를 생각하니 자신도 모르게 어금니가 앙다물어졌다. 기억을 밀어 내려고 머리를 흔들었으나 어둠일수록 더욱 끈적끈적 달라붙었다. 숨 가쁘게 덤벼들다가 이내 무너지고 마는 최 영감의 기대는 한숨을 내쉬는 것으로 끝이 났다.

동패 앞에 봄밤에 물 묻은 강바람으로 차갑던 몸이 갑자기 더워지는 것은 왜일까. 물소리가 그들의 거친 숨소리를 덮었다. 황소 한 마리가 웅크리고 앉았었을 그 자리에서 두 젊음이 어느새 하나가 되고 있었다. 집으로 돌아와서 동패는 손에 들려 있던 호리병을 송녀에게 들려주었다.

"불 안 때는 아궁이 안에 숨겨 놓고 아침마다 데워서 마시도록 해. 몸이 훨씬 나아질 거야."

다음날 송녀는 곤한 잠에서 깨자마자 부엌으로 나가 불을 지폈다. 솥이 달아오르자 어제 동패가 전해준 호리병에 든 물을 부어 데웠다. 구수한 냄새가 퍼진다. 사기대접에 퍼 담아 목판에 받쳐 들고 마님의 방으로 들어갔다. 마님은 잔뜩 독이 나 있었다.

"무어냐? 그게!"

"약이예요."

"가물치?"

송녀는 고개를 끄덕였다. 마님은 빼앗듯 받아서 맛을 보았다. 틀림없는 가물치 맛이다. 마님은 누구보다 그 맛을 잘 알았다.

"언제 끓였느냐?"

송녀가 대답을 못하고 머뭇거렸다. 동패가 전해줄 때는 몰래 감춰두고 자기만 먹으라고 당부한 것이다. 그러니 언제 끓인 것까지 물으리라고는 생각도 못했다. 기다리던 가물치라서 반갑게 받아 마실 줄만 알았다.

"어젯밤에 기척이 없던데 언제 이걸 끓였느냐고?"

마님은 기운이 없지만 표독스럽게 다그쳤다. 다 마신 사기대접을 내던질 기세다. 송녀는 목판을 받쳐 들고 마님 앞에 무릎을 꿇었다.

"엊저녁에 강에 나가서 끓여왔어요."

"동패허구?"

"예."

송녀의 대답이 목구멍으로 기어들어 갔다.

"그러냐? 잘했다. 끼니마다 끓여 들여라."

송녀는 사기대접을 냉큼 받아들고 밖으로 나와 숨을 돌리며 부뚜막에 호리병을 바라보았다.

최 영감의 송녀에 대한 눈치를 모를 리 없는 마님은 은근히 송녀와 동패가 가까워지기를 바라고 있었다. 언제고 적당한 기회에 둘의 끈을 이어주고, 아주 집안에 사랑채를 내어 살림을 차려줄 생각이다. 그래야 최 영감이 송녀에게 얼씬거리지 못할 것 같은 생각에서다. 최 씨 집안에 들어와 대를 잇지 못하는 것이 자신의 탓인 줄은 알고 있지만 그렇다고 영감이 다른 밭을 빌어 씨를 받는 짓은 바라지 않았다. 이제 한참 손에 일이 익어가는 송녀도 일을 가르치느라고 엄하게 대했지만 일 맵시가 야무져서 늙도록 집에 잡아두고 부려먹을 생각이다.

최 영감의 생각은 달랐다. 반상이고 뭐고 간에 송녀가 씨받이만 해준다면 아예 뒷방에서 안채로 옮겨 앉힐 생각이다. 벌써 여러 달째인데 송녀의 눈치는 아무런 변화가 없다. 입덧하는 기색도 없고 최 영감과 마주칠 때에 굳은 표정은 여전하다. 아무래도 자신에게 문제가 있다는 생각을 굳히고 있었다.

송녀는 부엌바닥에 물끄러미 주저앉아 어젯밤 일을 떠올렸다. 동패는 분명 바라던 남자였다. 역하던 비늘의 비린내가 그렇게 구수한 냄새로 느껴지던 때가 있었던가. 자신이 생각해도 믿기지 않았다. 송녀는 동패와 같은 집에서 살고 있는 것만으로도 마음 든든하고 바라보는 것만으로도 흡족했다.

　여름살이가 끝나고 광에 쌀섬이 들어오는 날이었다. 동패는 일꾼들이 마차로 들여오는 쌀섬을 광에 차곡차곡 받아 쌓고 있었다. 쌀섬 쌓기를 마치고 광안에 널브러진 물건들을 주섬주섬 정리할 때 송녀가 쌀을 푸려고 바가지를 들고 들어왔다. 송녀는 동패가 있는 것을 알고 멈칫했으나 마음을 진정하고 동패를 쌀섬 위에 끌어 앉혔다. 송녀가 손가락으로 자기 배를 가리키자 동패는 영문도 모르고 왜 그러냐고 물었다. 대답이 없자 배가 아프냐고 물었다.

　"강가에 갔던 그날 이후로 그게 없어요. 애기를 가진 것 같애요."

　송녀의 얼굴에는 수심이 가득했다. 동패는 수심어린 송녀를 와락 껴안았다. 송녀가 동패를 밀쳤다. 그 순간 광문이 열리면서 작대기가 동패의 등짝을 후려쳤다. 최 영감이다. 동패는 그길로 최 영감에게 목덜미를 잡혀 조리돌림을 당하면서 내쫓겼다. 동패가 최 영감의 힘을 못 당할 바 아니지만 감히 뿌리치지 못했다. 최 영감은 대문을 걸어 잠그면서 바닥에 침을 '퉤퉤'하고 뱉었다. 송녀에게는 아무 말도 하지 않았다.

　"형님! 그러면 그 길로 이렇게 쫓겨나왔다는 얘기요? 송녀는 어쩌구요."

　"그래도 못 떠나고 그 집 대문 앞에서 잠이 들었는데 어떤 곰 같은 놈이 나를 깨우더니 멱살을 쥐고 죽도록 패더구먼. 그러고는 하는 소리가 송녀를 살리려면 아무 말도 말고 오늘 밤으로 이곳을 떠나라고 하더군. 여기서 기웃거리다가는 쥐도 새도 모르게 둘 다 죽는다고. 그러면서 이 봇짐 하나 던져 주더군. 이게 전부야.”

동패는 단패를 보면서 힘없이 웃었다.

“허허허, 내 인생 불쌍허고, 우리 엄니 불쌍허니, 불쌍놈의 집안이 불쌍허지 않으면 어찌 살겠나.”

동패의 목소리는 젖어 있었다.

“형님, 여기서 보름에 한 번 씩은 옹기를 한양으로 실어내는데, 일손이 필요하니 당분간 함께 일합시다. 형님도 그 집에서 뱃일은 이력이 붙었을 것이 아니요. 옹기배를 타면 옹기뿐 아니고 다른 물목도 얻을 수 있어요. 한양에서 물건을 사다가 강나루마다 풀면 괜찮은 장사가 될 거요. 문제는 밑천인데 넘긴 항아리 값을 우리가 받아오면 되는 것이고. 화주가 따라가는 때도 있지만 신임만 잘 얻으면 우리에게 맡길 수도 있으니 우리는 남의 밑천으로 장살 할 수가 있는 거요. 싣고 올라온 물목을 다 팔고 나면 화주에게 원금 주고 우리가 뱃삯 받다가 선주에게 제하고 나면 남은 돈은 우리 몫이요. 어때요? 겹장사가 되지 않겠소. 남의 배로 사공질 하면서 삯을 받고 남의 밑천으로 장사해서 이문을 남기기도 하면 우리도 머지않아 배 한척은 마련할 수 있을 것이오.”

단패는 기다리던 힘을 구한 듯 동패의 손을 꼭 잡았다. 동업자가 아니라 형제였다. 배 한 척만 마련한다면 강에서 살아갈 터전을 잡는 것이다. 더욱이 스스로 부릴 수 있는 배임에랴. 둘이 함께 한다면 해볼 만한 일이었다.

"형님. 자오? 궁금한 게 하나 있소. 그러면 그 집 영감은 자식도 없다는데, 왜 훌륭한 형님을 아들로 삼지 않았을까요? 자식 낳을 팔자가 아니라면 남이 낳은 자식이라도 얻어다가 내 족보에 올린다던데. 그럼 형님 팔자 고쳐졌을 것 아니요?"

"얻어다 기르는 자식도 인연이 닿아야 하는데, 엄니가 내 배내 포대기에 동패라고 이름을 적어 넣어 줄 때 벌써 난 그 집과 인연이 아니었어."

"엄니 마음 알아듣겠군요. 어서 잠이나 자오."

그들은 꿈에 부풀어 잠이 들었다.

골세

곤하게 잠들었다가 심한 갈증을 느끼면서 일어난 동패는 옆자리부터 더듬었으나 함께 누워 있어야 할 단패가 없었다. 허전했다. 이 신새벽에 어디로 간 것일까?

동패는 벌떡 일어나서 살문을 열어 제켰다. 여명이 이슬 맺힌 습기와 함께 어두침침한 방안으로 확 몰려 들어왔다. 혹시나 하는 마음에서 벽을 더듬어 봇짐을 찾으니 횃대에 얌전히 걸려 있었다. 어젯밤에 겨우 찾은 아우인데 잠시나마 괜한 의심을 했구나 하는 생각이 들었다. 입안이 끈적거리며 갈증이 더해왔다. 자리를 털고 일어나 밖으로 나오니 마당 한편에 우물이 눈에 띈다. 바가지로 물을 퍼서 벌컥벌컥 들이켜자 몸서리가 쳐질 정도로 속이 시려왔다. 어제 깨버린 오지그릇의 파편들이 마당에 어지럽게 널려 있었다. 동패는 넉가래를 찾아들고 마당에 흩어져 있는 어둠을 긁어모으듯

파편들을 모았다.

"그냥 두소. 형님!"

언제 나타났는지 단패가 넉가래를 빼앗으며 만류했다.

"우리 엄니 만나러 가요. 형님."

이른 아침 주막에서 나물밥 한 그릇씩 얻어먹었다. 동패가 방에 들어가서 봇짐을 챙겨 메고 나오자 단패도 언제 챙겼는지 봇짐을 메고 따라 나섰다.

"어서 갑시다요. 형님."

단패가 앞서서 잡는 길은 산 쪽이 아니고 되돌아 나오는 물 쪽이다.

"엄니는 산속에 사기막으로 들어가셨다고 했잖아."

"맞소. 산속에 있는 사기막이오. 지금 이 길이 그리로 가는 길이오. 나루에 가서 배를 타야 해요."

"산으로 가는데 배를 타다니. 배가 산으로도 간다더냐?"

"아따. 형님과 나, 화주영감밖에 없는데 배가 어찌 산으로 가요. 한 배에 사공이 열쯤은 되어야 산으로 갈까 말까 하지. 그냥 따라와 보오."

동패는 단패를 따라 걸었다. 둘이 나루터에 닿았을 때에 강은 질척거리는 안개 숲이었다. 머리가 비를 맞은 듯 질축하고 수염 끝에는 물방울이 맺혔다. 어제는 그렇게도 낯설던 단패가 하룻밤 사이에 어디선가 오랫동안 보아왔던 얼굴처럼 익숙해지고 있었다.

"뉘인가?"

쌀과 옹기를 실을 화주 구옹이 단패의 옆구리를 찌르며 궁금한 듯 동패에게 눈짓을 했다.

"어제 찾은 내 형님이에요. 이제 앞구쟁이(앞사공) 뒷구쟁이(뒤사공) 손이 척척 맞게 생겼어요."

단패는 신이 나서 화주를 보고 씩 웃었다. 동패가 덤벼들어 쌀섬과 옹기를 배로 들어 올렸다. 일이라면 이골이 난 동패에게 짐을 배에 싣는 일은 일도 아니었다.

"어제 만났다는 형제가 손발이 척척 맞는구먼."

구옹이 말로서 그들의 힘을 더했다. 동패가 옮겨주면 단패가 받아가며 능숙하게 쌀섬 사이로 항아리와 소래기, 물동이, 방구리, 자배기 등속을 섞어 가면서 뱃짐을 짰다. 나루에 내다 놓은 쌀섬과 옹기를 모두 싣자 단패가 화주와 동패에게 배에 오르라는 눈짓을 하면서 삿대로 강턱을 밀어냈다. 서서히 배가 강심 쪽으로 밀려났다.

땀인지 이슬인지 모를 물방울을 씻어내며 단패가 삿대질을 하고 뒤에서 동패가 거들었다. 구옹은 어깨에 걸머메었던 봇짐을 풀더니 단패와 동패에게 인절미 한 덩어리씩 내어줬다. 아침을 먹은 배에도 고소한 콩가루가 입안에서 녹아들면서 또다시 식욕이 솟구친다. 화주는 뱃짐에 올린 망태에서 무 한 뿌리를 꺼내 선수에 내리치자 두 동강이 났다. 한 동강을 단패에게 건네고 무청이 잡힌 쪽을 화주가 입에 베어 물고 우적우적 씹었다. 그러더니 손에 잡은 무청을 물에 넣는다.

"먹어라 이놈."

다리 한쪽을 밧줄로 묶은 남생이였다. 남생이 치고 꽤 큰 놈이다. 놈은 목을 내밀어 무청을 입에 물고 오물거렸다. 이놈이 뱃길을 지킬 것이다.

"어머니를 찾아 간다고들 했지?"

"네에. 요즈음 엄니한테 못간지가 달포는 되는 것 같아요."

"자네 자당은 사기막에 있기에 참 아까운 솜씨야. 그놈에 갑자년, 그 난리만 아니었더라도 한양 땅에서 호강했을 텐데. 벌써 오십년이 지났네 그려."

칠십이 넘어 보이는 노령의 화주 구옹은 봇짐에서 인절미를 한개씩 더 건네며 옛날을 생각하듯 눈을 감았다. 단패 어머니의 사정을 잘 아는 그 화주의 물건만 실으면 매번 그랬다. 단패는 어머니의 과거 이야기를 벌써 여러 번 들었지만 동패는 처음이니 귀가 바짝 곤두섰다.

"자네 자당의 그림솜씨는 한양 땅 궐 안에서도 알아주는 재주였지. 친정어머니, 그러니까 자네들한테는 외할머니가 되시겠지. 그 외할머니 솜씨를 빼닮았다고 가근방에서 소문이 자자했었지."

구옹은 단패가 젓는 삿대 밑에 쪼그려 앉아서 먼 산을 바라보며 이야기를 늘어놨다.

"영감님! 거 궁금해서 미치겠네요. 우리 외할머니가 그림쟁이였나요? 궁 안에서 알아줬다는 얘기는 또 뭐예요?"

"노를 잡은 저 총각이 자네 형이라고 했지?"

단패의 물음에 화주는 말머리를 돌렸다.

"내 엄니와 저 형님의 엄니가 같으니 우린 누가 뭐래도 한배를 탈 수밖에 없어요. 그래서 이렇게 소원풀이로 엄니를 만나러 가는 한배를 탔잖아요. 하하하하."

"이렇게 장성한 두 아드님을 만나면 어머님이 아주 흡족해 하시겠네. 얼마나 대견하실까?"

구옹은 자기 아들이라도 되는 양, 만족스럽게 입맛을 쩝쩝 다시며 두 사람을 번갈아 돌아봤다. 동패는 두 사람의 얘기를 들으면서 멈춘 듯 흐르는 물 위에서 휘적휘적 노를 저었다. 최 영감 댁에서는 부엌엄니를 어머니로 알고 있다가 하루아침에 엄니가 바뀌더니 이제는 외할머니까지 동패의 핏줄로 살아났다. 동패는 듣고만 있었다. 배가 갈뫼나루에 이르자 단패와도 안면이 두터운 옹기장수가 나루에 나와서 반갑게 맞았다.

"이번에도 단패 총각이군. 장안에 장 담그는 항아리가 동이 났나 보이. 장 담글 철이 다가오니까 장항아리 찾는 사람이 많은데 쟁여 논 물건이 있어야지. 내 그래서 어제 사람을 보냈지. 이렇게 보내 줘서 고마우이."

항아리를 배에서 내려 옹기점으로 나르는 두 형제의 얼굴에는 땀방울이 솟았다.

"장은 천양(천녕)에서 나오는 옹기에 담가야 제 맛이지."

배에서 옹기를 모두 내려 옹기점에 들여놓은 옹기장수는 방안에다 걸차게 점심상을 한 상 차려 놓고 화주와 동패 형제를 불러 들였다.

"내 점심에 맞추어 올 줄 알고 안에다가 상 좀 차리라고 했지. 그런데 한 사람이 늘었네. 이 총각은 뉘이오?"

옹기장수가 궁금한 듯 구웅에게 묻자 구웅은 단패에게 턱짓을 했다.

"내 형님인데 어제 찾았어요. 함께 엄니한테 가는 길이오. 노 젓는 솜씨가 나보다 나아요."

단패가 입안에 가득한 밥알이 튀어 나오는 줄도 모르고 신이 나서 형을 옹기장수에게 소개했다.

"어허, 그래? 단패총각, 이제는 마음 든든하겠네. 매번 형님을 찾아야 한다고 노래를 부르더니만 힘이 솟겠어. 잘 된 일이야."

옹기장수는 밥 먹던 손으로 어느새 단패의 등을 두드리고 있었다.

"지금 이 세상 사람은 아니지만 낭이 어머니가 더 좋아하시겠는 걸. 자네들에게는 외할머니지."

동패는 옹기장수가 낭이 어머니 뭐니 하는 말 귀를 못 알아듣고 옹기장수 얼굴만 빤히 쳐다보자 단패가 나섰다.

"형님. 우리 엄니 이름자가 낭이라오. 옹기점 아저씨도 우리 할머닐 알아요?"

"암, 알고말고. 이 바닥에서 사금파리 만지는 사람치고 낭이 어머니를 모르는 사람이 있나? 옹기 그림에는 아주 유명한 분이셨지. 아깝게 가셨지만."

"아깝게 가시다니 그게 무슨 얘기예요. 예전에는 저한테 그런 얘기 안 해주었잖아요."

단패는 궁금증에 꾸역꾸역 퍼먹던 밥숟가락을 놓았다.

"형을 찾았다고 하니까 갑자기 생각이 나네 그려. 자네 외할머니는 광주 땅, 분원에서 그림 잘 그리기로 꽤나 호가 나 있었지. 어찌 되어서 천녕 땅까지 올라 왔는지는 모르지만 과리장군 때에 화를 입고 돌아가셨지."

"과리장군? 과리가 누구예요?"

"왜 과리장군이라고 못 들어봤나? 어이 참. 내가 아니할 말을 꺼냈군. 나는 여기까지 밖에 모르니 나머지는 저 친구한테 듣게."

옹기장수는 못할 말을 한 것처럼 구옹에게 말꼬리를 돌렸다. 동패는 어머니에 대한 관심이 더욱 솟구쳤다. 동패의 머릿속에 그려지는 어머니 같은 여인의 모습은 부엌엄니와 송녀의 얼굴 밖에 없었다. 옹기점 주인은 점심을 마친 객들을 몰아내듯 먼저 일어섰다.

"쌀 짐은 한양까지 갈 모양이구먼. 짐이 얼마 안 되지만 대탄 큰여울 조심들 허고 무사히 돌아들 오게."

대탄은 양근 땅 모래여울에서 한나절을 노 저어 내려가면 만나는 여울이다. 큰여울이라는 뜻인데 얌전히 흐르는 강물이 사납게 내리쏠려 사공들이 모두 겁을 내는 곳이다. 늘 그랬지만 장사꾼들은 짐을 싣고 대탄, 큰여울 오르내리기를 꺼렸다.

"형님. 우린 한배에서 태어나서 이제야 이렇게 한배를 탔소. 하하하하."

단패는 신이 나는 모양이다.

"이 노~옴들. 게 섰거라!"

배가 마악 뜨려던 차에 옹기점 쪽에서 나졸 서넛이 급히 내려온다. 손을 흔드는 방향이 아무래도 단패의 배가 있는 쪽이다. 구웅은 배를 띄우려다 말고 나졸들을 기다렸다.

"여기 구웅이라는 자가 누구냐?"

"나요. 그런데 나를 어찌 알고 이렇게 ….”

"가보면 안다. 관아로 가자."

대답을 들을 것도 없이 구웅은 나졸 두 사람에게 양팔을 잡혀갔다.

양근 관아.

지난해에는 지독한 가뭄으로 고을에 구휼미까지 모두 풀어 관아창고가 동이 났다. 민심이 흉흉하여 도적질이 늘어나고 양식이 모자라서 기르던 축생까지도 잡아먹었다. 겨울이 되자 조정에서는 궁 안에 쓰일 땔감을 만들어 올리도록 양근 군수에게 영을 내렸다. 구휼미를 먹은 대가를 치루라는 뜻이다. 겨우내 산에서 베어낸 소나무와 참나무장작들은 강배에 실려 용산나루를 통해 한양 도성 안으로 들어갔다. 한 해 걸러 맡겨지는 땔감 동원은 양근 고을 사람들의 민심이반으로 이어졌다.

알고 보면 구휼미는 고을 사람들에게서 걷어 두었던 것인데 가뭄이 들어 양식이 모자라면 대가없이 나누어 주어야 맞지, 베푸는 척 하면서 값을 치루라는 것은 배고픈 사람들을 대상으로 한 농락이었다. 물론 조정의 뜻은 가뭄을 겪은 양근 고을 사람들에게 아무런 대가없이 나누어 주라고 했지만, 군수에게 내려진 땔감을 만들어 올리는 일 역시 대가가 없는 일이었기 때문에 따지고 보면 대가없이 주고 대가없이 받는 일이 아니라 땔감을 만들어 주고 양식을 받는 꼴이 되었다. 그런데 그 양식이 평년에 고을에서 거두어들인 것이니 고을 사람들의 재산이 분명한데 나라에서는 그 양식으로 생색을 내고 땔감 마련하는 일을 맡겼다.

양근 군수 정운은 그러한 민심을 잘 읽고 있었다. 양강의 중심인 양근·진변나루는 하루에 칠십여 척도 넘는 배들이 강을 오르내리면서 들려갔다. 산골 깊숙한 마을은 기근이 들어 풀숲을 헤치며 먹을거리를 찾아다녀도 물가 주막거리는 항상 풍성한 물건들로 넘쳐났다. 때로는 광목과 어물들을 바꾸기도 했고 연장과 항아리를 맞바꾸어 가기도 했다. 쌀은 돈과 같아서 쌀값이 모든 거래에 척도가 되었는데, 지난겨울에는 나루에서 쌀을 구하려면 한바탕 오랑캐난리를 치른 후에 마을에 살아남은 사내들 보기보다 더 어려웠다.

사또는 고심하던 중에 묘안을 냈다. 갈산 나루에서 한양으로 가는 무곡선貿穀船이 있으면 사공이든 화주든 무조건 잡아오라고 관원에게 일렀다. 명을 내린지 얼마 되지 않아 얼굴에 기름기가 흐르는 화주 한 사람을 잡아왔다. 천녕에서 한양으로 배를 갖고 다니면서 오르내림 겹장사를 하는 구옹龜翁이라는 곡물 장사꾼이었다. 군수 정운은 마침 구옹에 대한 소문을 익히 들어 알고 있던 터였지만 상면한 적이 없어 얼굴은 서로 모른다. 이 가난에 기름진 얼굴을 보자 노기충천, 사또는 대뜸 호통을 쳤다.

"그대가 우리 나루터를 거저로 쓴다는 사람인가? 모래 여울은 양근 사람들이 뼛골 빠지도록 파놓은 뱃길인데 골세도 제대로 안 내고 다닌다니 그게 사실인가 말하라."

사또 정운은 구옹을 죄인 다루듯 추궁한다. 골세는 갈수기에 물 골이 좁아져 배가 오르내리기 어려운 곳을 파서 넓혀 놓고 지나가는 배마다 싣고 있는 물건의 일부를 통행세 조로 받았는데, 그 통행세라는 것이 화주가 일방적으로 정해서 그날그날 배에 넉넉한 품목 중에 조금씩 떼어 일을 한 사람들에게 배급처럼 나누어주기 때문에 골을 넓혀 만든 사람들은 배들이 지나갈 때마다 구걸하듯 받아냈다.

강 주변 사람들이 물길을 내어 놓지 않는다면 배가 전혀 다닐 수 없기 때문에 아쉬운 쪽은 뱃사람들이었지만, 배고픈 사람들이 헤프게 먼저 물길을 내서 선심을 써놓았으니 그곳으로 지나는 삯이 헐할 수밖에 없었다. 골을 파기 전에 배를 잡아 두고 흥정부터 먼저 할 일이었다. 그러나 주인 없는 강에 사람들이 모여 먼저 골을 팠으니 뱃사람들은 고마움도 모르고 걸인에게 엽전 던지듯 하며 강을 지났다. 군수는 지금 양근강 모래여울을 오르내리는 배들의 대가를 제대로 받자는 것이었다.

평소에 사또는 강변 사람들에게 들어두었던 사정을 익히 알고 있었으므로 한마디 내던져 놓고 구옹의 눈치를 살폈다. 구옹은 예상대로 얼굴을 씰룩거리면서 억울한 표정을 드러냈다. 아무리 군수라지만 대들 기세다. 배를 부리는 장사치의 거센 성품을 드러내려 한다.

"사또 나으리! 이놈이 일자무식한 뱃놈에다 막돼먹은 장사꾼이라지만 살아가는 도리는 아는 사람이오. 나루터를 이용하는 삯이며 골세는 매번 섭섭지 않게 치르고 다녔는데 이렇게 죄인 취급 하듯이 끌고 와서 문초를 하니 너무하시는 것 아니오이까?"

구옹은 사또에게 화가 잔뜩 나 있었다. 그러나 사또는 표정하나 변하지 않고 태연했다. 화는 항상 불리한 쪽이 먼저 내는 법이다.

"그러면 내 먼저 묻겠다. 보아하니 강배로 꽤 오랫동안 장사를 한 모양인데 그대가 파는 물건 값은 누가 매기고 있는가?"

정운은 뻔히 알면서 묻고 있었다. 구옹은 즉답한다.

"내 물건이니 받은 값에 이문을 조금 붙여서 내가 매기지, 누가 매기겠습니까? 물건 값을 파는 사람이 매기는 것은 당연지사 아니겠습니까요."

"그것 봐라. 물건 값은 물건을 손에 쥐고 파는 사람이 매기는 것이다. 그러면 골세와 나루 삯은 누가 정해서 받는 것이 맞느냐?"

사또는 회심의 미소를 지으면서 되물으니 구옹은 말문이 막혔다. 그러나 궁여지책으로 한마디 더한다.

"내야 할 배가 내배니 내가 정해서 내는 게 맞지 않습니까."

"아니다. 그렇지 않다. 그대가 물건을 가진 사람이니 값을 스스로 정해서 받듯이 골세도 모래 여울의 주인인 양근 고을 사람들이 정해서 받아야 하는 데, 그대의 배는 다른 배들보다 두 배나 큰데도 모래여울 지날 때마다 다른 작은 배들처럼 쌀 한 말 밖에 내지 않았 다지 않는가. 그러니 그동안 덜 낸 골세를 모두 내지 않으면 오늘 한양으로 못 내려갈 것이다."

그랬다. 유명한 구옹은 다른 배들보다 두 배나 큰 배로 물건을 실어 나르면서 골세 받는 사람들에게는 배 안에 값없는 물건 나부 랭이를 몇 가지 집어 주듯 매번 다른 배들과 같이 골세를 냈다. 그 런 사실을 깨닫지 못한 구옹은 억울하다고 생각했지만 할 수 없었 다. 그에게도 나름대로 생각이 있었다.

"좋소이다! 그러면 오늘 한양으로 가려던 쌀은 나루에 모두 내려 놓고 가겠소이다. 그러니 내 쌀을 받아 주시오. 그동안에 더 내라 는 골세는 오늘 모두 치르는 셈이니 앞으로는 이렇게 죄인처럼 잡 아다 놓고 남에 장삿길을 막지는 마시기 바라오."

한 배에 실은 쌀이라면 적어도 오십 섬이 넘는다. 구옹은 선뜻 배에 실은 쌀을 모두 양근 군수에게 내놓겠다고 나섰다. 생각보다 쉽게 넘어온다고 반신반의 하면서 군수는 다짐을 받아 두었다.

"내 그대에게 분명히 해둘 것이 있다. 이번에 그대가 내놓는 쌀 은 그동안 우리 양근에 모래여울을 싼값에 오르내린 대가를 치루 는 것이지 아무런 조건도 붙이면 아니 된다."

"알았소이다."

"그럼 여기에 수결하라."

구옹은 이방이 내어주는 붓을 들어 순순히 수결했다. 사또는 구 옹을 앞세워 직접 갈뫼 나루로 나왔다. 영문을 모르는 단패와 동패는 그들을 도와 쌀섬을 내려 관아 창고로 날랐다. 이러다가 오늘 안으로 엄니를 못 만날지 모른다는 조급함에 동패는 손을 바쁘게 움직였다. 배에 가득한 쌀섬으로 관아의 빈 창고를 채우니 사또는 흐뭇했다. 쌀섬 내리기를 마치고 나루에서 주막 쪽으로 오르려 할 때에 구옹이 사또를 향해 소리쳐 불렀다.

"사또! 내 거북이 사라졌소이다!"

구옹의 얼굴에는 낭패감이 역력했다. 정운은 뒤돌아서 배로 내려가 보니 고물 쪽에 매인 밧줄 끝에 잘려나간 절단면이 선명했다. 밧줄에 무언가 매달아 끌고 다녔는데 잘 드는 칼로 토막을 내서 밧줄 끝에 달린 물건을 가져간 것이다. 그것이 진정 거북인지는 사또가 모를 일이었다.

"내 며칠 전 꿈에 커다란 거북이를 보았소이다. 양강에서 하늘로 오르려는 용의 꼬리를 물고 뒤흔드는 걸 보았소이다. 참으로 기이한 꿈이 아니오? 꿈을 잊은 채 삼개나루에서 물목을 구해 싣는데 어떤 상인이 커다란 거북 한 마리를 잡아서 살 사람을 찾고 있었소이다. 어젯밤 꿈에 본 거북이 생각나서 이것도 인연인가 싶어 내 연못에 두고 키울 생각으로 그 거북의 값을 따지지 않고 샀소이다. 그놈에게 무얼 먹여야 할는지 몰라 다시 데리고 삼개나루로 내려가는 길인데 없어졌소. 억울하게 관아로 끌려가지만 않았다면 거북을 잃지 않았을 것이오. 거북의 값도 적잖이 치렀지만 워낙 귀하게 생긴 놈이기 때문에 이제는 그러한 놈을 구하기가 어려울 거요. 그 거북은 이 배하고도 맞바꿀 수 없는 값진 귀물이요. 거북이가 이 강에 살면서 하늘로 오르려는 용의 꼬리를 물어 승천하지 못하는 이무기들이 횡액을 끼칠까봐 더 걱정이오. 이무기가 용으로 하늘에 오르지 못하면 다니는 배에 대고 해코지를 할 게 아니오."

사또가 보기에 구옹의 말이 진지한 것을 보니 사실은 사실인 모양이었다. 말에 생각을 더한 구옹의 예상이 더 그럴 듯했다. 만일 양강에서 사고라도 난다면 그 책임이 순전히 사또 정운에게로 돌아올 것이 뻔했다. 더욱이 사또는 기왕에 적잖은 쌀을 넘겨받은 차에 매정하게 나 몰라라 할일이 아니므로 일말의 책임은 있었다. 밧줄 끊긴 것을 보니 분명 근자의 소행이었다. 뱃사람들을 데려다 추달을 하면 범인은 잡힐 것 같았다.

"내가 거북을 잃은 것 보다 앞으로 이 고을과 내 장사에 액이 낄까 걱정이 되기 때문이오."

"그대의 배에 거북을 달았다는 사실을 누가 믿겠는가? 누가 증명하겠느냐 말인가?"

"내 배에 사공이 알고 다른 배들의 사공도 알고 있을 것이오."

"나으리. 이포나루에서 짐을 띄울 때에 저쪽 선수머리에 거북이 한 마리가 분명히 매달려 왔습니다요."

눈치 빠른 단패가 사또 앞에 엎드려 구옹의 편을 거들었다.

"그대의 뱃사공 말은 믿을 수가 없으니 다른 사공을 대보아라."

함께 온 관원이 구옹의 배 옆에 댄 뱃사공을 불러 올렸다.

"그대는 저 노인의 배에 매달린 거북을 보았는가?"

끌려온 사공은 고개를 흔들었다. 설령 보았다고 해도 의심을 받고 추달을 당할 것이 빤하기 때문에 보았다고 할 리가 없었다. 또다시 다른 옆에 있는 뱃사공을 불러 올렸다. 사또의 추문에 고개만 내돌릴 뿐이었다. 이에 구옹은 땅을 치며 울부짖었다.

"정말로 억울하오. 내가 사공과 함께 거북을 매달고 왔건만 모두가 부인하니 그 거북이 배에 달려 있었음을 어떻게 변하겠소. 쌀보다 더 귀한 거북을 잃었으니 이 장삿길을 어찌하면 좋겠소."

보다 못한 사또는 나루터를 지키는 나졸을 강 건너 박병산으로 보내 왜목터에 있는 회양암 노승을 불러 오도록 했다. 구옹은 노승 앞에서 어젯밤 꿈 얘기를 늘어놨다. 노승이 구옹의 이야기를 듣고 고개를 끄덕이면서 꿈을 풀었다.

"용의 꼬리에 거북을 만들어 놓으면 될 것이오. 박병산에서 북쪽으로 보면 용이 하늘로 오르다가 누운 것 같은 형상이오. 그 꼬리가 빈양산이고 강 건너 산이 박병산인데, 박병산에 거북을 앉히면 용솟음이 멈출 것이오. 용은 하늘로 오르려고 할 때마다 땅에 횡액을 남기기 때문에 눌러 앉히지 않으면 매번 큰일을 당할 것이오. 용은 땅을 배반하고 하늘로 오르려 하지만 거북은 물 따라 흘러 바다로 가려고 하니 둘을 맞물려 놓으면 고을이 조용할 것이라는 말이오."

노승의 말을 들은 사또 정운은 박병산에 있는 석장 이감을 불러 돌거북을 만들도록 했다.

"고맙소. 사또. 그리만 해주신다면 내 모든 것을 아끼지 않고 백미 백석을 더 내놓겠소이다."

이에 구옹은 선뜻 백미 백 석을 양근 관아에 내놓겠다고 나섰다.

"자네들은 오늘 이 배를 쓰게. 아니지 아주 자네들 손으로 부려 보게. 나는 오늘 잃은 거북을 위해서 이 스님을 따라가야겠네."

구옹은 배를 단패에게 넘겼다. 사또는 구옹의 말을 선뜻 받아들여 관아 곡창에 쌀 일백여 석을 고을에 풀었다. 그 쌀로 오랫동안 가물던 고을에 기근이 풀렸다. 노승은 그 길로 구옹과 석장 이감 노인을 데리고 박병산 꼭대기에 올라가서 거북 앉힐 자리까지 정해 주었다.

"그러고 보니 꿈에 본 곳이 여기였던 것 같소. 거북은 하늘로 오르려는 용의 꼬리를 물고 있었소. 그 자리가 바로 여기요."

구옹은 노승의 말에 흡족해 하면서 박병산 석수들의 겨울 양식으로 백미 한 마차를 실어 보내겠다고 했다. 그러나 석장 이감은 난감했다. 지금까지 강에서 남생이나 자라를 본적은 있지만 거북은 말로만 들었지 눈으로 본 적은 없었다. 이감은 노승에게 답답한 속내를 털어놨다.

"이녁도 지금까지 말로만 들었지 거북을 직접 본 적이 없잖소."

"그럼 석장 어른, 용은 본 적이 있소?"

"용을 본 사람이 어디 있겠소?"

"허허허허, 이 세상에서 용을 직접 보았다는 사람은 한 사람도 없는 데도 용을 잘도 만들고 잘도 그려대고 있지 않소. 그림으로 만들고 나무로 만들고 돌로 만들고. 모든 게 눈으로 보아야만 만드는 것은 아니요. 성불을 한다면 세상 만물을 다 만들어 낼 수 있는 것이오. 나무관세음보살."

노승은 그 한마디로 이감 노인에게 답을 내렸다. 그리고는 바랑에서 지필묵을 꺼내 거북의 모습을 그려 주었다.

"자라를 보았다고 자라 같은 거북을 만들면 아니 되오. 자라 등에 거북무늬를 그린다고 거북이 되는 것도 아니라오."

노승은 합장을 했다.

"이 세상에 용은 하나요. 하늘에 있는 용이 수명을 다하여 세상에 모든 잠룡들이 오르려 할 때 오직 한 마리만 오를 수 있는 것이오. 용들은 홀로 하늘에 오르기 위해서 물속에 수많은 잠룡들을 해친다오. 그래서 하늘에 오른 용은 죄 많은 귀물이오. 거북이가 용의 꼬리를 무는 것은 다른 용을 해치는 죄를 짓게 하지 않기 위해서요. 양근 고을에서 하늘로 오르면서 죄를 지으려는 잠룡을 붙잡아 두기 위해 이 거북이 필요한 것이요. 그놈들은 저 아래 대탄바위 밑에서 평생 소용돌이를 치면서 멀쩡한 뱃사공들을 잡아먹지 못해서 안달을 하는 것이오. 그래서 거북이 필요한 것이고. 그대가 거북을 만들어 사공들을 살려야 하는 이유를 이제 알겠소?"

이감 노인이 고개를 끄덕이는 사이에 노승은 박병산 봉우리에 놓인 바위 주변을 몇 바퀴 돌아보고 신선처럼 사라졌다.

일천육백칠십사 년(현종 15년) 삼월 스무이틀 새벽.

양근楊根 고을 박병산璞屛山 기슭에서 사는 석수들의 초막으로 말을 탄 관원 두 사람이 들이닥쳤다. 박병산은 양근 땅 고읍에서 강 건너 남쪽으로 솟은 산인데 돌을 쪼는 석수들이 모여서 겨울을 나는 곳이다. 산기슭에는 대여섯 채의 초막이 있는데 관원은 그들을 모두 석장石匠 이감異瞰의 초막으로 불러 모았다. 한 달 전 승하한 왕대비의 국상을 치루기 위해서 설치한 산릉도감에서 나온 소부석소 감조관監造官 윤밀尹謐과 김유金嚅였다. 감조관 윤밀이 그들 앞에 나선다. 소부석소는 능을 만드는데 드는 자잘한 석물을 만드는 곳이다. 감조관은 소부석소의 일을 감독하는 감독관이다. 그들이 갑자기 왜 박병산 석산에 나타났을까?

"모두들 잘 들어라. 나는 왕대비마마의 국장을 치루기 위한 산릉도감 소부석소에 감조관 윤밀이다. 내일부터 이 석산에서 사사로이 돌을 뜨는 일을 모두 금한다. 이 석산에서는 왕대비마마 산릉에 쓸 석물을 만들 것이다. 모두 알겠느냐?"

느닷없는 관원의 통고에 영문을 몰라 모두들 묵묵부답이다. 어안이 벙벙했다. 이감이 나선다. 이감 노인은 이곳 양근 고을을 오랫동안 지켜온 석장石匠이다.

"나으리. 그럼 우린 어찌 되는 것이요?"

"내일부터 양주 불암부석소에서 일하던 석장과 마조장磨造匠들이 이리로 올 것이다."

"우리네 석산인데 우리 손을 놔두고 왜 그들이 한단 말이요?"

"무엄하다. 왕대비마마의 국상에 쓸 석물을 만드는데 너희 같은 솜씨로 가당하겠느냐? 맷돌과 다듬잇돌, 절구돌이나 만들고 절간 짓는 축석이나 깎던 손들일 텐데…."

산릉도감에서는 삼물소三物所, 조성소造成所, 노야소爐冶所, 대부석소大浮石所, 보토소補土所, 소부석소小浮石所, 별공작別工作, 분장흥고分長興庫, 번와소燔瓦所, 수석소輸石所를 설치하여 일을 시작했다. 삼물소는 임시 건물과 기계류를 제작·설치하고, 조성소는 정자각, 재실등의 조성을 맡으며, 노야소는 장례에 쓰일 철물을 만드는 곳이다. 대부석소는 왕릉에 쓰일 큰 석물을 제작하여 설치하고, 보토소는 흙을 돋우고 메우는 일, 별공작은 산릉도감의 여러 곳에서 쓰는 비품을 만들며, 분장흥고는 기름먹인 종이로 각종 우비와 자리를 만든다. 번와소는 기와와 벽돌을 불에 구워 만들고, 수석소는 석물을 운반하는 일을 한다. 이 중에서 소부석소는 대부석소가 하지 않는 자잘한 석물을 만드는 곳인데, 왕대비 상을 당한지 이레가 지난 이월 그믐부터 양주에 있는 불암부석소에서 일을 시작하여 산릉 정자각 등에 쓰일 둥근 주춧돌과 십이지석 등 큰 석물을 먼저 만들고 양근에 있는 박병산으로 옮겨 능상에 쓰일 섬돌과 가림 돌을 만들려고 하는 것이다.

대부석소를 맡은 국장도감에 낭청 정동설은 한양에서 양주를 거쳐 양근, 천녕, 여주로 이어지는 길목에 사정을 잘 알고 있었다. 장지인 여주에서 가까운 양근 땅, 박병산에서 제법 쓸 만한 돌이 난다는 것도 알고 있었다. 총호사 김수홍에게 허락을 얻어 운반의 부담을 줄이기 위하여 소부석소를 양근 박병산 석산으로 옮기기로 하고 감조관 두 명을 먼저 보낸 것이다.

박병산은 광주와 양주 땅을 만나는 합수머리 병탄에서 보면 양근강을 끼고 남서쪽으로 맞닿은 곳에 병풍처럼 둘러쳐진 산인데, 광주廣州에서 북으로 달려온 산줄기가 양근강을 못 건너고 주저앉았으니 그 한恨이 돌의 단단한 응어리로 맺어 머무른 형상이다. 그 끝자락이 석산이라 양근 고을 부잣집에 쓰일 석물을 만들어 대는 곳이었다. 그곳에서 만드는 돌은 뜰에 놓는 댓돌이기도 했고 섬돌이기도 했고, 주춧돌이기도 했고 빗돌이기도 했다. 또 아녀자들이 사용하는 다듬잇돌, 돌절구, 맷돌과 연자매까지도 만들었다. 석수들은 봄부터 가을까지 석물을 만들어 대고 겨울 밑에 농사지은 곡식을 받아와 겨울을 났다. 겨울에는 일거리가 없어 여름내 만들어놓은 물건을 내가는 데, 지난해에는 너무 가뭄이 들어 모두들 어려운 판에 돌로 사치할 엄두를 못 내니 덩달아 배를 곯은 것은 박병산에 석수들이었다.

　석수들은 여름내 겨우 연명할 양식을 마련해서 겨울을 나고 경칩에 춘분이 지나 땅이 녹자 이제 막 일을 시작하려던 참이었다. 그들은 무슨 일이든 마다하지 않았다. 그들의 터전인 박병산에 돌을 나라에서 쓰더라도 그 일을 자기네들이 하면 입에 풀칠은 할 것이 아니겠냐고 은근히 바랐는데, 자기네들 재주로는 능에 쓰일 석물을 못 만든다면서 감조관은 핀잔부터 주었다.

　"우리가 그 일을 못할 게 무어요. 사대부가 묘소에 문인석, 상석, 비석 다 만들어봤는데."

　이감을 제치고 젊은 석수 강만이 나선다.

"감히 어느 앞이라고. 나라의 명을 거역하자는 것이냐!"

기가 찬 듯 뒤에 있던 감조관 김유가 호령한다.

"그런 것은 아니오만, 돌 뺏고 일 뺏으면 우린 굶어죽으라는 얘기요?"

"너희들에게는 수석소 운반일감을 주겠다. 고맙게 받아라. 수석소는 여기서 만든 돌을 영릉까지 나르는 일을 하게 될 것이다."

"우리네 돌쟁이더러 우마차를 끌라고 하니 손이 아깝지 않소?" 하고 이감이 맞받았다.

"이보오! 노인장. 내일 이곳에 올 석장은 나라 안을 샅샅이 뒤져서 골라낸 장인匠人 중에 장인들이오. 이런 촌구석에 돌쟁이들과 견줄 바 못되니 물러서시오. 수석소 일감을 주는 것만도 감지덕지할 것이지. 우선 석질을 좀 보아야 하니 연장을 들고 채석장으로 앞장을 서시오."

어쩔 수 없는 노릇이었다. 그러나 돌쟁이가 돌 터를 뺏긴다는 것은 석수로서는 죽음이나 다름없었다. 차라리 다른 곳에 가서라도 돌 일을 하면 했지 짐꾼 노릇은 못할 일이었다. 이감도 돌을 다루는 일로는 가근방에서 소문난 석수였고 양근 고을에서는 제일로 치는 석장이기도 했다. 그런데 석수 일을 그만두고 돌 나르는 수석소 일을 한다면 사내가 남근을 잃는 것보다 더한 모욕이다.

"모두 함께 가세."

이감은 젊은 석수와 함께 연장을 들러 앞장섰다. 박병산 육부 능선쯤에 채석장으로 올라갔다. 감조관은 아무렇게나 널려있는 석재를 살핀다. 그리고 이감으로부터 망치를 건네받아 견치석의 모서리를 내려친다.

"박병산 돌은 우리가 잘 아오. 다른 곳에 돌과는 결이 다르기 때문에 손 설은 석수는 일감만 버려놔요."

이감은 망치로 이돌 저돌 두드려 보는 감조관 등 뒤에서 그가 듣든 말든 한마디 했다. 그 말이 감조관의 자존심을 건드렸다.

"이 영감탱이가 돌 일로 삼십 년을 먹고 살아온 나를 감히 가르치려는 것이요?"

감조관은 돌을 두드리던 망치를 내던졌다.

"석질은 불암석보다 좀 떨어지지만 거리가 가까우니 여기 돌이 그런대로 쓸 만은 하오. 어쨌든 여기서 한 달간은 일을 하게 될 것이니 내일부터 초막을 비우시오."

이감은 이곳 석수들의 손재주를 비하한 감조관의 태도보다 평생 몸담아 일해 온 박병산 석질이 불암 것보다 못하다는 데 대한 낭패감이 더 컸다. 대들어 몇 마디 더하려 했지만 감조관은 이감 노인의 표정조차 무시하고 말에 올라 말꼬리를 휘두르며 돌아갔다. 석수 강만이 그들 뒤로 걱정스런 푸념을 내뱉었다.

"석장 어른 어떻게 할 것이요? 여기를 내준다면 이 터를 완전히 망가트려 놓을 텐데."

"그렇다고 나랏일에 안 내 줄 수 없지 않나? 벌이 두렵지 않느냔 말일세. 힘없는 우리가 그 벌을 감당할 수 있겠나."

격해서 덤벼들던 강만이 한풀 꺾였다.

"맞소. 우리 다른 방도를 찾아봅시다."

다른 석수가 석장을 거들었다. 다른 방도라면 다른 석산을 찾는 일이다. 그러나 그것도 만만찮은 것이 다른 곳에 석산이 이들을 기다리고 있는 것이 아니다. 이미 터를 잡고 있는 석수들이 있기 때문에 함부로 덤벼들기는 어려운 일이다. 석수들의 손이 안 탄 석산을 찾는다면 모를까. 이감 노인이 좌중을 둘러보았다.

"일단 내일까지 여기서 지켜봅시다. 우리가 제 발로 걸어 나갈 수는 없지 않소. 여기가 어떻게 만들어 놓은 곳인데."

"그럽시다."

이구동성으로 외치면서 초막에서 헤어지려 할 때 이른 아침 능선으로 올라갔던 사냥패들이 노루 한 마리를 메고 돌아왔다. 또 한 사람이 올무에 걸린 토끼 두 마리를 내려놓는다. 겨우내 움츠렸던 얼굴이 모두들 환해졌다.

"사람은 겨우내 양식이 없어 굶어도 이놈들은 지난겨울에 무얼 처먹었는지 살이 통통하게 쪘구랴. 하하하!"

늙은 석수 하나가 토끼 귀를 잡고 흡족하게 웃었다.

"우리 이놈들로 오늘 진탕 먹어봅시다. 하하하! 아니지 해마다 겨울이면 땟거리가 없어 지지궁상인 게 우리네 신센데 아주 사냥으로 나서면 어떻겠소. 그 귀한 고기 매일 먹을 것 아니겠소. 하하하하."

"사냥도 주먹돌이 있어야 할 게 아니요? 주먹돌도 돌쟁이가 만들어야 하는데 우리가 그만두면 주먹돌은 어디서 구하고?"

그들은 채석장에서 나오는 파석을 주먹만 하게 깨서 망태에 걸머메고 사냥을 나갔다. 틈만 나면 연습한 돌팔매 솜씨가 도망가는 토끼쯤은 가볍게 잡을 정도로 익숙해 있었다. 날카롭게 모가 나도록 깬 돌이라야 했다. 던지는 돌은 정확하게 사냥감의 급소를 맞췄다. 골짜기에는 방금 전에 다녀간 감조관의 엄포도 잊은 채 오랜만에 잡아온 산고기로 웃음이 가득했다. 검정 무쇠솥에서 삶아 꺼낸 노루고기 한 덩이를 물어뜯던 이감은 슬그머니 그들 틈에서 빠져나와 초막으로 들어왔다.

이곳에서 만들 석물은 정자각 기둥받이로 쓸 주춧돌이나 가림돌, 신로神路 깔개돌, 이첩석, 삼첩석들이다. 소부석소에서 만드는 석물은 능에 들어가는 소소한 석물이었기 때문에 섬세한 조각이나 기술이 필요한 것은 아니다. 홍살문에서 정자각에 이르는 길에 깔아놓는 신로석神路石이나 가림돌 같은 것은 웬만한 석수들이 다 만들어 낼 수 있었다. 이감 노인이 마음 상하고 있는 것은 왕대비 산릉에 쓰일 물건인데 감히 천것들에게 맡겨서야 되겠느냐는 감조관의 거드름 때문이었다.

오랜만에 기름진 음식을 만나서 저마다 한 덩어리씩 고기를 물고 있는 돌장이들은 그들 중에 최고 어른인 석장, 이감이 언제 빠져나갔는지도 모르고, 엄포를 놓고 간 감조관에 대해서만 왁자지껄 떠들고 있었다. 이감은 감조관에게 당한 모멸감에 상심해 있을 여유가 없었다. 내일이라도 사람들이 들이닥쳐서 채석장을 빼앗기게 된다면 산마루에서 하던 일을 영영 마치지 못하게 된다. 마음이 다급해졌다. 화룡점점. 용을 그리고 눈알을 못 찍으면 비록 그림이지만 날아오르지 못하듯 그가 만들던 거북도 머리를 아직 살려내지 못했다.

이감은 초막으로 들어가 연장 망태와 삶은 보리알을 몇 줌을 챙겨 메고 능선으로 올랐다. 산봉우리에 올라 주변을 휘돌아 보았다. 양자산에서 한강을 향해 내달린 산줄기는 박병산에서 끝 봉우리를 맺어 놓고 강으로 내리 꽂힌다. 그래서 박병산 봉우리는 멀리 강 건너에서 고읍을 거쳐 미원(지금의 가평 설악)쪽으로 넘어가는 고갯마루가 훤히 보이고, 가까이는 고읍과 양근 땅을 한꺼번에 바라볼 수 있는 곳이다. 발아래 병산마을은 때 이른 봄이라 아직은 들판이 한적하다. 멀리 동쪽으로 여주목과 천녕현이 희미하게 보이고 강 하류 쪽으로는 상심나루가 눈에 들어온다. 그 밑으로 배들이 몰려 있다.

이감 노인은 산꼭대기에 올라가서 왼새끼에 솔가지와 한지를 오려 꽂은 금禁줄을 들추고 일감에 덮어 놓은 무명포를 걷어냈다. 그 앞에서 읍揖하고 무릎을 꿇어 눈을 감았다. 이감이 꿇은 두 무릎에는 두 가지 뜻을 모두 담았다. 하나는 고을의 무사평안이었고 또 하나는 세상사가 물처럼 순탄하게 흐르기를 바라는 뜻이었다. 이감이 홀로 바위를 쪼기 시작한 게 지난 봄 부터니 벌써 일 년이 흘렀다. 이제 봄을 맞아 거북의 형상이 거의 마쳐지는 중이다. 멀리 내다보이는 용문산 줄기는 양근강에서 솟아올라 하늘로 용솟음치는 모습이다. 그러나 그 꼬리가 양근강에서 잘려 광주로 가는 산줄기에 이어진다. 거기에 박병산은 혹이었다. 그 혹 끝에서 거북의 모습은 이제야 형상을 드러내고 있었다.

용은 산을 타고 하늘로 오르고 거북은 물을 따라 더 낮은 바다로 간다. 바다로 가려던 거북이 하늘로 오르려던 용의 꼬리를 물었다니, 내림과 오름의 싸움이 양근에서 멎어 용문산으로 화化해 누운 꼴이다. 용의 광란을 거북이 진정시켜야 한다. 이감은 기억을 더듬으며 가늘게 눈을 뜨고 일감을 보면서 거북의 형체를 가늠했다. 그러고 나서 망치자루에 침을 뱉어 다잡아 쥐었다. 등과 머리를 겨우 다듬었다. 둘레를 한 바퀴 돌면서 눈을 가늘게 뜨고 균형을 가늠한다. 거북은 좌대석에 앉아서 북쪽을 향해 앞다리 받쳐 몸을 들고 용문산을 향해 입을 벌린다. 하늘에 오르지 못하고 누워버린 용을 꾸짖는 모습이다.

일이 모두 끝나려면 앞으로 며칠의 말미가 더 있어야 한다. 그러나 내일 들이닥칠 소부석소 패들에게 쫓겨나면 지금 만들고 있던 돌거북을 마치지 못할까 걱정이 되었다. 이감 노인은 조심스럽게 망치와 정을 들어 돌을 쪼기 시작했다. 거칠게 윤곽을 잡아 쪼아낸 돌거북의 머리 모습을 다듬는 일이다. 노승이 그려준 그림과 이제껏 들어온 이야기만으로는 용의 꼬리를 물만한 거북의 입모습이 쉽게 잡히지 않았다. 한 조각씩 정으로 쪼아내는 동안 날이 저물고 어둠이 덮였지만 이감은 일을 그치지 않았다. 오늘밖에 일할 날이 없었다. 밤 안으로 다듬던 머리 부분을 모두 마쳐야 한다.

마음이 다급해지자 쉽게 일손이 익어갔다. 해가 설핏해지면서 산에는 벌써 한기가 서린다. 등걸 잠방은 땀으로 젖어갔다. 어둠은 빠르게 왔다. 관솔불을 피워 비춘다. 그을음이 돌을 그을리고 어둠 속에서 홀로 돌을 쪼는 소리만 들린다. 얼마나 지났을까? 멀리 추읍산 쪽에서 달덩이가 떠오른다.

설이 지난 음력 이월보름.

일감이 없는 겨울을 이용하여 이감은 일삼아 거북을 쪼며 보냈다. 머리가 거의 만들어져 가는 즈음인데, 내일이면 쫓겨날지도 몰라 이감의 손놀림은 빨라졌다. 어제까지 목 주변에 군더더기를 겨우 깎아냈는데 쫓겨나려는 것이다. 밤일은 달이 도왔다. 거북의 머리를 다듬어 놓고 이감은 지치듯 물러나 앉는다. 밤이 이슥해지자 망태에서 삶은 보리쌀을 한줌 입에 털어 넣었다. 지친 몸에 생기가 돈다. 한기에도 아랑곳 않고 윗도리를 벗어 양손으로 배배틀어 쥐어짠다. 흐르는 땀물을 입에 대고 삼킨다. 간이 배어 찝찔하다.

입안에 삶은 보리쌀을 두어줌 더 씹어 삼키고 거북의 머리 앞에 예를 표한다. 구옹의 뱃길이 무사무탈 하기위하여 거북상을 주문했다지만 석장 이감이 거북을 만드는 마음은 양근 고을의 평안을 위해서다. 사백 년을 산다는 거북은 인간세상에서 일어나는 모든 희로애락을 지켜보면서 속으로 그 영험을 길러왔을 것이다. 노승의 말대로 용이 꿈틀거리며 하늘로 오르려는 몸부림은 땅에 대한 배반이었다. 땅에서의 삶에 만족하지 못하고 항상 기회만 있으면 궂은 날을 틈타 하늘에 오르려는 야심은 그 오름이 이루어질 때마다 인간 세상에 희생을 딛고 나서 마魔를 남겼다. 노승의 말이 그

용을 누를 영물은 거북이라는 것이다. 돌 일로 평생을 바쳐온 그는 이제 마지막으로 되살아나는 거북을 만들고 세상을 떠날 작정으로 반년 넘게 공을 들여왔다.

검은 하늘이 파래지고 노란 달이 하얗게 변할 즈음, 추읍산 쪽에 동녘은 붉게 물이 든다. 거북의 앞다리를 파내고 등 뚜껑을 다듬었을 때에 이감의 머리에는 서리가 앉았고 땀에 젖은 겹저고리가 얼어 서걱거렸다. 새벽녘 이감은 숨을 돌려 또다시 삶은 보리쌀을 몇 줌 입에 넣고 돌 쪼기를 시작한다. 구웅과 약속한 날이 이달 그믐이다. 앞으로 보름은 여유가 있지만 날이 밝으면 소부석소 사람들이 언제 밀어닥칠지 모르니 이일도 더 할 수는 없는 노릇이다. 밤새도록 겨우 머리 부분까지 형상을 만들어냈을 뿐인데 해는 산 능선에서 하늘로 떠오르고 있었다.

"석장 어른, 관원들이 벌써 들어 왔어요. 우린 이제 쫓겨나야 하는가보오."

어느새 올라왔는지 강만과 젊은 석수 둘이 금줄 안으로 차마 들어오지 못하고 다급하게 일렀다. 이감은 서둘러 거북 위로 무명포를 덮고 그 위에 청솔가지를 덮었다. 두 젊은이가 청솔가지를 꺾어다 이감을 도왔다. 거북은 이제 청솔가지가 쌓인 나무더미로만 보였다. 밑을 내려다보니 발아래 초막은 벌써 마차와 말을 탄 사람들이 들어와서 짐들을 내리고 있었다. 말이 먼저 도착하고 그 뒤로 마차가 석공들의 연장과 유숙할 짐들을 싣고 올라왔다. 박병산 석수들은 아침부터 초막 밖으로 내몰렸다. 그들은 점령군이었다. 밖으로 내몰린 석수들이 영역부장領役部將 장후립을 중심에 두고 모여들었다.

"우리에게도 일거리를 주시오. 우리도 돌질로 뼈가 굵은 사람들이니 무어든 할 수 있소. 무엇보다 이 산에서 나는 돌의 성질은 우리가 더 잘 알지 않소?"

"아서라. 여기서는 절간에 쓰일 축석이나 여염집에 쓰는 잡물석이나 뜨는 곳이 아니다. 효종대왕의 후비后妃 되시는 마마의 능에 쓰일 석물을 만들 것이다. 정결하지 못한 너희들이 감히 이일에 손을 대려 하느냐. 일을 시작하기 전에 산치성을 드릴 것이니 너희들은 밖으로 물러나 있거라. 일을 시작할 석수들은 몸을 깨끗이 씻고 산제를 올릴 준비를 하라."

그들은 함께 온 관원과 군사들에게 떠밀려 초막 밖으로 밀려났다. 양손에 연장 하나씩을 들고 있는 박병산 석수들의 얼굴이 험악하게 일그러졌다. 그 앞을 석장 이감이 막아섰다.

"멈추시오. 우린 지금 석수로서 자존심을 내세우며 나라의 명을 거스르는 죄를 짓고 있을 때가 아니오. 왕대비마마 국장에 우리가 할 일이 있다면 마다하지 않고 해야 하지 않겠소? 석물을 나르는 수석소 일도 아무나 할 수 없는 만만치 않은 일이오. 감사하게 받아 우리가 기꺼이 해야 할 일이 아니겠소?"

이감의 말에 험악한 분위기가 다소 진정되었다. 박병산 석수들의 표정도 조금씩 누그러졌다. 이감은 박병산 석수들을 이끌고 석산을 내려왔다. 초막 앞에 있는 수레는 겨우내 얼어붙은 땅위에 버려진 채로 있었다. 이감은 초막 안에서 아주까리기름을 가져다가 수레바퀴에 부었다. 모두들 바라만 본다. 강만이 나섰다.

"우리더러 정말로 수레를 끌란 말이요?"

"못할 것 없지 않은가. 만들어낸 돌을 옮기는 것도 아무나 못하는 일인데 우리더러 하라니 얼마나 감사한 일인가 생각해 보게. 자! 모두 수레를 꺼내서 바퀴에 기름칠하고 손을 봐두게. 내일이면 저들이 만든 석물을 실어 내려야 할 걸세."

이감의 수제자격인 강만이 앞장서고 뒤에서 쭈뼛쭈뼛 하던 젊은 석수들이 마지못해 달라붙었다. 톱을 들고 나서서 수레 바닥에 낡은 나무판을 썰어 바꿔 깔고 부러진 곳을 고쳤다. 석산에서 뜬 돌은 수레에 싣고 초막이 있는 평지까지 내려와야 한다. 평지부터는 마차로 운반한다지만 산비탈로 운반하는 데에는 여간 기술이 필요한 게 아니다. 손수레에 싣고 내려오다 자칫 잘못하면 구렁텅이로 곤두박질치기 십상이다. 물건을 망치고 사람이 다치니 제일 조심해야 할 일이다. 더욱이 이곳 길에 익숙하지 않으면 아무리 조심스럽게 운반을 한다고 해도 한두 번 쯤은 겪는 사고였다.

석수들은 석산에서 돌을 싣고 내려와야 할 길에 허물어진 곳들을 손보았다. 패어나간 곳에는 흙과 잡석을 채우고 군데군데 돌을 쌓아서 만약의 경우에 대비했다.

저녁 무렵, 길을 고치는 일이 거의 끝나갈 쯤에 장후림이 내려와 이감을 불러갔다. 올라가 보니 하루 종일 한 일이 바닥에 파석뿐이었다. 각을 떠서 만들다가 깨져서 버려진 파석들이 널려 있었다.

"이 산에 돌은 못쓰겠소. 도대체 이런 돌로 그동안 무얼 만들었다는 것이오. 낭청 어른은 이 산에 석질이 이 근방에서 제일 낫다고 하던데 오늘 다루어 보니 형편없잖소! 이건 불암석산 석질에 반도 못 미치잖소!"

감조관 김유가 이감에게 화풀이를 하듯 파석이 난 돌덩어리들을 망치로 내려쳤다.

"감조관 나리. 돌의 결을 아시오?"

박병산 석질에 대해 비하당하는 석장은 아무리 감조관이라지만 그 앞에서 자존심이 상했다.

"결?"

"결이오. 세상 만물에는 모두 결이 있지 않소. 사람의 살에는 살결이 있고 나무에도 나뭇결이 있고 물에도 흐르는 물결이 있고 풀에도 자라는 결이 있고 땅에도 결이 있고 짐승의 고기에도 찢기는 결이 있고 사람의 마음에도 마음결이 있는데 돌에 결이 왜 없겠소. 그 결을 알아야 돌을 다루는 것이오. 불암석산 암의 결과 이곳 암에 결은 다른 결이오. 태초에 이 땅에 돌이 생겨날 때에 타고난 결을 알아야 한다는 말이오. 마음결이 정淨치 않으면 돌에 결을 볼 수 없소. 자 보시오. 같은 화강돌이라도 깨알같이 박힌 검은 점과 흰 점의 밀도가 다르고 같은 점들끼리 흐르는 결도 제가끔 다르잖소. 박병산 돌은 표층이 두껍기 때문에 먼저 그 껍질을 벗겨내야 단단한 석질이 나오는 것이오. 화강석 껍질 층은 세월과 함께 모래처럼 부서져서 마사로 흘러내리는 것이오."

"부석소 감조관인 나에게 감히 암석의 결을 가르치려는 것이요?"

"물론 감조관 나리께서는 결을 모르실리 없지요. 그러나 결은 안다고 보이는 것이 아니오, 다루려는 돌과 마음이 통해야 결이 보이는 것이오. 무릇 돌쟁이들이 결을 안답시고 덤벼들어 다루지만 돌이 제 결을 알아주는 석수를 만나기도 어려우려니와 석수가 결을 읽을 수 있는 돌을 만나기도 또한 어려운 것이오. 산에 뿌리박힌 암이라고 해서 생명이 없다고 생각하면 아무리 찾으려 해도 돌의 결은 보이지 않는 것이오. 화강석이라고 다 같은 화강석이 아니기 때문에 그 결 또한 같지 않은 것은 당연한 이치요. 결은 돌이 쉬고 있는 숨과 같소. 어느 방향으로 숨을 쉬고 있는지 알아야 한단 말이오. 더욱 중요한 것은 이 석산에서 나는 돌의 결을 알아야 한다는 것이오."

"그러면 그대는 이 산에 있는 암석에 결에 대해 얼마나 아시오."

여전히 감조관 김유가 비꼰다.

"이 산은 불암석산과 다르오. 불암석산에서 뜬 돌은 산 자체가 거대한 바위기 때문에 강하기가 그야말로 쇠와 같고 돌의 짜임이 촘촘하여 빈틈이 없소. 정을 대고 망치로 치면 망치와 정이 만나서 나는 소리와 같이 정 끝에서 쇳소리를 내면서 튀지만 이곳에 암은 맥이 닿아 있지 않아서 조직이 성기고 정으로 쪼면 쉽게 파지는 성질을 가지고 있소. 그것은 강에서 보면 약이지만 쓰임에 따라서는 부드러움도 될 수 있는 것이오. 정 끝에 쉽게 패어지는 성질을 손

설은 석수들이 석질의 강약으로만 평해서 우열을 가리는 데, 그건 잘못된 말이오. 이곳에 돌이 정으로 다루기 쉬워서 부드럽다고 하지만 그것이 결코 약한 것은 아니요. 때로는 부드러운 것이 강한 것을 당해 이겨낼 때가 있지 않소. 강한 것이 스스로 강하기만 한 것은 아무짝에 쓸모없는 것이고 그 돌이 쓰임에 맞도록 강해야 진정으로 강한 것이오. 그러하듯 약한 돌도 쓰임에 따라 잘만 다룬다면 부드러움으로 조밀하게 다듬을 수 있기에 강함에 비할 바 아니라는 것이오."

"그럼 그대가 이 돌을 다루어 보고 능 밖에 신로석으로 깔돌을 한 판씩 떠 보오. 폭은 한 자, 두께는 두 치, 길이는 두 자로 하시오."

감조관 김유는 이 노인이 단순히 돌쟁이로만 늙어온 사람이 아닐 것이라 생각하면서 불암에서 데리고 온 석장의 손에서 망치와 정을 건네받아 이감에게 내준다. 이감은 망치와 정을 받아 들고 날을 보다가 내던지고 스스로 메고 올라온 망태에서 정을 꺼낸다. 정의 날 끝이 달랐다. 그들이 가져온 정은 끝이 동그랗고 뾰족한 못정이지만 석장 이감의 정은 끝이 나무를 파는 끌처럼 각이 져 있었다. 이감은 자신의 끌로 돌을 쪼기 시작했다. 각진 모서리로 골을 파고 골 사이에 정을 바로 넣어 망치로 내려치니 돌이 칼로 자른 듯 갈라졌다.

"신로석, 깔개돌이오. 정이 결을 따르려면 정의 모양도 결을 다룰 수 있도록 만들어야 하는 것이오. 끝이 둥근 정은 모든 결에도 맞을 수 있지만 어느 결에도 맞지 않을 수 있는 것이오. 여기에 있는 돌에는 이 정이 맞소."

이감은 정의 끝 날을 들어 감조관 김유에게 보였다. 그 정의 끝 날은 나무를 뚫는 끌의 날과 같이 넓적하게 날이 섰다. 대장간에서 끝을 다듬고 담금질하여 돌을 이기도록 강도를 키웠다. 둘러섰던 석공들이 고개를 끄덕였다. 노인은 다시 편석을 집어 들었다.

"이것 보시오. 이곳에 돌은 능선을 향해서 사선으로 켜가 져 있소. 이 켜가 바로 결이오. 이 결을 따라서 다루어야 하는 거요. 그렇지 못하면 아무리 유능한 돌쟁이라도 돌이 부러지는 것이오."

이감의 말이 맞았다. 불암은 바위산이고 박병산 돌은 흙속에 숨은 바위였다. 불암의 바위는 덩이가 크고 단단해서 그 쓰임이 컸지만 이곳에 돌은 곳곳에 금이 가 있어서 자르기는 쉬워도 크게 쓰는 데는 부족했다. 그래서 능 안에 쓰이는 석물에 끼지 못하고 능 밖을 꾸미는 돌로 족했다. 그러나 임금의 영靈이 밟는다는 신로석임에랴, 그 중함이 능위에 석물만 못하다고 할 수 없지 않는가.

"내일 저녁에 마차가 올 것이다. 내일 저녁 안으로 마차에 실을 만큼 일을 마쳐야 한다. 밤새도록 쓸 횃불을 만들어라."

감조관은 하루 종일 허비한 시간 때문에 다급했다. 낮에 못한 일을 밤에라도 벌충해야 했다. 해는 벌써 서편으로 치우쳐 있었다. 얼마 지나지 않아서 박병산 석수들이 수레를 끌고 올라왔다. 불암에서 온 석수들 쪽에서 보면 쫓기는 마음이었다. 이때쯤이면 수레에 실을 만큼 석물을 만들어 놓았을 테니 내놓으라는 뜻이다. 그러나 이제 겨우 깔개돌을 몇 편 떠 놓았을 뿐 수레에 실을 만큼은 못

되었다. 석공 강만이 앞서서 수레를 끌어다 파석더미 앞에 놓고 파석을 수레에 실었다. 그 모습을 본 감조관이 막아선다.

"놓아 둬라. 이건 쓸모없는 파석이다."

"나리! 능에는 못쓰지만 여염집 축석에는 훌륭한 석재이지요. 허락해 주신다면 저희가 가져가겠어요. 아직 운반해 내릴 물건을 못다 만든 것 같은데."

감조관은 고개를 끄덕였다.

"고맙습니다. 나리!"

그들은 파석을 수레에 싣고 내리 끈다. 수레에 짐을 싣고 비탈을 내려간다는 것은 위험한 일이었다. 양쪽에 버팀목을 단단히 붙들어 매고 두 명이 올라타고 누르면서 앞에서는 두 사람이 수레를 잡고 내리 끈다. 수레는 무게에 밀려 주르륵 미끄러진다. 그들이 파석을 실어내리는 것은 강만의 말대로 여염집 축석에 쓰일 일도 있었지만 귀하게 쓰이는 능석을 다치지 않게 나르려는 연습이었다. 겨우내 얼어붙었던 땅이 녹아 꺼지고 무너진 곳을 다져서 실수 없이 내리기 위함이었다. 강만이 수레꾼을 지휘했다.

꽤 여러 번 수레가 오르내리면서 파석을 모두 실어 내렸을 때쯤 박병산 석수들은 석물이 나올 때까지 기다리는 사이에 횃불 아래서 일하던 부석소에 석공들은 지쳐갔다. 감조관도 꾸벅거리며 졸고 있었다. 벌써 한 달이 넘게 해내고 있는 고된 작업이었다. 지친 부석소 석공 하나가 횃불 밑에서 슬그머니 빠져나와 박병산 석수 틈에 끼었다. 그러더니 자리 잡고 숫제 드러눕는다. 강만이 그에게 불빛을 치워 어둠으로 덮어 주고 자리를 비켜주었다. 강만은 그가 놓아둔 정과 망치를 잡고 부석소 석공이 비켜난 자리를 찾아들어 편석을 쪼기 시작했다. 익숙한 손이었다.

불암부석소 석공들 손에 박병산 돌의 강도가 익기까지는 하루해가 꼬박 걸렸었다. 그래도 여기저기서 파석이 났다. 그러나 강만은 이미 이 산에 있는 돌의 성질을 아는지라 정을 대고 망치로 치는 강도를 잘 알고 있었다. 너무 세게 치면 여지없이 깨져서 못쓰게 된다. 그 힘은 너무 강하지도 않고 너무 약하지도 않은 정도였다. 강만의 뒤로 만들어 내는 다듬돌이 쌓여갔다.

그때 장후립이 강만의 뒤로 다가왔다. 횃불을 비추어 얼굴을 들여다본다. 처음에는 놀라더니 조심하라고 이르면서 물러났다. 눈 감고 허락해준 것이다. 밤이 깊어지자 불암부석소에서 온 석공들이 하나 둘 씩 지쳐가기 시작했다. 그 빈곳을 수레잡이 박병산 석공들이 끼어들어 일에 속도가 붙었다. 파석이 줄어들고 다듬석이 늘어나면서 날이 밝아지자 모두 지쳐버렸다. 이감 노인은 박병산 석수들을 불러 모았다.

"오늘 아침 돌을 실으러 마차가 온다니 해가 뜨기 전에 이 돌을 내려야 한다. 수레를 대라."

석수들은 이감을 따라 수레를 대고 돌을 실어 내렸다. 밤새도록 지친 몸이었지만 그들은 일을 하였다는 뿌듯함으로 힘이 났다. 더욱이 손 설은 불암부석소 석공들보다 더 잘 해냈다는 게 흡족했다. 누구 하나 입 밖으로 말은 안했지만 서로 만족한 표정으로 수레에 매달려 돌을 실어 내렸다. 아침은 부석소 사람들이 끓여 놓은 뜨뜻한 국물을 한 대접씩을 얻어 마시고 소금 섞은 주먹밥을 뜯어 먹으면서 한 끼니를 때웠다.

"양근석장! 오늘부터 불암석소 사람들과 함께 일하시오."

외따로 떨어져서 주먹밥을 뜯고 있는 이감에게 감조관이 한마디 던졌다. 그 소리를 들은 박병산 석수들이 자신도 모르게 일어나서 감조관을 향해 넙죽 절했다.

"고맙습니다. 감조관 나리!"

"내 그대들의 어젯밤 정성을 생각해서 소부석소 낭청 어른께 잘 말하여 올리리다."

감조관은 밤새 조는 것 같았지만 어젯밤 일을 이미 다 알고 있었던 것이다. 이감은 그들의 아침 자리에서 슬그머니 빠져나와 망태를 메고 능선으로 올랐다. 청솔가지로 덮어놓은 거북상 앞에 금줄을 들췄다. 용문산을 향해 있는 거북머리에 눈을 다듬자 거북이 살아났다. 거북은 발아래 모래여울을 내려다보기도 했고 멀리 용문산을 바라보기도 했다. 머리에 눈알 다듬기를 마치자 동편에서 붉은 햇덩이가 솟아올랐다. 햇빛이 막 태어난 거북의 눈알을 비춘다.

일을 맡기고 간 구옹과 노승을 생각했다. 그들은 여태껏 왜목터 밑 회양암에서 불공을 드리고 있을 것이다. 이감은 줄달음질쳐서 왜목터로 내려갔다. 노승은 동으로 향하고 있는 불전에 떠오르는 해를 등지고 앉아 아침 예불 중이었다. 그 옆에 구옹이 있었다. 이감은 예불이 끝날 때까지 합장을 하고 기다렸다.

"내 오늘 그대가 찾아올 줄 알았소."

예불을 마친 노승은 뒤도 돌아보지 않고 이감을 반겼다.

"거북이 석상을 오늘 다 마쳤소."

"허허, 고맙소. 그동안 고생이 많았소. 그런데 노형, 할 일이 하나 더 있소. 거북이가 산에 살아서야 되겠소. 물로 나가야지. 헌데저 큰놈을 업고 갈 수도 없고, 스스로 걸어갈 수도 없으니, 등짐으로 져다가 물에 띄울 만 한 놈으로 하나 더 만들어 주시오. 내가 대가는 후하게 드리리다."

구옹의 청이었다.

"오지거북처럼 물에 떠야하오. 그래야 배를 지키고 물을 지킬것이오."

승려가 한마디 거들었다.

"돌로 만든 거북이 물에 떠야 한다고요?"

"그러하오. 크기는 어른 팔로 안을 만큼이면 되겠고. 꼭 물에 떠야 하오. 며칠이면 되겠소?"

"며칠이고 간에 돌로 어떻게 물에 뜨는 거북을 만들라는 것이요? 난 못하오."

"돌아가서 곰곰이 생각해 보시오. 답은 있을 것이오. 내 거북을 도적질 당했으니 돌거북이라도 배에 달고 다녀야 마음이 놓이지요."

"어쨌든 내 할 일은 다했소. 우리 초막에 뗏거리를 대준 값은 다했다는 말이오."

"내말 잘 생각해 보오. 물을 살리고 사람을 살리는 일이 될 것이요."

이감은 그길로 초막을 향했다. 어제 떠놓은 돌들은 여태껏 손수레로 실어 내리고 있었다. 손수레를 잡고 있던 강만이 반갑게 맞았다.

"석장 어른! 감조관 나리가 우리도 여기서 함께 돌 뜨는 일을 하라고 했소. 우리도 이제 어엿한 소부석소의 석수장이요. 나라에 돌장이로 벼슬을 했단 말이요."

강만의 얼굴이 상기되어 있었고 돌을 나르는 초막 식구들이 사기가 올라 있었다.

"알고 있다. 그런데 강만이 자네, 돌거북이 물에 뜨는 것 봤나? 어떻게 하지? 물에 뜨는 돌거북을 만들어야 하는데."

"석장 어른. 물에 뜨고 안 뜨고 간에, 지금 돌거북을 만들 틈이 어디 있어요. 왕대비마마의 능석을 만들어야지. 참으로 한심하오. 큰일 날 소리를 하고 있어요."

강만이 석장을 나무란다.

"그리고 누가 그런 미친 소리를 하오. 우리 돌쟁이를 놀려먹으려는 수작이니 괘념치 마시오."

"아니. 구옹, 그 영감이면 충분이 그럴 수 있어. 평생 배를 타니 의지할 데가 있어야 하겠지. 그런데 왜 하필이면 돌거북이지? 천녕에 오지거북을 구하면 될 텐데."

"아따. 석장 어른. 오지거북 만들던 사람이 몇 해 전에 옹기가마에서 불에 타 죽었단 소문 못 들었소? 돌거북도 잘못 만들면 불에 타든지 물에 빠지든지 둘 중 하나일 것이니 조심하오."

그랬다. 선주들이 애장품처럼 달고 다니는 오지거북은 물에 떴다. 거북이 물에 뜨는 것은 속이 비었기 때문이다. 거북은 물레에 흙을 돌려서 만드는 게 아니고 손으로 모양을 빚고 속을 비워서 만든다. 그런데 속을 비워 만들려니 그게 여간 어려운 일이 아니었다. 천녕 바닥에서 속이 빈 오지거북을 만들 수 있는 사람은 이미 세상에 없는 단패의 아버지뿐이었다. 그러니 지금은 그 재주를 가진 사람이 이 땅에 없다.

"석장 어른! 오지거북 만들듯 속을 비우면 될 것이 아니요. 제아무리 묵직한 돌이라도 속이 비면 뜨게 되는 법이요. 그 빈속에다 석장 어른의 혼을 담아 주시오. 그러면 뜰 것이오."

강만이 석장을 보고 어색하게 웃는다.

"그럼 강만이 자네가 한번 만들어 보게. 거북을 만들어 놓고서 내장을 모두 후벼 파야 할 걸세. 그런데 뭐로 파내나. 손톱으로 후벼 파낼 수도 없고, 허허허허. 물에 떠서 살아나려면 속이 비어야 해. 속이 차면 물에서 뜰 수 없어."

"소용없을 것이오. 돌로 만든 거북이 속을 비운다고 물에 뜨겠어요? 그놈의 거북도 갈증이 나서 몸으로 물을 먹으면 그만 가라앉고 마는 것이지. 거북이 껍질에다 기름을 먹인다면 또 모를까."

이감은 무릎을 쳤다. 기름을 먹이면 돌이 물을 먹지 못하니 뱃속만 후벼 파낸다면 물에 뜰 수 있을 것이다. 지난해에 쌀을 백석이나 보낸 사람의 청이니 거절할 수도 없었다. 이감은 골똘히 생각하다가 강만에게 권했다.

"그럼 자네가 한번 만들어 보게나."

그러는 사이에 산 밑에서 무언가 싣고 올라오는 수레가 보였다.

"부석소에 오는 쌀이오. 우리도 이제 이 일을 하는 동안은 걱정 없이 먹게 되었소."

이감은 허기에 지쳐 다듬잇돌이나 돌절구 하나를 등에 지고 이집 저집 방황하던 때를 생각했다.

총호사의 고민

일천육백칠십사 년, 현종임금 십오 년 되던 해. 얼었던 땅을 다 녹인 이월 스무사흘 새벽, 축시에 왕대비 장 씨는 오랜 병치레를 하다가 경덕궁 회상전會祥殿에서 승하하였다. 지난해 효종임금의 능을 여주로 옮겨 자리 잡고 나서, 또다시 나라의 장례를 치르게 되었다. 장 씨는 산역꾼들이 고생 안 하게끔 동토를 피해서 이제야 세상에서 잡고 있던 명줄을 놓아버린 것이다.

열세 살에 봉림대군의 부인으로 간택이 되어 스물아홉에 세자빈이 되고 서른둘에 왕비가 되어 마흔둘이 되던 지난해 시월 남편인 효종임금의 능을 여주로 천장한지 넉 달 만이다.

이른 새벽에 왕대비 장 씨가 승하했다는 소식을 전해 들은 종친들과 당상, 당하 대소 신료臣僚들은 속속들이 궁 안으로 들어왔다. 현종은 우의정 김수홍을 왕대비 장례를 맡아 치룰 국장도감 총호사로 임명하고 장례준비로 부산하게 움직이기 시작했다. 김수홍은 삼월 초삼일 승군들을 모아 한 달간의 식량을 준비해서 산역을 위해 여주로 보내고 난 후, 초엿새가 되는 날에 예조판서 홍처량, 도감 당상 민유중과 함께 여주에 있는 영릉寧陵에 혈을 잡으러 떠났다.

총호사 일행을 여주로 보낸 현종은 융복전隆福殿에 마련한 왕대비의 빈소에 들어 이번 장례에는 이백여 리나 되는 머나먼 길을 어떻게 운구할 것인가를 또 걱정하고 있었다. 지난해 부왕인 효종임금의 능을 천장 할 때에는 상여를 메는 여사군이 너무 고생을 한 데 대해 측은한 마음을 갖고 있던 터였다. 이번에 또다시 국상을 치르자니 도성에서 여주까지 이백여 리가 넘는 길인데 대여大輿를 운구하려면 땅길로 가든 물길로 가든 꼬박 사흘은 걸려야 한다. 여사군이 됐든지, 예선군이 됐든지 모두 고생이 또 이만저만이 아닐 것이다.

더욱이 산릉의 일이 적어도 석 달은 걸릴 것이니 발인은 오월 끝이나 유월에 초쯤이 되는데 이때는 한창 덥기 시작할 때가 아닌가. 운구를 남한강 뱃길로 하면 어떨까? 지난해 시월 효종임금을 양주에서 여주로 옮겨 모시면서 왕대비 장 씨는 여사군들이 이백여 리 운구 길에 고생을 너무 했다는 말을 듣고 뱃길로 하면 어떠냐고 운을 뗀 적이 있었다. 그러나 배로 운구한다는 일도 만만한 일은 아니었다. 영릉까지 가려면 꼬박 사흘을 잡는다고 하더라도 두 밤은 물에서 보내야 하고, 물을 거슬러 올라야 하니 배를 밀고 끌어 올리는 예선군들의 고생도 여사군에 비할 바 아니다. 어쨌든 나라의 일이 모두 상이 결정해야 할 짐이라고는 하나 이 문제만큼은 홀로 결정할 문제가 아니었다.

　총호사 김수홍이 여주로 떠난 지 열엿새 만에 돌아와 상을 알현했다. 김수홍이 어전에 들자 마침 영부사 허적과 좌부중 윤심도 함께 운구에 대해 현종과 논의하고 있던 중이다. 김수홍이 효종임금의 능 아래로 혈을 잡은 산릉의 일을 아뢰니 현종은 먼저 상여를 수로로 운반하자고 제안한다. 김수홍도 운구를 수로로 하자는 데에는 같은 생각이다.

　"과인이 생각해보니 발인 때가 한창 더울 때가 되는데 여사군들의 몸이 많이 상하고 필시 사상자가 많이 날 것이 걱정되니 상여를 수로로 운반함이 어떻겠는가?"

　김수홍은 임금의 제안이 자신의 생각과 같아 반가움에 감복한다.

　"신이 여주에서 돌아오는 길에 당상들과 의논해 본 결과 수로로 운구하는 것이 편리할 것이라고 생각해서 상께 아뢰려 하던 차에 상께서 먼저 물으시니 참으로 다행이옵니다. 수로는 비가 와서 물이 불어나도 상여를 편안하게 운반할 수 있으니 육로로 운반하는 것보다 더 나을 것이지만 국장의 상례에 수로로 운구한 예가 없기 때문에 걱정이 되옵니다. 물을 거슬러 오르자면 배가 흔들리지 않을 수 없고 의물들이 뒤섞이지 않으리라는 보장이 어렵기 때문에 다소 불편하기는 하옵니다."

　현종도 그 점은 걱정스러웠다.

"그렇다. 발인할 때가 한창 더울 때인데 대여가 매우 무겁고 강폭도 좁아서 여사군이 마음대로 발을 움직이지 못할 것이니 만약 한쪽에서 발을 잘못 디뎌서 넘어지기라도 한다면 전체가 넘어지고 말 것이다. 그러면 사상자가 필시 일백여 명은 날 것이니 어찌 우려스럽지 않겠는가?"

이에 영의정 허적이 거들고 나섰다.

"수심이 얕으면 여울을 올라가기가 매우 어려울 것이므로 육로보다는 불편하지만 여울을 파헤치고라도 수로로 운행할 수는 있습니다. 육로로 갈 때에 만약 장마라도 만나서 물이 불어 교량이 죄다 허물어지는 날에는 더 큰 어려움이 있을 것이옵니다. 두 길을 비교해 보면 모두 염려스러운 점은 있지만 그래도 육로가 그 어려움이 더할 것입니다."

김수홍과 허적의 말을 듣고 현종이 결정했다.

"그러면 이번에 대여는 배로 운구하겠다. 국장도감에서는 여사군의 수를 헤아려 정하게 하고 대여를 운반할 배도 새로 만들도록 하라."

총호사 김수홍은 자신의 생각대로 이루어진 데 대해서는 흡족했으나 수로 운반도 걱정이 없는 것은 아니었다. 결정이라는 것이 잘되었을 때는 탈이 없어도 한 점의 흠이라도 있게 되면 그 결정을 강하게 주장한 사람에게 반드시 책임이 되돌아오게 마련이었다.

도감으로 돌아온 김수홍은 공조판서 이정영에게 대여를 모실 배를 만들도록 이르고 골똘히 생각에 잠겼다. 일이 결정된 이상, 아무래도 자신이 직접 배를 타고 강을 거슬러 올라봐야 마음이 놓일 것 같았다. 여울을 거슬러 오른다는 것도 결코 쉬운 일은 아니다. 장사꾼들의 배도 아니고 장례의 예를 갖춘 왕대비마마의 대여인데 함부로 다룰 일이 아니다. 육로로 대여를 운반할 때에 여사군이 지치고 넘어지고 다치는 일보다 수로로 오를 때에 지치고 물에 빠지거나 다치는 일이 더 나쁠지도 모르는 일이다.

광나루에서 영능까지는 스물여섯 군데 크고 작은 여울이 있는데, 그중에서 양근에 있는 대탄이 가장 염려스러웠다. 다른 곳이야 물길이 좁으면 주변에 마을 사람들을 동원해서 물길을 더 파고 여울이 거세면 예선군을 동원하여 배를 끌어 올린다고 하지만, 대탄은 커다란 바위가 강물 속에 가로 놓여 물의 흐름을 꽉 막고 있어, 미리 방도를 구하지 않으면 대여를 실은 배를 물 위에 띄어 놓고 이러지도 저러지도 못할 일이 생길지도 모른다. 그렇다면 그 책임은 모두 이번 장례에 총호사를 맡은 자신에게 돌아올 것이 뻔하다.

김수흥은 영릉에서 돌아와 현종의 결정을 듣고 고민하던 끝에 삼월 스무닷샛날 아침에 현종에게 물길을 살펴보고 오겠다고 아뢰었다. 현종은 제주 목사를 지낸 적이 있는 좌부승지 윤심도 물길에 밝으므로 함께 가도록 일렀다.

김수흥은 광나루에서 대여 크기만 한 관선 한 척을 띄웠다. 국장도감에 당상 셋과 공조판서 이정영, 공조에 낭청 정동설이 함께 배에 올랐다. 배에는 사공을 둘이나 더 붙이고 만약에 대비해서 작은 배를 한 척 더 따르도록 일렀다. 배가 바람을 타고 평구平丘를 지나

두미斗迷까지 이르러 사공이 노를 젓기 시작한다. 젓는 노에 맡겨 힘들이지 않고 상류로 오르니 검단산 줄기와 예봉산 사이 협곡이 한양에서 몰려오는 봄바람을 상류로 빨아들인다.

예봉과 검단 사이의 협곡.

강을 끼고 있는 강원·충청·경기, 삼도에서 선비들이 과거를 보러 갈 때에는 예봉산에 이르러 한양 도성을 향해 예를 올리는데, 물은 강상의 들을 적셔 훑고 내려와 여기 두미에서 한양으로 들기 전에 협곡을 지나려고 잠시 멈칫한다. 만약에 두미에서 예봉산과 검단산 사이의 협곡이 뚫리지 않았다면 물은 한양에 들지 못하고 거꾸로 흘러 광주를 지나 용인을 거쳐 평택으로 흘러들었을지도 모를 일이다. 그래서 두미 협곡은 한양을 만든 물줄기였다.

김수홍은 이번 국장에 총호사를 맡아 다른 어느 때의 장례보다도 그 책임이 막중했다. 장지가 한양에서 이백 리도 넘는 먼 곳일 뿐 아니라 국장 이래 처음으로 대여를 수로로 운반한다고 하니 어떤 위험이 도사리고 있을지 모르는 일이다. 함께 나선 공조판서 이정영이 직접 배 위에서 지도를 펼치고 붓으로 물살이 심한 여울을 표시했다. 물살이 심해서 예선할 곳은 사공과 군사들을 미리 배치해 두어야 한다.

두미진은 검단과 예봉 협곡을 통과하는 빠른 물살을 타고 상류에서 쓸려 내려오는 모래가 쌓였기 때문에 수심이 얕아 대여가 지날 수 있도록 골을 파두어야 한다. 이정영은 직접 붓으로 지도위에 점을 찍었다. 양주 목사와 광주 목사에게 일러 대여가 무난하게 오르기 위해 얕은 곳은 물골을 깊고 넓게 파도록 해야 한다.

배가 서서히 마제를 옆으로 끼고 휘돌면서 분원을 만났다. 김수홍은 광주부윤 시절에 분원에 나와 병탄 쪽으로 바라보던 때를 회상했다. 분원에서 바라보는 병탄의 풍경은 언제 봐도 싫지 않은 모습이다. 새들이 노니는 물과 산, 어디를 보아도 부족할 것 같지 않은 낙원이 그림같이 펼쳐졌다.

조정에서 서로 시기하는 일도 따져보면 별다르지 않은 인간사인데 자기네들이 서로 옳다고 임금 앞에 목숨 거는 인간들이 한없이 측은해보였다. 이번 일만 해도 그랬다. 임금이 백성을 위하는 마음이 바다 같이 넓어서 지난해 시월에 양주에서 효종임금의 능을 천릉할 때에 그 고생을 가엽게 여기고, 이제는 왕실의 장례로 백성들이 더 고난을 겪지 않도록 하겠다는 마음으로 이번 국장에 대여 운반을 수로로 하자고 했는데, 대사간 김우형은 당치않은 일이라고 반대하는 차자를 올리지 않았는가. 임금조차 백성의 고난이 측은해서 그리하는 데 반대하는 관리들이 그리한다면 백성은 그들에게 무엇인가. 국장도감에서도 등을 돌린 그들이 임금 앞에서 또 무슨 일을 꾸며댈지 모를 일이었다. 그럴수록 이번 일은 한 치의 흠 없이 처리해야 한다. 낯익은 풍경들이 눈앞에 펼쳐져 국상 중이라는 것도 잊고 상춘객 나들이하듯 봄바람을 맞는다. 갈 길이 바쁜 일행은 배 안에서 준비해 온 점심을 마쳤다. 총호사가 푸른 물을 한 줌 만지니 눈 녹은 냉기에 손이 시리다.

병탄立灘 합수머리.

가까이는 용진과 월계, 멀리는 충주와 춘천에서 내려온 물이 합쳐지는 곳이다. 두 물이 한 물이 되니 물은 낮은 곳으로 흘러내리면서 태생이 다른 둘이 만나 더 큰 하나가 된다. 병탄과 분원에 배들이 모여 있고 강을 건너는 배가 강심으로 오르는 김수홍의 배를 만나자 흰 상복을 알아보고 배를 멈춰 먼저 오르기를 기다린다.

잔잔한 수면은 월계탄을 지나 청탄까지 이어진다. 물길이 이대로만 간다면 대여가 오르는데 아무 문제가 없다. 대탄에 이르러 예상했던 대로 강을 가로막은 커다란 바위가 버티고 있었다. 공조판서 이정영이 지도 위에 대탄쯤 되는 곳에서 붓에 먹물을 찍어 산 모양의 바위를 그려 넣었다. 어쩌면 물 가운데 이런 바위가 있는가. 옛날 물길이 생기기 전에 땅바닥이었을지도 모르는 이곳에 심이 깊게 박힌 바위가 주변에 흙을 모두 쓸어가고 쓸쓸히 홀로 남아 강을 지키고 있었을 테니 씻겨간 세월이 얼마인가. 강물이 수이흐름을 시샘하면서 목을 조이고 앉아있는 바위가 추상같은 조정의 칼날 선 명에도 굴하지 않고 세월을 지켜오고 있었다.

그들이 타고 있는 대선은 폭이 스무 척이 넘는다. 겨우내 가물었다가 얼음 풀린 강물은 바짝 졸아들어, 그들이 탄 배로는 바위 사이로 흐르는 여울을 오를 엄두가 나지 않았다.

정동설이 멈춘 배에서 강을 가로막은 바위의 크기를 가늠한다. 갈수기라 물이 줄어든 터. 세곡을 이백오십 석이나 실을 수 있는 대선이 강에 버티고 있는 바위틈을 빠져나가기에는 몸집이 너무 컸다. 수로는 한양에서부터 오르기를, 이제껏 널찍한 물길의 넉넉함

을 허락하다가 줄어든 물줄기를 투정하며 우상右相 김수홍의 권세
도 대탄에서는 함부로 오름을 허락하지 않았다.

공조판서 이정영과 낭청 정동설이 앞에 나서서 바위를 살폈다.
오랜 세월 여기저기 깬 흔적이 있었지만 배가 오를 수 있도록 넉넉
한 물길을 뚫지는 못했다. 김수홍의 낙담한 표정을 보고 공조에 낭
청 정동설이 끼어든다.

"대감! 이번 기회에 바위를 아주 깨버리면 되지 않을까요?"

"바위를 깬다고? 물속에 있는 바위를? 이 바위를 이백 년 전에
세종임금 때도 그토록 깨려다가 못 깼다는데."

김수홍은 정동설의 제의가 반갑지만 반신반의하면서 되물었다.

"제게 맡겨만 주십시오. 강물이 줄었기 때문에 바위 깨는 일은
지금이 적기입니다. 물막이를 해서 물을 돌리고 깬다면 그렇게 어
려운 것만은 아닙니다."

정동설은 김수홍에게 말해 놓고 공조판서 이정영의 얼굴을 보았
다. 이정영은 종이에 지도를 그리면서 병탄에서 대탄까지 물길을
이었다. 대탄에 바위를 강 가운데에다 산처럼 그려 넣었다. 빈 종
이에 없던 바위가 묵직하게 옮겨 앉았다. 김수홍은 그 그림을 보면
서 붓 하나로 그림처럼 바위를 가볍게 옮겨 놓기라도 했으면 좋겠
다는 생각을 한다.

"제게 석수와 군사 일백만 내어 주신다면 대여가 무난하게 오를
수 있는 물길을 뚫어 놓겠습니다."

대답이 없자 정동설은 한 번 더 총호사에게 답을 구했다.

정동설. 그는 봉산 군수 시절 고을 안에 추문으로 자신을 험담하는 정장呈狀을 내어 어려움을 겪던 때에 김수홍의 신세를 졌다. 정동설은 육 년 전 그 기억을 잊지 않고 있었다. 이미 이번 행차에 자신을 함께 데리고 온 걸 보면 김수홍이 또 자신을 도와줄 것이라는 믿음이 생긴다. 그러나 총호사 김수홍은 묵묵부답이다. 아직 답을 아니 할 뿐이지 듣고는 있을 것이다.

김수홍의 머릿속은 복잡했다. 무슨 수를 써서라도 이번에는 수로로 대여를 운반하도록 해야 한다. 조정에서는 아무리 옳은 일이라도 반대하면서 일을 그르치려는 패들이 항상 웅크리고 있다. 실리도 없는 형식적인 일에 목숨을 걸고 덤비니 그들의 뜻대로 모든 것을 들어주다가는 나랏일이 풍비박산 난다. 더욱이 이번 일은 임금의 뜻이다. 바위를 깨든지 물길을 돌리든지 해서 꼭 배를 써야만 할 일이다.

"작은 배를 대라."

일행은 뒤따라 온 작은 배로 갈아탔다. 여울 밑에서 배가 머뭇거리는 사이에 상심나루에서 온 노련한 대사공代沙工들이 다가왔다. 노질꾼 하나와 사공 둘이 탔다. 그들은 물의 흐름 사이를 타고 피라미가 여울을 오르듯 노를 지느러미 삼아 꼬리치며 갈지자로 물길을 타고 올랐다. 사공 셋은 손발과 호흡을 척척 맞추면서 거센 여울을 미끄러지듯 타고 오른다.

"이렇게 험한 여울을 거슬러 오르는 재주가 무엇이냐?"

배가 상심나루 잔잔한 수면에 이르자 총호사는 신기한 듯 대사공에게 묻는다.

"물고기가 물살을 헤치고 오를 때에 지느러미질처럼 오르면 되옵니다. 노는 꼬리가 되어 배를 앞으로 밀어 올리고 삿대는 양 날개가 되어 물살을 살래살래 피해서 올라야 합니다. 배고 물고기고 간에 이렇게 세찬 여울에 맞서서 곧게 거슬러 오르려면 당할 재간이 없지요. 노가 오른쪽으로 가면 왼편 삿대가 받쳐주고 왼쪽으로 가면 오른편 삿대가 받쳐주고 하면서 물고기가 갈지자로 꼬리 치듯 오르면 못 오를 여울이 없지요. 헤헤."

노를 잡은 사공이 신이 나서 답했다.

"어디서 배웠느냐."

"저놈의 바위 위에 앉아 낚싯줄을 물길에 들여놓고서 물고기 요 놈들이 험한 여울을 어떻게 오르나 석 달 열흘 살펴보고 십 년 넘게 손을 맞추었죠. 그런데 그게 별거 아닙니다요. 물고기처럼 하면 됩니다요. 물에서 살려면 물고기처럼 노질하고 삿대질해서 헤엄을 쳐야지요. 헤헤."

노잡이는 멋쩍은지 머리를 긁적이면서 웃는다. 총호사는 쓸 만하다 생각하면서 대가를 푸짐하게 주니 대사공들은 넙죽 절하고 배에서 내렸다.

"이름이 무어냐?"

"육재라 하옵니다. 여기는 칠재, 여기는 팔재."

"그러니까, 너희는 대사공 삼 형제로구나."

이른 새벽에 길을 잡아 나섰는데 어느새 한양 쪽으로 석양이 진다. 배는 상심나루에서 노를 넘겨받아 늦은 저녁에 양근의 사탄, 모래여울에 닿았다. 배에서 내리니 기별을 듣고 관아에서 군수 정운이 마중을 나와 총호사를 기다리고 있었다. 총호사의 일행은 관아에서 그날 밤을 묵고 군수 정운에게 대탄에서 부터 양근나루 아래 모래여울과 세심탄 물길을 깊게 파고 넓히도록 일렀다.

이튿날 양근 갈뫼나루에서 큰 배를 내어 세심탄으로 오르기 시작했다. 자갈이 가득 쌓인 여울인데 골만 조금 더 넓게 판다면 문제는 없을 것이다.

천녕에 이포나루는 수월하게 올랐다. 양화나루를 오르면 강바닥이 온통 바윈데 물이 얕으니 대여가 오르려면 바위바닥을 피해서 물길을 돌려야 한다. 양화나루만 지나면 영릉에 쉽게 이를 것이다. 이정영이 여주까지 지도에 표시한 여울은 모두 스물여섯 군데, 대탄에 바위가 가로 놓인 여울만 빼면 모두 물길을 파서 배가 오를 수 있는 곳이었다. 여주에서 돌아오는 내내 총호사 김수홍은 생각에 잠겼다. 정동설이 조심스럽게 생각에 잠긴 총호사를 또 건드렸다.

"비가 와서 물이 늘면 운선에는 문제가 없겠지만 이참에 막힌 강물 길을 영구히 트는 데는 가뭄이 오히려 기회이옵니다. 졸아든 물은 막기가 쉬울 것이니 물을 막고 대탄의 바위를 깬다면 오히려 더 수월할 것이옵니다."

"물을 막는다?"

"예. 물 가운데 있는 큰 바위 주변으로 물을 막아 돌리고 군사와 석공들이 철장으로 적석을 깬다면 못할 바 없을 것이옵니다."

총호사는 고개를 끄덕였다. 다른 방도가 없었다. 이런 때에 정동설이라는 인물이 있다는 것만으로도 다행이었다.

한양으로 돌아오는 배가 대탄에 이르자 총호사를 배종하던 정동설은 배에서 내렸다. 대탄바위를 좀 더 살펴보고 가기 위해서다. 배를 보낸 정동설은 남으로 향한 강 언덕에 올라 대탄의 지세를 살폈다. 태초에 산줄기는 강을 건너는 능선이 있었던 것처럼 용의 이빨 같은 바위가 듬성듬성 솟아 돌다리처럼 강을 건너가 있었다. 물길이 몰리는 가운데 바위를 깨면 능히 배가 다닐 수 있는 곳이다. 그러나 물밖에 드러난 바위는 배를 타고 가서 깬다고 하더라도 흐르는 물속에 바위는 깰 방도가 없었다.

"허허. 뉘신데 그렇게 물 앞에서 넋을 잃고 앉아있소? 난 이 대감이라는 사람이오. 말이 이 대감이지 늙어서 이미 오래전에 관직에서 쫓겨난 퇴관이라오. 허허허허."

"물은 세월처럼 흐르는데 배가 물 따라 흐르다가 바위에 막혀 멈추니 세월도 함께 멈추지 못하는 게 애석해서요."

정동설이 그럴듯하게 응수했다.

"세월을 잘라 먹으려고 그러오? 흐르는 세월이 물과 같다면 흘러가고 또 흘러올 것이니 흘러갔다고 서운해하지 말고 새롭게 흘러온다고 반가와 하지도 마소."

오래전에 한양에서 벼슬살이를 마치고 낙향한 이 대감이다. 언덕으로 산보를 나왔다가 웬 낯선 관리 하나가 턱을 괴고 앉아서 강만 바라보니 깊은 사연이 있는 것 같아서 등 뒤로 한마디 던진 것이다. 이 대감이 보기에 그는 이런 곳에 있을 사람 같지 않아 보였다.

"허허. 한양에서 왔구려."

"그렇소이다. 공조에 낭청으로 있는 정동설이라 하오만. 어찌 그리 쉽게 알아보시오."

두 사람은 수인사를 하였다.

"그리 보이오. 내, 상복 입은 사람이 관선에서 내리는 것을 보았소. 아마도 국상을 치를 배가 이 강을 오를 걱정 때문에 그러는가 보오."

정동설은 노인의 내력을 더 이상 묻지 않았다.

"바로 보셨소이다. 왕대비마마 대여가 이 물길로 올라야 할 터인데 저 바위가 길을 막고 있으니 물길을 트는 방도를 찾는 중이오. 깨는 수밖에……"

"세상에 만물은 하늘의 뜻으로 있을 곳에 있고 없을 곳에는 없는 것이오. 인간이 만물 놓인 곳을 함부로 흩트려 놓으면 그 인간 또한 제 놓일 곳을 못 찾는 법이오. 수천 년을 여기에 박혀 있는 바위를 깬다니 물과 하늘이 노할까 두렵소. 들어보시겠소?"

정동설은 노인의 제의에 고개를 끄덕였다. 무언가 지니고 있을 법한 그에게 꼬치꼬치 물어대는 것은 상대의 경계심을 더욱 굳히는 짓이었다.

"고려가 망할 무렵, 공양왕 때에 왕강이라는 사람이 돌을 깨고 강을 팠다는 얘기가 있다오. 세종임금 때에는 다섯 번이나 군사를 보내서 깼다고 하고, 세조임금 때도 구달충이라는 자가 돌 깨기에 덤볐지만 별 효과가 없었다고 했소. 바위가 게 있음은 천리요. 하늘의 이치라는 말이오. 세월은 십간십이지가 모여 나날을 이루듯이 하늘의 이치와 땅의 이치가 만나서 세상에 조화를 이루니 이 세상에는 함부로 인간들이 건드릴 수 없는 것들이 있소. 바위가 바로 그것이오. 바위는 흙과 달리 수천의 세월을 견뎌온 내력으로 인간이 함부로 할 수 없는 힘을 지녔소. 그런데 수천 년 동안 물을 지켜온 바위를 사람의 힘으로 파한다면 하늘과 물이 그 사람을 가만두지 않을 것이오."

그는 대탄의 내력에 관해 낱낱이 꿰고 있는 듯했다. 정동설 앞에 나타난 노인은 범상치 않은 얘기들을 꺼냈다. 난감한 일이다. 바위를 깨자면 고을의 힘을 빌려야 하는데 이렇게 나온다면 어려울 게 뻔하다.

"바위를 깨는 일은 나라의 일이오. 임금의 영으로만 될 일이 아니니 고을의 도움이 반드시 필요하오."

도움이란 민심이었다. 정동설은 소문으로 들어 대탄바위에 관한 민심을 이미 알고 있었다. 바위는 수천 년 동안 마을을 지키고 강을 지켜온 고귀한 존재였다. 물이 바위틈을 비집고 내려와 소용돌이를 이루면서 빙빙 돌다가 하류로 흘러내리는 신비함에는 마을 사람 누구도 함부로 범접할 수 없는 위엄이 도사리고 있었다. 물이 대탄바위를 넘어와 빙빙 돌고 있는 것은 아래로 더 내려가기를 아쉬워하는 머무름이지만 그 아쉬움은 밀려 내려오는 물들을 이기지 못해서 기어이 한양 쪽으로 밀려났다. 사람들은 물 따라 흘러내려 한양으로 가려고 애쓰지만 물은 대탄에서 빙빙 돌면서 더 내려가기를 꺼렸다. 그러다가 바위를 넘어 내려오는 손 설은 사공들을 해코지하고서야 그예 흐름을 따랐다.

아무리 재주가 좋은 사공이라도 대탄에서는 물흐름의 성질을 잘 알고 있는 대사공에게 노를 맡겨야 했다. 이를 거부하다 물귀신이 된 사공들이 많다는 소문은 정동설도 익히 들었다. 그래서 대탄 사공들은 오르는 물목과 내리는 물목에서 노를 넘겨받아 배를 넘겨 올리고 넘겨 내리는 일로 삯을 받았다. 그뿐인가. 물이 더 줄어들면 비가 올 때까지 기다려야 하니 주막은 사공들로 시끌벅적하고 기다림에 지친 장사꾼들의 투전과 난전이 벌어진다. 그러니 대탄 바위가 대사공과 주막 사람에게는 더없이 좋은 치부거리다.

"허허. 나라의 일이라면 의당 그리해야 하겠지만 흘러오는 물도 마을의 재산이고 오르내리는 배도 마을에 재산인데 바위를 깨서 막힌 물길을 트면 고을의 재산과 영화가 모두 한양으로 흘러가고 말 것이오."

정동설은 그의 말에 이번 일이 녹록지 않을 것 같다는 생각을 하면서 서녘으로 저무는 해를 안고 나루터 주막인 나그막에 들어가 마주 앉았다. 나그막은 오래전부터 상심나루를 지켜오고 있는 주막이다. 강을 오르내리는 사람이면 한 번씩은 거쳐 갔다. 갓에 도포 쓴 사람이 들자 나그막 주인 설안은 그들을 안채로 모셨다. 한눈에 보아도 귀한 손님이다. 이 대감은 익히 알므로 그와 함께 온 도포자락이라면 분명 한양에서 온 관리일 것이라는 판단에서였다. 설안의 안내로 안채에 든 정동설은 정식으로 이 대감에게 예를 올렸다. 그러는 사이에 설안은 주안상을 들고 방안으로 들었다.

"이번 국상에는 대여를 물길로 모시고자 하는데 대탄에 바위가 걱정이 돼서 총호사와 함께 나섰다가 저 혼자 예서 내렸지요. 이곳에 석산이 두어 군데 있다고 들었는데 아무래도 이곳 사람들 도움이 필요해서요."

"석산이라면 건지산과 박병산이 있소. 석공들이 모두 호구지책으로 돌 일을 해서 연명하고 있으니 그들을 쓰기는 어렵지 않을 것이오. 그런데 바위 깨는 일보다 더 중차대한 일은 마을 사람들의 바위보다 단단한 마음을 깨는 일일 거요. 마을 사람들은 바위를 깨면 큰일이 나는 줄로 알고 있는 사람들이오. 바위가 돌다리처럼 가로 놓여 있으니 더욱 그러하오. 이번에 강 가운데서 물을 가로막고 있는 바위를 깬다면 강을 오르내리는 뱃사람들에게는 더없이 좋은 일이겠지만 나루터 사람들에게는 지금껏 살아온 삶의 터전을 잃는 것이오."

정동설은 노인의 앞말을 듣고 뒷말을 잘랐다. 주변에 석산이 있다는 것과 대장간이 있다는 사실을 알아냈다. 석질도 쓸 만하다고 들었다. 비가 사흘 넘게 오면 물이 넘쳐 배가 쉽사리 바위를 넘을 수 있다는 얘기도 들었다. 문제는 비였다. 발인 날을 오월 그믐쯤으로 잡고 있으니 그때까지 비가 오지 않으면 무슨 일이 있어도 바위를 깰 수밖에 없는 일이었다. 만일 바위를 모두 깨놓고 비가 내린다면 그동안에 일은 모두 헛고생이었다. 어렵게 바위를 깬 공도 알아주지 않을 것이다. 그렇다고 요행을 바라며 손 놓고 있을 일도 아니었다. 궐 안에 들어가서 지나간 책력을 모두 뒤져보리라. 오월 그믐 경에 비가 얼마나 왔었던가. 그러나 그것은 이곳 사정을 모르는 정동설의 생각이지 상심마을 사람들의 기억에 모가 나가는 오월 그믐 때는 여지없이 가물었다.

이미 총호사가 물길을 살펴보고 갔지만 대여를 물길로 운반하자고 임금께 주청을 하기 위해서는 책임질 수 있는 결단이 필요했다. 돌을 깰만한 군사 일백에 한양 석공과 이곳 양근 땅에 석수들을 모은다면 철장鐵杖으로 한 달여간 깨기를 못할 일도 아니었다. 아니, 꼭 해내야 할 일이었다. 총호사는 벌써 자신에게 일을 맡기고 먼저 한양으로 돌아갔다. 술잔을 받아 놓고 생각에 잠긴 정동설을 이 대감이 깨웠다.

"무얼 그리 생각하오? 천년 세월을 지켜온 바위인데 그걸 깬다면 땅이 노할 것이오."

"그렇다면 그 바위를 깨지 않고 대여가 오를 수 있는 방법은 무어요?"

"허허허. 이보오. 정 낭청! 강하江河가 백곡百谷의 왕이라는 말을 들어보셨소?"

이 대감은 정동설에게 선문답하자고 말을 건넨다. 정동설은 그의 물음 앞에 잔을 들어 물을 마시듯 꿀꺽 삼켰다. 고개를 양옆으로 두어 번 흔들자 이 대감이 스스로 답했다.

"미수眉叟, 그 어른을 아오? 미수 허목 선생이 늘 하던 얘기요. 강하江河가 백곡百谷의 왕이 될 수 있는 것은 낮기 때문이오. 그런데 이번 왕대비의 장례는 물을 거슬러 높이 오르려 하고 있소. 배를 끌어 올리는 예선군도 군이려니와 수많은 여울 앞에 흐름을 거슬러야 하니 물길을 내는 일도 만만치 않을 것이오. 물은 낮은 곳에 이르러 거친 땅을 평정하고 제물諸物의 왕이 되는 데, 이 땅에 왕가王家는 물을 거슬러 올라 높은 땅에 묻히려 하니 이는 강하가 스스로 백곡으로 돌아가려 함과 같은 것이오."

이번엔 이 대감이 고개를 흔들자 정동설이 맞받았다.

"사람이 세상에 태어나는 데는 누구의 배腹로 태어나느냐에 따라서 세상살이가 달라지지만, 그 배가 어느 땅에 있느냐에 따라서도 세상 삶이 달라지니 이는 하늘이 정한 이치요. 태어나는 게 이렇듯, 죽어 묻히는 땅도 하늘이 정한 것이오. 거긴 세종임금과 효종임금을 모시지 않았소."

오가는 몇 잔술에 이 대감은 취기가 올랐다.

"물론 그랬소. 그런데 두 임금 모두 육지 길로 천장했소. 초상에 흐르는 물을 거슬러 오르지는 않았소. 아, 살아 물을 거슬러 오른 임금이 있다면 단종뿐이오. 타의 뜻으로 광나루에서 쓸쓸히 배를 타고 올라와 천녕에서 내려 가마 타고 영월로 갔다고 들었소. 당신 뜻이 아니었으니 죽은 목숨이나 마찬가지였소. 그때도 장마 전인 유월인데 대탄바위는 깨지 않았다는 얘기요."

이 대감은 대탄의 바위를 건드리려는 데 대해 반대의 뜻을 분명히 했다.

"내 반드시 어명을 받들어 다시 올 것이오."

"어허. 그러면 국상에 사람이 다쳐요. 물을 거슬러 오르는 일이 승하하신 왕대비마마의 뜻은 아닐 거요."

"아니오. 왕대비마마의 뜻도 그렇소. 조정에서도 지금 뭍이냐 물이냐로 시끄럽소. 하지만 상의 뜻은 물이오."

정동설은 강하게 못을 박았다. 뜻하지 않게 나타난 노인이 대탄바위 깨기를 방해한다고 생각하니 기분이 개운치 않았다. 이 대감을 내보내고 나그막에서 묵었다. 이른 새벽에 대장간을 둘러보고 변복하여 박병산과 건지산을 찾아갔다. 여기저기 석공들이 잡다한 석물들을 손질하고 있었다. 힘깨나 쓰는 군사들과 석공들을 모으면 못해낼 것도 없었다. 정동설은 날이 저물기 전에 서둘러 배를 띄워 한양으로 향했다.

배가 광나루에 이르자 정동설은 말을 타고 경덕궁으로 달려갔다. 총호사 김수홍이 공조판서 이정영과 함께 도감에서 기다리고 있었다. 정동설은 총호사에게 자신 있게 대탄바위를 깨겠다고 했다.

"대감! 대탄에 수심이 얕아졌으니 배를 타고 들어가서 철장으로 깨버린다면 대여를 모시는 배가 충분히 물길을 오를 수 있을 것이옵니다. 이번에 깨버린다면 올가을부터는 조곡 운반에도 도움이 되니 영구히 쓰일 것이고, 강을 오르내리는 상인들도 거침없이 장삿길을 갈 수 있으니 모든 백성들에게도 크게 이익이 될 것입니다."

양근에 상심마을 향민들이 반대하고 있다는 얘기는 접어 두었다. 대탄 마을에서 이 대감에게 들은 얘기도 하지 않았다. 명을 받아 석공과 군사를 이끌고 가면 충분히 자신의 손으로 해낼 수 있을 것이라는 속셈이었다. 총호사는 정동설의 말대로 임금에게 아뢰었다. 임금은 성공할 수만 있다면 얼마나 다행이냐면서 쾌히 허락했다.

정동설이 총호사의 허락을 받아 사람을 이끌고 떠난 날이 오월 초이레. 발인을 오월 스무이레로 잡았으니 적어도 스무날 안에는 해내야 한다. 이 일은 단순히 돌을 깨는 일일 뿐만이 아니라 조정에서 김수흥의 반대편에 앉아 모략을 일삼는 무리들의 기를 꺾어야 하는 기회이기 때문에 총호사는 정동설에게 각별히 당부했다. 군사 일백과 한양 근처에 석공 이십을 모아 보내고, 공조에 일러 철장으로 벼리어서 쓸 쇠붙이를 장안에서 모아 함께 배에 실어 보내도록 했다.

총호사 김수흥은 대여를 수로로 운반한다는 사실을 도감에 알리면서 용산나루에서는 배를 새로 만들도록 하였다. 공조판서 이정영이 배의 치수를 잡아 총호사에게 허락을 받았다. 배의 길이가 예순다섯 자 다섯 치, 폭이 스무 자에, 두께가 아홉 푼. 대여를 꾸미는 데에는 문제가 없을 것이다. 세곡선 중 대선에 빗대어 어림잡은 치수였다.

강에 맞닿은 고을인 양주와 양근·광주·천녕·여주에서 각각 예선군을 모으고 여울마다 배가 지날 수 있도록 골을 파서 폭을 넓히라고 명을 내렸다. 세간에서는 수로 운반을 준비하는 중에 반대하는 이들도 만만치 않았다.

"왕대비마마의 국상인데 대여를 물에다 띄운다고? 천부당만부당이지. 왕대비마마 마지막 가시는 길을 살아있는 우리네 백성이 힘들고 어렵더라도 땅길로 편케 모시는 게 옳지, 우리네만 편차고 배로 모신다면 도리가 아니지. 임금께서 백성을 위하는 미안한 마음에 정녕 그리 정하셨다고 해도 신하 된 도리로 당연히 말렸어야지. 다른 곳은 어떻게 해서라도 물을 거슬러 올라갈 수 있지만 양근에 있는 대탄은 오르기 어려울 것이여. 대탄바위장군이 떡 버티고 길을 내주지 않으니 우리 인간이 바위장군을 이길 수가 있겠나?"

조정에서는 대사간 김우형과 윤지선, 이익태가 서로 마음이 맞아 차자를 올렸다.

"신들이 보기에 수로로 이용할 수 없는 점이 여섯 가지인데 대탄의 형세가 가장 큰 문제입니다. 큰 바위 하나가 강 가운데 가로질러 있어서 뱃길이 매우 비좁은 데다 상여를 실은 배도 그 규격이 보통 배보다 커서 여울을 순조롭게 올라갈 것이라고 보장할 수는 없습니다. 육로로 간다면 비를 만나더라도 비를 피해 쉬면서 길바닥에 물이 줄기를 기다려 차분히 운반하면 조금도 어려울 것이 없습니다. 다소 시간이 걸릴 것이나 위험한 길을 가면서 만분의 일밖에 안 되는 안전을 바라는 것보다 낫지 않습니까?"

임금은 이에 응하지 않았다.

"경들은 대여를 운반하는 일이 매우 중요한 일인데 깊이 살피지도 않고 망령되게 논하니 실로 그 뜻을 이해하지 못하겠구려."

이미 결단한 일이었다. 이튿날 현종은 수로 운반을 더욱 굳히고 발인과 반혼을 모두 수로로 하겠다고 도감에 일렀다. 서반 가운데 긴요치 않은 군직과 당하 종친의 반열들은 모두 광진에서 뒤처졌다가 육로로 가도록 하고 여주에 도착하여 배에서 내릴 때에 다시 배종하도록 명하였다. 그럼에도 육로 운반과 수로 운반의 문제를 가지고 도감에서 논란은 계속되었다. 교리 이인환도 소를 올려 수로 이용이 불편한 점에 대하여 극구 말하자, 교리 이헌과 응교 김석주도 이인환의 말에 호응하며 잇달아 소를 올렸으나 임금은 아예 응답을 하지 않았다.

소문은 발을 달고 궁 밖으로 걸어 나가듯 하여 장안에 퍼지고 광진을 통해 한강을 오르는 나루마다 퍼져서 양근 상심마을에도 쫙 깔렸다. 양근에서 물길을 따라 오빈역말을 지나고 덕구실을 지나 다루래기를 거쳐 제탄에 이르면 가파른 석벽을 피해 강가로 사뭇 모래를 밟는다. 모래사장이 끝나고 물이 앞을 막을 때쯤 해서 상심에 이르는데 이곳은 시퍼렇게 젊은 물목이 좁아져 배들이 모인다. 그곳에는 오래전부터 뱃사람들의 시장기를 풀어주는 나그막이 있었다. 상심나루는 강 건너로 광주를 거쳐 용인에 이르는 길목이고 물길 위로는 충주·원주, 아래로는 한양으로 오르내리는 배들의 길목이기 때문에 건너는 사람과 흘러내리는 사람, 치오르는 사람이 모이는 곳이고 경기·충청·강원 삼도의 물색이 모두 거쳐 가는 곳이었다. 그 길목에 있는 나그막에 저녁 무렵 봇짐을 등에 멘 선비가 주막으로 불쑥 들더니 술을 청했다.

선비는 주모가 내온 탁배기로 자작하면서 알지도 못할 소리를 입안에 웅얼거리며 시를 읊듯 했다. 해는 멀리 검단산 쪽으로 기울고 있었다. 나그막에는 배에서 내린 사람과 배를 타고 떠날 사람들이 부산하게 드나들고 처마 밑에 내 건 솥에서는 뚜껑을 열 때마다 구수한 김이 한 무더기씩 올랐다. 그 냄새를 나루터에서 맡고 오르는 듯 사공 서넛이 나그막에 들이닥쳤다. 설안이 그들을 맞는다. 길손들은 머리에 두른 수건이며 종아리에 찬 행전이 갓 배에서 내린 사공임에 틀림없다. 나그막을 드나드는 사람이라면 웬만한 사공들은 다 아는데 설안에게 낯이 설었다.

"어디에서 오시는 공들이신가요."

"이보오, 주모. 우리가 주모에게 어디에서 오는 것까지 일일이 말해 줘야 하나. 이것 받고 국밥이나 가득 말아주면 될 것이지."

점심 끼니를 놓쳤는지 젊은 사공 하나가 엽전을 던지듯 건네면서 허기 섞인 핀잔을 주었다.

"우리 나그막에 처음 드시는 손님 같아서 여쭙는 말씀이오."

"아, 글쎄 처음이고 다음이고 주모가 참견할 일이 못 되니 어서 국밥부터 주오."

꽤 서두른다. 설안은 민망했다. 그 민망함에 그대로 물러설 설안이 아니다.

"내 냉큼 한 상 차려 올리겠으니 저기 저 안채로 드시어요."

"안채는 무슨. 여기 평상에서 국밥 한 뚝배기씩 먹고 나서면 될 걸." 하면서도 사공들은 끄덕이며 안채로 들었다. 찬간으로 드는 설안에게 사내 하나가 그들이 타고 온 배가 예사로운 배가 아님을 귀띔하고 별채로 사라졌다.

"저 사람들, 강원도 산골에서 궁에 들어갈 귀한 약재를 싣고 가는 중이라오."

나그막에는 대탄에 험한 물길을 넘겨주는 여울넘이 사공들이 얹혀 지낸다. 설안에게 말을 전해주는 사람들은 상심나루로 내려오는 배를 넘겨받아서 험한 대탄 여울 물길을 대신 넘겨주고 얼마간의 삯을 받는 대사공들이었다. 손 설은 사공에게 겁을 주고 큰여울을 지나는 배에 노질과 삿대질을 대신 해주니 대탄, 한여울에는 터줏대감격이다.

"그렇지. 처음 오시는 손님을 잘 모셔야지. 우리가 어떤 사람들인데."

뒤꽁무니로 거만을 떨구고 방으로 든 그들에게 설안은 어떤 물목을 싣고 왔는지, 오르는 밴지, 내리는 밴지도 모르지만 일단 질펀하게 퍼먹이고 재워 보내야겠다는 생각이 들었다. 설안은 직접 찬간으로 들어가 감실댁이 차리는 상에 너비아니를 가운데 깔고 생선전과 편육과 약식을 더 얹어 기름진 안주와 맑은 술을 곁들였다. 설안은 상을 직접 들고 방안으로 들어갔다.

"주모가 필시 우리들이 타고 온 배를 봤으리라?"

상을 보고 범상치 않은 손님으로 대하는 눈치를 챈 일행 중 하나가 먹을 기대에 들뜨면서 체면치레로 계면쩍게 한마디 던진다.

"보다니요. 나그막에 이 설안이가 밥장사, 술장사 안하고 오르내리는 배만 쳐다본답디까? 그렇지 않아도 우리 집에 드나드는 사내들이 터지도록 먹고 들춰내는 배만 봐도 멀미가 날 지경인데."

"그 배가 그 배는 아닐 테고 우리가 타고 온 배를 안 보았으면 배에 실은 물건이 임금님께 가는 진상품이라는 것을 어찌 알았겠나?"

스스로 실토하면서 사공 하나가 점잖게 물었다.

"귀한 약재들이겠지요. 왕대비마마의 병환이 위중하다고 들었는데 속히 드시고 가셔야지요."

"어~, 어~ 이것 보게. 아주 꿰뚫고 있네. 강변 나루터 주막에서 술밥장사 하는 주모라고 경하게 보았다가는 큰코다치겠는걸."

"공님들의 코가 그리 크지 않은데 어찌 큰코다친다고 하시나요?"

설안의 목소리가 간드러지면서 혓바닥이 돌돌 말린다. 빤한 아부로 알면서도 사내들의 속내란 그것이 싫지 않으니.

"오늘 밤 안으로 궐 안에 닿아야 한다. 병탄, 마제, 팔당, 도미진, 평구를 거쳐 광진까지만 가려 해도 술시 안에 닿기 어려울 것이다. 서둘러야 한다."

"그럼 우리 큰 사공들을 불러야겠군요. 밤길이 될지도 모르니 횃불도 준비하고."

"큰 사공이라니. 우리가 뱃사공인데 더 큰 누구를 불러?"

"그걸 누가 모르나요. 귀한 사공님들이라는 걸. 여기 큰여울을 넘으려면 대탄에서 잔뼈가 굵은 큰 사공님들이 삿대를 잡아야 한다우."

"주모! 우릴 뭘로 보고 그리 말하는 것이오? 한양 길은 내 처음이오만 배를 부린지 십여 년이 넘었는데 내가 부리는 배에 삿대를 남의 손에 내놓으라고? 청풍 밑에 비비여울 황공탄, 목계 밑에 막흘레기(莫喜樂灘) 험한 여울도 거쳐 내려왔는데, 우릴 어찌 보고 이러나?"

"어서 드시기나 하셔요. 큰여울을 넘겨드릴 사공들은 내가 불러다 기다리도록 해 놓을 테니까."

그들은 설안의 권유에 못이기는 척하고 허기진 듯, 내온 상을 게걸스럽게 먹어치웠다.

"여기서 조금 더 내려가면 대탄이라는 여울이 있는데 물 가운데를 건너지른 바위가 뱃길을 딱 막고 있어요. 물이 무넘기 할 때처럼 어렵사리 바위를 넘어가면 그 물이 빙빙 돌면서 소용돌이치는데, 그 속에서는 인고기 맛을 못 보고 천년 묵은 물귀신들이 우글우글한대요. 큰여울 큰 사공님들 손을 안 빌리고 가려다가 몸은 물귀신 밥 되어 주고 혼은 물귀신이 되어 함께 사는 신세가 된 사람들이 얼마나 많다고요. 그러니 내 말을 들으시고 삿대를 넘겨줘요. 난 뭐이러고 싶어 이러는 줄 아시나요. 공님들이 물귀신 되어버리면 우리 나그막 손님 줄어들까 걱정이 되어서 그런다우. 호호호호."

설안은 그들에게 애매한 웃음을 던지고 밖으로 나와 뒷방에서 투전판을 벌이는 대사공들에게 갔다.

"오라버님들. 오늘 밤 안으로 꼭 한양으로 내려갈 배가 있다네요."

설안의 앞으로 나선 패는 육재네 삼 형제 패거리들이었다. 그들은 이미 나루에서 내리는 사공의 뒤를 쫓아 나그막에 들어와서 설안에게 귀띔하고 점찍어 둔 사람들이었다. 큰여울 대사공들은 그렇게 나그막에서 여울을 넘겨줄 사공을 구하는 배들을 기다렸다. 괜찮은 밥줄이었다. 스스로 삿대질을 하고 큰여울을 내려가려다가 죽다 살아난 사람들이 한둘이 아니었다. 오기를 부리다가 죽는 자들도 가끔 생겼다. 양근에서 여주로 이르는 강변에는 소문이 거의 다 난 얘긴데 모르는 것을 보면 정말로 먼 산골짜기 계곡물에서 쪽배에 달린 노만 깔짝거리다가 큰 강으로 내려온 풋내기 사공들임에 틀림없다. 더욱이 설안의 추킴에 거들먹거리는 모양이 이곳 사정에 어두운 자들임이 분명하다. 낮에 이미 한양에서 양근 쪽으로 가는 말을 탄 사령으로부터 궁 안의 소식을 듣고 있었다. 왕대비마마가 승하하셨고, 궁 안에서는 여주로 능 자리를 잡아 장례준비 중이라는 소문을 들은 터라 그들의 배가 한양으로 가보았자 효험이 없겠지만, 궁 안을 드나드는 사람들과 선을 이을 필요가 있다는 생각이었다.

설안은 열 살 안팎일 적에 한때 궁 안에 살던 시절을 생각했다. 그 화려함, 엄격함과 풍요의 무거운 긴장으로 하루하루를 지냈다. 그때 시절을 생각하면 지금도 진땀이 난다. 그분은 잘 살고 계실까? 그런데 왕대비 상이라면 그분의 친모가 아닌가. 혹여 장례를 위하여 궁 안으로 가다가 들려주시기라도 한다면. 설안은 고개를 흔든다. 아니지 그분이 내가 예 있는지 어찌 알까? 이 꼴을 어찌 보여드릴까. 저들의 물건이 궁 안에 드는 물건이라니 오늘은 옛 생각이 더 눈앞에 어린다. 그러다가 잠시 한눈팔던 정신이 확 돌아왔다. 큰여울 사공들의 손에 미리 엽전 몇 닢씩 쥐어 주었다.

"오라버님들, 이분들은 내가 잘 아는 분들이니까 오늘 대탄 큰여울을 잘 넘겨주서야 해요."

큰여울 사공 셋이 국밥을 비우고 나루로 내려간 그들의 배에 오르려 하자 체격 좋은 사내 하나가 먼저 밀쳐냈다.

"필요 없소."

"어~허. 댁들이 대탄 여울 밑에 빠지면 우린 횃불 들고 밤새도록 찾아야 해요. 우리 고생 좀 덜어주시는 게 어떻소?"

"고생? 곳곳에 물길 파놓고 골세 받는 것도 모자라서 이제는 삿대까지 빼앗아서 통행세를 뜯어 먹으려고 하는군. 아무리 물가 사람들이 드세다는 얘기는 들었어도, 강원도 산골에서 풀만 뽑아 먹다가 내려온 우리라고 이렇게 얕잡아 보지 마쇼. 대탄 여울이 제일 험하다는 얘기는 들었지만 여울가에 사는 사람이 더 험한가 보구려. 물길 따라 조심조심 내려간다면 물귀신도 우리 배를 함부로 뒤집지는 못할 거요. 저리 비키시오!"

두 패의 분위기가 험악하게 돌아가고 있었다. 흔히 있는 일이었다. 대탄 물길의 성질을 모르는 사람들은 배를 대신 내려주는 대사공들을 협잡꾼으로 몰았고, 상심나루 사공들은 자신들을 그토록 가볍게 여기는 데 화가 났다. 그러나 그들이 계속 버티면 할 수 없다. 그렇다고 가는 길을 못 가게 막을 수도 없고. 하는 수 없이 육재가 나섰다.

"사공님들. 홀로 가더라도 내 얘기를 잘 듣고 가시오. 우리 한여울을 처음 지나가시는 양반들 같은 데 여긴 잔잔한 호수에서 노닐듯이 부지하세월로 노를 저어 만만하게 지나갈 수 있는 곳이 아니오. 더욱이 요즘 같은 가뭄 때는 더욱 그렇소. 하지만 궁궐로 들어가는 물건을 실었다니 우리가 대탄 여울 끝까지만 따라가겠소. 그런데 이만큼의 짐을 싣고는 대탄 여울을 절대 못 내려가요. 대탄바위는 요즘 같은 가뭄에 물이 줄어서 짐을 이렇게 많이 실으면 뱃바닥이 바위에 닿는단 말이오. 우선 배에 짐을 덜어 뒷배에 넘겨 싣고 남은 짐도 선미로 옮기시오. 앞쪽이 솟고 뒤쪽이 조금 더 잠겨 기울어야만 물이 넘쳐서 흐르는 무넘이 바위를 오르고 나서, 사람이 앞으로 밟아 무게를 주면 배는 바위 위로 흐르는 물을 탈 수 있을 것이오. 그때에 삿대로 배를 힘껏 밀어내시오. 여울 밑에서 더욱 조심하시오. 그럼 한여울 길을 무사히 지나가길 바라오. 어서 가소."

"걱정 마소. 이래뵈도 우린 강원도에 영월과 평창 그 험한 여울들을 다 타본 사람들이니까. 우리 약재가 탐이 나는 모양인데 한양에서 올라올 때에 들릴 터이니 그때 얘기하쇼."

육재는 손짓을 하면서 싱긋 웃었다.

"형님! 그대로 보내기요?"

둘째인 칠재가 잡은 고기 놓친 듯 아쉬워했다.

"급하기는. 우선 저들 스스로 가게 해줘야지. 한여울 밑에서 물귀신 되면 배만 남을 수도 있을 테니까. <u>으흐흐흐.</u>"

육재는 얼굴에 은근히 웃음을 품었다. 약재를 실은 배가 먼저 노를 저어 멀어지자 육재가 탄 배는 앞 배가 내놓은 물길 너울 사이로 미끄러지듯 따라 나섰다.

상심에서 한여울 바위까지는 꽤 먼 거리였다. 그들은 육재네 형제들 간섭에서 벗어난 해방감으로 가볍게 노를 저어 대탄바위 쪽으로 다가갔다. 예상했던 대로 그들은 바위 앞에서 머뭇거린다. 강을 가로지른 바위 밑은 가벼운 소용돌이를 이루고 있었다. 배가 함부로 덤벼들 물길이 아니다. 약재를 실은 배에서 화주와 사공이 뒤를 돌아본다. 소리를 지른다고 들릴 거리가 아니다. 육재는 멀리서 뱃전에 낚시를 내리고 관심 없는 듯 딴전을 피웠다. 그쪽에서 누군가가 입에다 손나팔을 만들어 대고 소리를 질렀다.

"이보시오. 이보시오."

오라고 손짓했다. 육재와 형제들은 모른 척하고 낚시에 열중했다. 바위 앞에서 배의 바닥이 걸린 모양이었다. 앞 배에 일행 중 하나가 무명 저고리를 벗어 흔들었다. 이를테면 백기다. 육재가 강물에 드리운 낚시를 걷어 올리자 팔재는 서서히 노를 저었다. 육재네 배가 그들에게 다가갔다. 배 바닥이 한 자 정도 바위 턱에 닿았으니 더 나아갈 수가 없었다.

"그것 보오. 내 말했지 않소. 이 바위를 넘으려면 욕심을 버려야 하오. 짐을 이렇게 잔뜩 실었으니 배가 뜨지 못해 바위 위로 올라갈

수가 있겠소? 선수 쪽에 짐을 삼분지 일만 덜어내면 잠긴 물에서
스스로 떠오를 것을. 우리가 배를 댈 테니 짐을 옮겨 실으시오."

육재가 그들을 젊잖게 나무랐다. 팔재가 노질을 하고 칠재가 삿
대로 방향을 잡아 배를 그들 배에 이어 붙였다. 앞 배에 사공 중 하
나가 약재 둥치 하나를 들어 육재네 배로 옮겼다. 배가 기우뚱한
다. 육재가 받아서 균형을 잡았다. 그렇게 몇 동을 더 옮겨 싣자 바
위에 걸렸던 앞부분이 솟아올랐다. 선수가 겨우 바위 턱에 오른다.
그러나 짐을 실은 뒷부분은 여전히 꿈쩍하지 않았다.

"자! 이제 뒤에 몰린 짐을 펴고 선수로 가서 바위를 올라타시오."

짐을 뒤로 옮겨 놓자 선수가 위로 올라왔다. 바위 위로 흐르는
물 깊이를 타고 배가 올라앉았다.

"자! 이제 뒤에 쌓은 짐을 고르게 펴시오. 그리고 밧줄로 묶으시
오. 그러면 배가 바위 밑으로 밀려날 것이오. 바위 밑 여울은 폭포
와 같으니 떨어질 때에 조심해야 하오. 삿대로 바위를 의지해서 천
천히, 아주 천천히 배를 내려요. 배가 바위에서 반쯤 벗어났다 싶으
면 삿대를 바위에 대고 재빠르게 밀어서 물 밑으로 떨어지란 말이
오. 지금이라도 늦지 않았소. 어설프면 삿대를 넘기시오."

"아니오. 우리가 하겠소."

그들은 육재가 시키는 대로 배를 밀었다. 배가 바위 아래쪽으로
서서히 움직였다.

"밀어내시오! 빙빙 도는 물의 줄기를 타야 하오. 함부로 삿대질
을 하려고 덤볐다가는 당치도 않은 망신을 당할 것이오. 만일 소용

돌이에서 물에 빠졌다고 하면 숨을 참고 물의 흐름대로 따라가시오. 잘난 척하고 물길을 거슬러 빠져나오려다가는 숨을 못 참아 물만 배터지게 먹고 죽을 것이오. 물이 뱅뱅 돌지만 결국은 한양 쪽으로 흘러내려 가는 물이오. 당황하지 말고 침착하게 숨을 참고 물이 흐르는 대로 몸을 맡기면 저 아래 재뜰에 가기 전에 몸이 떠오를 것이오. 그땐 죽을힘을 다해서 거북섬까지 헤엄을 쳐 가시오."

육재가 얼굴 새파래진 그들에게 소리쳤다. 어물어물하다가는 배가 회오리치는 소용돌이 속으로 곤두박질치기 십상이다. 육재가 지르는 소리에 그들은 바위에 버티던 삿대를 힘껏 밀어 제쳤다. 바위 아래로 떨어진 배가 몇 번 기우뚱거리더니 방향을 못 잡고 돌다가 앞뒤가 뒤바뀌었다. 약배의 일행은 적잖이 당황한다. 배의 방향을 바꾸려고 삿대질을 하는 사이에 한 번 더 기우뚱하더니 앞에서 삿대를 잡고 있던 사공 하나가 휘청거리며 물속으로 곤두박질쳤다.

"버리시오. 하나를 살리려다 둘 다 죽소. 살아야 할 명이면 살 것이고 죽을 명이면 죽을 것이오."

육재는 바짝 긴장하면서 그들에게 소리쳤다.

"배에 엎드려 꼭 잡으시오. 돌거나 흐르거나 내버려 두고 몸을 낮추시오."

그들은 자신도 모르게 배에 약재를 묶은 줄을 잡고 엎드렸다. 배는 점점 원을 크게 그리며 돌더니 바위로부터 점점 더 멀어져 갔다. 물속으로 곤두박질쳤던 일행 중 하나는 허우적거리며 물 위로 솟왔다. 사공 하나가 삿대를 잡으라고 길게 내민다. 소용없다. 휘도는 물살이 그를 밀어내니 또다시 물속으로 들어갔다.

육재는 두 형제에게 손짓하자 선미로 모였다. 배가 뒤로 잠기는 것 같더니 앞머리가 솟으면서 노련하게 바위를 타고 올랐다. 막내 팔재와 둘째 칠재가 얼른 배 앞으로 몸을 옮겼다. 앞이 솟았던 배가 수평을 유지하면서 무넘기 바위를 올라탔다. 능숙한 솜씨다. 약재를 옮겨 실었는데도 배는 미끄러지듯이 바위 밑 소용돌이로 내려 앉았다. 그들은 선수와 선미와 가운데로 흩어져 엎드렸다. 배가 몇 번 기우뚱거리더니 평탄을 되찾고 소용돌이를 따라 돌았다. 육재는 두 형제를 바라보며 누런 이빨로 성공의 웃음을 날렸다.

대사공代沙工들

상심나루에 아침은 안개에 뒤덮여 있었다. 대탄바위를 깬다는 소문으로 민심은 흉흉했다. 뒤란에 솔숲이 우거진 이 대감의 집으로 이른 아침에 말을 탄 손님이 찾아들자 이 대감은 반갑게 맞았다. 손님은 말을 마구간에 매고 안으로 들었다. 두 사람이 나누는 음성이 얇은 창호지 한 장도 떨리지 않을 정도로 낮았다.

"상께서 기어이 강 물길로 운구를 하겠다고 결정하셨소. 반혼도 그리하겠다고. 김우형, 윤지선, 이익태가 '물길로 오르면 양근에 대탄바위가 막고 있어서 순조롭게 오를 수 없다'고 차자를 올려 만류했지만 허사였소. 거기다가 정동설이라는 자가 자신 있게 바위를 깨보겠다고 나섰으니 수로 쪽으로 기운 것 같소. 바위를 깨러 군사들이 내려오기 전에 양근에서도 속히 소를 올려서 막아야 할 것이오."

"허허허! 지난해 효종임금 천릉에는 상복 입는 일을 갖고 궁 안에서 싸움질이 나더니만 이번에는 물이냐, 땅이냐로 갈리는구려."

"이 대감! 그렇게 한가롭게 웃고 있을 일이 아니오. 상여 배가 대탄을 오르려면 바위를 깨야 하는데 대탄을 지키고 있는 바위를 깨고 나면 이제 상심나루는 명을 다한다는 것을 잘 알지 않소. 양근 땅에서 궁 안으로 그동안 귀한 물목들을 얼마나 많이 진상해 왔소. 궁간목과 숯, 귀한 약초에 나물까지 궁 안에서는 양근 땅에서 난 것을 제일로 쳤잖소. 그 귀함은 대탄, 상심나루, 제탄, 오빈나루, 양근 나루에 머금은 물 때문이 아니겠소. 그 모든 것들이 산에서 나고, 산에 어울림이 물일진대 이 땅에다 물을 품지 못하면 산이 메마르고 산이 메마르면 전답이 마르니 그 땅에 사는 인간이 마르지 않겠소? 서둘러야 하오. 대감!"

이 대감은 고개를 끄덕였다. 겉으로는 태연하지만 같은 생각이었다. 앞에 앉은 사람은 홍문관 응교 김필주다. 올해 나이 마흔둘. 무슨 일에든지 덤벼들어 자기 뜻대로 만들어놓지 않고는 직성이 풀리지 않는 성미라 이번에도 조정에서 임금의 뜻을 돌리지 못하자 낙향한 이 대감에게 힘을 빌리려고 바삐 말을 타고 물길을 거슬러 올라온 것이다.

이 대감은 곰곰이 생각에 잠겨 문을 열어젖혔다. 멀리 대탄바위가 아침 안개를 헤집고 드러난다. 듬성듬성 강을 가로지른 바위는 물 가운데 이르러 겨우 배 한 척이 지날 수 있는 틈이 있는데 물길은 심한 여울을 이루어 바위에 부딪치고 성이 나서 떨어지는 물이라 배들이 함부로 덤벼들지 못했다. 그래서 이곳을 지나는 뱃사람들은 배를 대신 부려서 여울을 넘겨주는 사공들 텃세에 꼼짝 못 하고 노와 삿대를 통째로 맡긴 채 매번 여울넘이를 당해야 한다. 강을 내려가는 배들은 재뜰에 이르러서야 삿대와 노를 되찾아 한양으로 내려가니 주머니에 챙겨온 노자는 대사공들에게 허룩하게 털린다.

사공들은 아깝지만 목숨을 건진 것만이라도 다행이라면서 위안으로 삼았다. 고집을 피우고 삿대를 내놓지 않으면 열에 아홉은 물귀신이 된다. 대탄을 지나는 뱃사공들의 생각은 그랬지만 대사공질을 하는 대탄 사람들은 자신들이 대탄을 넘는 삿대질 재주가 뱃사람을 살리는 수호신이라 믿고 있었다.

이미 임금이 물로 운구하자고 결정한 터라 그 생각을 바꿀만한 명분을 들이대지 않으면 땅으로 대여를 운반하기 어려운 실정이었다. 현종은 지난해 양주에 있는 효종임금의 능을 천장 할 때에 육로로 대여를 운반하여 여사군이 많이 다치고 고생을 했기 때문에 이번에는 물로 가리라고 했으니, 백성을 생각하는 마음은 어질기 이를데 없는데, 어느 백성을 먼저로 생각하느냐는 신하들의 생각이 서로 달랐다.

왕실의 장례에 언제 배로 운구를 한 적이 있었는가. 임금의 생각이 백성을 위한다고 하지만 뱃길에는 예측하지 못한 일들이 도사리고 있을지도 모를 일이다. 만일에 배가 전복되는 사고라도 난다면 강하게 임금에게 주청하여 결정을 되돌리지 못한 자신들이 신하 된 도리를 다하지 못하는 것이니 역사에 죄인이 되는 것이 아닌가 하는 생각이다. 하지만 그러한 생각만으로 임금을 설복시킬만

한 까닭을 만들어내지 못했다.

그때에 김필주의 머리에는 퍼뜩 대탄 마을 여울넘이 사공들의 얘기가 생각났던 것이다. 얼마 전 이 대감이 낙향하고 나서 문안 인사차 들렀을 때에 들은 얘기였다. 대탄바위가 오르내리는 뱃사람들에게는 길을 막는 애물단지였지만 대탄 사람들에게는 생계가 달린 문제이기 때문에 그들의 민심을 들썩인다면 상의 마음도 움직일 수 있을지 모른다는 생각에 불현듯 달려온 것이다. 그러나 이 대감은 선뜻 응하지 않았다.

"물러난 내가 이제 무슨 힘이 있겠으며 무슨 일을 할 수 있겠나. 대탄에 바위를 깨서 이곳 사람들이 살기 어려워진다면 전하께서 다른 방책을 내리지 않겠나. 막힌 물길은 뚫어 흐르게 하고 터지려는 민심은 막아 잠재우라고 했네만 전하의 뜻에 따르다 보면 무슨 방도가 나올 걸세."

그러니까 이곳에 사정으로만 보면 양근 땅 상심나루 아래에 대탄이라는 큰여울이 있는데, 바위가 강을 가로막고 있어서 뭇 배들은 이곳을 함부로 지나지 못하고 여울에서 잔뼈가 굵어 노련한 뱃사공이 된 여울넘이 대사공들에게 배를 맡겨야 여울 물길을 지날 수 있다는 것이다. 그 여울을 지나려면 순서를 기다려야 하고 물이 가물 때에는 배들이 더욱 밀려서 근처 주막에는 사공과 선객들로 넘쳐났다. 그러니 그 험한 물, 험한 바위는 대탄 마을 사람들의 밥줄이나 마찬가지였다. 더욱이 대탄바위 위로는 물을 막고 있는 보 역할을 하고 있었기 때문에 상심나루가 성할 수 있는 것이지 물이 빠져서 여울이 진다면 나루도 망가지고 마는 것이다.

　물길을 막고 있는 대탄바위는 조정에서 보면 애물단지였다. 고려 때부터 시작해서 세종임금, 세조임금 때에도 대탄바위를 깨려고 덤벼들었지만 강물 한가운데를 버티고 있는 바위를 깨내지 못하고 번번이 물러났다. 대대로 전해 들어 대탄바위의 내력을 알고 있는 마을 사람들은 이번에도 시끌벅적하면서 덤벼들었다가 결국 물러날 것이라 예상했고, 그렇게 되기를 바라고 있었지만 왕대비마마의 대여를 운구하는 길을 만든다니 예전과 다르게 힘을 쏟을 것이 분명하리라는 걱정이었다. 김필주가 그러한 마을 사람들의 속을 간파하고 이 대감에게 힘을 구하러 온 것이다.

　"대감. 마을 사람들은 이번에 대탄바위를 모두 깨버리면 마을이 풍비박산 나는 줄로 알고 있어요. 얼른 손을 쓰지 않으면 어려운 일을 당할 것이오. 배꾼들이야 두 손 번쩍 들어 반기겠지만 대탄은 위험을 당하는 것이오. 그러니 대감께서 나서 주셔야지요."

　그러나 이 대감은 쉽게 응하지 않았다.

　"이보게. 필주. 지난해에 자네가 이곳에 왔을 때에 내가 병탄 여울을 보여 준 적이 있잖은가. 병탄은 대탄에서 내려가는 물과 용진에서 내려오는 물이 합쳐지는 곳인데 용진강 쪽에 물이 늘면 양근강 쪽 물이 지고 충주와 원주 같은 곳에서 비가 많이 오면 대탄에서 내려가는 물이 이기지 않는가. 물은 흐를 때에 많은 쪽이 적은 쪽을 이길 수 있지만 사람의 일은 그렇지 않아. 만물은 다수가 소수를 멸하지만 사람의 일은 강이 약을 제하는 법이네. 그 강함이 무엇인지

아나? 바로 상의 생각과 함께 하는 것이네. 내가 여기서 마을 사람들의 원을 들어 상께 소를 올린들 왕대비마마의 장례를 뒤엎을 수가 있겠나? 물론 생각은 나도 마을 사람들과 같네. 그래서 어려운 일이긴 하지만 내 그대가 찾아온 뜻을 보아 상께 소를 올려는 보겠네. 이곳 사람들의 뜻을 담은 서찰이네. 봉해 줄 터이니 내용은 절대로 알려 하면 아니 되네. 내 뜻을 믿고 돌아가길 바라네. 그러나 큰 기대는 하지 말게."

이 대감은 문갑에서 봉해둔 서찰을 꺼내 김필주에게 소중히 전했다.

"역시 이 대감께서는 낙향을 하셔도 백성들 걱정뿐이시군요."

벼슬에서 나앉은 자신은 아무 일도 도모할 수 없었다. 오히려 조정의 뜻에 반하는 쪽을 구슬려야 할 판이다. 그래야 마을이 편하고 모든 게 편안하다. 멋대로 하다가는 언제 날벼락을 맞을 줄 모르는 일이다.

"대감은 이렇게 준비를 해 놓고도 남의 애간장을 태우면서 시치미를 떼시다니. 상께서는 아직도 이 대감의 뜻이라면 쉽게 물리치지는 않으실 것이오."

김필주는 만족스러운 듯 그 즉시로 말을 돌려 한양으로 바삐 돌아갔다. 느닷없이 나타났던 손님을 돌려보낸 이 대감의 마음은 개운치 않았다. 아침이라도 먹여 보냈어야 하는 건데. 김필주가 가고 나서 이 대감이 아침상을 물리자 상심마을 젊은 대사공들이 올라왔다.

"대감! 우리 모두 이대로 보고만 있어야 하나요? 대탄바위를 깨는 짓은 우리 이빨을 부러뜨리는 것과 같은 일인데 아프다고 생각하지 않느냐는 말씀예요. 이빨이 모두 부러져 잇몸으로 물컹이만 씹어도 되겠느냔 말예요. 대감께서 어떻게 좀 해주셔야지요."

이 대감은 대답이 없다.

"그 바위가 어떤 바웝니까. 대대손손 벌거벗고 올라가서 놀고, 커가면서는 고기 잡는 터로 삼아 한양에 깍쟁이들이 함부로 넘나드는 것을 막아오던 바위가 아닙니까요. 지금도 그 바위 덕에 우리가 이렇게 밥을 벌어 먹고살고 있지 않습니까. 큰여울 바위가 우리 양근 고을을 지키는 통문이나 다름없는데 그 문을 터놓자면 대문 활짝 열어놓고 밤잠이 오겠습니까. 우리 삼 형제가 그 바위 지키겠습니다."

육재였다. 그의 말대로 대탄바위는 상심마을에 무사무탈 하기를 지켜주는 보루였다. 이 대감이 왜 그걸 모르겠는가. 이미 조정에서 결정한 일을 이러쿵저러쿵 상소문을 올린다 해도 아니 될 것이 빤하지 않은가. 정동설을 통해서 들은 대로 임금의 뜻은 물이라고 하지 않았는가. 육재 삼 형제는 답답해했다.

"벌써부터 정동설이라는 사람이 돌산마다 돌아다니면서 사람을 모으고 있다고 합니다. 건지산까지도 벌써 손을 뻗쳤을 것이니 어떻게 하든 막아야 합니다."

천녕을 지나 모래여울을 거처 흘러온 물은 큰여울에서 바위 사이를 비집고 흘러나가 한양을 향해 내달린다. 해마다 충주 가흥창과 원주 흥원창에서 세곡을 싣고 한양으로 운반할 때에 갈수기가 되면 배들은 이곳에서 애를 먹었다. 그래서 벌써 여러 번째 조정에서는 사람을 동원하여 바위를 깨려고 덤벼들었지만 바위는 쇳덩이처럼 단단한 채로 물 가운데서 떡 버티고 있었다.

몇십 년, 몇백 년 만에 한 번씩 작정하고 바위를 깨러 오는 군사들은 여울 가에 진을 치고 몇 날 며칠을 노숙하면서 물 가운데에 뿌리박은 바위와 씨름을 해야 했다. 물속에 잠기는 듯 마는 듯 숨어있는 바위를 깬다는 것은 쉬운 일이 아니었다. 물은 바위에 이르러 턱을 넘지 못하고 모여서 빙빙 돌다가 찔끔찔끔 바위를 흘러 넘기도 하고 가뭄이 들면 잠긴 모습을 드러냈다. 바위는 흐름의 가운데 떡 버티고 물을 따라 흐르는 배를 막고 있어서 배들은 그곳을 빠져나갈 엄두도 내지 못하고 상심나루에서 머무르기가 다반사였다.

조정에서는 세곡을 한양으로 실어 나르기 위해서 뱃길을 막은 대탄바위를 깨려고 무던히도 골치를 썩여왔는데 이제는 작정하고 깨낼 모양이다. 망가네 대장간 앞에 쌓인 쇳조각들이 그걸 말해주었다. 가비는 대장간 앞에서 다 태운 엽연초를 버리고 망가에게 한 잎을 더 받아 물었다. 얼마 안 있어 관군이 자기네에게도 찾아올 것이 분명했다. 젊어서부터 보아온 가비는 그걸 잘 알았다.

"바위를 깨러 또 온다고?"

대장간 앞에서 망가를 물끄러미 바라보고 있던 가비는 망가의 망치질이 뜸해지자 재우쳐 물었다. 망가는 고개를 끄덕였다. 근심스런 눈빛이다.

　평생 돌을 깨서 먹고 사는 건지골 사람들에게는 대탄 가운데 솟은 바위가 나라에 골칫거리라는 것은 묘한 인연이었다. 가비가 생각하기를 땅속에 묻힌 바위는 모두 하나로 통하고 있는 것이라고 믿고 있었다. 땅속에는 사람으로 치면 뼈 같은 암巖으로 꽉 차 있을 것이고 인간은 그 암의 거죽에 붙은 흙살을 파먹고 살아간다. 그러나 가비의 일은 땅에 살이 아닌 땅속에 묻힌 뼈, 즉 돌을 깎아 먹는 일이다. 그래서 바위를 건드려 깨는 일은 땅을 노하게 할 수도 있는 것이다. 이 세상에다 빛을 주고 비를 내리는 하늘뿐 아니라 땅도 잘못 건드리면 노하여 해코지를 한다고 오래전부터 믿어왔다. 가비의 석공 일은 섣불리 땅을 노하게 할까 봐 항상 조심스러웠다.

　얼마 전 상심나루에서는 근방 경안에서 온 사람들한테는 땅이 노하여 흔들렸다는 소리를 들었다. 나라에서는 노한 땅을 달래라고 제물을 보냈다고 한다. 그 사람들은 남한산성을 쌓느라고 뼈 같은 돌을 너무 파먹어 땅이 노했을 것이라고들 말했다. 가비는 그 바위를 함부로 깬다는 데에 항상 마음이 편하지 않았다.

　가비는 큰여울에 드러난 바위가 분명 건지골 바위산에서 뻗어 내려 왔을 것이라고 믿었다. 큰 바위는 반드시 그 뿌리가 있는 법인데, 그 뿌리는 건지골에 닿아 있을 것이다. 그렇지 않고는 강바닥 가운데서 그토록 큰 바위가 자리 잡고 있을 리가 없었다. 그것도 벌써 몇백 년을 넘었으니 천년 넘게 물을 버텨온 바위를 사람의 손으로 깨고 물길을 잡는 일이 쉬운 일은 아니었다.

가비는 정을 벼리려던 작정을 포기했다. 망태에 메고 왔던 연장들을 다시 걸머메고 오랜만에 상심나루로 길을 잡았다. 용의 머리 만드는 일은 얼마간의 기한을 더 잡아야 할 것 같았다. 이번에 또 바위 깨는 일에 잡혀가면 몇 날 며칠을 물에서 보내야 할 것이다. 홍원창에 세곡이야 물이 불어나는 때를 만나 내리면 그만이지만 망가가 대장간에서 그토록 서두르는 것을 보면 나라에서는 분명 기다리기만 할 수 없는 무슨 급한 일이 생긴 모양이다. 아무래도 나루터에서 오가는 귀를 모아봐야 소문을 들을 수 있는 것이다.

가비는 상심나루에 이르러 가지고 온 석물들을 바닥에 펼쳐 놓았다. 가져가는 석물들이 때로는 우연찮게 주인을 만나 엽전 몇 닢에 팔리기도 하고, 더러는 되가져오는 짐을 덜려고 무곡배에 주고 땟거리 몇 됫박을 얻어오기도 했다.

배에서 내린 아낙이 앙증맞은 돌절구가 탐이 나는지 이리만지고 저리만지다가 그냥 지나쳤다. 수중에 가진 것이 없는 모양이다. 가비는 그냥 내어줄까 하다가 내버려 두었다. 깨를 볶아 빻거나 콩을 볶아 빻는 데는 제격이니 여인네로서는 부엌살림에 탐이 나는 물건이었다. 아낙은 돌절구를 이리저리 돌려보고 손을 놓지 못한다. 그러다가 이내 포기하고 일어섰다.

"쓸 만하겠으면 그냥 가져가시구려."

아낙이 그 소리에 귀가 번쩍 뜨이는지 되돌아서서 다시 한번 돌절구를 돌려 보면서 깨 한 됫박은 들음직한 크기에 안팎면의 다듬새가 보통 솜씨가 아님을 알아본다. 여인은 비단 주머니에서 마고

자에 쓰는 청옥단추를 꺼내 건넸다.

"지금 수중에 아무것도 가진 것이 없는데 이것이라도."

"그냥 가져가시오. 이 늙은이한테는 그깐 것 소용이 안 되오. 오늘 벌이가 되든지 안 되든지 되돌아갈 짐을 덜어주니 고맙소."

"이건 제게도 소용없는 물건이니 받아주세요."

여인의 목소리가 기어들어 가다가 끝이 축축하다. 그 축축함을 눈치챈 가비는 얼른 받아들었다.

"제게도 이제는 필요 없는 물건이랍니다. 우리 집 양반이 나라에 바칠 약재를 빻다가 오래된 돌절구를 깨뜨렸어요. 급하다고 한 달 내내 약재 만드는데 매달리더니만⋯⋯. 그러더니 그만. 그런데 저~어. 공이는 없어요?"

없었다. 절구에 딸려 와야 할 공이를 빠뜨리고 온 것이다. 가비는 아차 한다. 공이 없는 절구를 무엇에 쓰랴.

"건지골에 사는 석수요. 이다음에 내가 꼭 전해 주리다. 공이 대신에 우선 이것이라도."

가비가 몽돌처럼 다듬은 돌을 건네자 여인은 자리를 떴다.

"다음에 다시 오면 공이는 이 자리에서 꼭 전하리다."

돌아선 여인은 보퉁이를 풀어 백설기 한 덩이를 갈잎에 싸서 가비에게 건넸다. 가비는 그것을 받으면서 계면쩍은 얼굴을 감추려고 털털 웃었다.

"저 집 사내가 약재상을 하는데 얼마 전에 약재를 배로 싣고 가다가 저 아래 큰여울 아래서 회오리바람처럼 돌아가는 물에서 빠져 죽었다오. 오늘 그 댁이 와서 진혼제를 지내고 가는 길이오. 아마도 약재 빻을 절구를 구해가는 모양인데 쓸 사람도 없을 절구를 무엇 하려는지. 노잣돈은 저승 가는 양반에게 다 바쳤을 테니 돈이 수중에 있을 리 없고. 다음에 공이를 갖고 와서 이 자리에서 꼭 전하시오. 좋은 인연이 될 것이오."

옆에 있던 사공이 넌지시 수작을 부렸다. 그 수작이 가비의 귀에 들어올 리 없다. 낭이가 지금쯤 어딘가에 살아있다면 저런 모습일 것이다. 낭이와 헤어져 홀로 살아온 지 사십여 년. 왜 보고 싶지 않았으랴. 가비는 불현듯 낭이의 모습이 생각날 때면 돌에다 그 얼굴을 쪼아냈다. 낭의의 얼굴은 가비의 손끝에서 항상 해맑게 웃고 있었다. 언제라도 찾아가면 자신에게 반겨 안길 것 같은 모습으로 기다리고 있었다. 가비는 돌을 쪼아 놓고 한동안 멍하니 바라보다가 정신을 차렸다. 그 여인으로 인하여 잠시 잊었던 낭이의 생각을 더하게 한다. 이제는 만나도 되지 않을까? 하다가 홀로 머리를 흔들었다.

긴 세월이 무사히 지났다. 이제는 쫓김에서 벗어나 자유롭게 세상을 돌아다니고 싶었다. 또다시 머리를 흔든다. 세상에서 지금이라도 가비의 근원을 알아낸다면 목숨을 보전하지 못할 것이다. 생부가 죽임을 당한 것은 분명 나라에 큰 잘못을 하였을 것이기 때문이라는 생각은 지금도 변함이 없었다. 그렇지 않고서야 자신을 길러준 낭이의 부모까지 잡아다 목숨을 앗을 리가 없지 않은가. 그럴수록 낭이에 대한 생각이 사무쳤다. 어디서 어떻게 살고 있을까?

처자의 몸으로 충청도 산막까지 찾아왔던 낭이를 보면 분명 자신을 또 찾아 나섰을 텐데, 지금껏 만나지 못한 것을 보면 그것도 운명이고 인연이 그뿐이라는 생각이 들었다. 이 땅 어느 하늘 밑에서 잘 살아주기만 바랄 뿐이다.

"건지골 석수 영감 아니시오? 소문 들었소? 나라에서 양근 땅에 석수들을 모두 잡아간다고."

상심나루 대사공 육재였다. 그 뒤로 두 형제가 그림자처럼 붙어 있기 때문에 나루를 찾는 객들은 항상 그들을 경계했다. 가비도 그가 이 나루에 왈패라는 것은 들어서 알고, 보아서 알았다. 상심나루에 석물을 가지고 나올 때면 눈이 마주쳐서 안면은 있었지만 젊은 그가 말을 걸어오기는 처음이다. 가비의 돌 다루던 힘으로야 육십이 다 된 지금도 너끈히 당해낼 수 있지만 이 바닥에서 개차반으로 살아온 그 자들이 어떻게 해코지를 할지 모르는 일이다. 가비는 대꾸도 않고 그들을 피해 건지골을 향하여 돌아섰다.

"이보시오. 나루터 뱃놈이라고 말이 말 같지 않다 이거요?"

가비는 들은 체도 안 하고 바삐 걸음을 옮겼다. 그러나 그들은 바람 스치는 소리를 내며 달려와 가비의 앞을 막아선다. 순간 가비의 머릿속이 복잡하다. 이것들을 그냥! 아니다.

"미안하오. 내가 귀가 좀 어둡소. 무슨 일이요?"

"나라에 임금님 어머니 초상이 나서 장례를 치르는 데 상여가 이 강으로 오르려니 대탄바위를 깬다는 얘기요. 벌써 나루에 소문이 쫙 퍼졌는데 귀가 그리도 어둡소? 그래서 대탄바위 깨러 오는 군사들이 이 근방에 석수들을 모두 잡아들인단 말이요. 건지골 돌일 하는 사람들을 데리고 오늘 안으로 여길 피하라는 얘기요. 어서요."

육재의 종용은 다급했다. 그렇지 않아도 지금껏 일이 닥치면 피할 준비를 하고 살아왔다. 특히 관원이라면 더 그랬다. 충청도 석산에서는 관원이 두려워 연장을 내팽개치고 뒷산으로 튀어 오르지 않았던가. 그러나 육재가 피하라는 것은 진정으로 자신의 근본을 알아채고 걱정해서 이르는 말이 아니리라.

"만일 피하지 않고 우리 한여울 바위를 깨려고 덤벼들었다가는 하늘이 그대로 놔두지 않을 테니 그리 아시오."

협박이었다. 그들은 감히 하늘을 자신에 빗대었다. 나라의 결정으로 이미 대탄바위를 깨야 한다는 것은 바꿀 수 없는 명이었다. 상심나루 사람들이 아무리 방해하려고 한다 해도 막을 수 없는 일이다. 나라의 일을 막으면 큰 벌을 받는다는 것을 알면서도 육재는 지금 당당하게 그 일에 훼방을 놓으려 하고 있었다.

"이 보오. 도망을 간다고 해서 될 일이 아니잖소."

"아주 도망을 가라는 것이 아니고 일이 끝날 때까지 피해 있으라는 얘기요. 그쪽도 어차피 이 바닥에서 먹고 사는데 우리 말 안 듣고 인심 잃어 보았자 좋을 것 없지 않소. 내 그쪽 사람들이 두어 달동안 일할 곳을 알아 두었소. 그러니 밥벌이 더하는 셈 치고 그곳에 가서 일을 마치고 오면 나라의 장례는 끝날 것이요."

힘으로 눌러도 될 육재는 생각보다 간곡한 애원조였다.

"내 올라가서 우리 식구들과 의논해보겠소. 이게 나 혼자 결정할 일이 아니잖소."

"나중에 후회할 일 하지 마시오. 이건 다 함께 살자는 것이지 결코 협박이 아니오."

그 소리를 들어서인지 대탄을 스쳐 상심으로 불어오는 바람은 흉흉했다. 바위를 깨서 물이 빠지고 뱃길이 트이면 대사공들의 일거리도 날아가지만 때를 기다리면서 상심나루에 머물던 배들은 그대로 지나쳐버릴 것이다. 상심 사람들에게는 생계가 달린 문제였다. 그러나 어찌하랴. 나라의 일이라는데. 임금의 어머니 장례를 위한 일이라는데, 거역하거나 방해했다가는 목숨을 보전치 못할 게 빤하지 않은가. 그런데 겁도 없이 육재가 나서서 훼방을 놓는 것을 보면 어지간히 다급했던 모양이다.

육재 삼 형제를 뒤로하고 돌아서는 가비의 뒤 꼭지가 근질거렸다. 그렇다고 그들의 말을 들을 수는 없는 일이다. 그의 말대로 도망을 갔다가는 지금껏 살아온 것이 헛일이 된다. 또다시 새롭게 쫓기는 몸이 되어야 한다. 이제야 자신이 태어난 근본을 알아보는 사람이 없게 되었는데, 나랏일에 나서지 않고 도망을 한다면 분명히 의심을 받을 것이다.

이런저런 생각에 복잡한 가슴으로 가비는 홀로 두고 온 딸애 걱정을 하면서 바삐 건지골로 향했다. 평생 돌을 깨먹고 살아왔는데 이유야 어떠하든 간에 깨야 할 돌이 자신에게 주어졌다면 깨야 할 것이다. 나랏일에는 더욱 그러하지 않은가. 하물며 그것이 세상의 흐름을 막고 있는 돌임에랴.

딸애는 한 해씩 커가면서 점점 낭이의 모습을 빼닮아 가는 듯했다. 오랜 세월이 지났는데도 낭이의 얼굴 모습은 눈만 감으면 생생하게 떠오른다. 괴산 땅 석산에서 관원을 피해 오르다가 바위에 부모 얼굴을 그리던 낭이의 마지막 모습이 돌을 대할 때마다 눈앞에 어른거린다. 몇십 년을 잊고 지내왔던 옛 기억들이 요즈음 와서 왜 새록새록 떠오르는 것일까. 이제 늙어 가고 있다는 징조일 것이다.

초막 앞에서 딸애가 돌장난을 하다가 가비를 반갑게 맞았다. 가비는 걸망에서 백설기를 꺼내 딸애에게 건네자 눈이 휘둥그레지면서 한덩어리 떼어 가비에게 건넸다. 가비는 손사래를 치며 마다한다.

"할버이는 많이 먹어서 배부르다. 어서 먹어라."

그렇게 말하고 보니 아침에 보리밥 몇 숟갈에 절인 무 몇 조각이 오늘 먹은 것의 전부이고 여태껏 빈속이다. 바위를 깨는 일에 불려간다면 밥은 배불리 먹여줄 것인가. 딸애가 곧이듣고 먼저 한 입 베어 물었다. 키우겠다고 데려다가 배불리 먹이지도 못하면서. 딸애만 보면 떠오르는 낭이 얼굴이 어려 가슴이 아리다. 가비는 해 질 녘 건지골 사람들의 돌 일이 끝나기를 기다렸다가 산막을 찾아다니며 석수들을 불러 모았다.

"그러니까 어르신, 그 사람들이 우리더러 모두 건지산을 떠나라고 한다는 얘기 아니요? 죄 없는 우리더러 도망을 치라는 얘긴데, 나라의 영을 어기고 도망가서 죄를 지으라는 얘기, 그게 도대체 어느 놈의 협박이요?"

"협박이 아니고 나루터 사람들의 부탁이 그렇다는 얘기지. 도망이 아니고 당분간 슬그머니 사라지는 것으로 하자는 얘기야. 두어 달 동안 우리가 일할 거리를 마련해 놓았다는데."

의견은 둘로 갈렸다. 건지산 석수들에게 요긴한 것은 마을 사람들의 인심이었기 때문에 그 청을 무 자르듯 싹둑 거절할 수도 없는 처지였다. 그러나 나랏일에, 더욱이 이웃집 초상에도 열일을 제쳐 놓고 나서서 돕는 게 인정인데, 돕지는 못할망정 일부러 피해서 자기네들 밥벌이나 한다니 나중에 드러나면 죽임을 면하지 못할 죄를 짓는 일이다. 가비는 좌중의 눈치를 살폈다. 젊은 석수 둘은 혈기를 부리면서 육재의 청을 받아 그렇게 하자하고, 나머지 나이 든 석수들은 도리질했다. 석수가 모두 여덟인데 이 정도면 가비의 마음과 통한다. 가비는 입에 고인 침을 넘겨 목을 축이며 입을 열었다.

"여러분 우리가 지금껏 어느 땅에서 돌을 깨먹고 살았소. 아직 관원이 우리에게 오지는 않았지만 나루께 소문을 들으니 머지않아 우리를 부르러 올 것은 분명한데, 우리가 도망을 치거나 이곳을 뜬다면 나라에 큰 죄를 짓는 일이요. 나루께 사람들은 자기네들 밥줄이 달린 일이기 때문에 이것저것 안 가리고 무조건 바위를 살리겠다고 저러고들 있지만 그건 자기네들만의 욕심이요. 우리같이 천한 것들에게 나라에서 그 큰일을 시켜준다면 고맙게 따라야 할 것 아니겠소?"

"암, 그렇지. 물가 마을에 왈짜패 몇 놈들 말에 우리가 따라가서는 안 되지. 우리가 무식해서 돌이나 깨먹고 살기로서니 이런 경우마저도 모른다면 짐승이나 다름없지.”

“에이. 형님들. 저도 소문을 들어 알고 있는데요. 그동안 나라에서는 이곳 양근 땅에다 이것 바쳐라, 저것 바쳐라 하고 박박 긁어만 갔지 뭣하나 먹고 살게 해준 게 없다고 합디다요. 그런데 이번에 돌을 깨려는 것도 장례를 핑계로 양근 땅에 큰 대문을 아주 부숴버려서 상심나루를 아예 망가뜨리겠다는 소문이 파다합디다. 명분은 대탄 여울 물길을 잡아서 뱃길을 편케 한다지만.”

젊은 석수 마래는 목소리가 커지면서 분해했다. 그 사이에 어디서 무슨 소리를 듣고 온 모양이다. 가비가 젊은이 둘을 다독이며 자분자분 타일렀다. 가비에게는 아들 같은 연배다.

“이보게 마래. 세상살이라는 게 그게 아니야. 대탄 사람들이 우리를 외면하면 우린 이곳을 떠나 다른 곳에서라도 돌을 깨먹고 살수 있지만 나라에서 시키는 일을 마다하고 도망을 쳤다가는 우리가 발붙일 곳이 없게 되네. 우리가 왜 돌가루 뒤집어쓰면서 이 짓하고 사는가. 모두 다 입에 풀칠하려고 그러는 것 아닌가. 어느 쪽 일이든지 밥 먹는 일이라면 못할 이유가 없지. 그리고 이런 일을 우리한테 시켜주는 게 고마운 일 아닌가 말일세.”

나이든 석수들이 고개를 끄덕이며 이구동성으로 호응했다. 그 기세에 눌려 마래 석수는 무언의 동의로 백기를 들었다.

“자 그럼 모두 그리들 알고 오늘은 돌아가게.”

석수들을 내보내고 밤이 깊었으나 가비는 오랫동안 이런저런 생각으로 잠들지 못했다. 무엇보다 딸애가 걱정이다. 다듬잇돌과 바꿔다 놓은 보리 한 말에서 덜어 먹고 반 자루쯤 남은 양식이 전부다. 아무렇게나 땅을 파서 골을 만들고 납작하게 깬 돌로 방고래를 만든 온돌 앞에 아궁이를 만들어 무쇠솥을 걸었으니 훌륭한 아궁이다. 가비는 보리를 한 바가지 퍼 담아 물에 씻어내고 무쇠솥에 앉혔다. 마른 삭정이를 아궁이에 넣고 불을 지폈다. 불이 살아나면서 아궁이를 꽉 채운다. 언제라도 집을 비우려면 딸애가 먹을 것을 만들어놓아야 한다.

그즈음 천녕에 동패는 단패와 함께 선주 구옹 영감의 배를 도맡아 노질을 배워 익숙한 사공이 되어 가고 있었다. 가끔은 엄니도 찾아가서 만났다. 처음 만났을 때에는 믿기지 않는 듯 작은 손으로 동패의 큰 얼굴을 쓰다듬었다. '엄니 형님을 찾았어요.', '잘 자라주었구나.', '엄니!' 하고 낭이 앞에 두 형제가 나타났을 때에 그들은 너무 반가워할 말을 잃고 눈물조차 흘리지 못했다. 얼굴도 알지도 못하는 제어미를 찾아온 덩치 큰 아들이 그렇게 대견스러울 수가 없었다.

'됐다. 이제 네 애비가 이 땅 어디에 있든지 편안하게 살게다. 이렇게 큰 핏줄이 같은 하늘 밑에서 살고 있는데 여태껏 찾지 않는 걸 보면 참 매정도 하구나.' 하는 말에 '애비가 누구여요? 엄니.' 하고 동패가 바짝 다그쳤었다.

'평생 모르고 살아라. 너와 내가 만난 것으로 이제는 됐다. 어느 하늘 밑에서 죽었는지 살았는지.' 말은 그렇게 하더라도 동패를 찾은 순간 낭이는 가비 생각에 가슴이 미어지는 것 같았다. 동패는 자신에게도 어머니가 있다는 것이 하늘의 반쪽을 얻은 것처럼 뿌듯했다. 거기에다 이렇게 듬직한 동생까지 함께 있음에랴. 마음이 든든하기는 단패도 마찬가지였다. 깊이 잠든 줄 알았던 단패가 동패의 뒤척이는 소리에 잠이 깬 모양이다.

"형님! 아직 안 자고 있었군요. 내 꿈에 형님 아부지 만났소. 어디쯤 있는 강인지는 모르겠는데 강을 홀로 헤엄쳐 건너면서 형님을 부르고 있었소. 아마도 강 건너에 있는 형님을 찾으러 가는 것 같았는데 사람들은 모두 형님네 아부지가 헤엄치는 것을 구경하고 있었소. 형님, 이상하지 않아요. 나나 형님이나 형님네 아버지를 본 적도 없는데 내 꿈에서 만나다니. 무슨 꿈일까요? 형님!"

단패는 초저녁 단잠에 진한 꿈을 꾸었다. 한 번도 본 적이 없는 동패의 아버지라는 사람을 만나다니.

"형님. 어제 낮에 나루에서 소문을 들으니 원주 흥원창 세곡을 실어 내릴 배를 구한다고 하더라고요. 우리 그 일 한번 해보자고요."

단패는 동패더러 넌지시 세곡선 임운을 해보자고 제의했다.

"우리 같은 사람도 그런 일에 끼워준대?"

"한양에서 무슨 일이 났는지 배가 모자라서 야단이래요. 강나루마다 배를 긁다시피 해서 모은다는 소문이 나루에 자자하게 퍼졌어요. 세곡도 꽤 많이 내려가야 한다죠. 무슨 일이 나기는 크게 난 모양이요. 그래서 배를 하나 더 구해 놨으니 그 배로 형님은 내일 아침 원주에 올라가요. 나는 선주 구옹 영감께 허락을 얻어 다른 배로 따라 올라갈 테니."

"두 척씩이나?"

"그래요. 우리도 이제부터는 어엿한 독사공 노릇을 해보자고
요."

사공질로 뼈가 굳은 단패는 이포나루에서 인정받아 선주들은 믿
고 배를 빌려주었다.

"다 생각이 있어 그러는 것이요. 이번에 세곡선을 타고나면 우
리도 집을 구해 함께 삽시다. 나루터 삼신당 아래 허름한 집이 하나
비었는데 구옹 영감이 귀띔을 해주어서 우리가 살기로 했소. 우리
도 이제 남의 곁방 신세만 지지 말고 버젓이 세 식구가 모여서 어엿
하게 살림살이 한 번 해보는 거요. 이제 아버지만 찾는다면 우린 부
러울 것 없어요. 형님!"

단패는 어두운 방안에서 손을 더듬거려 동패의 손을 꼭 잡았다.
동패도 단패가 잡은 손을 꼭 잡았다. 동패가 쥐는 느낌이 단패에게
전해졌다. 단패는 편안한 듯 얼마 안 있어 또다시 코를 골기 시작했
다. 송녀는 어찌 되었을까?

어느새 잠이 들었는지 단패의 숨소리가 깊어질수록 동패의 정
신은 맑아 왔다. 차라리 그날 밤 송녀와 함께 최 영감 댁에서 나왔
더라면. 그래서 아기를 낳았더라면 지금쯤 꽤 자랐을 것이다. 송녀
는 그 집에서 여태껏 살고 있을까? 아마도 자신을 내쫓은 뜻은 그
영감태기가 송녀를 잡아두기 위해서였을 것이다. 여기까지 생각이
미치자 동패는 어둠 속에서 자신도 모르게 머리를 흔들었다. 살았

는지 죽었는지 꿈에라도 나타나 주면 좋으련만. 송녀의 얼굴이 선하게 어리면서 더욱더 또렷해지고 있었다.

송녀는 아이에게 젖을 물리고 있었다. 마님이 송녀에게 아이를 빼앗으려 하고 송녀는 아이를 빼앗기지 않으려 꼭 안고 몸부림을 친다. 아이가 자지러지게 울면서 송녀의 가슴 속으로 더 깊게 파고든다. 송녀는 해맑게 웃는 얼굴로 동패를 바라본다. 참으로 오랜만에 보는 송녀의 얼굴이었다. 동패와 어머니를 만나 뱃일에 빠지면서 오랫동안 잊고 지냈던 송녀였다. 동패가 성큼 나서서 송녀와 아이를 함께 안는다. 아이의 울음이 그치고 따듯한 송녀의 몸이 두 팔 안에 들어온다. 아이는 오간데 없고 가슴에 송녀만 안겨있다. 황소 굴 안이다.

"아이쿠. 형님! 숨이 막혀요."

잠결에 단패가 동패를 슬그머니 밀치자 동패가 멋쩍어하면서 끌어안은 팔을 풀고 돌아 누었다. 잠시 잠깐 꾼 꿈이었지만 송녀의 얼굴은 변함없이 여전했었다. 너무도 생생했다.

그 시각. 양근 관아에는 횃불이 환하게 밝히고 말을 탄 파발을 맞았다. 양근 군수 정운은 왕대비마마의 대여가 강으로 오른다는 소식을 이미 전해 들은 터에 이런저런 근심으로 잠을 못 들던 중이었다. 파발이 사또에게 국장도감에서 보내는 봉서를 전했다.

왕대비마마 장례에 쓸 숯 육백팔십 석, 생칡 육십 동, 영악전을 지을 소나무 재목을 오월 보름까지 준비하라는 내용이다. 대여가 양근에서 하룻밤을 유留하게 되니 예선군과 장례에 참여하는 사람들의 삼 식을 준비하라는 것이다. 거기에 덧붙여 깨지거나 망가진 쇠붙이를 모두 모아 상심으로 보내라고 했다. 쌀은 홍원창에서 배로 수삼일 안에 도착할 것이고 제물은 한양에서 올라온다고 했다.

나라의 장례니 고을민이 모두 나서야 한다. 날은 가물었지만 고을 사람들은 모 심을 논을 다루어야 하고 밭갈이도 해야 한다. 대여가 양근 땅에서 묵어가는 날은 하룻밤에 불과하더라도 그 준비를 하려면 적어도 한 달은 족히 걸려야 한다. 사또 정운은 파발꾼을 돌려보내고 나서 종이를 깔고 붓을 들었다. 우선 미원장에 숯 육백여 석을 통으로 맡기고 생칡과 재목은 근방 고을에 나누어 맡겼다. 벌써 오래전부터 한양으로는 강물만 흘러가는 것이 아니라 사람에게 소용이 되는 모든 물목들이 배를 타고 흘러갔다. 때로는 대가를 받았으나 때로는 값을 치르지 않고 내려갔다.

이번에는 경우가 다르다. 사가에서도 초상이 나면 이웃이 발 벗고 팔을 걷어 나서서 돕는데 나라의 장례에 맡겨진 일이니 마다할 일이 아니다. 우리 고을에 일을 맡겨 주심에 그저 감읍할 따름이다. 사또가 불을 밝혀 밤이 깊어가는 줄도 모르고 한양으로 보낼 물목들을 고을에 나누어 맡기는 중, 밖에 도포를 갖추어 입은 노인이 찾아들었다. 사또는 버선발로 동헌에 안마당을 건너질러 객을 맞았다. 뜻밖에도 상심에 이 대감이다. 이 대감은 큰기침을 하면서 사또 정운의 마중을 받았다.

"아니, 대감께서 이 밤중에 무슨 일로?"

"나라에 초상이 났는데 밤낮을 가릴 때가 아니지 않소."

"방금 전에 국장도감에서 이걸 준비하라는 전갈이 왔어요."

사또는 이 대감을 맞으며 파발꾼이 가져온 글을 보여 주었다. 이 대감이 고개를 끄덕이며 '사또, 준비에 노고가 많겠구려.' 하고 건성으로 답한다.

"이번에 대여를 모실 영악전을 백양포에다 짓고 하룻밤을 유한다고요?"

이 대감이 퇴임한 관리라고는 하나 양근 군수 정운과는 각별한 사이였다.

"얼른 비가 와야 할 텐데 걱정이요."

"대감께서 이렇게 늦은 밤에 찾아오신 뜻이 비 걱정 때문이요?"

"비가 와서 강물이 불어야 할 텐데, 그러기는 애시부터 글러먹은 것 같으니. 대탄에 물길을 뚫는다는 소문에 상심 사람들 가슴이 거멍숯처럼 타들어 가고 있지 않소."

"그 일이라면 국장도감에서 이미 바위를 깨기로 하지 않았소? 오늘 낮에 정동설이라는 도감에 낭청이 여길 다녀갔어요."

"글쎄 그래서 이렇게 부랴부랴 오지 않았소."

사또 정운은 아직도 이 대감의 뜻을 눈치채지 못한다. 이 대감의 대답을 들을 사이도 없이 밖이 떠들썩했다.

"상심나루 사람들이 사또 뵈옵기를 청합니다요."

대답도 하기 전에 맨상투에 행전을 친 장정들 십여 명이 동헌 마당으로 몰려 들어왔다.

"사또! 저희들은 상심나루에서 뼈가 굳은 배꾼들입니다. 이번 왕대비마님 장례에 대탄으로 오르는 대여를 저희가 모시도록 허락 받아 주십시오. 지금의 강물대로라면 굳이 바위를 깨지 않고도 너끈히 배가 오를 수 있습니다요."

사또는 대답 대신 이 대감을 얼굴을 쳐다보았다.

"이 대감께서 벌이신 일이요?"

이 대감은 대답 대신 도리질했다. 난처했다.

"네, 이놈들. 젊은 혈기라고 나랏일에 함부로 덤벼들려는 것이냐? 대여를 모시는 배라면 이 근방 나루에서는 볼 수 없는 대선大船일 테고 대탄에 바위가 가로막고 있는데 어떻게 너희들 힘만으로 올려 모시겠다고 만용을 부리느냐. 그것도 이렇게 한밤중에 찾아와서 무례하게."

"사또. 한밤중에 찾아온 것은 송구하오만 이번에 그 바위를 깨내면 바위가 지키고 있던 물이 내리쏠려서 아무것도 남지 않으니 우리 나루께 사람들은 모두 떠나야 합니다요. 대여는 대탄을 오를 때에만 소선小船으로 옮겨 모셔서 예선군을 도와 우리가 끌어 올리면 됩니다요. 부디 저희 대사공들에게 맡겨 주시도록 청을 넣어주십시오."

앞장선 사람은 육재였다. 뒤로는 육재를 따르는 칠재와 팔재와 함께 온 대사공들이었다.

"대여를 소선에 모심은 장례의 법도가 아니지 않느냐? 네 놈들이 감히 대비마마의 장례를 망치려고 해? 썩 물러가라."

사또가 호통을 치고 포졸들이 몰려들어 둘이서 한 사람씩 겨드랑이에 팔을 끼고 끌어낸다. 정운의 얼굴이 붉게 달아올랐다.

"이 대감께서 도와주시오. 이번 일을 그르친다면 우리 양근 땅은 후대에 더러운 이름으로 남을 것이오. 제 놈들 편케 먹고살자고 나랏일을 그르치라니. 보통 무엄 무례한 자들이 아니오. 내 바위를 깨러 오는 군사들에게 단단히 일러둘 것이오. 방해하는 자가 있으면 모조리 가둬 두었다가 장례를 치른 후에 엄벌할 것이오."

이 대감은 퇴관한 관리의 나약함을 실감했다. 끈을 잃은 지금 남은 권세조차 없었다. 관직에서 물러나도 세도를 잃지 않으려면 벌써부터 혼인으로든 의형제로든 인연을 맺었어야 하는데, 남은 것은 상심나루 기슭에 열다섯 칸 집 한 채뿐이었다. 그래도 나루터 사람들은 대감이었던 자신의 과거를 묵살하지 않고 극진히 대우하면서 마을 어른으로 모셨다. 겁 없이 나대는 저들의 성난 마음을 무슨 수로 돌려놓을 것인가.

낭청 정동설

이른 새벽, 묘시 경.

닭 울음소리를 듣고 일어난 망가는 풍로 속에 숯을 넣고 불을 살렸다. 어제의 온기가 아직 식지 않은 노爐속에 숯 조각을 집어넣자 불씨는 뽀얀 연기와 함께 살아났다. 풀무질을 시작한다.

망가의 얼굴은 오랜 세월 동안 망치질을 해오면서 곳곳에 분화구 같은 우물 자국이 나 있었다. 숯가루 불똥은 얼굴에 튀면 따끔하고 그만인데 달군 철을 내리칠 때 튀어 오르는 불똥은 살에 박혀 망가의 얼굴을 망쳤다. 그래도 망가의 곰보 얼굴은 근육질이 붉어져 나와서 힘 있어 보였다. 그는 이제껏 메질꾼 하나 없이 대장간을 홀로 꾸려 왔다. 손 설은 메질꾼이 마뜩치 않아서다. 애초부터 제 맘에 맞게 일을 해내는 신출이 있을 리 없겠지만 처음부터 끝까지 제 손으로 안 하면 개운치 않아 사람을 두고 일을 가르칠 여유를 부리지 못했다.

풀무바람을 삼킨 노의 속에서 빨간 불길이 살아나 대장간을 밝혔다. 숯가루가 불 파편이 되어 튀어 오른다. 일감이 밀렸다. 어제 왔던 관군은 대단한 엄포를 놓고 갔다. 어명이니 이달 안에 정과 철장鐵杖 만드는 일을 끝내라는 것이다. 엊그제 관군들은 깨지고 굽고 닳아빠진 쇠붙이를 마차에 잔뜩 실어다 주었다. 깨진 솥, 깨진 보습, 부러진 낫, 젖혀진 호미, 피 묻은 창, 손때 묻은 문고리, 닳아빠진 괭이, 끝이 굽은 삼지창 등을 대장간 앞에 녹슨 채로 쌓아놓았다. 노에 불이 되살아나자 망가는 집게에 빨간 숯덩이 하나를 꺼내서 엽연초에 불을 붙였다. 폐부를 훑고 나온 엽연초 연기가 아리한 참나무 숯 냄새를 덮었다.

어둠 저쪽에서 두런거리는 인기척이 대장간 쪽으로 다가왔다. 엊그제 고철을 잔뜩 실어다 놓던 관군들이다. 대탄바위를 깬다고 군사를 이끌고 온 총대장이 앞서고 힘깨나 쓸 만큼 기골이 장대한 군졸 둘이 따라왔다.

"망가 대장! 오늘은 메질꾼이 둘이다. 어제 한 일을 보여 달라."

망가는 솜방망이에 불을 달여 어제 만들어 놓은 정과 지레를 밝혔다. 아직 열기가 식지 않았을 것 같은 정은 망가가 비춘 횃불 밑에서 푸른빛을 내고 있었다.

"앞으로 사흘 안에 모두 마쳐라."

"닷새는 걸릴 텐데요."

"메질꾼 둘을 더하지 않았느냐? 그리고 숯을 세 포 더 가져왔다. 보탬이 될 것이다."

"나으리. 찌르고 베기만 하던 손이 때리는 일을 하려면 열흘은 배워야 할 텐데 사흘 안에 마칠 수가 있을까요?"

"총대장님 앞이다."

묵직한 군졸 하나가 망가의 목덜미 옷깃을 움켜잡았다.

"놔라! 배워야 한다지 않느냐. 망가 대장에게 배워라. 망가 대장, 하루를 더 주겠다. 나흘 안에 끝내라. 어명이다."

어명이라는 말에 망가는 총대장 앞에 넙죽 절했다.

"망가 대장! 이 군졸을 부하로 생각하고 써라. 그리고 너희 둘은 망가 대장을 따라라. 나흘 안에 못 해내면 너희 둘 책임이다."

총대장은 강가에 있는 군영으로 내려갔다. 어둠이 걷히면서 강에는 안개가 피어올랐다. 벗겨지는 안개 사이로 대탄바위가 드러난다. 대탄, 여울에 하얀 부서짐도 드러난다. 군사들은 어젯밤에 도착해서 강가에 군막을 쳤다. 총대장은 막 잠에서 깨어난 군졸들을 모았다.

"오늘부터 우리가 막힌 강을 뚫는다. 작업편대는 모두 넷이다. 갑甲대는 물을 맡아라. 을乙대는 돌을 맡아라. 병丙대는 쇠를 맡아라. 정丁대는 사람을 맡아라. 정대는 진시辰時에 물막이할 사람들을 모아 갑대에 넘기고 갑대는 쪽배를 이어 큰 바위 주변에 물막이를 하라. 병대는 정과 지레를 갖고 들어가 바위를 깬다."

을대는 젊은 석공들이었다. 한양 근방에서 힘깨나 쓸 만한 젊은 석공을 모아 왔지만 노련한 가비에게는 햇병아리밖에 안 되었다. 정동설은 대탄 근처 건지산 자락에 소문난 돌장이가 여럿 있다는 것을 이미 알고 왔다. 작업조가 편성되자 군졸들에게는 조가 섞인 보리밥과 고깃국물이 한 바가지씩 주어졌다. 일찍 잠에서 깬 군졸들은 아침을 달게 먹고 총대장의 편성대로 움직였다.

어제 도착한 군졸들은 물막이할 나무를 모으고 망가네 대장간과 상심나루터 근처 두 곳에 대장간을 다니면서 일감을 맡겼다. 망가와 산 밑에 사는 흰수염 노인의 대장간에는 정을 맡기고, 물가 대장간에선 망치머리 만드는 일을 맡았다. 대장장이들은 모두 나흘의 기한을 받았다. 어명이라는 말에 모두 긴장했다. 물푸레나무를 모아온 정대는 어제 대장간에서 거두어온 쇠망치를 모아서 자루를 박고 정에 물푸레나무 잔가지로 기다란 청태목 손잡이를 엮었다. 총대장은 막힌 물길을 뚫는 경험이 이미 있어 보였다.

양근 관아에서 생갈(칡)이 들어오고 대장간에 쓸 숯이 들어왔다. 총대장은 망가를 통해서 건지골 석수들 중에서 가비가 돌을 제일 잘 다룬다는 말을 이미 듣고 왔기 때문에 새벽녘에 먼저 불러왔다. 다른 석수들과 가비가 끌려오다시피 와서 총대장 앞에 엎드렸다. 어젯밤에 대탄에 오기를 반대하던 젊은 석수 마래는 절룩거리는 다리를 핑계로 빠졌다. 관원이라면 두드러기부터 나는 석수 가비에게 이제는 긴 세월 동안 쫓김의 숨박꼭질이 끝나는 것 같았다.

"그대가 여기서 제일 나은 석수인가?"

"예, 돌쟁이로 오십 년을 넘게 늙었소이다."

"저 바위를 깰 수 있겠느냐?"

"바위보다 강한 정이 있다면 깨겠소이다."

"여기 그 정이 있다. 을대는 망치와 정을 갖추어 들고 석수 영감을 따르라."

바위는 강을 중심으로 두 개가 물의 흐름을 떡 버텨 막고, 가운데는 문지방처럼 얕은 물 속으로 길게 이어져 있었다. 을대를 두 패로 나누어서 한양에서 온 석수들과 남쪽 바위를 맡고 건지산 석수와 반분한 군사들이 강을 중심으로 북쪽 바위를 맡았다. 갑대가 먼저 강으로 들어가서 쪽배를 잇대어 물막이 나무를 문지방처럼 쌓고 꺾쇠를 박아 이어 나가면서 벽을 만들어나갔다. 낡은 삼베조각과 무명으로 새는 물 틈새를 막았다. 그러는 사이에 하루해가 중천으로 올라왔다.

석공들은 도리깨를 만들 만한 굵기에 물푸레나무를 엮어서 정에 휘감아 칡으로 단단히 묶은 청태목 손잡이가 달린 정을 가비가 왼손으로 집어 들었다. 오른손에는 망치를 잡았다. 굵은 팔뚝에 힘줄을 불뚝 세우고 내리쳤다.

바위의 형상은 가운데가 평평하여 물이 차면 무넘기처럼 넘어 흐르고 가물면 줄어들어 바위 등이 드러났다. 그 밑으로는 멀지 않은 곳에 '챌바위(차일遮日바위)'라고 하는 숫음바위가 물 위로 드러나서 물이 차면 둘로 보이고 마르면 하나의 바위로 보였다. 사람들은 물에 잠긴 바위를 보고 바위가 둘이라고도 하고 물이 드러날 때에는 바위가 하나라고도 했다. 그러나 물속으로 뿌리를 이은 바위는 진정 하나였다.

바위에 정을 대고 망치로 내리치니 쇠를 때리듯 '쩡그렁' 하고 정이 튀어 올랐다. 만만하게 볼 놈이 아니다. 바위는 쇠로 만든 정을 이길 기세다. 가비가 망치로 바위를 내리치자 망치가 튀어 오른다. 바윗돌은 단단한 각오로 오랜 세월 동안 그렇게 물의 흐름을 훼방 놓고 있었다. 가비 주위로 몸을 물속에 허리까지 담근 채 보고만 있던 병사들은 일이 쉽지 않음을 느꼈다.

태초부터 그 자리를 지켜왔을 바위가 쉽게 부서지지 않을 것이라는 것을 예측은 했지만 매끈한 표면은 어느 협박도 굽히지 않을 만큼 단단하게 물 가운데 자리를 지켰다. 가비는 허리춤에 찬 연장 주머니에서 담금질이 잘된 뾰족한 못정을 하나 꺼내 맨손으로 잡았다. 바위에 수직으로 대고 망치로 내리쳤다. 다행히 튀지는 않았다. 콩알만 한 흠집이 생겼다. 유리알 같은 돌파편이 튄다. 점점 더 넓혀 나가니 밤알만큼 커졌다. 자리 잡은 돌구멍에 물푸레나무가 달린 자루정을 세우고 팔뚝에 심줄이 툭 불거진 망치꾼이 정 머리를 내리쳤다. 군졸들이 둘러서서 모두 숨을 죽이며 바라보고 있었다. 뽀얀 돌가루가 조금 튈 뿐이다. 을대의 병사들은 한동안을 숨죽이며 노인의 돌 깨는 모습을 지켜보았다. 이마에 땀이 흐를 때쯤 자루정은 바윗돌에 어른 손가락 하나 들어갈 깊이의 구멍을 만들었다. 총대장이 배 위에서 우렁찬 목소리로 명령했다.

"모두들 들어라! 우리는 지금 이 바위를 깨러 온 것이 아니고 막힌 물길을 뚫으러 온 것이다. 그런데 물길을 막은 것은 눈앞에 보이는 뿌리 깊은 바위다. 그래서 물길을 막는 바위를 없애야 한다. 없애려니 깨야 하는 것이다. 모두 여기에 석수 영감이 하는 정질을 잘 봐두라. 지금부터 석수 영감의 일을 을대가 직접 나누어 하라."

물길을 막고 서있는 바위는 벌써 여러 해 전부터 깨려고 여기저기 흠집을 내놓았지만 쉽게 금이 갈 만큼 만만한 곳은 없었다. 을대 군졸들은 노인을 따라 청태목이 달린 자루정과 망치를 나누어 받고 바위 가장자리에 한 자 간격으로 구멍을 뚫어 나갔다. 오월 열이틀 되는 날. 바위의 오른쪽 머리를 두 자가량 겨우 깨냈을 뿐이다.

셋째 날까지 겨우 여덟 자가량 깨냈다. 대여가 지나려면 너비가 서른일곱 자는 되도록 깨내야 한다. 정동설은 이월 스무아흐렛날 국장도감의 낭청에서 산릉도감의 낭청으로 환차 임명을 받고 소부석소의 일을 함께 맡으면서 동분서주하며 돌 깨는 일과 산릉석 만드는 일을 챙겨나갔고 하루하루의 일과를 적은 계啓를 국장도감에 올렸다.

사흘 해가 지나자 여울 쪽으로 솟은 바위에 손목까지 들어갈 만한 구멍들이 생겨나기 시작했다. 건너편 한양 석수들도 바위에 구멍을 뚫었다. 그들은 석산에서 떠온 돌을 가지고 모양을 내어 꾸미는 잔재주는 가지고 있었지만 큰 돌을 다루는 데에는 손이 설었다. 맞은 편 바위에서 그중 우두머리로 보이는 석수가 가비의 정질을 바라보았다.

가비는 이틀째 군졸들과 함께 밥을 먹었다. 물을 모으던 딸애를 생각한다. 보리밥을 한 바구니 삶아 놓고 마을에서 얻어온 고추장을 베보자기에 덮어 부뚜막에 놓았으니 놀다가 고프면 찾아 먹을 것이다. 할버이가 오기 전까지는 초막 밖으로 나오지 말라고 단단히 일러두었다. 딸애의 모습이 눈에 아른거리고 머릿속에서 엉켰다. 고놈에 어린 것이.

초막집 안에 있는 딸애를 보기 위해 저녁에는 집에 가서 자고 나오겠다는 말을 총대장에게 차마 할 수가 없었다.

가비는 몇 년 전 다듬잇돌을 등짐으로 지고 간 곳이 최 영감 댁이라는 곳이었다. 여인이 안으로 들어 대청마루 한가운데에 놓도록 손짓을 한다. 열 살이 못 된 아이가 쪼르륵 달려와 앉는다. 다듬잇돌을 신기한 듯 바라보다가 가비의 얼굴을 본다. 나이보다 앳된 얼굴이었다. 주인마님의 아이일 것 같지 않았는데 어미는 보이지 않았다. 여인이 가비에게 쌀을 한 말쯤 내놓자 가비는 쌀자루와 아이를 번갈아 보았다.

"댁에 손주요? 따님이기에는 늦은 것 같고."

"갈 곳을 기다리는 애예요. 어미아비가 없어요."

석수 노인은 묻고서 아차 했다.

"그럼 개구녁받이? 아님 이거?"

석수 노인은 새끼손가락을 펴 보이자 여인이 머리를 흔들었다.

"에미가 저 애를 낳다가 죽었다우. 사내가 누군지 모르니 아무 데나 내놓을 수도 없고."

가비는 쌀자루를 도로 밀어 놓았다.

"저 아이를 내게 주시오."

"어머머머, 손주유, 메누리유, 딸래미유. 키워서 석수 영감 시중드는 애 만들려구 그러는 건 아니유?"

"별소리 다 하시오. 이 다듬잇돌 값 대신에 저 아이를 얻어 가리다."

"가난한 석수 살림에 입 하나를 늘릴 텐데요."

"어쨌든 허락해 주시면 데려가겠소."

여인은 고개를 끄덕였다. 당장 지금이라도 데려가라는 투다. 여인은 아이의 손을 잡은 가비의 등짐 위에 아이 양식이라고 귀한 쌀 한 말을 올려놓았다. 지고 간 다듬잇돌 대신에 등에 업고 걸리고 해서 건지산까지 데려왔다. 누구의 딸인지도 모르는 딸애는 운명인 듯 순순히 가비를 따라 왔다. 초막을 떠나 있으니 그 딸애가 더욱더 눈에 어린다.

대탄바위를 깨는 석수는 건지산패와 한양패 두 패로 나뉘었다. 건지산 석수들은 청태목에 달린 못정을 바위에 대고 손망치로 내리치면서 자잘한 구멍만 뚫고 있고 한양패들은 어린아이 머리통만 한 망치로 바위를 사정없이 내리친다. 그 망치 끝에 돌가루와 파편이 튀면서도 바위는 꿈쩍 않는다. 바위를 망치로 내리칠 때마다 껍질이 벗겨지듯 얇게 벗겨졌다. 그러는 한양패들이 보니 건지산 석수들 일이 영 설어 보였다. 그쪽 석수 중 우두머리격인 자 하나가 가비에게 나섰다.

"우린, 열흘을 잡아 이 일을 마치려고 왔다. 그렇게 깔짝대며 뜸을 들이다가는 보름이 가도 못할 것이다. 서둘러야 한다."

그는 또 총대장에게 고한다.

"총대장 나리, 아니 그렇습니까? 저들에게 오늘 같은 식으로 일을 하게 내버려 두었다가는 한 달이 가도 마치지 못할 것이오. 저들은 이미 바위를 깰 마음이 없는 것이오. 억지로 끌려와서 마을사람들처럼 바위를 깨지 않기를 바라는 사람들이오. 족쳐서 다루지 않으면 귀한 밥만 축내고 말 것이오."

함께 온 한양 석장도 이미 소문을 들어서 알고 있었다. 군사들이 들어와서 진을 쳤을 때 마을이 술렁거렸고 건지골 석수들이 모두 잡혀가서 일을 한다는 말을 듣고 나루터 사람들은 단단히 벼르고 있다고 했다. 그러나 건지골 석수들에게는 오해였다. 초막마다 새벽에 갑자기 군사들이 들이닥쳐 끌려 온 것이다. 그런데도 한양에서 왔다고 하는 석장이 건지산 노석수들에게 하대하는 것도 모자라서 자기네들 하는 식으로 따라 하지 아니하니 일이 시원찮다고 나무란다. 억울한 일이었다.

"지금 무어라 했소!"

건지골에서 함께 온 젊은 석수 하나가 가비를 제치고 앞에 나섰다.

"지금 우리를 모함하려는 것이요? 목구멍에 간신히 풀칠하던 우리가 이렇게 와서 일하는 것만 해도 감지덕진데 마을에서 소문만 듣고 와서 우리 일이 서툴다고 모략하는 것은 천부당만부당이오."

"이런! 애숭이가 앞에 나서!"

석장은 젊은 석수를 뒤로 밀쳤다. 힘없이 뒤로 나자빠졌다. 모래밭이니 다행이다. 젊은 석수가 어안이 벙벙해 일어나더니 모래를 한 움큼 손에 쥐고 한양 석장이라는 자의 눈을 향해 던졌다. 갑자기 모래 세례를 받은 석장은 눈을 못 뜨고 모래를 털어내려 쩔쩔매고 있었다. 석장 뒤에 있던 한양 석수 몇이 건지산 젊은 석수의 두 팔을 잡아 뒤로 엮었다. 한양 석수 하나가 건지산 젊은 석수의 가슴팍을 내친다.

"멈춰라!"

총대장이 북을 두드리며 호령했다. 군사들이 몰려들어 두 젊은 이를 포박했다. 군사 둘이 두 젊은이에게 매를 내리친다.

"대장! 어제 듣자니 저 나루터 사람들이 이 바위 깨는 일에 방해를 한다는 소문이오. 감히 왕대비마마 국장을 훼방 놓자는 자들이오. 이 자들도 그들과 한패일 수 있으니 오늘 밤 문초를 해 봐야 할 것이오."

"문초는 무슨. 자 모두들 들어라. 여기 있는 석수들은 모두 같은 배를 탔다. 앞으로 열흘 안에 이 바위를 깨지 못하면 한양 석수든, 양근 석수든 모두 치도곤을 당할 것이다. 오늘이 지나면 열흘 밖에 안 남는다. 그러니 이렇게 싸움질만 할 때가 아니다."

총대장은 싸움을 말리고 호령하고 겁을 주면서 두 패를 얼러서 떼어 놓았다.

사흘이 되자 건지산 석수들이 바위에 뚫어 놓은 구멍의 윤곽이 드러났다. 가비는 쉬는 틈을 타서 부싯돌로 엽연초를 피워 물었다.

"이제 어쩔 셈인가?"

총대장이 궁금스런 듯 다가와 물었다. 바위에 무조건 정을 대고 구멍만 뚫고 있으니 어찌할지를 묻는 것이다.

"물푸레나무를 베어 와야 하오."

"지렛대라면 쇠지레가 있지 않는가?"

"지렛대가 아니라 불림목이요."

"불림목이라?"

"물푸레나무 말뚝을 깎아 바위 구멍에 박아야 하오."

"쇠도 바위를 이기기 어려운데 나무가 돌을 이기겠나?"

"나무 홀로는 어렵지만 물과 힘을 합치면 이길 수 있소."

"물과 힘을 합친다?"

총대장이 호기심 어린 눈으로 석수 노인의 아래턱에 달린 흰 수염이 떨리는 것을 지켜봤다.

"좋다. 내 군졸들을 시켜 물푸레나무를 모아오도록 하겠다."

"바싹 마른 나무라야 하오."

"그렇다면 베어다 말려야 하지 않나? 하루가 급하다."

"내가 다녀오겠소. 지난해 베어 놓은 나무가 있으니 짐을 지고 올 군졸 둘만 붙여 주시오."

총대장이 힘센 장정 둘을 내주자 가비는 그들을 데리고 건지골로 올랐다. 건지골에서 해 뜨는 쪽으로 반 넘어가면 바위산을 벗어나 부드러운 흙살이 깊게 골이 진 땅이 밟힌다. 지난해에 그곳에다 물푸레나무 말뚝감을 잘라서 갈무리해놓았다. 지난겨울에 일이니 맞춤하게 말라 있었다. 가비는 칡을 끊어 군졸이 짐으로 질 수 있을 만큼 묶어 등짐을 지워줬다. 가비가 길을 잡아 앞서 내려온다. 오를 때와 달리 내리막에서 건지골 초막 쪽으로 길을 잡았다. 아무래도 딸애가 궁금했다. 초막은 적막했다. 가비는 초막 앞에서 모르는 듯 지나쳐 길모퉁이를 돌았다. 초막이 군졸들의 눈에 보이지 않을 때쯤이다.

"내 초막에서 더 가져가야 할 연장이 있으니, 예서 잠시 머물러 연초 한 쌈 태우면서 기다리시오."

가비는 주머니에서 연초 쌈지를 군졸 둘에게 내밀었다. 옳거니 하면서 군사들은 주저앉아 연초에 불을 붙이려고 부싯돌을 내리켰다.

가비는 발길을 돌려 초막으로 향하는 오르막길로 줄달음쳤다. 숨이 차오른다. 초막 앞문을 막은 거적을 들치자 딸애가 안에서 잠들어 있었다. 얼굴에는 삶은 보리알과 고추장이 말라붙어 있다. 파리 몇 마리가 쪽바가지에 붙은 보리알을 빨고 있다. 딸애의 얼굴에 붙은 보리알에도 파리가 앉았다. 가비는 딸애 얼굴에 붙은 파리를 손으로 날리고 보리알을 떼어냈다. 인기척에 딸애가 깼다.

"할버이 왔네. 일은 다 끝냈어?"

"아니다. 아직 멀었다. 밖에는 무서운 짐승들이 많으니 함부로 밖에 나오지 마라."

가비는 좁쌀알이 섞인 주먹밥 한 덩어리를 쪽바가지에 넣어놨다. 점심에 자기 몫을 받으면서 한 덩어리 더 챙겨 넣었었다.

"밥이네! 할버이는?"

"먹어라. 할버이는 먹었다. 일 끝내면 얼른 돌아오마."

석수 노인은 딸애가 주먹밥을 한 입 베어 무는 것을 보면서 급한 마음으로 초막을 나섰다. 가비는 세상에 살아가면서 가장 혹독하게 아파 오는 고통이 사람에 대한 그리움이었다. 날이 저물면 더 이상 쪼아낼 수 없는 돌은 가비의 밤을 지켜주지 못했다. 초로에 이르도록 돌을 쪼면서 홀로인 그가 살아오면서 정情을 붙이기 시작한 것은 딸애를 얻어오고 나서부터였다. 아비가 누구인지도 모르는 딸애는 붙임성 있게 가비를 따랐다. 가비는 아이에게 이름을 주지 않고 여전히 딸애라 불렀다. 딸애는 이제 제법 홀로 무언가를 할 줄 안다. 돌 다루는 곳에서 얼쩡거리며 종알종알 말을 건다.

가비는 딸애와 헤어져 강으로 내려왔다. 멀리 강으로 내려가는 길모퉁이를 되돌아와서 군졸 하나가 지루한 듯 올려보며 기다리고 있는 것이 보였다. 군졸이 가비가 나오는 것을 보자 얼른 오라고 손짓한다. 잰걸음이지만 내리막은 숨이 덜 차다.

"게서 거居하오?"

"내가 돌쟁이 일을 하는 초막이오."

가비는 자신의 거처를 기골장대한 군졸에게 들킨 것이 개운치 않았다.

"양식을 보태주고 왔소?"

군졸이 가비의 허리춤을 보면서 묻는다. 군졸은 산에 오를 때에 가비의 허리춤에 불룩하던 주먹밥을 보아뒀다. 석수 노인은 도적질을 들킨 것처럼 계면쩍어했다.

"괜찮소."

어깨 넓은 장정 둘은 내려놓았던 물푸레나무 짐을 다시 지며 마음 넓게 가비의 행적을 눈감듯 덮어주었다.

그들이 군영으로 돌아오니 군졸들은 여전히 바위에 달라붙어 자루정과 망치가 한 조를 이루며 구멍을 뚫어 나갔다. 망치소리와 돌가루 먼지로 물 가문 강 가운데에 바위는 뽀얗고 어수선했다. 바위 위에서 총대장이 방망이를 허리에 차고 작업하는 군졸들을 내려보고 있었다. 봄 가뭄이라지만 그래도 골이 깊은 강인지라 바위까지 가려면 물이 목을 넘어 배를 타야 했다. 가비가 앞서고 군졸 둘이 나뭇짐을 진채로 강가에 이르는 것을 보고 바위 위에 있던 총대장이 건너왔다. 총대장이 정丁대 군사를 불러 모았다.

"나무를 한 척에 두 치쯤 모자라는 길이로 자르시오."

명령은 가비가 했다. 둘이 한 조가 되어 군졸 둘이 지고 내려온 나무를 헤쳐 놓고 한 자 길이로 잘라냈다. 물푸레나무의 굵기가 기골장대한 군졸의 팔뚝만 하다. 노인이 손 뼘으로 한 자 길이를 재서 톱으로 자르니 병대 군사가 모두들 따라 시작한다. 혼자 하려면 사흘 일인데 정대가 모두 덤벼드니 해가 설핏해서야 물푸레나무 말뚝 다듬이가 끝났다. 말뚝을 열 개씩 단으로 묶어 바위로 날랐다.

"물에 젖지 않게 하시오."

가비는 노파심에 점잖은 잔소리를 했다. 바위에 한 척 간격으로 뚫어 놓은 구멍을 따라 물푸레나무 말뚝을 박았다. 드러나는 두 치 깊이 말뚝 마구리를 정으로 때려 넣었다. 솟은 바위에서 여울 쪽으로 향한 면에, 한 척 간격으로 뚫어 놓은 구멍에는 물푸레나무 말뚝이 줄지어 박혔다.

"말뚝 마구리 남은 구멍 속으로 물을 부으시오."

군졸들은 모두들 물을 떠다 부었다. 물푸레나무 말뚝을 박은 돌구멍 안으로 물이 스민다. 바싹 마른 물푸레나무가 물을 먹어 축축하게 젖어 든다. 물이 스미면 더 부어서 듬뿍 물을 먹인다. 석양 노을이 멀리 한양 쪽 병탄立灘에 비치고 군졸들은 하루 일손을 거두었다. 날이 저물자 모두 군막으로 들어갔다. 횃불 밝힌 총대장의 군막 안에 각 대장이 모여 앉았다. 처음부터 엄두가 안 나는 일이었다.

세종임금 적에도 다섯 차례나 대탄바위를 깨려고 덤벼들었지만 운 좋게 유월 장마로 물이 조금 불어났을 때에 알곡 이십여 석을 실은 세곡선이 겨우 지나갈 정도밖에 깨지 못했다. 왕대비의 장례를 치르려면 대여를 실은 배를 포함해서 일백오십여 척의 배가 대탄을 거쳐 올라가야 한다. 대탄 물길 가운데를 막은 바위를 깨지 않고는 지난해에 효종임금의 능을 양주에서 천장遷葬할 때처럼 육로로 갈 수밖에 없는 노릇이다. 이런 사정으로 쇳덩이 같은 대탄바위를 깬다는 일이 정동설에게는 막중한 임무였다. 더욱이 자신이 하겠다고 선뜻 청을 넣어놓은 중에 임금이 허하니 책임이 더 무거웠다.

군막 안에서 총대장이 막을 등지고 상석에 앉고 갑대, 을대, 병대, 정대의 각 대장이 좌정하였다. 가비는 총대장 옆에 앉아있다. 총대장은 가비의 일이 믿음성이 없었다. 가뭄에 줄어든 물을 막고 망치꾼들이 덤벼들어서 열흘을 깨면 못 깰 리도 없지 않을 것 같았지만 바위에 구멍을 뚫어 놓고 마른 물푸레나무를 박아 물을 붓는 일이 만신의 놀음에 놀아나는 것 같은 의심을 품고 있었다. 총대장은 노인을 불러 오늘 밤 다짐을 받고 싶었다.

"물푸레나무 말뚝이 바위를 이길 수 있겠소?"

"물과 나무가 합하면 돌을 이긴다고 하지 않소. 내일 그 돌을 보시오."

"지금이라도 장정들이 덤벼들어 망치로 깨내는 게 어떻겠소?"

"이백 년 전, 세종임금 때에도 그렇게 했다지 않소. 고려 때도 그랬고."

갑대, 을대, 병대, 정대가 갑론을박했다.

"이대로 하다가 바위를 깨지 못하면 어떡할 거요?"

"그러지 말고 차라리 건너편으로 물길을 돌립시다."

대탄 위로는 상심나루가 있는데 양근에서 상심나루를 건너면 무갑산 능선을 넘어 곤지암을 거쳐 용인에 이르는 길목이 된다. 양근에서 청탄 사이에 걸쳐 있는 대탄은 상심나루에 물을 가두는 보 역할을 해서 나룻배가 건널 수 있는 물길을 만들어 주었다. 한강을 건너는 모든 나루가 그러하듯 나룻터는 항상 물고임이 넉넉하여 가뭄이 심한 갈수기에도 배를 띄울 수 있을 만큼의 물은 있었다. 상심나루로 보면 대탄바위는 하늘이 만들어 준 보였다. 넓은 물길은 상심마을 사람들에게 삶의 터전이었다. 나루터 길목에서 오가는 선객들을 상대로 하는 장삿속이 그랬고, 깊고 넓은 강물에서 잡아내는 고기잡이가 그랬고, 대탄바위를 넘지 못하는 배들의 정박지였기 때문에 가뭄에는 성시成市를 이루었다.

바위를 피해서 강의 남단, 지대가 낮은 논밭을 파고 물길을 돌리면 상심의 물은 쭉 빠져버릴 수도 있었다. 뱃길도 그리로 낼 수는 있었다. 그러나 큰물이 지면 물은 거침없이 논밭을 깎아내려 강을 메울 것이다. 농토가 쓸려나간다면 양근에서 조정에 또 상소上訴를 올릴 것이 뻔했다. 그뿐 아니라 물이 바위를 피해 돌게 되니 급곡急曲이 되어 급류로 흐르던 물의 소용돌이가 심해지고 뱃길로는 지금보다 위험한 여울이 생길 수도 있는 것이다. 총대장이 물길을 돌리는 데에 반론한다.

"바위를 피해 물을 돌리면 상심에 물이 얕아져서 배가 뜰 수 없고 넓은 논밭에 기름진 흙을 깎아 내리게 되어서 백성의 살을 깎는 것과 같은 무모한 일이오."

"그럼 이백 년 넘게 깨트려도 못해온 바위를 열흘 만에 깰 수 있단 말이오? 이번 장례에 뱃길을 위해서 우선 급한 대로 물길을 돌려보자는 얘기요."

"지금 조정의 명이 그게 아니잖소?"

"건지산 석수 영감! 정말로 그렇게 해서 바위를 깰 수 있겠소?"

답답한 총대장이 노인을 다그쳤다.

"물과 나무가 합한 힘이 바위의 버팀보다 크다면 반드시 깰 수 있을 것이오."

"석수! 자꾸 아리송한 말만 하는구려. 오십 년 넘었다는 당신의 경험으로 대답하시오. 바위를 깰 수 있는가, 없느냐를 묻는 말이오."

총대장의 언성이 높아졌다.

"총대장 나리! 물과 나무의 힘으로 바위를 깨느냐 못 깨느냐는 아무도 모르오. 그런데 지금 여기서 쇤네의 가벼운 말로 바위가 깨지지 않았는데도 바위를 깰 수 있다고 하면 명을 받든 총대장을 기망하는 것이고, 바위가 깨지는데도 깰 수 없다고 한다면 희롱의 죄를 짓게 되는 것이오. 저 바위는 이 강이 생겨나면서부터 저기에 있었고, 수백, 수천 년을 물에 씻겨왔소. 물길을 따르는 배가 흐름에 걸려 고려에서 세종과 세조임금을 걸쳐 지금까지 왔다고 버티는데, 우리가 지금 깨서 없애려고 하고 있소. 수천 년 물의 흐름에 비하면 미물에 불과한 쇤네가 감히 저 바위에 대해 깰 수 있고 없음을 말한다니 돌쟁이의 주제를 넘는 짓이오."

돌쟁이로 늙은 무식한 노인인 줄로 알았는데 총대장의 엄문을 능란하게 되받는다. 그러나 총대장은 고개를 끄덕였다. 노인의 말대로 대탄바위는 수백 년 동안 강 가운데에서 우뚝 솟아나서 뱃길을 막아 옛날에도 여러 번 깨서 없애기를 시도해왔잖은가. 그런데 노인의 방법은 분명 지금까지 해온 망치질과는 다른 방법이었다.

왕대비의 상여 배가 지나가려면 적어도 서른일곱 자 폭이 넘게 넓혀야 한다. 이는 임금의 명이었다. 임금의 생각으로는 왕대비마마의 상여인 대여를 실은 배에 여사군이 일백여 명은 타야 하는데, 배의 폭이 좁으면 발인 날로 고쳐 잡은 때가 유월 초사흘이니, 더위에 지친 사람들이 발을 잘못 디뎌서 넘어지기라도 한다면 배 전체가 기우뚱거려 큰 화를 입을 것을 걱정하는 것이다.

정동설은 명을 받기 전에 국장도감의 힘을 빌려 여지승람과 세종 때의 실록을 찾아 대탄바위를 깨뜨려온 내력을 꿰고 와서 총대장에게 일러주었다. 일천삼백구십 년, 고려 공민왕 2년에 대탄에 돌이 물 가운데를 가로질러 있어서 물이 넘으면 보이지 않고 물이 얕아지면 파도가 격동하고 쏟아져 흘러 내려서 하류에 배들이 가끔 표몰漂沒 되었는데, 왕강이라는 사람이 건의하여 바위를 조금 파냈지만 쉽게 이루지 못하고, 바위로 흐르는 물면이 고르지 못하여 오히려 물의 흐름은 더욱 험하게 만들어놓았다. 그때가 이백 오십여 년 전에 일이었다.

추상같은 왕의 명이 사람을 움직이게 할 수는 있어도 땅속에 뿌리박고 꿈쩍 않는 바위는 직접 다스리지 못하였으니 어찌할 수 없는 노릇 아닌가.

조선에 와서 세종임금 때에는 호군 지윤용, 소윤 안구 등에게 명하여 대탄의 돌을 깨뜨리게 했고, 총제 이천에게도 오랫동안 날이 가물어 물이 얕아지고 돌이 드러난 틈을 타서 석공과 군인 일백여 명을 동원하여 돌을 깨게 했다. 이때 배가 다니기에 다소 편해지기는 했지만 세종임금은 4년 후, 7년 후에 또다시 두 차례에 걸쳐 대탄바위 깨내기를 명하였다.

세종임금 때에 대탄은 수로가 험하고 좁으며 물의 흐름이 급한 곳인데, 가운데 암석이 물이 얕으면 드러나서 짐 싣는 배가 부딪쳐서 상할 근심이 있기 때문에 물이 줄어들 때까지 기다려서 점차로 뚫어 다스리고자 하였다. 그 뒤로부터는 물이 얕아지거든 물 위로 드러나는 돌이 몇 자나 되는지 재어서 기다리라 하였으나 이내 이루지 못하였다.

그 후 세조 때에는 구달충具達忠이라는 사람을 보내 또 대탄바위를 깨게 했다. 그는 대탄에 물 가운데로 들어가서 바위 둘레에 문지방처럼 쌓아서 물을 말리고 돌을 깨냈지만 역시 성취하지 못했다. 그때 구달충은 대탄바위를 중국 사천성 구당협 상류(양자강의 중류)에 있는 큰 암석, 염예퇴灩預堆에 비교했었다. 중국에 염예퇴라는 바위는 강 가운데 떡 버티고 있어 양자강을 지나는 뱃길을 막고 있었다.

세종임금으로부터 이백여 년이 넘은 지난해에 양주에 있던 효종임금의 능을 여주에 있는 세종의 영릉 곁으로 이장했다. 현종이 왕대비 상을 당하여 능지로 가기 위해 그 행로를 한강 물길로 잡았는데, 그 물길에 걸림이 되는 양근 대탄에 바위를 깨려고 하는 것이다. 세종임금 적에 그토록 바위를 깨내려고 힘을 쏟았던 것은 훗날 당신의 능 옆으로 올 왕대비 장 씨의 운구 길을 예견한 듯했다.

낭청 정동설은 총호사 김수홍에게 자청하여 그 바위를 깨내겠다고 장담했던 터다. 석수와 군사 일백을 이끌고 와서 진을 친지 이틀째다. 유월 초사흘로 발인 날로 잡았으니 늦어도 한 달 안에는 해내야 할 일이었다. 군사들에게는 열흘의 기한을 주었다.

총대장은 각 대장과 석수 노인을 내보내고 밖으로 나왔다. 대탄에서 양근 쪽을 바라보니 멀리 제탄 쪽에서 내려오는 불빛의 무리가 보인다. 불빛이 점점 가까워지자 윤곽이 드러난다. 원주 홍원창에서 한양으로 향하는 세곡선단이었다. 이 시각에 밤을 밝히며 내려오는 선단은 세곡선 밖에 없었다. 삼십어 척은 될 법하다. 날 가뭄을 무릅쓰고 얕은 물 바닥을 긁으며 내려왔을 것이다. 횃불의 무리는 대탄바위 앞으로 진을 친 배들이 보이자 어차피 오늘 저녁에 대탄바위를 넘기는 틀린 일로 판단하고 상심나루로 모여들었다. 오늘 밤 상심나루는 뱃사람들로 성시를 이룰 것이다.

노인은 초막에 홀로 있는 딸애가 눈에 밟혔다. 며칠 전만 해도 감질나는 소낙비가 꽤 내려서 물을 반가이 맞아 노는 딸애의 모습이 선하게 눈에 들었다. 노인은 군영에 마련한 잠자리에서 슬그머니 빠져나왔다. 멀리 세곡선단의 불빛이 점점 가까이 보였다. 하루 종일 망치질과 정질에 이골이 난 팔임에도 며칠 동안 긴장을 하고 바위를 깬 탓에 유난히 더 어깨가 쑤셔왔다. 멀지 않은 곳에 있는 망가네 대장간에 불빛이 보인다. 망가 대장이 궁금했다. 그도 만만찮은 일감을 맡아 대장질을 하느라고 긴장하고 있을 것이다.

노인은 저녁에 허리춤에 달린 베주머니에 챙겨 넣은 주먹밥을 매만졌다. 군영이라고 하지만 싸움을 앞둔 곳이 아니라 모두들 일찌감치 잠에 빠져들고 초군들만 화톳불 앞에서 쭈그리고 앉아 졸고 있었다. 노인은 군막 뒤 어둠을 찾아 들어가서 아랫배에 꽉 찬 오줌을 내갈겼다. 몸서리치며 고의춤을 여민다. 이 정도의 어둠이라면 졸고 있는 보초의 눈을 피해 충분히 밤사이에 여길 벗어날 수 있겠다 싶었다.

여린 풀숲을 헤치고 나와 멀지 않은 건지골로 길을 잡아 올랐다. 멀리 석수의 초막들에서 불빛이 몇 개 눈에 들어왔다. 가비는 자신의 초막 쪽으로 눈을 돌렸다. 초막 안에서 새어 나오는 불빛이 보였다. 딸애가 쉽게 불을 붙였을 리가 없었다. 마음이 급해졌다. 딸애 말고는 초막에 들 만한 사람이 없는데. 순간 불안한 생각이 머리를 스쳤다. 웬 놈일까? 건지골에 젊은 석수 몇을 떠올렸다. 그러나 그들도 이미 총대장의 군영으로 끌려가 있었다. 그들은 낮에 고된 일로 군영에서 곤하게 잠자고 있을 것이다. 가비는 낮에 군졸을 남겨 두고 초막으로 되짚어 오를 때보다 더 급하게 초막을 향해 올라갔다. 안에서는 두런두런 인기척이 들렸다. 가비는 숨을 죽이고 초막으로 들어섰다. 연장걸이에서 망치를 내려 뒷짐 진 두 손으로 움켜잡았다.

"아찌, 우리 할버이는 언제 와?"

딸애의 목소리가 거적문 사이로 새어 나왔다. 거적을 들치자 딸애는 주먹밥을 뜯어 먹고 있었다. 딸애 앞에 기골장대한 군졸의 등이 보였다. 낮에 함께 왔던 군졸임이 분명하다. 쪽바가지 안에는 주먹밥 한 개가 더 들어 있었다. 군졸이 가져 왔을 것이다. 가비는 헛기침으로 인기척을 냈다. 군졸이 놀라고 딸애가 노인을 반긴다.

"할버이 왔네. 아찌가 이거 가져왔어."

딸애는 뜯고 있던 주먹밥을 들어 올렸다. 군졸의 고의춤이 풀어져 있었다. 그 모습이 석수 노인의 눈에 들어왔다.

"딸이오?"

군졸은 태연하게 석수 노인에게 물었다. 관솔 불 아래서 둘 사이에 미묘한 눈빛이 오갔다. 가비의 턱 아래 수염 끝이 바르르 떨렸다. 어색한 분위기를 간파한 군졸은 일어서면서 고의춤을 여몄다.

"할버이, 아찌가 여기 아프게 했어. 근데 이거 가져와서 괜찮아."

딸애는 주먹밥을 들어 보이며 태연하게 가비 앞에서 흩어진 광목포대치마를 여몄다. 얼굴에는 놀라움과 아픔을 못 참고 눈물이 흘렀던 자국이 선명하다. 딸애는 가비와 군졸의 얼굴을 번갈아 보면서 아픔의 기억을 곱씹었다. 가비는 망치 자루를 두 손으로 굳게 움켜쥐었는데도 군졸이 눈치채지 못하고 시치미를 떼며 일어선다.

"영감도 군영에서 벗어난 걸 총대장이 알면 혼쭐이 날 텐데요."

군졸은 태연하게 초막 거적문을 들치고 나섰다. 초막을 나서는 군졸의 등 뒤에서 가비는 손에 들고 있던 망치로 뒤통수를 내리쳤다. 그야말로 창졸간이었다. 기골장대한 군졸의 키가 푹 하고 쓰러졌다. 가비의 숨이 가빠졌다. 묵직한 군졸의 겨드랑이에 두 손을 넣어 초막 밖 어둠으로 끌어냈다. 숨을 고르고 목덜미에 손을 짚어 봤다. 맥이 짚이지 않았다. 뒤통수에 손을 넣어 들어 올렸다. 양팔이 늘어진다. 끈적끈적한 액체감이 손에 묻어났다.

"할버이, 또 가야 해?"

뒤에서 딸애가 거적문을 들치면서 불안한 듯 물었다.

"어! 응, 산짐승이 들지도 모른다. 조심하고 있어라. 내가 얼른 다녀오마."

딸애를 안심시켜 들여보내 놓고 석수 노인은 초막을 나오면서 놈의 육肉 덩어리 치울 곳을 찾았다. 만들다 만 일감들 사이에 어둠을 손으로 더듬었다. 그렇지! 석관이 있었다. 오래전에 일감으로 받아 만들어 놓았지만 아직 찾아가지 않은 석관이다. 축 늘어지는 군졸의 몸을 끌어다 석관에 넣기는 쉽지 않았다. 석관 뚜껑을 닫고 나서 노인은 얼굴에 땀을 훔쳐냈다. 등에 식은땀이 축축하다. 엽연초 쌈지를 꺼내 불을 붙이려다가 도로 집어넣었다. 어둠을 타서 군막으로 돌아가야 한다.

아무래도 딸애 걱정이 놓이지 않았다. 노인에게 딸애는 사십여 년 넘게 홀로 산 빈 가슴을 채워주는 소중한 생명이었다. 그런 딸애의 몸을 건드린 군졸을 노인의 손으로 단죄함에 아무런 거리낌도 없었다. 자신이 군막에서 일하는 동안 홀로 있을 딸애가 걱정스러울 뿐이었다.

건지골에서 내려오는 길모퉁이를 돌자 멀리 군막에 불빛이 보였다. 싸움하러 나온 군졸들이 아니기 때문에 형식적인 초군이 있을 뿐 경비는 삼엄하지 않았다. 노인은 태연스럽게 어둠을 빌려 풀숲으로 몸을 낮추고 군막으로 향했다. 샛강에 통나무를 엮어 만든 다리를 피해 물로 걸어 건너면서 아직 끈적끈적한 기분이 가시지 않은 손을 씻고 안으로 들어갔다.

"어디 갔다 이제 오는 것이오?"

총대장이 가비의 막 안에 먼저 들어 있었다. 멈칫하며 가비는 총대장 앞에 몸을 낮췄다.

"잠이 안 와서 물가에서 바람 좀 쐬었소."

"걱정은 되겠지만 내일 일을 생각해서 일찍 자두시오."

총대장의 말이 부드럽다. 그도 걱정일 게다. 가비는 낮에 일하던 피곤을 생각하면 곤하게 잠이 들어야 할 시간이지만 딸애가 눈앞에 아른거리니 걱정이 앞섰다.

상심나루 나그막 뒷방에는 자정이 넘었는데도 큰여울 대사공들이 모여 대탄바위를 어떻게 지킬지에 대한 의견이 분분했다. 대사공뿐만 아니라 나루터에서 벌어먹는 장사치들은 다 모였다.

"나라의 장례를 우리 한여울 사람들이 방해했다고 하면 그게 될 법이나 한 얘기냐 말이여? 아니할 말이지만 조정에서 양근 사또에게 대탄바위를 깨라는 영을 내렸다고 해봐. 그 일이 우리 몫으로 돌아올 것은 빤한 일 아니겠어? 우리가 도와주질 못할망정 방해는 무슨 주리틀릴 방해야."

"자넨 옛날에 나라에서 녹 좀 얻어먹었었다고 꼴값을 하는 모양인데 그럴 거면 여기서 떠나! 우린 이판에 죽고 살고가 걸린 일인데, 나라의 명이라고 나 죽소, 하고 있으라니 우리를 사람으로 알고나 하는 얘기여?"

험악해졌다. 젊은 선비 하나가 흥분한 대사공 하나를 눌러 앉힌다.

"자~ 자~ 그러니까 여기서 우리가 얘기하고자 하는 뜻은 지금이라도 늦지 않으니 이 대감께 부탁을 해가지고 조정에 글을 올려서 임금님의 마음을 움직여 보자는 거요. 우리 처지를 아주 눈물 나게 구구절절이 쓰고 여기에 모인 사람들이 모두 수결을 해서 올리자는 얘기요."

"그게 안 받아들여지면 어쩔 것이요? 저렇게 바위를 깨고, 물이 빠지고 배가 빠지도록 내버려 둘 것이냔 말이요?"

"우선 내일 당장 총대장인가 하는 사람을 찾아가 봅시다. 왜 이런 방법도 있지 않소. 우리가 모두 나서서 무슨 수를 써서든지 왕대비마마의 상여를 올릴 테니 바위는 그대로 두어달라고 말이오."

"상여를 올릴만한 좋은 방법이라도 있소?"

"상심 대탄 사람들이 모두 나서서 예선을 하는 거요."

"배 폭이 커서 바위에 걸린다고 하지 않소. 그건 어떻게 할 거요."

"사람의 시신 하나 넣은 관을 싣는데 뭐 그리 넓은 배 폭이 필요하오. 좀 좁게 만들면 되지."

"국상의 법도가 그렇지 않소. 여염집 초상도 아니고 임금님의 어머니 왕대비마마의 초상인데, 쪽배에 관만 하나 달랑 싣고 오른다니 말이 돼요?"

선비를 따르는 쪽은 이 대감의 힘을 빌려 마을 사람들이 조정에 소를 올리고 임금의 마음을 바꿔보자는 것이다. 그러나 대사공과 장사치들은 직접 덤벼들어 군사들이 바위 깨는 일을 막아보잔다. 조정에 대고 싸움을 하자는 포고나 마찬가지였다.

"조정에서도 지금 대왕대비마마의 운구 길이 뭍이냐 물이냐를 놓고 의견이 분분하다는 소문이 떠돌고 있어. 대탄을 지키고 있는 우리가 얼마나 뭉치는가에 따라서 국장도감의 결정이 달라질 수도 있는 거여."

"국장도감이 아니고 임금의 결정이라오."

얘기인즉 이랬다. 조정에서는 이미 수로 운구를 결정했지만 홍문관 교리 몇몇이 상께 차자를 올리고 뭍으로 운구할 것을 주청하였는데, 상이 꿈쩍 않자 민심을 동원하여 상의 결정을 돌려보고자 한양에 선이 닿는 선비가 대사공 패들과 손을 잡고 의견을 나누는 것인데 방법은 서로 딴판이다.

"우린 하겠소. 상심, 대탄에서 뱃놈으로 살아온 지 오십 년이 넘어가는데 상여가 강배로 오르기는 처음이오. 이번 일로 이 상심바닥, 아니 양근 고을에 무슨 변고가 생길지도 모르는 일이요. 모두들 그때 가서 후회해 봐야 소용없을 것이요."

"듣자 하니 조정에서 정동설이라는 사람이 이번 일에 공을 세워 출세를 하려고 덤벼들었다던데, 한 사람의 공을 위해서 우리 대탄 사람들이 희생되어야만 한다는 얘기요?"

"그건 아니잖소. 상의 결정이니 누구라도 맡으면 해야 하는 일이요."

"아니요. 임금의 생각이 아무리 그렇다고 하더라도 대탄에 바위가 뱃길을 딱 막고 있어서 '도저히 불가능하옵니다.' 하고 아뢰면, 그래도 물길로 오르라고 결정하겠소?"

설전은 끝이 날 줄 몰랐다.

"자~ 오늘 밤새도록 얘기해도 끝이 날 것 같지 않으니 그만 돌아들 갑시다. 일이 어떻게 결정이 되든지 우리는 상심 대탄 마을을 위해서 따라야 할 것이오."

젊은 선비가 주동이 되어 방안에 모인 사람들을 내보냈다. 방안
에는 육재네 형제와 몇몇만이 남았다.

세곡선단

상심나루.

세곡선에서 내린 배꾼들이 나룻가의 주막마다 북적였다. 강가에는 세곡선이 빼곡하게 차 있다. 햇불을 밝히고 밤을 지키는 배꾼들은 졸음에 겨워 교대할 시간만 기다리고 있었다. 지난해에 삼남에 기근이 들어 구휼미를 풀었기 때문에 경창에는 경상·전라·충청의 하도삼남에서 들어와야 할 곡물이 못 들어왔다. 지금쯤 경창은 허룩하게 비어있을 것이다. 올조차 봄 가뭄이 심해서 보리 풋바심이라도 해 먹여야겠다고 야단들이었다.

이번 장례에는 예선군만 해도 삼천 칠백 명이고 배만 해도 일백오십 척, 여사군과 산역을 하는 일꾼까지 합치면 일만이 넘는 사람들에게 끼니를 대야 하니 그나마 운반하기 쉬운 홍원창에 세곡을 덜어다가 경창에 채워 놓아야 했다. 갈수기에 이백여 석을 싣는 관선은 물길을 따라 내려가기에도 힘이 드는 거구였다. 그래서 작은 배를 구하기 위해 병탄, 용진, 양근, 천녕의 이포나루 등지에서 배를 모았다. 물이 강 가운데로 모여드는 갈수기였기 때문에 큰 배를 쓸 수 없고 작은 배들을 여러 척 써야 하니 배꾼의 수효도 그만큼 더 필요할 수밖에 없었다.

선단을 이끄는 모선과 십여 척만 관선으로 쓰고 열여덟 척尺 길이의 작은 거룻배와 고깃배들을 이십 척이나 임운賃運했다. 폭이 여섯 자, 한 척에 오륙십 석씩 실으니 뱃전이 물에서 한 자밖에 남지 않는다.

나룻가 주막은 적막하다가도 배에서 내린 사람들이 몰려들면 성시를 이룬다. 이번 선단에 노잡이로 나선 동패는 함께 온 앞 사공을 먼저 주막에 보냈다. 세곡선단에 배를 빌려 들어간 동패는 함께 탄 사공에게 오늘 밤에는 먼저 배에서 번番을 서겠다고 했다. 번을 선다고 하지만 동패는 앞 사공이 세곡에서 알곡을 술값조로 얼마씩 빼가는 것을 눈감았다. 동패의 배는 관선에서 멀리 떨어진 제일 끝에 후미진 쪽으로 대었다.

앞 사공이 어둠을 틈타 흥에 겨워 쌀자루를 꿰어 차고 주막거리로 올라갔다. 상심나루 주막거리 쪽이 떠들썩하다. 불빛과 와자지껄하는 소리는 밤새도록 잠들지 않을 것이다. 동패는 노에 매달아 둔 미숫가루를 풀어 한 줌 입에 털어 넣었다. 침으로 우물우물 버무려 목구멍으로 넘기자마자 질척하니 고소한 맛이 미끈하게 넘어간다. 또 입에 한가득 넣으니 침이 부족해 손을 모으고 강물을 퍼 담아 입안에 넣었다. 물맛이 비릿하다. 우물우물 축여서 목구멍으로 넘긴다. 낮에 여주 조포나루 주막에서 얻은 누룽지 부스러기를 입에 넣어 침으로 불렸다. 누룽지는 지루한 시간을 줄이는 요긴한 뗏거리였다.

앞 사공이 배를 떠나고 얼마 안 있어 선단의 배꾼들이 졸고 있을 때쯤 동패의 배꼬리 쪽으로 사선私船 한 척이 소리 없이 노를 저어 오고 있었다. 동패의 배 옆에 이르자 사선의 사공이 뱃전을 두드렸다. 배를 지키던 동패가 인기척을 했다. 사선을 노 저어온 남자 하나가 세곡선을 돌면서 끝 뾰족한 대나무 통으로 알곡이 든 섬을 찌른다. 굵은 대통 안에 반 되 정도나 알곡이 흘러 쌓였다. 남자는 대통에 든 알곡을 자루에 담았다. 돌아가면서 두어 번씩 대통을 더 찔러 알곡을 자루에 모았다. 그렇게 찔러 담은 알곡이 반 가마쯤 된다. 남자는 호리병 하나에 엽전 몇 닢을 세곡선에 내려주고 알곡이 든 삼베 자루를 챙겨 사라졌다. 쪽배가 세곡선에서 멀어지자 동패는 호리병을 들어 입에 대고 벌컥벌컥 마신다. 호리병 목에 걸린 엽전은 허리춤 전대에 싸서 넣었다. 불빛을 받은 얼굴이 금방 붉어진다.

동패가 세곡선을 얻어 타는 일도 쉽지는 않았다. 이포나루에 선을 대고 옹기 싣는 일로 밥벌이를 하던 동패 형제는 원주 흥원창에서 경창으로 갈 세곡선을 모은다는 소문을 듣고 배 주인에게 사정해서 한 달씩을 빌려 쓴 지가 벌써 세 번째다. 내 것이 아니라도 푸짐하게 알곡을 싣고 배를 부려 보는 게 동패의 소원이었다. 세곡을 실으면 광나루에 짐을 부리고 나서 임운이 끝나기 때문에 오를 때에는 삼개까지 더 내려가서 어물을 싣는 운임運賃이 덤으로 돌아왔다. 경창이 있는 광진, 양화진에서 짐을 풀고 삼개나루까지 내려가서 어물과 소금을 싣고 올라오는 길은 짭짤한 벌이가 되었다.

동패는 이번 일에서 한몫 잡아야 한다는 욕심이 세곡선단에 들겠다고 나설 때부터 꿈틀거리고 있었다. 그러나 관선에 타고 있을 판관의 눈초리도 만만치 않았다. 평년 같으면 물이 가득 차서 배를 댄 바로 앞에 있어야 할 주막이 가뭄으로 빠진 물길 때문에 모래사장으로 경사진 비탈을 한참 오른 강의 중턱쯤에 가 있었다. 멀리서 떠들썩한 소리가 뱃전까지 들렸다.

"어이, 주모! 날이 가물어가니까 탁배기 항아리도 가물어가는 중이구만?"

"아앗다, 우물에 가서 물 두어 두레박 퍼 담아서 휘휘 젓고 더 퍼 오면 될 일이지, 탁배기 항아리가 무신 가뭄을 탄다고."

"나으리, 우리 집은 절대 그런 짓거린 안 한다요. 자~알 띄운 누룩에다 임금님 상에 진상하는 여물진 쌀로만 골라 쪄서 부정 타지 않투룩 안방에다 금줄 쳐놓고 꼬빡 이레 동안을 푹 익힌 술이래요."

주모가 새침해서 평상에 앉은 무리들에게 쏘아붙였다.

"앗다. 그 주모 얼굴이 반질반질허니 꼴값하고 있네. 주막에 술이 떨어지면 문을 닫아야지 주등酒燈은 왜 밝히고 있어? 오늘 같은 대목날 밤에 독수공방이 억울해서 남정네 입김이라도 맡아 보려고 그러는 게지?"

수염이 더부룩한 사내가 부엌으로 사라지는 주모의 뒤태를 눈여겨보면서 입맛 다시듯 이기죽거린다.

"어디 술항아리가 가물었는지 장마가 졌는지 내가 한번 보~올~까?"

한 사내가 평상에서 일어나 부엌 쪽으로 향했다. 눈치챈 주모는 부엌 판자문 빗장을 걸어 잠갔다. 주모는 황급히 땅바닥에 묻어 놓은 항아리 뚜껑 위에 나뭇단을 옮겨 쌓았다. 세곡선 패거리들에게 술을 더 준다는 것은 못 받을 게 빤한 외상만 깔아놓는 짓이다. 그들은 싣고 내려온 세곡 섬에 대꼬챙이를 찔러 한 줌 한 줌씩 모아온 쌀을 내고 저녁상을 겸한 탁배기를 한 사발씩 받았으니 달라는 대로 더 내준다고 해도 술값을 제대로 받지 못할 것이 뻔했다. 한 사람씩 몽당 자루에 차고 들어온 서너 됫박의 쌀 말고는 털어내도 돈될 것이 없는 무리들이었다. 부엌에서 광으로 통하는 문을 밀치고 들어와서 땅속에 묻은 항아리를 뒤지기 시작하면 저들은 밤새는 줄 모르고 다 퍼다 마셔버릴 것이다.

제 배도 아닌 사선私船을 빌려서 부리면서 나라의 세곡을 나른다고 거들먹거리는 꼴들이 주모의 눈에는 꼴사납게 여겨졌다. 세곡 선단이 들어오는 날이면 주둥이만 많았지 주머니 속이 허룩한 무리들만 찾아들어 주모는 실속도 없이 술독 단속에만 신경을 써야했다. 막걸리 한 사발에 국밥 한 그릇으로 아직 맨송맨송한 데 취한 척하면서 한 사내가 문을 두드렸다.

"주모! 정말 이럴 거요? 나라님의 명으로 세곡을 나르는 사람에게 술을 굶겨 보내면 벌을 받는다요.”

“나랏일 허는 사람이라면 제탄말 위에 있는 오빈 역말로들 가보슈. 거기서 따~땃하게 재워주고 멕여 주고 다 할 거유.”

사내들의 농지거리에 주모는 넉살 좋게 되받아친다.

“거 소용없어! 저 주모가 을매나 짜디짠 구두쇤데. 내 자~알 알지.”

늙수그레한 사공이 부엌간 앞에서 문을 두드리는 남자를 말렸다.

“우리 주막은 오늘 술이 떨어져서 문을 닫을라요. 잠이락두 잘려거든 따땃이 방 덥혀 놨으니 들어가 잠들이나 자요.”

주모는 더 이상 돈이 나올 리 없는 패거리들에게 술이고 안주고 야멸치게 끊어 버렸다. 대탄바위를 깨느라 뱃길이 막혔다는 소문은 이미 들은 터이고 내일도 배가 뜨지 못할 것이라는 것을 잘 알고 있는 패거리들이 새끼서리처럼 남은 긴긴 밤낮을 그냥 보낼 리가 없었다.

“탁배기가 다 떨어지고 없다니 오늘 밤은 이거락두 먹고 확 취해야겠구먼.”

한 사내가 우물가에서 술지게미 통을 들어다가 평상에 올렸다.

“옳거니, 술에 안주에 요깃거리로는 술지게미가 제일이지. 출출한 배에 걸쭉허니 자알 넘어간다.”

“근데 우린 언제까지 여기서 지둘러야 하는 겨?”

“모르지. 삼백여 년 동안 못 깨낸 대탄바위를 열흘 만에 깨내겠다고 조정에서 나섰다니 뭔가 되도 되겠지. 아마 이번에는 단단히 작정한 모양이라."

"아앗다. 이 사람, 뭘 몰라도 한참을 모르네여. 왕대비마마의 국상 땜에 그런다잖여. 왕대비마마 상여가 영능까정 가야하는디 그게 바로 요 앞에 강물을 거슬러서 올라간대여. 왕대비마마 상여 배라면 아주 큰 밸틴디 대탄 여울을 우찌 오를까 몰라."

"그래서 깬다잖는가. 군사들이 백 명이나 왔다잖여."

"군사들이 뭔 바위를 깨여, 쌈들이나 잘하지. 사대문 밖에 석수 중에서 힘깨나 쓰는 돌쟁이들은 다 잡혀 왔다는구먼."

"왕대비마마 장사 지내는 일이 중하긴 중하구먼. 우리네 장삿배가 대탄을 오가면서 바위 때문에 수십 년 동안 그 고상을 했어도 못본 체하던 조정에서 왕대비마마 장사를 치르려고 대탄바위를 깨겠다며 단단히 벼르고 나선다니 뱃놈 노릇도 오래하고 볼일이여. 올갈에는 그 덕분에 새우젓하구 소금하구 삼개나루에서 잔뜩 실어다 돈 만지는 재미 좀 톡톡히 봐야 되겠구먼."

"근데 하필이면 왜 상여가 강물 길을 거슬러 올라 갈려는 거여? 떠내려가는 뱃길도 아니고, 흐르는 물을 거슬러 올라야 하는 물길인데. 죽어서 물길까지도 거스르려는 게 왕가에 세도여?"

"작년에 효종임금님의 능을 여주로 이장할 때 상여꾼들 고생했다는 얘기 못 들었나? 이백여 리가 넘는 길을 상여꾼들이 아무리 번갈아 멘다고 해도 그 고생이 얼마였겠나? 그 험한 길에서 죽은 사람들도 꽤 있다지, 아마?"

"근데 죽은 사람 장사지내다 함께 죽으면 저승길도 함께 가나?"

"임금님의 저승길은 어쩔까 모르겠네. 저승사자들이 줄을 서서 허리 굽혀 배알을 하겠지, 아마. 그 뒤만 따라가도 호살텐데. 그때 죽은 사람들은 임금님의 저승길을 함께 따라가는 복을 받은 거."

"임금님의 저승길이 가시밭길인지 복 받는 길인지 어찌 아나? 우리네 백성들 잘 먹고 잘살게 해준 임금이라야 복을 받는 저승길로 가는 거고, 그치 않으면 어림도 없지… 엄나무에 왕가시가 잔뜩 박혀 있는 길을 맨발로 밟고 가야지."

"작년 여름인데 여사군으로 뽑혀 갔던 내 아는 사내 하나는 어깨에 가죽이 홀러덩 벗겨져서 피 딱정이가 터지구 골병이 다 들어서 돌아왔다는구먼. 넘어져서 죽은 사람들보다야 낫겠지만."

"나라님이 그때 고생한 상여꾼을 불쌍히 여겨서 다시는 그런 고생 안 시키려고 그런다는 거 아닌가."

"어쨌든 양주 땅에서 여주까지 이백여 리도 넘는 그 험한 길을 큰 상여 메고 꼬박들 걸었으니… 교대는 하면서 갔을 테지만 그 고생이 어련했을라구. 그런데 이번에는 배꾼들이 고생 좀 하겠구먼."

"이 사람! 남의 말 하듯 하네. 자네두 잽혀갈지 몰러. 아니지, 여기 있는 우리들 모두 잡혀가야 할 텐데… 예선꾼들만 삼천 명이나 있어야 된대. 삼천!"

"그럼 이제는 우리가 고생할 차례다 이 말이구먼. 왕대비마마의 상여 배를 끌어 올리려면 고생들 좀 해야겠구먼. 큰 상여를 실으려면 배도 꽤 클 텐데."

"고생을 하드락두 이번에 대탄바위만 뚫리면 우리네 장삿길도 훤하게 뚫리는 게 아녀? 그게 고생한 보람이라는 거여. 이번에는 나라님께 감사해야 하는 거여."

"나라님이 우릴 위해서 하는 일이 아닌데 감사할 게 뭐 있나. 왕대비마마 좋은 곳에 모시려고 하는데 우린 나랏님 덕에 대나팔 부는 격이지."

"이 사람아, 터진 입이라고 말 함부로 하지 말게. 주모가 다 듣고 관아에 고하면 우린 세곡 나르는 일마저 뺏기고 볼깃살이 너비아니가 되도록 얻어맞아야 한다고."

낮살이나 먹은 사공이 나서서 함부로 지껄이는 얘기들이 도를 넘었다고 생각했는지 점잖게 한마디 꾹 찌른다. 그랬다. 죄 중에는 나라에 반역하는 죄가 가장 중한 죄고 나라에서 하는 일을 험담하는 죄가 두 번째 중죄이고 나라님을 모욕한 죄가 그다음이니 주모가 마음먹고 양근 관아에 고한다면 내일 당장 붙들리어 가서 치도곤을 당할 것이다. 취기가 오르려던 좌중의 열기가 찬물을 맞은 듯 가라앉았다.

"여기 앉아서 날 새우기는 다 글렀고 배로 돌아가 세곡이나 지키세."

잘 곳을 정하지 않은 무리들 중 몇몇은 술지게미를 한 주먹씩 입에 넣고 주막을 나와 배가 정박해 있는 강기슭을 내려왔다. 예전 같으면 주막 바로 아래부터 물로 가득하였을 강바닥에는 모랫바닥이 드러나서 배 부리는 무리들은 발길질로 어둠을 걷어내면서 한동안을 걸어서 내려가야 했다. 어느새 이슥해진 밤은 가뭄으로 비좁아진 가느다란 물길로 뻗은 강에 빽빽하게 모여 있는 세곡선에서 나오는 불빛조차 졸린 듯 껌벅거리면서 자정 쪽으로 깊어가고 있었다.

"어쨌든 우리네 뱃놈들은 고놈에 여울 땜에 고상이여. 지난 갈에도 목계나루에서 무곡貿穀을 싣고 내려오다가 막흘레기에서 죽을 뻔했고, 이제 겨우 여강을 지나 양근까정 내려왔는데 요놈에 한여울大灘에 배가 걸리자마자 나루께에 쪼맨 놈들이 쫓아와서 을매나 약을 올리면서 놀려대는지."

충주 쪽에서 배들이 내려와 한여울에 걸리면 마을은 대목을 맞았다. 그들을 먹이고 재우는 일이 다 짭짤하게 돈벌이가 되었다. 한여울을 타고 재뜰을 지나려면 욕심으로 가득 찬 무곡배는 여지없이 바닥이 바위에 걸려 넘어가지 못하고 고생을 해야 한다. 짐을 덜어내야만 한다. 그 짐을 헐한 값에 살 수 있으니 대탄마을 사람들은 쏠쏠하게 재미를 보는 일이었다.

이번에는 그마저도 물길이 막혀 언제 떠날지 모르는 첫 밤을 맞아야 한다. 바위를 깨서 길을 트기까지는 물막이를 뜯을 수 없으니 기다리는 수밖에 없었다. 세곡은 열흘 안에 용산나루까지는 도착해야 한다. 관선에 수참판관이 총대장에게 찾아가 세곡이 가는 연유를 대었더니 앞으로 삼 일은 넘게 기다려야 한단다.

더 조바심이 나는 편은 총대장이었다. 총호사 김수홍에게 직접 명을 받고 일을 시작한지 닷새가 지나면 빈 배가 올라와 시험을 하기로 한 것이다. 그때까지는 바위를 깨내야 한다. 주막에서 요기를 마치고 내려온 무리들은 각자의 배로 올라가 밤을 보낼 자리를 잡았다. 멀리 양근 쪽, 다루래기 나루쯤에서 불빛이 두어 점 보였다. 그쯤에서 보이는 불빛은 밤 그물을 걷는 배이기도 했고 유숙할 곳과 때를 놓친 장삿배의 무리들이기도 했다. 오늘따라 물길은 막혔는데도 상심나루로 배들이 몰려들었다.

동패는 선미 쪽에 웅크리고 앉아서 거적을 뒤집어썼다. 그대로 잠이 들면 이슬을 피할 수 있다. 그러나 이슬을 피하려는 것이 아니라 기찰하는 관원이 잠들기를 기다리려는 것이었다.

동패의 고향에서는 보리 익기를 차마 기다리지 못해 알이 겨우 굳은 청보리를 베어다가 풋바심이 한창이었다. 제법 짓는 농사라도 이때쯤이면 내남없이 양식이 떨어져서 덜 영근 보리를 베어다 털어 대겼다. 덜 영근 보리알을 말려 삶으면 풋내가 났다. 풀떡 같은 보리밥은 배가 금방 꺼져서 허기는 더해 갔다. 귀한 쌀을 싣고 내려가는 세곡선단을 보는 사람들은 사대문 안에 사대부들만 먹는 귀한 물건으로 알고 차마 넘보지 못했다. 동패는 그 귀한 쌀섬 옆에서 구수한 쌀겨 냄새를 맡으면서 뱃전에 부딪치는 물소리를 들었다.

동패의 눈감은 어둠 속에 노모의 얼굴이 나타났다가는 사라졌다. 동패의 기억 속에 아버지 얼굴은 없었다. 부엌엄마에게 얻어듣고 자신을 낳아준 사람이 옹기막 노모임을 알았다. 최 영감 집에서 쫓겨나와 어미의 집으로 되돌아온 자신을 노모는 오히려 반가워했다. 노모는 갓난쟁이 후로 처음인데도 반가운 표정으로 동패를 맞았었다. 그래, 아비 없이 자란 피붙이 아들이 얼마나 애틋했던가. 최 영감 집에서 쫓겨나와 노모를 맞았을 때 동패는 그 마음을 안다. 세곡선을 타러 나갔다가 오겠다고 이를 때 노모는 어린애처럼 서운해하는 눈빛으로 함께 있기를 은근해 바랬다. 어둠 속에 노모의 애잔한 얼굴이 떠오른다.

주막에 불이 꺼지고 강가에도 어둠이 짙어졌다. 시끌벅적하던 상심은 나루를 지키는 기찰대도 졸고 있고, 주막에 든 수참관관도 졸음에 겨워 끄덕이며 밤을 지키고 있었다. 축시가 훨씬 지났을 것이다. 멀리 보이던 불빛이 사라지고 동패의 귀에 노 젓는 소리가 가까이 들렸다. 동패는 거적 속으로 스며드는 소리만 듣고도 거리를 가늠했다. 물가를 타고 어둠 속에 희미한 움직임이 보였다. 배가 조심스럽게 노를 저어 온다. 동패는 단번에 알아챘다.

"단패냐?"

"네, 형님! 물귀신에게 제사 지낼 모래 쌀을 가져왔어요."

최 영감 댁에서 쫓겨나온 동패는 단패와 함께 옹기 나르는 일을 함께 도왔었다. 단패가 동패에게 세곡선을 함께 타자고 권했고 단패는 배를 빌려 뒤따라가겠다고 했다. 단패가 배를 바꿔치기하자는 계획을 털어놓자 동패가 말렸었다. 노모를 생각해서다.

"형님. 그럼 이렇게 합시다. 이포나루를 지나는 날 밤에 내가 모래 실은 배를 갖고 따라갈 테니 양강 어느 나루쯤에서 그날 밤에 배를 바꿔주소. 될 수 있으면 선단에 맨 꼬리로 가요. 그래야만 일이 쉬울 테니까."

"……"

"쌀 오십 석이면 우리 팔자 고쳐볼 종잣돈을 만들 수 있잖소? 이 깟 옹기배나 부려서는 언제 천녕 나루에 물귀신이 될지 모르는데."

동패는 그 대답을 안 하고 왔다. 그런데 단패는 기어코 이 밤을 틈타서 쫓아 온 것이다. 단패는 담이 컸다. 어디서 구했는지 배를 갖고 왔다. 어둠 속에서 어림해 보아도 세곡선에 실은 양과 같은 양의 모래가 든 섬이 실려 있었다. 저것이 분명 곡식이 아니리라. 그러면서도 동패는 슬금슬금 나루에 매 놓았던 배의 밧줄을 풀었다. 작정하고 따라온 단패를 그냥 쫓아 보낼 수도 없는 노릇이었다. 조심스럽게 삿대로 나루턱을 밀었다. 배가 물가로 밀려난다. 동패의 배가 빠져나온 자리에 어둠을 타고 들어온 단패의 배가 차지했다. 단패가 어둠 속에서 나루에 내려 익숙하게 밧줄을 잡아맸다. 동패는 다시 노를 저어 자신의 배를 어둠 속에 흘러내려 온 단패의 배 옆으로 댔다. 서로의 배를 바꿔 탔다.

"형님. 이게 있어야 할 거요."

단패가 동패에게 광목으로 둘둘 말은 물건을 건넸다.

"뭔데, 이게."

"보도요. 오늘 밤에 미리 배 밑바닥을 몇 군데 뚫어 놔야 할 거요. 그리고 이놈들은 모래쌀이니 대탄 큰 바위 밑 회오리치는 물에다 빠뜨려 넣어야 할 거요. 험하지만 배는 죽이고 몸만 살아나쇼. 일이 잘 끝나면 내일 저녁에 양근 갈뫼나루 옹기점 앞에서 만나요."

"음―"

동패는 어둠 속에서 고개를 끄덕였다. 이제 어쩔 수가 없는 일이다. 단패는 동패의 배로 올라가서 조심스럽게 노를 저어 모래여울 쪽을 향해서 치오르고 있었다. 동패는 멀리 관선에서 불을 밝히며 졸고 있는 관원을 다시 한번 확인했다. 아무런 움직임이 없었다. 단패가 탄 배에서 물길을 거슬러 조심스럽게 노를 젓는 소리가 멀어져 가고 있었다.

동패는 이물 쪽에서 모래가 들어 있는 섬을 들췄다. 생각보다 무거웠다. 섬의 짚 틈을 비집으니 모래알갱이가 만져졌다. 들춰 낸 섬 사이로 배 바닥에 보도를 세워 조심스럽게 돌렸다. 나무가 긁히는 느낌이 왔다. 쥐가 잠 안 자고 부엌문을 이빨로 긁어 대는 것 같이 어둠 속에서 들리는 소리는 생각보다 컸다. 동패는 옆 배를 살폈다. 곯아떨어져서 코 고는 소리가 들렸다. 찬바람이 시원하도록 동패의 이마에 땀이 맺혔다. 어느새 빽빽하게 돌아가던 보도의 느낌이 헐렁해졌다. 끝은 물에 닿았을 것이다. 동패는 재빨리 보도를 외로 돌려서 뽑아내고 보도 끝에 새끼줄을 끼워 메웠다. 서너 구멍을 더 뚫고 메운 새끼줄 끝을 섬으로 덮었고 보도에 자루를 빼서 강물 속으로 던졌다. 동패는 배 안에 다시 거적을 쓰고 자리 잡아 누웠다.

단패의 배에서 노 젓는 물소리는 들리지 않았다. 무사해야 할 텐데. 판관선이 잠을 깬다 해도 단패는 이미 판관의 감시망을 벗어나 안전한 어둠 속으로 들어갔다. 정작 무사해야 하는 쪽은 자신이다.

판관이 와서 대꼬챙이로 찔러보는 날에는 그대로 죽음이다. 이런 저런 생각에 동패는 배 위에 떠 있는 긴 밤을 한숨도 못 자고 지새 웠다. 어둠에 잠겼던 상심나루 주위에는 하늘과 맞닿은 선들이 드 러나고 있었다. 한양 쪽으로 물막이에 싸인 대탄바위가 보인다. 강 변 모래사장에는 군막이 깨어나고 있었다. 동패는 대탄 밑에 여울 을 머릿속으로 그려보았다. 도미나루를 떠올렸다. 마땅한 곳이 어 디일까? 푸시시 잠에서 깨어나는 옆 배에서 사공이 뱃전에 구부려 두 손으로 물을 떠서 얼굴을 씻었다. 물소리를 신호로 모두들 거적 을 뒤집어쓴 잠에서 깼다.

"아침밥 한 보구미 가져 왔드래요."

생각보다 일찍 주막 쪽에서 내려온 앞 사공은 미안한 듯 동패 앞 에다 보리밥에 시래기나물이 덮인 바구니를 내놓았다. 동패는 손 을 물에 넣어 흔들어 씻고 앞 사공이 가져온 밥을 집어 입에 넣었 다. 입안이 깔깔하다. 앞 사공이 배를 두리번거리면서 살핀다. 동 패는 먹다 말고 고의춤에서 엽전을 꺼내 앞 사공에게 내밀었다.

"이게 무신 거래여?"

"넣어 둬요."

동패는 엽전으로 앞 사공의 눈을 막았다. 앞 사공이 머리를 끄덕 였다. 어젯밤에 꼬챙이 질을 알았다는 표시다. 날이 밝아오자 대탄 군영으로 갔던 관선이 세곡선단 쪽으로 오는 모습이 멀리서 보인 다. 판관이 대탄 큰여울을 언제 빠져나가야 할지 그때를 물으러 다 녀오는 모양이다. 관선은 선단을 한 바퀴 돌면서 일렀다.

"오늘 대탄을 내려간다. 배에 밧줄을 단단히 묶어라."

바위를 깨러 온 군영에서는 생각보다 뱃길을 일찍 터주었다. 대탄바위를 뚫는 일도 왕대비의 장례 때문이고, 세곡을 나르는 일도 왕대비의 장례에 쓸 일인데, 세곡이 더 급하니 바위를 뚫으려고 쳐놓았던 물막이를 임시로 터 주려는 모양이다. 사공들은 부산하게 나루 말뚝에 걸었던 밧줄을 풀어 올렸다. 판관은 선단을 한 바퀴 돌면서 지난밤에 별일이 없었는지 형식적인 점호를 했다. 동패는 판관의 배가 다가왔을 때 일부러 부산하게 밧줄을 올리고 섬도 다독이면서 서둘렀다.

배들이 서서히 상심나루를 떠서 대탄 쪽으로 몰려들었다. 대탄의 여울은 사공들에게 항상 삶과 죽음 사이를 왔다 갔다 할 정도의 위험을 맞게 해주는 곳이다. 배가 작으면 더 그랬다. 세곡을 가득 실은 배는 어른 뼘으로 두 뼘 정도밖에 남지 않은 물이 뱃전에 찰락거려, 사공들의 목숨을 널름거리면서 뱀의 혓바닥 같이 덤벼들었다. 세차게 흘러내리는 여울은 차라리 낫다. 정신 똑바로 차리고 오랜 배 부림의 경험으로 노와 삿대를 짚어 중심만 잡으면 벗어난다. 그러나 여울 끝에서 돌아가는 물은 아무리 재주 좋은 사공이라도 장사가 없었다.

소용돌이 안으로 들어가서 한 번 휘돌면 배는 중심을 못 잡고 기우뚱거려 사공을 당황하게 한다. 어느 방향으로 중심을 잡고 배를 밀어내야 할지 허둥대는 사이에 중심을 잃는다면 배 안에 실은 물건은 기우뚱 쏠리면서 물귀신에게 제물로 바쳐야 하는 것이다.

동패는 그 기회를 기다리면서 선단을 따라 서서히 대탄 쪽으로 접근하고 있었다. 어젯밤 배 밑바닥을 뚫고 구멍을 막아 두었던 새끼줄을 앞 사공 모르게 당겼다. 눈을 꼭 감고 노모를 떠올렸다. 함께 산 동안이 길지 않은 세월이었지만 어느새 애틋한 정이 깊이 들어 있었다.

나루에서 기다리던 사선들이 꼬리를 이을 준비를 하고 있었지만 군영에서 온 군졸 하나가 성급한 접근을 막았다.

"관선이 모두 내려가면 그때 따르라."

배가 몰려 혹시 있을지도 모르는 충돌사고를 피하기 위해서였다.

"나으리. 이 배들은 세곡선이 무사하게 내려갈 수 있도록 잡아 두었다가 보낼 테니 우리한테 맡겨 주세요."

육재였다. 여울에서 배가 충돌하는 것은 사선도 마찬가지였기 때문에 상심나루에서는 대탄 쪽으로 배가 내려갈 때에 적당한 간격을 두고 한 척씩 내려보내는데 육재네와 대사공들이 그 일을 맡았다.

정동설은 대탄바위 쪽으로 몰려 내려오는 관선들을 보면서 앞으로 남은 말미를 헤아렸다. 스무날의 기한을 잡았는데 사흘을 허송했으니 마음이 다급해졌다. 석수와 군사들이 아무 일 없이 잘해준다면 예정대로 일을 마칠 수 있지만 그렇지 않으면 일을 망치게 된다. 이번 일을 망친다면 그의 벼슬길도 끝나는 것이다.

국장도감에서는 정동설이 매일 올리는 계를 보면서 발인 날짜를

꼽고 있을 것이다. 총호사에게 자신 있게 고한 호언장담이 지금에
와서 무거운 부담감으로 압박해 왔다. 물막이를 텄으니 기다리던
사선들을 보내 주어야 한다. 저들이 내려가고 나면 해가 중천을 넘
어가기 전에 물을 다시 막고 일을 시작할 것이다. 군사들과 석수들
은 물막이를 트고 배를 내려보내는 동안 군영에서 기다리면서 망
중한忙中閑의 시간을 보내고 있었다.

　　그 시각에 양근 관아에는 박병산 왜목터에 있는 회양암 노승이
사또를 만나고 있었다.
　　"사또! 힘없는 백성들에게만 모래 여울 골세를 받아내고 어제저
녁 세곡을 가득 싣고 가는 관선들은 왜 그냥 보냈소? 배고픈 백성
들이 뼈골 빠지게 파 놓은 물길인데 그리 불공평하게 일을 해도 되
는 것이요?"
　　"무슨 일로 이렇게 갑자기."
　　어제 국장도감에서 받은 물목들을 고을마다 풀어헤쳐 맡기고 나
니 노승이 찾아온 것이다.
　　"왕대비마마 장례로 양근 땅이 떠들썩하더이다. 박병산에서는
능지로 갈 판석을 뜨고 대탄에서는 바위를 깨고, 관아에서는 장례
에 쓸 물목을 모으고, 백성들의 목구멍처럼 타들어 가는 강바닥은
물길을 판다고 야단이고, 양근 땅은 지금 바싹바싹 말라 가고 있어
요."
　　노승은 갓과 바랑을 벗으며 땀을 닦았다.

"박병산에 거북이가 모래여울만 내려다보고 있는데 이렇게 가물다가 용들은 언제 하늘에 올라가겠어요?"

노승이 날 가물은 얘기를 꺼내니 사또의 심기가 불편하다. 어제 또 파발이 와서 제탄, 사탄, 세심탄까지 배가 오를 수 있도록 물길을 내라는 전갈을 받은 것이다. 대탄바위를 깨는 일로 물길이 뚫리는 것은 아니었다. 생갈과 숯과 쇠붙이만 모은다고 장례가 치러지는 것이 아니었다. 노승이 그걸 꿰뚫고 와서 사또에게 넌지시 떠보는 것 같았다.

세상 민심을 모으는 사람이 노승이었다. 이제는 대찰에 큰 스님으로 들어앉아도 될 연륜인데 그를 마다하고 매일 탁발승 노릇만 하면서 돌아다니니 부처 같은 커다란 귀로 사람들 얘기는 다 듣고 다녔다. 관노가 물을 한 대접 떠다가 노승에게 바쳤다.

"고맙군. 강물이 마르니 내 목도 꽤나 마르는구먼. 강바닥을 긁어내면 물이야 더 나오겠지만 흘러가 버리면 그만인걸요. 강바닥을 팔 것이 아니라 한양으로 흘러가는 물을 막아야지. 그래야 양근 땅에 물이 찰 것이요."

노승은 그동안 한양에서 박박 긁다시피 가져가는 재물 때문에 탁발승 짓도 못하겠다고 투덜댔다. 사또가 이방에게 눈짓을 하자 창고에서 쌀을 반 말 넘게 퍼내다가 바랑에 담았다.

"그렇지. 자네는 장차 이 고을에 사또감이네. 어찌 그리 인심이 좋은가. 나무관세음 보살."

이방은 사또감이라는 말을 듣고 신이 났다.

"돌거북은 다 만들었다는 얘길 들었소. 그런데 그 영감이 가져 가려면 여느 황소의 힘으로는 어림도 없다고 하던데, 어찌 되었 소."

"만들기는 하였소만 누가 숨을 불어 넣어줘야 살아나서 느린 걸 음이라도 제 발로 걸어가지. 구옹 그 영감은 속 빈 거북을 만들어 달라고 해 놓고 천녕으로 간 뒤 소식이 없어요. 그래서 소승이 그걸 가지고 왔어요. 회양암에 크게 시주를 해 준 보답은 해야 할 것이 아니요."

그 말이 떨어지자마자 이감 노인이 무명으로 싼 물건을 등에 지 고 들어섰다.

"소승이 사또 덕에 구옹이라는 사람에게 큰 시주를 받았으니 그 보답으로 이걸로 가져 왔소. 부디 사람을 살리는 일에 요긴하게 쓰 시오. 나무관세음 보살."

노승이 두 손을 모아 합장하고 예를 다하자 사또는 엉거주춤 일 어서서 절을 받았다.

"물을 막으라고 했소? 흘러가는 물을?"

돌아서는 노승의 등에 대고 사또는 그제야 놓치지 않으려는 듯 큰 소리로 물었다.

"그러하오. 배가 뜨려면 물을 막아서 강을 채워야지 강바닥을 판다고 뱃길이 생기나요? 바위가 걸려서 배가 못가면 그 바위를 덮 을 만큼 물을 담으면 될 것이요. 그래야 바위도 살고, 물도 안 잃고, 사람도 성할 것이오."

"물을 막으면 뱃길은 어쩌려고."

"끊어야 해요. 어차피 양근 땅은 한양과 하나가 될 운명이 아니요. 이 강 어딘가에는 한양과 양근 땅을 가르는 물막이를 해야 한양 가는 뱃길도 살고 양근 땅 사람도 살 것이요. 한양 배는 양주 땅을 거쳐 한양으로만 드나들면 되는 것이고, 여주·충주·원주 삼주에 배는 상심나루에 머물다 올라가면 될 것이오. 산성도 쌓고 대궐도 짓는데 강물이라고 못 막을 것 없지 않아요? 그렇게 되면 바위를 깨는 일이 모두 헛일이라는 것을 알게 될 것이요."

"이 가뭄에 어떻게."

"물살이 약하니 가뭄이 오히려 기회요. 물살 약한 때를 틈타서 청탄이나 재뜰 쯤에서 막으면 대탄바위는 덮을 수 있을 것이요. 성을 쌓는 셈치고 빈 강을 가로막으면 대대손손 유익할 것이요."

노승은 점점 멀어져 가고 있었다.

"무엇이냐? 그게."

사또가 이감에게서 받아든 보자기를 풀어보니 작은 돌거북인데 생각보다 가볍게 들렸다.

"속이 빈 것 같으니 거북이가 매우 굶었구나."

사또가 돌거북을 이리저리 뒤치니 입을 통하여 속이 들여다보였다. 속이 텅 빈 것이다. 아무리 돌려 보아도 입으로 난 구멍밖에는 없는 데 입을 통한 속이 텅 빈 것이다.

"입만 틀어막으면 물에서도 뜨는 거북입니다요."

"이 걸 그대가 만들었나?"

"박병산 마루에 돌거북을 앉히고 나니 이걸 만들어 달라고 해서요."

이감은 사또 앞에서 머리를 긁적였다. 그러고 보니 돌 안팎에 기름이 잔뜩 먹여져 있었다. 송진이나 초로 입만 봉한다면 물에 뜰 것 같았다.

"고맙네, 석장. 그 선주 영감이 오면 내 전해 주리다."

이감은 사또에게 읍하고 돌아갔다.

노승이 물을 막으라니, 못할 일도 아니었다. 강물이 많을 때는 흐름이 거세기 때문에 깊은 강물을 건너질러 성처럼 둑을 쌓는다는 것이 어려운 일일 테지만, 올 같은 가뭄에는 건지산에서 돌을 깨다가 성처럼 쌓고 흙으로 둑을 만들면 못할 일도 아니었다. 그러면 물이 차올라 대탄바위를 덮을 것이다.

사또는 그 길로 말을 타고 오빈 역말을 지나 대탄에 진을 친 군영으로 내달렸다. 깃발을 단 관선이 앞서고 그 뒤로 삼십여 척의 배가 줄지어 따랐다. 배는 위태롭게 터진 물막이를 지나 대탄바위틈으로 한 척씩 빠져나갔다. 앞선 배가 용오름처럼 회오리치는 소용돌이를 지나 재뜰에 이르면 그제야 바위 위에서 군졸이 붉은 기를 흔들었다. 다음 배가 떠나라는 신호다. 그렇게 해서 한 척씩 구경꾼들의 마음을 졸이며 한양 쪽으로 흘러갔다. 모든 배가 소용돌이에 이르러서는 휘청거리며 뒤집힐 뻔하는 고비를 맞고 벗어났다.

양근 사또 정운은 말에서 내려 그 모습을 유심히 바라보았다. 강

가운데 우뚝 솟은 대탄바위 쪽에서 재뜰 쪽을 눈으로 가늠했다. 얼핏 보더라도 재뜰 높이만큼 둑을 만들어 막는다면 바위는 덮이고 물은 항상 같은 높이로 머무를 것이다. 문제는 막은 둑에서 배가 되돌아 가야 한다는 것이었다. 모든 배들이 대탄에 와서 더 이상 올라가지 못하고 내려가지 못하면 그 짐은 사람이나 수레가 날라야 한다. 그 일을 양근 사람들이 한다면 괜찮은 일거리가 될 것이다. 군이 여울을 팔 것도 없다. 물을 막는다고 해도 물이 차오를 때뿐이지 다 차오르면 무넘이로 넘어서 또다시 한양 뱃길을 만들 것이다. 더욱이 병탄까지 가면 용진 쪽에서 내려오는 물만으로도 뱃길은 충분하다. 바위 깨는 군사 일백과 뱃길 물골을 파는 사람들을 모두 동원한다면 바위를 깨는 일보다 오히려 빠를 것이다. 장마에 둑이 터질 것이 우려인데 건지산에서 깨온 견치돌로 야무지게 쌓으면 견뎌낼 수 있을 것이다. 좀 번거롭지만 뱃길은 편하지 않은가. 그러면 상심나루는 지금보다 더 번성해질 것이다. 문제는 조정의 허락이다. 이 일은 비단 양근 만의 일이 아니었다.

정운은 정동설을 만나서 도울 일이 있으면 전하라는 말을 남기고 관아로 돌아왔다. 정동설은 내려가는 배에 정신이 팔려서 건성으로 대답했다. 쉽게 정동설에게 꺼낼 이야기가 아니다. 사또는 그 길로 돌아와 지필묵을 갖추고 조정에 올릴 소를 써 내려갔다.

양근 군수 정운, 양근 땅에서 전하께 엎드려 아뢰옵니다. 어질고 선하신 왕대비마마의 상을 당하여 얼마나 애통하고 비탄하시옵니까? 소직은 양근 땅 백성들과 함께 왕대비마마께서 승하하심을 슬퍼하며 마지막 가시는 길을 위하여 힘과 마음을 모아 모든 준비를 하고 있사옵니다.

전하께오서 황망한 중에도 저희 백성들의 안위를 생각하셔서 왕대비마마 대여를 물길로 모시기로 하신 결심은 백번 지당하시옵고 지당하신 결정이시옵니다.

하오나 전하, 아뢰옵기 황공하오나 배는 본래 물길을 따라야 하는데 양근 땅은 심한 봄 가뭄으로 강물이 평년에 반절밖에 흐르지 않아 강바닥에 허연 이끼가 드러나고, 뱃길이 얕아져서 곳곳에 물골을 파지 않으면 왕대비마마의 대여를 물길로 모시기 매우 어려운 실정입니다.

그중에 대탄바위는 수백 수천 년 동안 양근 땅 대탄에 여울을 지켜주었는데 이번 장례에 가로막이가 된다고 하니 한 고을을 맡고 있는 소직 부덕의 소치로 생각되어 송구할 따름이옵니다.

마음 같아서는 고을민이 힘을 모아 물길을 트는 데에 보태고자 하오나 백성들은 그 바위를 깨고 나서 닥쳐올 일을 매우 불안해하고 있사옵니다.

그 첫 번째가 수백 수천 년 동안 강을 지켜온 바위를 깨어 땅이 노할까 두려워하고, 그 두 번째는 양근 땅에 모인 물이 빠져나루에서 먹고 사는 사람들이 앞으로의 생계를 염려하고, 그 세 번째는 양근 고을에 재물들이 막힘없이 한양으로 흘러가서 닥쳐올 빈궁을 걱정하고 있나이다.

이러한 백성들의 두려움과 염려와 걱정이 세상을 널리 못 보고 스스로의 안일만 생각하며, 나라에 바칠 줄 모르고 나라로부터 받기만을 바라는 어리석고 우매한 소치로 한 고을을 맡고 있는 군수로서 부끄럽고 죄송스러울 따름입니다.

전하! 양근 고을의 사정이 이러하여 감히 붓을 들어 고하나이다.

외람되오나 바위가 뱃길을 막는다면 그 바위를 깨는 방법이 있지만 그 바위를 훼손치 아니하고 물을 더 막아 물이 바위를 넘도록 함으로써 채워진 물 위로 배를 띄우는 방법도 또한 있사옵니다.

양근 땅을 흘러온 대탄 물은 대탄의 바위를 지나면 험한 물살을 이루어 이곳을 지나는 많은 배와 사람들을 삼키고 있습니다. 이이제이以夷制夷라 하였듯이 물은 물로써 다스려야 한다는 것이 부족한 소직의 평소 생각이옵니다.

하여, 양근 땅 대탄바위는 깨어서 물길을 뚫을 것이 아니고 물길을 막아 물을 채워 바위를 넘게 함으로써 더 나은 물길을 만드는 것이 앞으로도 영구적으로 유용하게 하는 일이 될 것이옵니다.

대탄에서 물길을 따라 내려오면 물길을 가르고 있는 재뜰이라는 조그만 턱이 있사온데, 이곳에다 성을 쌓듯이 가로막으면 물이 차올라서 여울 밑 소용돌이를 채워 험한 물길도 다스릴 수 있을 것이며, 바위로 물이 차올라서 가뭄에도 물이 넉넉하여 배가 수이 다닐 수 있을 것이옵니다.

문제는 물 막은 곳에는 뱃길도 막혀서 다른 배를 갈아타야 하는데, 이는 한양에서는 청탄 나루까지만 배가 오가게 하고 상심에서는 양근, 천녕, 여주, 원주, 충주로 통하게 한다면, 짐을 옮겨 싣는 데에 다소 번거롭기는 하오나 백성들이 편안하게 뱃길을 오갈 수 있을 것이옵니다. 뱃짐을 옮겨 싣는 일이 양근 백성들의 일이라면 의당 그 일로 나루를 잃은 사람들의 생계가 이어질 것이니 폐하의 은혜로 알고 살아갈 것이옵니다.

이러함에 물을 막아 끊기는 뭍길은 우마와 달구지가 배를 대신하여 어려움이 없으므로 폐하께오서 결정하여 주신다면 상심에서 대여를 모실 배는 양근에서 책임지고 따로 지어 올리겠나이다.

전하!

상중에 황망하신 줄 알면서도 감히 무엄함을 무릅쓰고 양근 고을의 욕심만 바라는 글을 올려 송구하오나 당장보다는 먼 앞날을 바라보시고 뱃사람만을 위하기보다는 강변에 살고 있는 모든 백성을 굽어살피셔서 고심 끝에 올리는 소직의 청언을 받아들여 주시옵기를 양근 땅에서 전하를 향하여 엎드려 아뢰옵니다.

정운은 글을 마치고 지필묵을 거두었다. 먹물이 마르기를 기다려 글을 봉해 상 위에 올려놓고 한양을 향해 세 번 절을 하였다. 글을 갈무리하여 발이 빠른 포졸 하나를 시켜 오빈 역말 쪽으로 보내고 좌정하여 눈을 감았다. 돌거북과 함께 남기고 간 노승의 말이 아직도 귀에 가시지 않은 듯 뱅뱅 돈다.

침몰

어젯밤이었다.

"정 낭청! 물막이를 터라."

"이번에 물막이를 튼다면 바위 깨는 날을 사흘은 더 늘려 잡아야 하오."

"사흘이라?"

"이틀 넘게 물이 빠져서 바싹 말랐던 바위가 또 물을 먹는다면 전날 심으로 박아놓은 물푸레 말뚝은 제구실을 못 할 거요. 처음부 터 다시 시작해야 하오. 바위가 먹고 있던 물이 마른 채로 있어야 물 먹은 물푸레나무 말뚝이 힘을 받아 바위틈을 벌릴 수 있는데 물 막이를 터서 바위가 똑같이 물을 먹는다면 이제는 정과 망치로 쪼 아서 깨는 수밖에 없소. 발인 날에 맞출 수가 없을 것이오."

"여러 말이 필요 없다. 이 세곡선이 한양으로 내려가야 대여가 올라온다."

정동설은 어젯밤에 찾아온 수참판관의 협박 같은 요청에 물막이를 터주기로 한 약속을 번복할 수 없었다. 세곡의 운반을 맡은 판관은 재물을 다루는 일이기 때문에 권문세가나 임금의 척족이 맡았다. 이 수참, 그는 홍원창의 세곡을 떡 주무르듯 하는 권세를 가졌다. 총대장은 수참판관의 요구를 거역했다가는 바위를 깬다고 해도 그 공을 대탄바위 밑, 휘돌아 치는 소용돌이 속에 모두 쏟아 넣을 수밖에 없을 것이라는 염려 때문에 선뜻 응할 수밖에 없었다. 연줄이나 힘으로 보더라도 판관의 요구를 묵살하기는 버거웠다. 하여 그는 총대장과 석수들에게 의연함을 잃지 않고 명령했다.

"이번 세곡은 왕대비마마의 장례에 쓸 것이다. 세곡 운반이 더 급하니 오늘 아침 배가 지나기를 기다렸다가 일을 시작하라."

군졸과 석수들은 군영에서 하루 일을 멈추고 세곡선이 대탄으로 내려가는 장관을 바라보고 있었다. 가비도 그들 틈에서 세곡선을 바라보고 있었다. 선단의 처음과 끝이 분명하게 드러났다. 수참판관이 탄 관선이 앞서고 그 뒤로 띄엄띄엄 곡물을 실은 배들이 따른다. 동패가 타고 있는 선단 끝이 아물아물 가비의 눈에 들어오더니 점점 가까워 온다. 갑대가 바위 주변에 막아 놓았던 물막이를 트니 맑은 홍수가 터졌다.

가비는 옛날 붉은 홍수에 쓸려 지붕을 타고 내려올 때에 기억이 오싹하게 살아났다. 그때 가비가 올라탔던 초가지붕은 가비를 살리려고 나무에 걸려주었다. 관원에게 지레 겁을 먹고 쫓기던 가비를 흐르는 물도 운명처럼 살려냈다. 지금까지 돌을 깨면서 살아온 가비에게 이제 다시 물속에 있는 돌을 깬다는 것은 운명이었다. 옛 생각을 할 때마다 낭이가 어렴풋이 떠오르다가 선명해진다.

선단의 끝 배가 가비의 눈에 들어왔다. 가비의 눈에도 끝 배는 다른 배보다 더 잠겨 있었다. 세곡을 더 실었는가. 가비의 눈이 그리로 끌렸다. 사공은 힘겹게 선단의 맨 뒤에서 따르고 있었다. 상심나루에서 잠잠하던 물길은 한여울을 타면서부터 여울 끝에 세찬 물소리를 내고 하얀 이빨을 날름거리면서 배를 삼키려 덤벼들기 때문에 아무리 노련한 사공이라도 두렵고 조심스러웠다.

여울에 이르러서 바위틈을 지나는 뱃사공들이 긴장했다. 동패의 배는 맨 뒤에서 선단을 따랐다. 동패는 노를 놓은 채로 뱃바닥에 구멍을 막았던 새끼줄을 앞 사공이 눈치채지 않게 또 잡아당겼다. 여울로 쏠리는 물길을 따라 배들은 줄을 지어 흘러갔다. 이 여울 때문에 나라에서는 관선 십여 척이면 거뜬할 것을 사선까지 삼십여 척이나 임운하여 동원했다.

배는 위태롭게 한 척씩 바위를 빠져나간다. 총대장이 바위 위에 서서 배들의 흐름을 살핀다. 배의 균형을 잡기 위해서 앞 사공과 뒷 사공이 모두 삿대를 잡고 달려들었다. 총대장은 마지막 배인 동패의 배가 지나가기까지 지켜봤다. 그 뒤에서 가비가 끝 배를 바라본다. 키가 훤칠한 사공이 뒤에서 꾸부정하게 노를 잡고 겁에 질린 듯 주변을 살피며 여울을 통과하기를 기다린다. 뒷사공은 동패다. 배는 대탄바위를 돌아서 물밑까지 뿌리박힌 바위 여울을 넘었다. 동패는 잽싸게 키를 돌려 선수를 소용돌이 쪽으로 몰았다.

"미쳤어?"

당황한 앞 사공이 동패에게 소리 질렀다.

"키가 말을 안 들어요. 움직이지 않아요. 뭐가 단단히 낀 모양이
오."

동패는 정말로 키가 물속 바위틈에 낀 듯 쩔쩔매고 있었다. 앞
사공은 배를 돌리려고 삿대를 물속에 찔러 보았다. 일곱 척이 넘는
삿대가 물속에 잠기면서 끝이 짚어지지 않았다. 앞 사공은 황급히
삿대를 걷어 올렸다. 배를 돌리려고 부지런히 왼쪽에서 노를 저었
다. 그러나 때는 늦었다. 소용돌이 안으로 들어간 배의 앞쪽은 섬
사이로 물이 비쳤다.

"배에 물이 차고 있어."

배에 물이 차오르는 것은 동패가 뚫어 놓은 밑바닥 구멍을 통해
서다.

"아, 이제야 키가 움직이네."

동패는 시침 떼고 키를 다시 반대로 돌렸다. 대탄바위 아래에서
소용돌이를 따라 돌던 배에 물이 차오르면서 밑바닥이 무엇엔가
걸려 닿는 느낌이다. 동패가 지나온 뒤를 돌아보니 멀리 양근나루
쪽에서 이제야 아침 해가 떠오르고 있었다.

배가 넘치는 물을 타고 바위를 넘었다. 배가 물속에 솟아있는 바
위에 부딪히는 것 같더니 키가 달린 선미가 먼저 물길에 못 이겨 옆
으로 돌아갔다. 앞 사공이 서 있는 쪽은 벌써 물에 잠기고 있었다.
순간 배가 기우뚱하는가 싶더니 배꼬리가 번쩍 들렸다. 밧줄로 단

단히 묶은 세곡섬 안에 물먹은 모래가 배와 함께 물속으로 빠져들었다. 동패가 생각했던 것은 이게 아니었다. 배가 잔잔한 물 위로 떠내려가면서 자연스럽게 물이 차올라 잠겨야 배를 수장시키고 사람이 살 수 있는 것이다.

동패는 허리에 찬 전대를 손으로 더듬어 확인했다. 잠겨오는 선미에서 몸을 날려 물속으로 뛰어들었다. 있는 힘을 다해서 두 팔을 벌려 물을 갈랐다. 헤엄이라면 최 영감 댁에 살 적부터 자신이 있었다. 그러나 바위 밑을 돌아가는 세찬 물길은 동패의 헤엄으로 이기기에 너무도 벅찼다. 숨을 못 참고 물을 몇 모금 삼켰다. 겨우 소용돌이를 벗어나 사지를 발버둥거리면서 물가로 다가가려고 하나 동패의 몸은 물속에서 다리를 잡아끌듯이 점점 빨려들었다. 허우적거리며 동패는 그 와중에 허리에 묶었던 묵직한 전대를 풀었다. 동패를 옭아맸던 전대는 몸에서 벗어났다. 엽전의 무게로 묵직하던 몸이 이제야 가벼워졌다.

여울을 따라 내려가던 뱃사공들이 안절부절못하면서 소리만 지를 뿐 동패가 탔던 배는 너무 쉽게 가라앉고 있었다. 멀리 총대장을 비롯한 군졸들이 바위 위에서 그 모습을 지켜보았고 앞서가던 관선에 수참관관은 어느새 배를 강가에 대고 자갈밭을 따라 올라오고 있었다. 가비가 그 모습을 참담하게 바라본다.

전대는 물에 가라앉을 것이다. 산속에 감추어 둔 독에 채울 엽전이었다. 몸이 가벼운 만큼 전대를 잃은 낭패감이 몰렸다. 고기밥도 못 되는 것이 전대 안에 엽전이다. 동패는 있는 힘을 다해 치올라서 강가로 헤엄쳤다. 전혀 예상치 못하고 순식간에 당한 일이었다.

물은 바위를 만나면 휘돌아 나간다. 바위를 피해서 휘돌아 내린 물은 바위 밑에서 다시 만나 서로 다른 물이었듯 싸우며 휘돌기 때문에 바위 밑에서 모이는 물은 항상 사납다. 보통 사공이라면 바위 밑으로 흐르는 물에 들기는 피해야 한다. 싸움의 속이 깊다. 표면이 잠잠한 것 같지만 싸우는 물의 속은 모래조차 머물지 못하여 깊은 골을 만들었다. 깊은 골에 걸려들면 무엇이든지 집어삼켜서 숨을 끊어 놓고는 물밑으로 쓸어다가 저 멀리 흐름이 느려지는 청탄쯤에서 뱉어냈다. 사공들 사이에는 물귀신이 거기에 산다고들 했다. 물귀신은 가뭄이 들면 더욱더 기승을 부린다고도 했다.

동패는 이포나루에서 길들인 헤엄으로 그 휘돌이를 빠져나왔지만 앞 사공은 보이지 않았다. 모래섬을 실은 배는 동패의 생각대로 휘도는 물속 암초에 걸려 다행스럽게 가라앉았다. 모래를 담은 섬은 물이 마르지 않는 한 영원한 거짓으로 강바닥에 남아 있을 것이다. 그나마 속셈대로 된 성공이었다. 동패는 겨우 빠져나온 강가 바위에 걸터앉아 정신을 차리고 방향을 잡았다. 어디가 오름이고 어디가 내림인지 물의 흐름이 얼른 분간이 가지 않았다. 온몸이 떨려왔다. 무명 저고리와 홑바지가 몸에 착 달라붙어 거북스럽게 칭칭 감겼다.

수참관관은 관원 둘을 데리고 와서 다짜고짜로 동패의 몸을 묶었다. 동패는 나라의 귀한 쌀 오십 석을 물에 빠트린 죄인이 되었다. 배는 또 어쩔 것인가? 옹기장에게 뱃값을 치러야 한다. 단패는 무사했을까?

할버이가 초막에 돌아오지 못한지 벌써 닷새가 되었다. 딸애는 초막 안 부뚜막에 괴어 놓은 판돌 밑에서 소금을 찾아냈다. 할버이가 아끼는 귀한 소금이다. 상심나루에 배가 들어올 때를 맞추어서 양근 쪽으로 올려보내는 자잘한 석물을 실을 때쯤이면 배에서 두어 됫박씩 얻어다 놓은 것이다. 딸애는 돌을 파서 만든 항아리 안에 물을 한 바가지 퍼서 소금을 풀었다. 나무젓가락으로 빙빙 돌려 젓는다. 배곯은 입안에 침이 고인다. 먹을 것을 못 본 지 사흘이 되었다. 차가운 물에 소금은 쉽게 녹아들지 않았다. 소금 알갱이는 바가지 바닥에서 모래알처럼 구르다 버티기를 포기하고 서서히 녹아든다. 딸애는 새끼손가락으로 소금물을 찍어 혀끝에 대니 찝찔하여 침이 솟는다. 바가지를 입에 대고 혹여 흘릴세라 조심스레 마신다. 꼬르륵 소리가 나던 뱃속이 소금물로 차오른다. 어지럽던 눈이 되살아난다. 광목 치마에 말라붙은 주먹밥알을 뜯었다. 입안에 넣고 녹이니 미끈거리다가 불어나 풀어진다. 고소한 맛이 입안에 퍼진다. 할버이는 어찌 되었을까. 할버이가 이렇게 오래도록 초막을 비우기는 처음이다.

군졸이 딸애의 몸을 범하고 가던 날 할버이의 얼굴은 관솔불 어둠에 묻혀 굳어 있었다. 딸애는 땀내에 절은 군졸의 가슴팍 노린 냄새를 기억에 지울 수 없었다. 사람의 살맛을 알고 덤벼드는 포악은 연초 냄새와 땀내가 범벅이 되어 딸애의 숨구멍을 막았었다. 딸애

227

는 그 순간을 진하게 기억한다. 허리춤에서 내던지듯 바가지에 담아 주던 주먹밥 한 덩이도 기억한다. 할버이가 없는 동안에 초막 밖으로는 절대로 나오지 말라고 했던 당부도 기억한다. 배를 주리면서 그 모든 기억들은 더욱 생생하게 살아나고 반복되어 몸을 진저리치게 만들었다.

딸애는 초막으로 오기 전, 최 영감 댁 행랑에서 암죽을 먹고 자랐다. 죽은 어미와 함께 일하던 또 하나의 행랑어멈이 있었지만 젖이 끊어진지 오래였다. 최 영감 댁 안주인은 딸애를 눈에 보이지 않도록 행랑어멈에게 단단히 일렀다. 대문 밖에 내다 버리든지 남의 집 개구멍받이로 들여 밀어 넣든지 하라고 했다. 행랑어멈은 죽은 딸애 어미와의 정 때문에 딸애를 주인댁 식구들이 먹고 남는 밥풀에 강아지 기르듯 먹여 길렀다. 딸애가 건지골에 와서 바위틈에 나뭇잎과 꽃이 네 번이나 피었다가 지고 또 새로운 잎이 피어 무성해진 초여름이다.

소금물로 배가 부르니 잠이 몰려왔다. 초막 안은 눕는 곳이 잠자리고 눕는 때가 밤이었다. 딸애는 때 없이 소금물을 마시고 때 없이 자면서 할버이 없는 날을 보내다 토막잠에서 깨어 밖으로 나왔다. 찔레를 꺾어 껍질을 벗겨 먹고 풀을 뜯어 앞니로 잘근잘근 씹어 그 물을 삼켰다. 입안에 까칠하게 모이는 줄거리는 뱉어냈다. 날이 가물어 찔레순조차 물기가 흥건하지 못했다. 어떤 것은 쌉쌀했고 어떤 것은 배릿하면서 끝맛이 달착지근했다. 어떤 것은 입안이 아려왔다. 쌉쌀한 맛과 아린 맛은 소금을 녹인 물로 헹궈 목구멍으로 넘졌다.

아비 아닌 할버이를 기다리다 지쳐가는 밤을 보내고 딸애는 무
작정 초막을 나왔다. 석수 노인의 등에 업혀서 건지골에 들어온 후
로 한 번도 마을을 떠나 본 적이 없었다. 딸애에게는 건지골이 세
상의 전부였다. 내려가는 길가 바위틈에 쑥이 이슬 맞은 채로 아침
을 맞고 있었다. 딸애는 쑥을 한주먹 뜯어 입에 넣고 씹는다. 씁쓸
한 물이 가득 고인다. 꿀꺽 삼켰다. 쓴맛이 지나간 다음 달착지근
한 침이 입에 고였다.

땀이 솟도록 해가 오르자 딸애는 물을 찾았다. 그러나 없다. 샘
이 있는 건지골 바윗길로 올라가려면 딸애의 걸음으로 꽤 오랫동
안 걸어야 한다. 밖으로 나오자마자 다듬은 석물을 등에 지고 나서
는 석수를 만났다. 젊은 석수 마래였다. 마래는 다리를 절었다. 저
는 다리 때문에 대탄바위 깨는 일에서 빠진 것이다. 석수 마래는 딸
애를 알아차렸다.

"우리 할버이 어디 갔어?"

"저 아래 강에 바위 깨러 갔다. 뭐 좀 먹었냐?"

딸애는 머리를 좌우로 흔들었다. 마래 석수가 불그레한 보리개
떡을 한 조각 내밀었더니 딸애가 받아 입에 넣었다. 알싸한 맛이 입
안에 돈다.

"함께 가자."

마래 석수가 앞서고 딸애가 뒤따랐다. 대탄나루에 서는 작은 장
터까지는 두 마장쯤 걸어야 한다. 딸애가 따라 걷기는 무리다. 마

래 석수를 따르는 딸애의 걸음이 점점 처져갔다. 광목저고리에 땀이 젖었다. 땋아 내린 머리 사이에도 땀방울이 샘솟듯 한다. 물이 귀한 건지골에서 나온 두 사람에게도 땀은 흥건하게 흐른다.

"우리 할버이 언제 와?"

딸애가 뒤처지자 손을 내미는 마래 석수에게 물었다.

"왕대비마님의 장례가 끝나야 한단다."

"앙~대~비?"

"임금님의 어마님이 돌아가셨다."

딸애는 석수의 수염 더부룩한 얼굴을 보면서 눈만 말똥말똥했다.

"어쨌든 나라에 크~은 일이 끝나야 한다."

딸애는 '앙~대~비'가 누구인지 모른다. 석수 노인이 가르친 것은 먹을 수 있는 것과 먹을 수 없는 것, 위험한 것과 피해야 할 벌레, 먹을 것을 익히기 위하여 불과 물을 다루는 방법뿐이었다. 행랑어멈에게 암죽을 받아먹으면서 최 영감 댁 부엌살이를 할 때도 그랬다. 행랑어멈은 먹어야 할 것과 먹을 수 없는 것을 가르쳐 주었다. 최 영감 상에 놓이는 생선과 고기는 먹지 말아야 할 귀한 물건이었다. 안방에서 내온 상에 가시를 덜 발린 생선뼈에 붙은 고기는 먹어도 되는 음식이었다. 쌀 한 술에 보릿가루를 넣고 푹푹 끓인 암죽이 딸애에게는 젖 대신 먹는 끼니였다.

지금 딸애의 뱃속엔 풀 찌꺼기와 보리떡 한 조각 먹은 것이 전부였다. 소금물은 더 많은 물을 들이켜서 오줌을 쏟아냈다. 마래를 따라 한 마장도 못 갔는데 꽤 여러 번을 쉬었다. 무작정 따라나선 이 애를 상심나루 장터까지 데려가서 어쩔 것인가.

젊은 석수는 등에서 점점 처지는 석물을 추켜올리며 딸애가 다시 일어나 따르기를 기다렸다. 석수 노인이 만들어 주었을 앙증맞은 칡신에서 먼지가 폴폴 오른다. 흙때가 반질반질한 광목치마 위로도 먼지가 더께로 앉았다. 멀리 상심나루가 보인다. 배에서 내린 하얀 사람들이 짐을 지고 몰려들었다.

딸애의 작은 가슴이 울렁거렸다. 모든 것이 새롭게 보이고 넓은 강줄기가 신기롭게 보였다. 건지골에서 그토록 귀하던 물이 강 가득히 흘러갔다. 딸애는 메마른 입에서 침을 짜내 꼴깍 삼켰다. 상심나루가 가까워 오면서 지나는 사람들이 때 묻은 복색의 딸애를 힐끗힐끗 쳐다봤다. 모두들 아이가 젊은 석수 마래의 딸일지도 모른다고 생각했다. 마래는 딸애를 데리고 나그막으로 들어섰다. 나그막은 설안이라는 주모와 감실댁이 일을 도우며 상심나루에서는 꽤 번창한 주막이다.

"늦둥이 딸?"

주막에 들어서자 눈에 익은 감실댁이 한마디 던진다.

"아니오. 내 아이가 아니니 아주머니가 좀 맡아 주소."

마래는 감실댁에게 딸애를 혹 떼듯 맡겼다.

"이목구비가 이쁘네."

"이 애한테 딴생각 했다간 건지골 석수 노인이 가만두지 않을 거요."

감실댁도 석수 노인을 잘 안다. 몇 해 전에 양념 찧는 돌절구를 조그마하게 만들어다 주었다. 석수 노인의 돌 다듬는 솜씨는 야무져서 근동 아낙들이 좋아했다. 그 노인의 딸애라니 믿기지 않는다.

"설마. 씨만 성하다고 밭 없이 딸을 맺을 수 있나?"

홀로 사는 석수 노인이 여자를 가까이하지 않는다는 것을 아는 감실댁이 샘이 나서 눈을 흘기는 말이다.

"어쨌든 잘 맡아 두소. 어제도 굶었을 거요. 십 리만큼 들어간 눈을 보면 알 거요."

감실댁은 국밥을 질그릇에 반쯤 채워 담아 마래 석수 앞에다 겸상으로 놓았다. 딸애가 눈치 볼 것 없이 구수한 냄새에 못 견뎌서 나무 숟가락을 들고 국밥을 퍼 입에 넣는다. 선지보다 시래기가 더 많지만 목구멍 가득 생기가 돈다. 야무지게 한 술 수북이 떠서 작은 입을 벌려 넣고 수저를 핥았다.

"복스럽게도 먹네. 왜 이렇게 굶겼수?"

감실댁은 벌써부터 딸애가 욕심이 난다.

"내 애가 아니오."

"그럼, 건지골 왕 석수 손주? 얼굴을 보아하니 닮은 데가 없으니 그쪽도 아닌데. 자세히 보니 어쩜 닮은 것 같기도 하고."

"알려고 애쓰지 말고 맡아 주소. 왕대비마마의 장례가 끝나야 하오."

"오~올~타 부역 나갔구먼. 바로 요 아래로 바위 깨러?"

"알 것 없다니까 그러네."

마래 석수는 주모의 손에 국밥값을 치르고 딸애의 끼닛거리로 엽전 세 닢을 더 얹었다. 주모가 만족한다.

"아 그런데 왕대비 대여는 언제 여길 지나는 거여?"

옆에서 상을 받은 중늙은이가 들은 게 있어서 허공에 한마디 던졌다.

"아 대탄바윗돌을 깨야 한다지 않는가. 배가 그리로 지나가려면 바위에 걸려서 못 올라간다지 아마?"

나이 지긋한 일행이 되받았다.

"국장도감에서 낭청, 정동설인가 하는 사람이 군사들하고 한양 근방 석수들을 모아 와서 깨고 있다지 않는가. 그나저나 석수들이 고생하겠구먼. 며칠 전에 군졸 하나가 도망을 쳤다지. 기찰이 대단히 엄해. 오늘 새벽에는 세곡선 한 척이 대탄바위 아래 물돌이에서 가라앉았다는데, 배는 그렇다 쳐도 가라앉은 곡식이 아까워서 원."

"사람이 하나 죽었다는데 쌀 아까운 걱정을 하고 있으니, 쌀이 중한 것은 사람의 먹이로 소용이 되기 때문인데, 사람의 목숨보다 더 중한 게 쌀이라니, 가뭄에 말라비틀어진 이 세상에 인심이 어찌 되려고 그러나."

"사공 중에서 하나는 물에 빠져 죽고 하나는 헤엄쳐 살아 나와서 관아에 잽혀 갔다지? 나라의 세곡을 물에 잃은 게 죄로 치자면 큰 죄지. 아마 큰 벌을 받을 걸세."

"이 사람아 사공이 무신 죄가 있나. 나라에서 물을 못 다스린 게 죄라면 죄지."

"나라에서 사람도 아니고 땅이 생긴 대로 흐르는 물을 어떻게 다 스리나?"

"하나라 우임금은 그 넓은 황하를 다스렸는데 요깟 대탄에 바위 하나 못 다스린대서야 어찌 한 나라에 임금이라고 할 수 있겠나. 대 탄바위가 천 년을 넘게 강줄기를 막았는데 왕대비마마 장례에 소 여면 어떻고 쪽배면 어떤가. 육지로 오르든 강으로 오르든 왕대비 상여가 장지까지만 가면 되지. 그게 어디 군사를 동원하고 온 나라 에 석수를 끌어모을 일인가? 우리네 백성들 소금가마 실어 올릴 때 에는 거들떠도 안 보던 조정에서 왕대비마마 상을 당했다고 해서 고려 적부터 깨려다 못 깬 바위를 이제서 깨보겠다는 게 우습지 않 은가 말일세. 아니 그렇소, 여러분."

그렇게 말한 사람은 갓을 쓴 젊은 선비였다. 그는 좌중의 동의를 구했다.

"아, 그보다도 대탄에 바위를 깨면 상심나루는 이제 끝장 아닌 가? 물이 쪽 빠져서 이제는 배를 댈 곳도 없을 테니 걱정이네."

"배뿐인가. 그나마 잡히던 고기도 여울을 따라 청탄 쪽으로 다 내려가고 힘 좋은 놈은 갈뫼나루 쪽으로 올라가 버릴 테니 이곳은 이제 고기조차 씨가 말라버릴 걸세. 그리고 나면 이 상심나루에 영 화도 이제는 저무는 노을일세."

한양 쪽 서산으로 노을이 지고 있었다.

"이러고 있을 게 아니고 우리가 관아에 가서 소라도 올려 달라고 해야 하지 않겠나."

"예끼, 이 사람 그건 임금님에 대한 반역이지. 국상을 당해서 대여가 오를 물길을 뚫는 데 그걸 하지 말아 달라고 하면 초상집에 불 지르는 격이지."

"그래도 우리한테는 앞으로 생계가 달린 문젠데. 대탄바위를 깨서 물이 빠져 버리면 배들은 제멋대로 드나들지 모르지만 머무르는 배가 줄어 이 나그막도 파리를 날릴 테고, 고기들도 물 따라 떠나서 남의 강 앞에 구걸잡이로 나서야 할 판인데. 그뿐인가? 사람이 사는 곳에는 물이 넉넉히 머물러야 고기도 모이고 사람도 모이고 더불어 만복이 머무르는 걸세. 건지골 돌산을 보게. 비만 오면 물이 모였다가, 머물지 못하고 흘러버려 세세연년 물 고생을 하고 있지 않은가. 그 덕분에 돌 파먹고 사는 석수치들이나 모여 사는 곳이 되었지만, 우리가 나서서 저 바위 깨는 일을 막아야 해!"

술로 얼굴이 불콰해진 선비 하나가 갓끈을 풀어헤치고 주막 안 좌중에게 큰소리로 떠들었다. 보다 못한 동행 선비가 입을 틀어막으면서 적잖이 당황해한다. 좌중에 한 노인이 선지국물을 마시고 난 수염을 씻으면서 못마땅한 듯 헛기침을 하며 나갔고 얼마 되지 않아 나루터를 지키던 포졸이 들어왔다. 그러지 않아도 바위 깨는 군졸 중 하나가 도망을 가서 뒤숭숭한 판에 조정에 대고 욕을 하는 것은 명을 재촉하는 짓이었다.

포졸이 술 취한 선비를 끌어냈다. 선비는 두 손이 뒤로 묶인 채 양근 관아에 끌려갔다. 동행한 선비가 죽상이 되어 포졸 일행을 따라갔다. 동헌 앞 형틀에 묶이는 선비는 낮술이 확 깨면서 분위기가 파악이 제대로 되는 모양이다.

"네 이놈들 역모를 도모하는 패거리로구나. 어디 그 봇짐을 풀어 봐라."

포졸이 달려들어 선비들의 봇짐을 빼앗아 풀어헤쳤다. 지필묵에 서지가 흩어졌다.

"오호라. 과거 보러 가는 작자들이로구나. 네놈들을 과거장으로 가기 전에 포도청 옥사로 먼저 보낼 것이다."

양근 군수 정운의 엄포에 선비가 의기당찬 얼굴로 바라보았다. 함께 온 선비의 얼굴이 새파랗게 질렸다.

"사또! 나라의 왕대비마마 국상을 치르기 위해서 부역에 동원되는 것은 백성의 당연한 도리요. 허나 대탄바위가 상심나루에 물길을 막아 준다는 것은 한양 땅 사공들도 다 아는 일인데 세종, 세조 임금 이후 이백여 년 동안 어느 임금이 덤벼들어 막힌 물을 트려고나 해보았소? 그런데 국상이 나서 상여가 강으로 올라가야 하니 군사를 동원하고 한양 근방 땅에 석수라는 석수는 모두 동원해서 바위를 깬다? 잠자던 바위를 이백 년 만에 깨우는 명분치고는 너무 조정의 속내가 들여다보이지 않소. 내 과거 보려고 나섰다가 주막에서 그 소문을 듣고 뜻을 접었소. 나를 벌하시오."

불콰한 얼굴에서 토해내는 그의 말에서는 아직도 겁 없이 깨지 않은 술내가 확 풍겨 나왔다.

"여기가 어디라고 감히."

포졸이 선비의 입을 막았다.

"술이 덜 깼다. 곤장 이십을 정신 들게 치고 우선 가두어라."

양근 관아 옥사는 양근에 갈뫼나루와 오빈, 상심, 대탄, 수청나루에서 물건을 훔쳐내는 좀도둑과 장판에 시비로 사람을 다치게 한 잡범들이 넘쳐났다. 산골보다는 물 가까운 곳에서 항상 드잡이가 더했다. 젊은 선비는 그들과 다른 곳에 갇혔다. 옥사 안 북데기에 내동댕이쳐져 갓과 도포가 벗겨진 채로 북데기 위에 벌렁 드러누웠다.

물이 바위를 깎으려니 흘러야 할 세월이 일만 해(歲)요
바위가 물을 막으려니 하루도 못가 넘쳐흐르네.
흐르는 세월을 바위가 어찌 막으리오.
흐르는 물을 세월이 어찌 막을 손가?
이내 인생 물 따라 갈까, 세월 따라 갈까
이리저리 헤매다가 술 따라서 여기 왔네.

술이 덜 깬 젊은 선비가 드러누워 옥사 천정에 대고 태평하게 자작시 한 구절을 읊는다. 떠들썩한 소리에 동패가 부스스 깨어났다. 동패는 수참판관에게 잡혀 와 양근 관아에 넘겨졌다. 죄의 경중을 가려 한양으로 압송될 것이다. 하지만 동패의 죄는 어쩔 수 없는 사고였다. 제 목숨이 살아난 것만도 다행이다. 수참판관이 보면 강물속에 빠진 세곡은 아깝지만 해마다 암초와 급류 소용돌이에 휘말려 배가 좌초되고 침몰 사고가 나는 곳인데, 사람이라도 살아났으

니 그만하기 다행이지 않은가 하는 생각이다. 죄는 묻되 벌은 하지 않기로 하는 게 옳다고 생각하지만, 수참판관 임의로 죄를 물을 게 아니고 포도청으로 압송하여 그 죄를 고하고 벌을 논할 것이다.

동패는 물에 빠진 생쥐가 되어 축축한 머리와 구중중한 몸으로 옥사 한 귀퉁이에 웅크리고 있었다. 그러던 중 볼기 맞은 선비가 술이 덜 깨어서 객기부리며 들어와서 흥얼대다가 훌쩍이더니 이내 잠이 들었다. 엎어지는 볼기에 핏물이 비친다. 누굴까. 무슨 죄를 저리 지었을까. 동패는 겁이 덜컥 났다. 자신도 저렇게 치도곤을 맞을 것이다. 나라의 세곡을 손실한 죄, 남의 배를 얻어다가 침몰시킨 죄, 더욱이 단패와 짜고 세곡을 통째로 빼돌린 짓이 들통이 나면 목숨을 부지하지 못할 것이다. 단패가 원망스러웠다. 단패가 자신을 이용한 것일지도 모른다는 생각이 들었다. 자신이 잡혀서 죽기를 바랄지도 모른다는 생각이 들었다.

혹 살아나서 단패를 찾아간다고 해도 단패가 좋아하지 않을 것 같았다. 이부동복형제라지만 어머니가 살아있을 때에 형제이지, 아비가 누구인지 모르는 마당에 핏줄의 근원인 어머니가 돌아가고 나면 둘을 잡고 있는 연은 쉽사리 끊어지지 않을까? 사실 동패가 생각하기에 단패와 그리 살가운 정은 없었다. 최 영감 댁에서 쫓겨나온 후, 낯선 어머니에게 얹혀살다시피 하면서 자신보다 나이가 어린 단패가 오히려 조심스러웠다.

이번 일은 단패의 용기 있는 제의를 선뜻 거부하지 못한 것이 마지못해 받아들이는 꼴이 되었을 뿐이다. 더욱이 배를 건져낸다면 혼자 한 일이 아니라는 것이 금방 드러날 것이다. 다행히 배가 가라앉은 곳은 누구도 물에 들기 어려운 곳이라서 밧줄로 모래섬을 꽁꽁 묶어 가라앉힌 배를 건져내는 일은 없으리라 안도한다. 자신이 살아 떠오른 것만 해도 하늘이 도왔다고 생각했다. 그런데 하늘이 나라 세곡을 도적질하는 놈을 도울 일은 없지 않은가. 동패는 침침한 옥사 안에서 이런저런 고민에 빠졌다.

관아에 잡혀 올 것은 어느 정도 예상을 했던 일이었다. 잡혔을 경우에는 도망갈 생각도 없었음을 관원에게 명백히 하고 배 침몰은 피할 수 없는 사고였음을 변명하면 목숨은 부지할 것이다. 나라 쌀 오십 석과 하잘것없는 자신의 목숨, 어느 쪽이 더 귀한가를 저울질한다. 동패 자신의 처지에서 보면 물론 중한 것은 사람의 목숨이겠지만 나라에서는 쌀 오십 석을 더 귀하게 치겠지. 자신과 같은 무지렁이야 사람으로 치겠나 하는 생각이 왈칵 들었다. 그럴수록 몸이 으슬으슬 떨려온다.

만약 도망을 갔다면 관원의 추달이 계속될 것이고 늙어 죽을 때까지 숨어 살아야 한다. 도망을 간다는 것은 고의적인 사고였음을 드러내는 것이다. 그렇게 되면 가라앉은 배를 더욱더 의심할 것이다. 포졸이 집에 들이닥쳐 단패를 추문할 때에 단패는 모든 일을 발뺌하고 자신에게 덮어씌울지도 모르는 일이다.

의식을 잃은 듯이 잠에 빠졌던 젊은 선비가 깨어났다.

"이보시오. 우리가 지금 갇혀 있는 것이오?"

"그럼 여기가 여숙인 줄 알았소?"

"그래 그쪽은 무슨 죄로 잡혀 와서 갇혔소?"

젊은 선비는 아픈 볼기를 뒤척이며 동패에게 관심을 보였다.

"세곡을 싣고 가다가 배가 암초에 걸려 가라앉았소."

"그것도 죄요?"

"나 같은 무지렁이가 무얼 알겠소? 함께 탄 사공이 죽고 나 혼자 살아났소. 함께 죽지 못하고 혼자만 살아난 게 죄라면 죄요."

"이게 다 왕대비마마의 장례 때문이요. 우리네 백성의 목숨은 죽으면 거적에 둘둘 말아다 동구 밖에 후미진 곳에 대충 파묻는데 왕대비마마의 초상이니 법도와 격식을 갖추기 위해서 큰 장례를 벌이는 거요. 죽음이 다 같은 죽음이 아니니 왕가의 권위를 세우기 위함이요. 백성들은 웅장한 왕대비마마의 장례행렬에 스스로 고개 숙일 것이요. 효종임금의 영릉을 이장할 때도 상여를 메는 여사군들이 많이 다치고 죽기까지 했었소. 순장을 했다는 삼한시대도 아닌데, 한 사람의 죽음을 호화롭게 치장하기 위해서 다른 사람의 목숨이 또 죽어야 한다는 것은, 비록 죽은 사람이지만 저승에 가면서까지 이승의 죄를 또 한 번 짓는 것이요. 그 죗값은 저승에서 더 얹어 받을 것이요. 이게 진정 죽은 사람의 뜻은 아닐 것이오. 살아남은 사람의 욕심이지."

도대체 이 선비도 목숨이 동패와 같이 하나뿐일 텐데 무얼 믿고 이렇게 떠들어 대는 것일까. 함께 들어주는 자신이 더럭 겁이 났다. 한패거리로 몰릴까 봐 더 듣고 싶지 않았다. 동패는 귀를 막았다. 아니다. 동패가 비록 무지렁이라지만 선비가 지껄이는 말이 왕대비를 모욕하는 짓이라는 것을 안다. 자신이 비록 지은 죄가 있어 갇혀 있지만 이런 일은 반드시 고해야 한다는 것을 안다. 동패는 두 손으로 막았던 귀를 다시 텄다.

"사람은 어차피 세상에 태어나면 언젠가는 죽게 마련인데 사람의 죽음이라는 것은 다른 사람을 살리는 죽음이 있고 다른 사람을 함께 죽이는 죽음이 있는 법이오. 다른 사람을 살리는 죽음은 그 죽음이 누구의 죽음이든 후세가 기려야 할 값지고 고귀한 죽음이요, 다른 사람을 죽이는 죽음은 우리네 인간들에게 고기를 내놓고 죽는 개죽음보다 못한 죽음이오. 안 그렇소?"

사람이 태어나서 한번 죽는 것은 맞는데 죽으면 그만이지 죽으면서 사람을 살리고 죽인다니 무엇이 그리 복잡한가? 동패 생각에 글 읽었다는 선비는 다르다 싶었다. 섣불리 대답해서는 아니 될 일이다. 동패는 대답 대신 고개를 흔들었다. 손을 입에 댔다가 사래를 쳤다.

눈앞에 낯선 선비는 위험한 사람이었다. 동패가 비록 글을 모르고 배운 게 허드렛일밖에 없다고 하지만 글을 읽는 선비가 한양 땅에 대고 절은 못 할지언정 나라가 왕대비상을 당한 마당에 국상의 예를 거침없이 깎아내리는 말을 서슴지 않는 것은 백성 된 도리가 아니라는 것을 안다.

"내 들으니 대탄바위를 깨는 일로 물을 막아서 세곡선이 내려갈 때만 물길을 터주고 열흘 넘게 뱃길을 막는다는 얘기요. 이게 어디 될 말이오? 지금 상심나루에는 물길이 트일 때를 기다리는 배와 물목과 사람들로 가득 차 있소. 이대로 정말 열흘이 더 간다면 배에 실린 물목들은 모두 상심나루와 대탄나루 주막 술독에 다 들어부어야 할 것이오. 그러나 이제 양근을 시작으로 상심나루에 주막은 문을 닫아걸어야 할 판이오. 대탄바위에 물막음이 사공의 발목을 잡아 이 바닥에 물목을 풀고 사람들을 먹여 살렸는데 이젠 틀렸소. 바위를 깨서 물길을 뚫고 나면 나루에 물도 빠지고 배도 이곳에 머물지 않고 내쳐 한양으로 갈 것이니 그렇소. 앞이 뻔하지 않소. 양근은 한양에서 필요한 물목을 대는 길목이었소. 땔나무와 재목과 숯과 돌과 곡식과 나물까지도 모아 대고 있소. 더욱이 궁을 지을 때는 재목을 만들어 내느라고 고을민이 부역에 얼마나 시달렸소.”

“그래도 나라에서 하는 일인데.”

동패는 얼떨결에 젊은 선비 말을 막았다.

“그쪽은 배 부리는 일을 하는 사람이니 그런 말을 할 수도 있겠소. 하지만 나루에 빌붙어서 먹고 살던 사람들은 물길이 뚫리면 여기를 떠나야 하오. 대탄에 바위는 하늘에서 이곳 사람들에게 내리신 것이오. 바위가 가뭄에는 뱃길을 막지만 물이 불어나면 넘쳐흘러 보내잖소. 그러면 배도 지나갈 수 있고. 쇳덩어리 같은 대탄바위가 군사를 동원해서 열흘 낮과 밤을 깨뜨린다고 깨질 것 같소? 어림도 없는 일이오. 대탄바위는 하늘이 내려서 우리 상심나루에 물 가둠을 지키는 바윈데 그걸 깨버리면 하늘이 가만둘 것 같소? 벼락을 칠지도 모르는 일이오. 막았던 물이 터지면 참았던 흐름이 노하여 이루는 홍수가 수마가 되는 법이오. 그건 물일 수도 있고 사람일 수도 있소."

선비는 정색을 하고 동패에게 바싹 다가들었다.

동패에게는 무언가 확 몰려오는 게 있었다. 그 말의 속뜻을 동패가 못 알아들을 리가 없다. 자신의 배도 어차피 물에 잠겨야 할 운명이었지만 어쩐지 너무 쉽게 계획대로 물에 잠겼다는 생각이 들었다. 흐르기를 이틀 동안 참았던 물이 급류를 만들어 암초에 걸린 배의 침몰을 도운 것이다. 동패의 처지에서 보면 대탄은 오히려 바라던 대로 고마운 결과를 주었다. 동패의 머릿속에 삶을 구하는 묘책이 번쩍 스쳤다. 옳거니 이 자를 디딤돌로 해서 이 지옥을 건너뛰자. 동패는 동저고리 바람에 선비의 옷고름과 옷깃을 싸잡아서 추켜올렸다.

"이보쇼. 일자무식 나 같은 놈도 당신 하는 짓이 나라에 반역하는 일이라는 것은 잘 알고 있소. 반역을 하면 어떻게 된다는 것은 당신도 잘 알 거요."

동패는 움켜쥐었던 옷깃을 휘둘러 내던졌다. 젊은 선비의 몸이 함께 내던져진다. 창졸간에 나동그라진 젊은 선비가 정신을 차리고 동패 앞에 허리를 굽히는 시늉을 하더니 벌떡 일어나면서 동패의 두 발목을 양손으로 꽉 잡고 벌떡 일어섰다. 뒤로 나자빠진 동패가 어리둥절해 하는 사이에 젊은 선비는 동패의 다리를 엮어 꼼짝 못 하게 했다. 동패가 너무 쉽게 본 젊은 선비는 글만 읽은 선비가 아니었다. 소란을 듣고 포졸이 다가왔다. 젊은 선비가 포졸의 호통에 잡았던 동패의 다리를 놓자 동패는 죽는다고 신음하면서 옥방

안을 데굴데굴 굴렀다.

"포졸 나리. 이 선달님이 절 죽이려고 하네요. 어제 물귀신한테도 잡히지 않고 살아온 목숨인데 옥에 갇힌 죄인한테 걸려서 오늘밤을 못 넘기겠수. 옥사 안에서 송장 치우지 않으시려면 날 따로 가둬주소."

동패는 옥문을 흔들었다. 포졸이 옥방 안으로 들어오더니 젊은 선비를 통로 모서리에 묶고 동패를 맞은편 모서리에 묶었다. 팔과 다리가 서로 닿을 리 없다. 으르렁거리던 개를 서로 붙여 싸우지 못하게 묶어놓은 격이다.

"더 시끄럽게 굴면 입에 재갈을 물릴 것이다."

포졸이 엄포를 놓고 갔다. 젊은 선비가 씩씩거리고 동패가 묶인 몸을 비비 틀었다. 밤이 이슥해지면서 둘은 점점 지쳐갔다.

"이보오, 사공. 죄는 사람이 만드는 것이오. 우리는 지금 얼토당토않게 권세를 쥔 자들이 만들어 놓은 죄를 뒤집어쓰고 여기 있는 것이오. 그러니 내게 성내면서 덤벼들지 마소. 내일이면 우린 이별이지 않소. 아니지 여기에 더 눌러 있을지도 모르오. 여기에 더 눌러 있게 될지 당장 나가게 될지는 당신에게 달려 있소. 내가 하는 얘기가 당신 맘에 들지 않는다면 내일 당장 고하시오."

동패는 그러지 않아도 내일 또다시 문초가 시작되면 저자의 입에서 뱉어낸 말들을 낱낱이 고할 생각이다. 그러면 비록 죄를 지은 몸이지만 곱게 보아 줄 것이다. 그런데 저 자는 중한 벌을 받을지도 모르는데 자기의 죄를 고하라고 권한다. 도대체 어떤 자일까.

"세조임금 적이었소. 우리 오대 조부께서는 이 양근 고을에서 벼슬살이를 했었소. 그때에 구달충인가 하는 자가 사람을 데려와서 대탄에 바위를 깨려고 했는데 고을 사람들이 와서 깨지 말아 달라고 호소했소. 이유인즉 대탄바위는 양근 고을에 재물이 밖으로 빠져나가는 것을 막는 힘을 가지고 있다는 것이오. 바위를 깨고 나면 양근 고을에 있는 모든 기가 한양으로 죄다 빠져나간다는 것이오. 기라는 것은 땅에만 있는 것이 아니라 물에도 있어 흐르는 기를 멈추게 하기도 하는 것인데 대탄바위를 깨서 물꼬를 트면 상심나루에 차 있던 물은 병탄 쪽으로 빠지고 물은 얕아져서 배가 건널 수 없는 곳이 될 것이오. 물론 깊은 물에 살던 고기들도 잔잔함과 고요를 잃어 사라져 버릴 것이오. 우리 오대 조부는 고을민의 청을 받아들여 조정에 소疏를 올렸소. 조정에서 온 답은 오히려 혹을 붙였소. 고을 사람들의 부역을 동원해서 대탄바위 깨기를 도우라는 것이오. 우리 오대 조부는 그 명을 듣지 않고 벼슬을 내놓았소. 거기까지는 그런대로 괜찮았는데 누군가 모함을 했소. 고을 사람들을 동원해서 대탄바위 깨기를 방해한다고. 거기에 혹을 덧붙여 반란을 도모한다고 조정에 고했소. 세조임금이 어떤 인물이오? 단종을 내쫓고 그 자리에 오른 사람이 아니오. 성삼문, 이개, 하위지, 유성원, 유응부, 박팽년 등이 죽어 나가는 마당에 하잘것없는 고을 사또의 벼슬로 조정에서 하는 일에 반기를 드니 하룻강아지가 범 앞에 날뛰는 꼴로 보였겠지요. 소를 올리고 나서 사흘 후 오대 조부는 한양으로 압송되고 그길로 죽임을 당했소. 이보시오, 사공. 생각 좀 해보오. 산 사람도 아닌 죽은 사람의 시신을 실은 왕대비의 대여가 여주에 오르려고 하니 이제 와서 대탄바위를 깨야 한다는 것이오. 군사도 대군이 동원되었소. 한양 근방에 석수라는 석수는 모두 끌어모았소. 앞으로 여기서 사람이 얼마나 죽어 나갈지 모르는 일이오."

이 자의 반감은 그냥 입에서 나오는 말이 아니라 가슴 깊이 묻혀 있는 한恨이었다. 동패 자신이 세상에 대한 불만도 충분히 그에 비견할 만하였다. 그런데 진정 속내가 어떤 자인지 모른다. 휩쓸리지 말아야 한다.

"우리네는 그런 복잡한 건 모르오. 막힌 물길은 뚫려야 옳고 물은 흘러야 하오. 그게 우리네 무식한 사공들의 생각이오. 그리고 고을의 재물이 물길을 따라서 밖으로 나가면 밖에서 그 물길을 거슬러 오는 것도 있을 것이오. 사람이 세끼 밥으로만 사는 것이 아니요. 이 고을에 없는, 사람에게 필요한 물목들이 강을 타고 올라오는 것은 왜 모르시오."

천녕에 사는 동패가 양근 고을에 그러한 속사정을 알 리가 없다. 동패는 젊은 선비가 두런두런 거리는 소리를 귀 밖으로 흘리면서 잠이 들었다. 아침이 되자 옥졸이 된장국물에 보리밥알이 섞인 바가지를 들이밀었다.

"이보시오. 옥졸 나리. 두 손을 이렇게 묶어놓고 어찌 먹으라는 것이오?"

선비는 당당하게 옥졸에게 호령하듯 했다.

"먹고 나면 네 놈 입은 봉할 것이다."

마지못해서 옥사 안으로 들어와 양쪽 귀퉁이에 묶여 있는 선비와 동패의 손을 풀어주고 옥졸은 선비에게 한마디 내던졌다.

"나는 어떻게 되는 것이오?"

동패가 옥졸에게 앞으로 어떻게 될 것인지를 물었다.

"어제 한양으로 간 선단이 도착했으니 오늘쯤 무슨 기별이 올 것이다. 아니면 늦어질 수도 있겠지."

얼마를 더 갇혀 있어야 할 것인가. 단패는 어찌 되었을까? 혹여 들키지나 않았을까? 단패가 들켜 잡힌다면 모든 것이 들통 나서 둘이 함께 한양으로 잡혀갈 것이다. 더럭 겁이 났다. 양근으로 오르는 중에 나루터에 기찰 나온 관원에게 발각이라도 되었다면 지금쯤 이 옥사 안 어느 방에 갇혀 있어야 하는데 아직 그런 소식이 없는 걸 보면 잡히지는 않았을 것이다. 어머니의 얼굴이 떠오른다. 옹기장에 사금파리들이 보인다. 파치가 난 사금파리들을 단패는 잘도 깨부쉈다. 동패는 파치가 난 물건이라도 차마 아까워서 선뜻 망치를 들고 깨지 못했다. 이나마도 여염집에 주면 잘 쓸 텐데. 그러나 옹기장은 찌그러지거나 흠이 난 옹기는 여지없이 밖으로 내던져 박살을 냈다.

"사람도 세상에 태어날 때 사지와 오장육부를 멀쩡하게 갖추고 태어나야지 이놈들처럼 흠집이 있으면 평생을 구박받으면서 고생을 해야 해. 그러니 세상에 태어나기 전에 보내는 게 낫지. 멀쩡하게 태어난 것들도 사람대접을 못 받고 사는 판인데."

남의 집에 붙어사는 여자를 범해서 태어난 자가 동패라면 아비가 여염집 핏줄은 아니니라. 자신의 출생에 관한 근원을 모르기는 단패도 마찬가지였다. 아비로 친다면 분명 옹기막에서 여러 옹기장이를 거느린 힘이 있는 자였다. 그런데 아비의 버림이 단패와 동패를 후레자식으로 만들어 버렸으니 어미의 원망보다는 이 자의 측은함이 앞섰다. 옥사 안에서 이 생각 저 생각에 걱정을 하면서 몇 번을 어둡고 몇 번이 밝아 왔다. 그렇게 며칠을 보내고 있을 때쯤 동패는 동헌으로 끌려 나왔다.

"네가 무슨 죄를 지었는지 아느냐."

양근 군수 정운이 직접 동패에게 묻는다.

"네 잘 알고 있습니다."

"그래, 무슨 죄냐?"

"역모를 도모하는 자와 며칠 밤을 함께 지내면서도 이 사실을 고하지 못한 죄이옵니다."

"역모라고?"

사또는 벌떡 일어서면서 동패 앞으로 다가왔다.

"옥사에 들어온 첫 번째 날 밤에 함께 들어온 선비 하나가 대탄에 바위 깨기를 방해하자고 했습니다. 또 그자는 왕대비마마의 장례 절차에 험담을 서슴지 않았습니다. 그런데 이놈은 포졸이 왔을 때에 이 사실을 즉시 고하지 않고 함께 잠을 잤습니다. 그러기를 며칠이 지나도록 나라에 백성 된 도리로 그자를 즉시 옥리에게 일러 바쳐야 하는 데 그리하지 못한 죄로 이놈은 죽어 마땅하옵니다."

계속해서 동패는 어젯밤에 젊은 선비가 하던 얘기를 그대로 털어났다. 사또의 얼굴이 일그러지면서 한양에서 온 관리의 눈치를 살폈다. 한양에서 온 관리가 앞으로 나서서 동패의 얼굴을 훑어보더니 일장 호령을 했다.

"똑바로 들거라! 나라의 중차대한 일, 왕대비마마 장례에 쓸 세곡을 온전히 실어 나르지 못하고 물에 잠기게 한 죄는 엄한 중벌을 받아 마땅하다. 허나 죄인의 배가 침몰한 곳은 물길이 위험하여 해마다 변고가 일어나는 곳이므로 모두 죄인의 잘못은 아니며, 죄인 또한 배를 잃은 손해도 있고 함께 탄 사공이 죽었음에도 살아나왔음은 천운이니, 이는 하늘이 살린 목숨에 죄라는 이름을 붙여 인간이 벌한다면 천명을 거스르는 일일 뿐 아니라, 대비마마의 장례를 앞두고 자비를 베풀어 이번 장례 행로에 무사무탈을 기원하는 뜻으로 조정에서는 그 죄를 벌하지 않고 방면한다."

순간 동패는 얼굴이 붉어졌다. 동패의 무사방면은 나라 임금의 영이었다. 대탄바위 밑에 소용돌이 여울은 다 알고 있는 험지였고 해마다 세곡을 나를 때면 한두 번씩 사고가 나는 곳이기 때문에 사공의 죄라고만 할 수는 없다는 것이다. 더욱이 사공 하나가 물에 빠져 죽은 마당에 그 위험에서 빠져나와 목숨을 구한 사람을 국법으로 벌하는 것은 하늘의 뜻을 거스르는 것이다. 한양 관리는 동패의 죄 있음을 분명히 하되 벌은 안 한다는 조정의 관용을 강조했다.

"이놈이 비록 사공 노릇을 해서 먹고 살지만 이 나라의 백성이기에 임금님을 험담하는 자가 걱정이 되어서 한 마디 더 고하겠습니다.”

“말하라.”

“지난밤을 이놈과 옥사에서 함께 지낸 선비는 분명히 범상한 사람이 아닌 것 같습니다. 무언가 도모하는 게 있는 자입니다. 감히 왕대비마마의 장례를 잘됐다 잘못됐다 하면서 떠들어 대니 무식헌 이놈도 듣기 두려워 말씀 올리는 겁니다.”

“그래, 무슨 말을 하더냐?”

“직접 물으심이…”

“좋다. 저자를 내보내고 옥 안에 저자와 같이 있었던 술망나니 같은 놈을 끌어내라.”

동패는 후줄근한 몸으로 관아 동헌에서 나왔다.

예선군

양근楊根 땅, 갈뫼나루.

갈뫼 등줄기로부터 꼬리를 거쳐 하류로 이어지는 백사장은 멀리 덕구실까지 이어진다. 백사장을 따라 물이 오른 아름드리 수양버들은 눈송이 같은 꽃을 날려 나루를 뒤덮는다. 늙은 수양버들은 뿌리가 지난해 장마에 쓸려나간 강턱에 드러나 햇볕을 받는다. 뿌리는 땅속에서 물을 빨아올려 주어야 하는데 뿌리를 감싼 흙이 물에 쓸려 땅밖에 드러나니 스스로도 줄기를 세워 세상을 보겠다고 움을 틔웠다. 평생을 어두운 땅속에서 물을 빨아들이다가 세상 밖으로 나오겠다는 반란의 맛을 들여놓은 것이 지난 장마에 흘러내린 강물 때문이었다.

강물이 넘치면 해마다 양근 강변을 지키고 있는 버드나무의 연륜 깊은 지킴을 흔들어 놓았다. 뿌리는 뿌리대로 땅속에서 조용히 줄기와 잎을 위해서 희생해야 하는데 세상맛을 보니 스스로 잎을 내고 꽃을 피우고 싶은 생각에 변절한다. 도度를 넘는 황토강물이 땅속에 잠자던 뿌리를 그렇게 만들었을 것이다.

양근 나루에서 덕곡에 이르기까지 버들은 모래사장 끝에 걸려 있기도 하고 물에 닿아 있기도 하고 군데군데 생을 다하여 강쪽으로 쓰러진 놈도 몇이 있다. 어쨌든 양근 강변에는 수백 년은 되었음 직한 버드나무가 늘어서서 나루 주변 마을들을 감싸고 있었다.

단패에게 양근은 이포나루에서 옹기를 배로 실어 나르면서 낯설지 않게 눈에 길들여져 있는 곳이었다. 갈뫼 밑 나루터 단골 옹기점에서 한숨 늘어지게 자고 장터 주막거리에서 선짓국으로 늦은 아침을 먹었다. 차일 밑으로 나룻배를 기다리는 객들이 옹기종기 앉아 객쩍은 말들을 지껄인다.

관원 둘이 나룻가 마방 옆으로 오더니 벽에 방榜을 붙였다. 사람들이 몰려든다. 몇몇은 다가서서 읽고 몇몇은 읽고 난 사람들이 내용을 말해줄 때까지 기다렸다. 읽는 사람들은 갓 쓰고 도포 입은 양반이고 기다리는 사람들은 잠방이와 고의적삼을 걸쳐 입은 까막눈이다. 나루터는 모든 소문의 진원지다. 나루터에서 전해 들은 소문은 골을 타고 흘러들어 발을 달고 양근 땅 곳곳에 퍼져나갔다.

"뭐라고 적혀 있는 거여?"

궁금한 듯 성미 급한 상투가 못 참고 중얼거렸다.

"왕대비마마 장례에 쓸 예선군을 삼천 명도 넘게 뽑는다는구면."

"예선군이라면 배에 쓸 일인데 왕대비마마 장례에 무슨 배를 쓸 일이 있다고?"

"이 사람 여태 깜깜이구먼. 왕대비마마의 장지가 여주에 세종임금이 계시는 영능 근처라고 하지 않는가. 지난해 효종임금을 양주에서 옮겨 모신 그곳 말일세. 강물을 따라 올라가려니 배를 써야지. 배를 쓰려면 예선군이 필요하고. 자네 한번 해보겠나? 대가는 톡톡히 받을 거야. 어때? 구미가 당기지 않나?"

"내가? 시장에서 한 푼 더 벌자고 남들하고 손삿대질은 많이 해봤어도 배삿대질에는 손방일세."

"거, 물길을 거슬러 오르는 게 쉽지 않을 텐데. 영은 하늘로 가고 육은 물길을 거슬러 오른다? 죽어서도 세상을 거스르려 하는 게 왠지 좀 개운치가 않아 보이는데."

"쉿! 이 사람 말조심하게."

단패는 입을 굳게 다물고 갓에 도포 차림을 한 양반의 입 쪽으로 두 귀를 모았다.

"나으리. 예선군에 뽑히려면 한양까지 가야 한답디까?"

"예선군으로 뽑는 수효가 모두 삼천칠백이라고 하니 고을마다 뽑아 올리겠지. 아마 물가에 있는 고을로만 통문을 보냈을 걸세. 한양 근방에 양주, 광주, 여주, 천녕, 양근까지겠지. 우리 양근에서도 기백 명은 나서야 할걸."

단패는 다시 옹기점으로 돌아와서 그늘에 앉았다.

"무슨 방이 붙은 거여? 또 누굴 잡아가려고?"

"국상에 쓸 예선군을 뽑는대요."

"말이 뽑기지, 보기 좋게 장정들을 끌어가자는 거겠지. 예선군이 무슨 대단한 벼슬이라고 가려서 뽑겠나? 그래, 자네도 가보려고?"

"이참에 한양 가서 왕대비마마 장례에 참여해 볼까 하는데요."

"젊은 사람 생각이 튼튼하구면."

옹기점 주인은 벙어리 단지를 이리저리 굴리면서 건성으로 대꾸했다. 주인은 물건을 놓고 흥정 중이었다.

"무얼 찾으시오."

"보리쌀 독이 하나 깨져서 튼튼한 놈으로 사다 쓰려오."

"그럼 이놈을 갖다 쓰시오."

"아니 이건 똥장군이 아니오? 날더러 똥장군에다 보리쌀을 담아 먹으라고. 농담이라도 너무 지나친 게 아니오?"

똥장군은 지게에 얹어 인분을 퍼나르는 오지그릇이다. 둥근 독을 뉘어놓은 모양으로 출렁거림이 덜하도록 허리에는 좁은 주둥이가 달려 있는 그릇이다.

"허허 이 양반 뭘 모르시는군. 그릇이라는 건 담는 대로 이름이 붙는 것이오. 똥을 담으면 똥장군이 되고 쌀을 담으면 쌀독이 되고 금을 담으면 금독이 되고 물을 담으면 물독이 되고 장을 담으면 장독, 김치를 담그면 김칫독, 술을 담그면 술독, 나홀로 담으면 고독이 되는 거요. 이게 이래 봬도 이게 부자 되는 쌀독이오. 자! 보소. 이놈에 독은 주둥이가 커서 바가지가 쑥쑥 들어가니 쌀이고 보리쌀이고 푹푹 퍼낼 것이고 이 장군은 주둥이가 좁으니 손으로 한 줌씩 덜어내야 할 것 아니오. 때마다 양식이 제대로 가늠이 되니 며느리고 마누라고 알뜰한 살림버릇이 손에 밸 게 아니오. 그러니 내 권하는 것이오."

"됐소. 값은 얼마를 치르면 되겠소?"

"보리쌀로 두 말 가웃은 내야 되오."

"아니, 조금 전에 저자가 흥정할 때는 겉보리 한 말이면 된다고 하지 않았소? 사람을 골라가면서 값을 매기는 법이 어디 있소."

"옹기라는 것은 사람을 골라가면서 값을 매기는 게 아니고 쓰임에 따라 값을 매기는 거요. 똥장군으로 쓰려면 겉보리 한 말이고 보리쌀 담아 두려면 보리쌀 두 말 가웃은 내야 하오. 그쪽도 연장망태를 멘걸 보아하니 손재주가 있어 보이는데 막일을 할 때 품삯하고 재주 있는 일을 할 때 품삯이 다른 건 알고 있지 않소. 손은 같은 손이라도 하는 일에 따라서 품삯이 다른 거요. 똑같은 오지그릇이라도 개밥그릇으로 쓸려면 개밥그릇 값을 받고 정승의 진지 그릇으로 쓰려면 그 값을 받아야 하는 거요. 그게 물건값이오."

"그럼 보리쌀이 두 말이면 두 말이지 두 말 가웃은 또 뭐요?"

"그건 에누리 밥이오. 맘에 든다면 보리쌀 두 말 놓고 가져가시오. 그런데 이놈의 주둥이에서 보리쌀을 퍼낼 만한 그릇은 이것밖에 없소. 이걸 사야 하오. 이놈 한 죽에 보리쌀 한 말이오."

옹기점 주인이 능글맞게 주먹만 한 공기를 한 죽 내놓았다. 장군의 좁은 주둥이에 들어가기 알맞게 만들어졌다.

"아니 그러지 말고 이렇게 합시다. 내 보리쌀 두 말 가웃을 다 내놓을 테니 장군 주둥이로 들고 날 수 있는 그 공기 한 죽을 더 주시오."

"하하 이 양반 논 마지기께나 부치는 위인이구먼. 좋소. 가져가
서 부자 되소."

단패는 옆에서 보면서 옹기장수가 똥장군으로 만든 물건을 보리
쌀 독으로 팔아먹는 수완에 혀를 내둘렀다. 옹기점 주인은 단패를
보고 눈을 찡긋하면서 웃었다.

"금으로 만든 그릇도 강아지 밥그릇으로 쓰면 마당에서 뒹굴 것
이고 조상님 제기로 쓰면 제사상에 품위 있게 올라가 앉는 법이네.
자네가 예선군이 되든지 상두꾼이 되든지 내 참견할 일은 아니네
만 자네는 이 바닥에서 밥 먹고 살 인물이 아녀. 내 예전부터 알아
봤어."

옹기점 주인은 단패에게 질축한 목소리로 말 뜸을 들였다.

"이놈은 또 무엇에 쓰는 그릇인가요?"

"허허. 그건 벙어리 독이라고 하는 것이여."

뱃사공처럼 보이는 사람이 주막거리에서 점심 요기를 한 듯 이
빨을 쑤시면서 기웃거리다 묻자 옹기장수가 대답했다.

"벙어리 독? 허허 그러고 보니 주둥이가 꽉 맥혀서 벙어리 같이
생겼구려. 무슨 놈에 독이 뚜껑이 꽉 맥혀서 어디로 곡식을 담노?"

"담는 게 아니고 사람 목숨을 살리는 독이라오."

"꽉 막힌 놈이 무슨 사람을 살리나?"

"허허 이 사람 보아하니 뱃사람 같은데 제 목숨 살리는 물건도
못 알아보나. 자 보소. 이 독에 주둥이가 꽉 막혀 있으니 물에서 뜰

게 아니요? 여기 양쪽에 달린 손잡이를 꽉 잡고 안으면 배가 뒤집혀 물에 빠져도 물에 뜰 수밖에 없으니 목숨은 살릴 수 있잖소?"

그러고 보니 그랬다. 큼직한 독은 주둥이가 막혀 물에 빠져도 둥둥 뜨게 생겼다. 손잡이가 튼튼하게 달렸으니 물에 빠져도 그놈만 꼭 잡고 있으면 죽음은 면할 수 있겠다. 천녕 옹기막에서 만든 옹기를 잔뜩 배에 싣고 한양으로 갈 때에 만약을 대비해서 벙어리 독을 두 개씩 실었다. 옹기는 부피가 커서 배 위로 높게 쌓이는데 가끔 운이 나빠 사나운 물을 만나거나 된 바람을 만나면 도미진 아래 깊은 물에서 전복되는 일이 있었다. 아가리가 터진 독들은 물이 차서 가라앉지만 벙어리 독은 물 위에 뜬다. 사공은 허우적대다가 그놈만 잡으면 목숨은 산다. 옹기 싣는 배에 벙어리 독을 하나씩 실어 주는 것은 옹기장이가 사공을 위하는 배려였다. 그 독은 값을 치는 독이 아니라 옹기를 나르는 선가에 얹어 주는 것이다. 그러니 거래되는 물건이 아닌데 갈산나루 옹기점에서 주인을 찾고 있었다. 어느 사공이 목숨 같은 벙어리 옹기를 내놓고 갔으니 어지간히 궁했었나 보다.

"물에서 사람의 목숨을 살리려면 속이 비어 있어야지. 차 있는 것들은 소용이 없소. 속이 차 있는 것들은 땅에서야 제값을 할지 모르지만 배가 뒤집히는 위험에는 모두 소용이 없는 물건들이오. 속이 빈 이놈 하나만 제값을 허는 게지."

"그놈 내게 주시오."

사공이 두말없이 벙어리 독의 값을 치르고 받아 들었다. 배에 신고 다닐 모양이다.

"잘 생각하셨소. 이놈이 은인이 되는 일이 없기를 바라오. 평생 동안 이놈을 괜히 샀다고 후회하면서 신고 다녀야 한다는 말이오. 내 말 무슨 뜻인지 알아들으시겠소?"

옹기점 주인은 벙어리 독 값을 기분 좋게 받아들이면서 놀리듯 사공의 등 뒤로 말을 던졌다. 단패는 이포나루에서 독을 깨다가 속이 꽉 차서 깨지지 않던 독을 생각한다. 그 독이 분명 그 옹기막에서 만들었으리라. 독이란 것이 꽉 차면 쓸모없는 물건이고 속이 비어야 쓸모가 있는 것이다. 그때 갑자기 주막 쪽에서 왁자지껄하는 소리가 들렸다.

"내 네놈 빈털털이인 것은 들어올 때부터 알아봤다. 처음부터 국밥 한 그릇 동냥 달라면 국물에 밥 한 그릇이나 말아주지, 술에 고기에 배터지게 먹고 나서 밥값이 없다고 하면 나는 내 밑구멍 팔아서 벌충을 하냐?"

기골이 여느 사내보다 큰 주모가 사내의 고의춤과 멱살을 두 손으로 잡고 사립문 밖으로 끌어다 길바닥에 내던지듯 메다꽂는다. 사내가 벌러덩 나가 자빠졌다. 단패의 첫눈에 보이는 모습이 동패였다. 흙투성이가 된 몰골이 말이 아니다. 일이 잘 끝나면 양근나루에서 만나기로 한 약속을 떠올렸다. 자초지종이야 어찌 됐든 동패가 무사히 빠져나온 것이 반가웠다. 단패는 동패에게 다가가 쓰러진 몸을 일으켰다. 동패가 옷에 묻은 흙을 툭툭 털며 일어선다.

"형님! 옹기점으로 먼저 오지 않고 왜 이런 봉변을 당해요."

단패는 옆에서 씩씩거리는 주모에게 밥값으로 엽전 몇 닢을 쥐여 주었다. 단패는 대탄 큰여울에서 배가 침몰했고 사공 동패는 관아에 잡혀갔다는 소식을 이미 듣고 있었다. 관아 앞에서 동패를 마중했다가는 혹시라도 자기네들이 저지른 짓이 탄로 날까 봐 스스로 양근나루에 찾아올 때까지 며칠 동안 시치미 떼고 있었던 것이다. 동패는 정신을 차리고 나서 단패의 팔을 끌어다 수양버들 밑 평상에 앉혔다.

"배는 어쩌고?"

"그날 밤으로 무곡상한테 다 넘겨 버렸수."

"배까지 넘겼다고?"

"배를 통째로 모두 넘겨버렸다고요."

"배도 넘겼다고?"

동패가 어이없는 표정으로 단패를 바라봤다.

"걱정 마우. 또다시 배 부릴 일은 없을 테니까."

"그럼 앞으로 어쩔 작정인데?"

동패는 노모를 떠올렸다. 자신들의 행적이 탄로 나면 도망을 간다고 해도 선주한테 노모가 고초를 당할 것이다. 그건 못 할 짓이다. 동패는 단패의 너무 쉬운 대답이 불안스러웠다. 너무도 태연했다. 그 정도의 쌀을 처분했으면 돈이 전대로 두둑했을 텐데 저고리 밑은 홀쭉했다. 단패의 몸에는 홑겹의 바지저고리뿐, 속에는 아무것도 차고 있지 않았다.

"하던 짓 계속해야죠. 배운 게 그 일인데."

옹기 나르는 일이었다.

"배를 잃었으니 장배나 얻어 타고 갑시다."

"당장 선주한테 닦달을 당할 터인데. 네 배는 또 어쩌고."

"난 쌀값에 얹어서 뱃값까지 두둑이 받았소. 형이 문제지."

문제였다. 관아에서 풀려나는 것만으로 모든 게 해결된 건 아니었다. 허리에 찼던 전대도 수장시켰으니 철저하게 빈털터리로 돌아왔다. 버렸어도 목숨과 바꾼 전대였다.

"형님. 장거리에 보니 왕대비마마 상을 당해 장지를 영릉으로 하고 상을 치르는데 배를 끌어 올릴 예선군을 구한다는 방이 나붙었소. 우리 형제도 함께 가보는 게 어떻겠소?"

단패는 우리 형제라는 말에 힘을 주었다. 아버지는 다르지만 어머니는 같은 이부동복異父同腹의 형제니 어쨌든 형제는 형제가 아닌가. 그 말을 듣는 동패는 단패가 여느 형제와 다름없는 아우라는 생각을 한다. 옥사에 갇혀 있을 때 잠시 단패를 의심했던 속을 들킬까 봐 멋쩍었다.

"형님, 우리가 평생을 천녕 바닥에서 사금파리 깨고 나르는 일만 하다가는 언젠가 옹기귀신이 되고 말지 모르오. 이제는 끔찍하오. 대처로 나가서 한밑천 잡고 엄니 호강 한번 시켜 드립시다요. 형님!"

단패는 또 한 번 형님이라는 말에 힘을 주었다. 동패에게 형님이라는 말은 듣기 그리웠던 소리였다. 그동안 비천하게만 살아온 자신을 단패 아니면 누가 형님이라고 불러 줄 것인가. 다시 한번 동패는 단패의 얼굴을 지그시 바라보았다.

"형님, 왜 그렇게 보소. 쑤~욱~스럽게시리……."

단패가 쑥스럽게 웃는다. 동패는 대답이 없다.

"어차피 우리가 천녕으로 되돌아간다면 선주에게 닦달을 당할 것은 빤한 일이오. 우리 두 형제가 평생 선주 댁 노비 노릇이나 하면서 살아야 할 거요."

"예선군을 한다고 묘한 수가 생긴다드냐?"

"우리도 한양 구경 한번 해보자는 얘기요. 잠시잠깐이라도 한양 땅에 가서 한양 물 먹으면 무슨 방도가 생기지 않겠소. 궁하면 통한다고 궁한 일을 당해 봐야 방도가 나오는 법이 아니겠소, 형님."

단패는 동패를 잡아끌고 장거리로 들어가 감색 물을 들인 홑등거리와 잠방이를 골랐다. 입었던 옷은 물에 헹궈 말려 입어야겠다는 생각에 봇짐을 만들어 걸머졌다. 짚신도 한 죽을 사서 봇짐에 얹었다. 먼 길을 떠나려면 복색이라도 번듯해야 할 것이기에, 형님을 위한 것이기에 단패는 품에 지닌 금전을 아끼지 않았다. 동패에게는 형 같은 아우였다.

"엄니께 인사라도 드리고 가야 하지 않을까? 얼마가 걸릴지도 모르는데."

"벌써 드렸소. 형님 몫까지. 어디로든지 떠나야겠기에 어젯밤에 부지런히 다녀왔다오. 그래도 엄니는 우리 두 형제가 함께 간다니까 마음은 놓이는가 보오."

수중에는 노잣돈 몇 푼만 넣고 큰돈은 아무도 모르게 묻어 두었다. 어디에 어떻게 묻었는지는 동패에게 말하지 않았고, 동패도 묻지 않았다. 영민한 단패가 그 돈을 허투루 처리했을리가 없으리라.

둘은 강가로 나 있는 아름드리 수양버들 늘어진 길을 따라서 걸었다. 버드나무 뿌리를 덮은 흙이 지난해 큰물에 쓸려 내려가 하늘을 보고 드러나서 새싹을 키우고 있었다. 강쪽으로 흙이 쓸려나간 곳에서 빛을 본 뿌리들은 새로운 싹을 틔웠다. 밑에서 일어나는 반란이었다. 뿌리는 평생을 나뭇가지에 잎과 꽃을 피우기 위하여 물을 모아 끌어 올려 주면서 수백 년을 살아왔을 텐데, 지난해 큰비로 땅속 암흑에서 하늘의 빛을 보니 새로운 싹을 틔워 무성한 가지를 낳고 있었다.

"형님, 저것들이 우리네 신세를 미리 알려주는 것 같소. 나무 평생에 땅속에서만 뻗어 가다가 흙이 씻겨 하늘을 보니 생각이 달라지는 것이오. 자기네들도 새로운 싹을 틔우고 가지를 쳐서 꽃을 피우고 씨를 한번 맺어 보겠다는 것이지요."

동패는 그 뿌리들이 형제의 앞날을 알려주는 것 같아서 고개를 끄덕였다.

"저놈들이 땅속에 다시 묻히기는 이제 어려울 거요. 서로 싹틔워 가지 치고 살아 보겠다며 다투다가 허약해진 뿌리 때문에 모두 제풀에 쓰러지고 말 것이오."

단패는 형보다 생각이 더 깊었다. 천녕 땅에서 서출로 태어났지만 옹기막 일을 하는 어머니를 따라서 남의 집 사랑방 근처를 전전하며 귀로 글 읽는 소리를 제법 주워들었다.

"형님, 버드나무를 보면 가지는 땅을 향해서 늘어지는데 물가에 살기 때문에 항상 뿌리를 건드려 세상 밖으로 나가 오르려고 하니 치오르는 반골의 기질이 있다는 뱃꾼들의 소리를 들었소. 하늘로 솟아야 할 가지가 땅을 향해 자라고 땅속에서 뻗어야 할 이놈들의 뿌리가 하늘을 향해 드러나는 것을 보니 맞는 것도 같소."

동패는 말없이 단패를 따르며 듣고 있었다. 강변길은 얼마 걷지 않아서 꽤 오랜 가뭄으로 메마른 모래가 짚신을 채워갔다. 동패는 큰여울 죽음의 고비에서 살아난 충격과 옥사에 갇혀 있던 며칠 밤이 그동안 살아온 이십여 세월을 뚝 잘라낸 것 같았다. 어린아이가 되어 새로 태어났다는 생각이다.

천녕에서 양근이면 내림배로는 반나절, 오름배로는 한나절이다. 천녕 옹기막 광에서 태어난 동패의 몸은 어제 큰여울 밑 소용돌이 속에서 죽었다는 생각이 들었다. 허리에 차고 있던 목숨과 같이 무거운 전대를 버렸다. 동패가 다시 살아난 것은 물속에서 숨을 못 참아 물을 벌컥벌컥 마시면서도 그걸 풀어버렸기 때문이었다. 그때 동패는 본능적으로 허리에 무게를 느껴 전 재산이나 다름없는 전대를 풀어내던 자신이 대견스러웠다. 홀가분했다. 그러면서 양근 관아 옥사 안에서 젊은 선비가 지껄이던 얘기를 듣고 오늘은 또 동생에게 거스름에 대한 얘기를 듣는다.

자신도 강물을 따라 흐르려다 대탄 여울에 걸려 소용돌이 속에서 목숨을 걸고 거슬러 올라왔지 않은가. 죽을 고비를 두 번이나 면했지만 이제는 또 어찌할 것인가. 단패와 동패가 수양버들 밑을 한

동안 걷던 길은 떠드렁길로 이어졌다. 한양으로 가는 길목이었다. 여울목도 배의 흐름을 훼방 놓지만 땅길도 곳곳에 목이 있어 한양 가는 사람들의 심성을 길들였다.

오빈 역말이 가까워 오자 마차 한 대가 겨우 지나갈 수 있는 둑으로 길이 나있다. 적수를 만난다면 피할 수 없는 길. 밑으로는 강, 위로는 암벽이다. 두 형제가 떠드렁산길로 들어서자 멀지 않은 오빈역 쪽에서 말을 탄 관원들의 무리가 몰려오고 있었다.

"형님, 피합시다."

관원이 온다고 해서 겁날 일은 아니지만 그들은 은연중 지은 죄책감 때문에 몸을 피했다. 단패는 동패의 옷깃을 잡아끌고 빈양산 쪽으로 방향을 돌렸다. 단숨에 휘돌아 오르니 숨이 멱까지 차오른다. 그들이 빈양산 위에 올랐을 때 말들은 떠드렁산길을 지나 갈산나루 쪽으로 사라지고 있었다.

"필시 여주목으로 가는 패들일 거요. 왕대비마마의 장례준비를 위해서 도성 안이 분주하다잖소."

요즘 들어 여주 쪽으로 가는 관원들이 부쩍 늘어 부산하게 지나가고 있었다. 주막거리와 나루터에서 주위들은 얘기들을 모으면 장례일을 오월 스무여드레로 잡고 여강에서 멀지 않은 곳에 능자리를 잡아 지금은 산역이 한창이란다. 산일에 쓰일 물목들 중에서 급한 것은 말로 나르고 덜 급한 물건은 물길을 따라 배로 올렸다.

"게, 뉘쇼?"

귀에 설은 노인의 목소리가 들린다. 노인은 빈양산 마루에 있는 묘지봉분에 뒤덮인 가시나무를 낫으로 다듬고 있었다.

"어르신. 보아하니 연고가 있는 묘 같은데 가시나무를 캐버리지 않고 다듬는 연유가 뭐요?"

동패가 어른스럽게 노인에게 다가갔다.

"허허, 이승에서 죗값을 치르지 못하고 죽으면 저승에서라도 벌을 받는 거요. 이 가시나무는 나라에서 내리는 벌일 것이오. 왜, 거 있잖소. 인조대왕 때에 기세등등하던 과리(이괄)장군 말이오. 태생이 여주인데 광주 땅에서 죽어 고향에도 못 가고 쫓겨 와서 여기 묻혔소. 세종임금이 묻힌 여주 땅에는 감히 함께 묻을 수 없다는 게 조정의 명이었소. 그래서 여기에 암장을 했는데 땅도 대역죄인 인 것을 알고 봉분 위에 가시나무를 키우고 있지 않겠소? 이 사람의 아비 묘도 저 건너편에 있소. 이 사람은 어렸을 때도 제 애비 말을 거꾸로만 듣던 사람이오. 애비가 죽을 때에 아들이 하도 말을 거꾸로만 들으니 내 죽어서 거꾸로 묻으라고 하면 바로 묻겠지 하는 생각으로 아들에게 거꾸로 묻어달라는 말을 남기고 죽었다는구면. 그래, 아들이 가만히 생각하니 아비 생전에 하는 말마다 거꾸로 들었으니 마지막 소원은 바로 들어드려야 하겠다고 아버지 소원대로 떠드렁산에 거꾸로 묻었다는 거요. 그러더니 나라에도 반역을 해서 결국 여기 묻힌 묘조차도 가시에 찔리는 벌을 받는 거요."

"그럼 어르신은 묘지기요?"

"예끼 이 사람! 묘지기는. 내 오빈나루 앞 초막에 사는 사람이네. 요즘에 하도 심심하여 가끔 이곳에 오는데, 어쩌니저쩌니 해도 한

때는 나라에 장군이었던 사람이 무덤예 가시나무가 하도 험악하여 이렇게 다듬고 있다네. 가시나무를 나라에서 내렸는지 하늘이 내렸는지 땅이 스스로 키웠는지는 모르지만 역패의 묘에 벌을 내린 것은 분명한데 양근 땅에 묻힌 사람에게 내린 벌이니 그 벌도 곱게 받아야 하지 않겠나."

노인은 나라에 반역한 자의 묘지기라는 말에 발끈하여 갑자기 말을 낮췄다.

"그럼 사공이시군요."

동패가 반갑게 노인 앞에 다가섰다.

"사공은 무슨, 뱃놈이지. 그런데 어디로 가는 패들인가."

"예선군을 모은다는 소문을 듣고 나섰는데 길이 험해서요."

노인은 두 형제를 위아래로 훑어보더니 고개를 끄떡였다.

"힘들께나 쓰게 생겼군. 마침 잘됐군. 내 배도 거길 가야 하니 길동무 해주지."

노인은 허리를 펴면서 반백의 수염을 쓸어내렸다.

빈양산은 오빈과 양근 사이를 가로막고 있는 산줄기다. 용문산에서 흘러내린 봉우리는 백운봉으로 한번 용솟음쳤다가 더 오르기를 포기하고 한강에 양근 꼬리로 내리흘렀다. 그 끝맺음에 과리장군의 묘가 있고 한달음 건너에 눈물점을 찍듯이 홀로 떠드렁산이 있었다. 노인은 내려가다 말고 묘지 근처에 육송을 매만졌다. 육송 껍질은 노인의 손때가 묻었는지 반질반질했다.

"이놈의 명도 이제 얼마 안 남았어."

"명이라뇨? 이런 놈에게도 명이 있는 거요?"

단패가 대들듯 물었다.

"가시덤불 묘를 지켜오던 놈인데 이젠 베어져야 하네. 왕대비마마의 장례에 영악전을 지어야 한다니, 이놈이 베임을 당할 수밖에. 이놈을 내 배에 쓸려고 공들여 키웠는데 왕대비마마 영악전에 쓰이니 아쉽지만 재목감은 제대로 만났지. 이놈은 곧게 잘 자라 주었기 때문에 베임을 당해야 하는 걸세. 재목으로 자라서 베임을 당해 국상에 쓰인다면 육송으로서는 최고의 생이 아닌가? 그런데 저 가시나무들을 보게. 묘 옆에서 심성 고약하듯 아무렇게나 자라나서 가지만 키웠지 아무짝에도 쓸모가 없는 놈이네. 아마도 저놈들은 천년이 가도 거들떠보는 놈이 없을 걸세. 그러니 외딴곳에 자라나서 저만 잘산다면 천수를 누리겠지. 허허, 모두 사람의 생각일 뿐이지. 제놈들이 무얼 알겠나? 생명으로 본다면야 저놈이 더 나은 팔자를 타고났지."

"이놈은 아직 더 클만한 놈인데요."

동패가 커다란 육송을 아쉬워하면서 위로했다.

"더는 못 커. 이 바닥 밑이 바윗덩어리야. 더 크면 제힘을 못 이겨서 쓰러지고 말아. 차라리 잘됐지."

강가에 버드나무는 물에 씻겨 뿌리를 드러내 명을 재촉하고 산에 나무는 뿌리박을 곳이 얕아 더 크지 못하니 둘 다 처량한 신세다. 사공 노인이 앞서고 형제가 뒤따랐다. 단패가 뒤따르는 동패의 옷깃을 잡아끌고 바위 밑으로 가서 허리춤을 풀었다.

"형님! 우리가 혹시라도 헤어지게 되면 여기로 오소. 그러면 언젠가는 만나게 될 거요. 절대로 엄니 만나겠다고 천녕으로 올라가면 안 돼요. 이 바위 밑을 잘 봐둬요."

동패는 고개를 끄덕였다. 바위 밑에는 흙을 팠던 흔적을 돌로 묻어서 겉으로 드러나지 않았다. 낭떠러지 근처이기 때문에 인기척이 없는 곳이었다.

"저 노인네가 눈치채지 않았을까?"

단패가 근심스럽게 동패를 쳐다보았지만 노인네의 첫인상으로 보아 재물을 탐할 것 같지는 않았다. 단패는 조금 불안해했고 동패는 태연했다. 동패는 몸에 지녔던 전 재산을 버린 지가 불과 며칠 전이다. 욕심을 버리면 목숨을 얻는다. 여전한 동패의 다짐이었다. 동패는 개가 영역표시를 하듯이 오줌을 깔겨대고 고의춤을 챙겨 넣는 단패를 내리 끌었다. 끌려오는 단패는 이별하는 피붙이 아이를 보듯 오줌을 내깔기던 곳을 뒤돌아보았다.

"형님도 여기에다 뱃속에 있는 오물 한 무더기 덮어 놓으쇼. 어서요."

그러고 보니 빈속에 기름기 있는 국물이 잔뜩 들어가서인지 배가 꾸르륵거리며 뒤가 마려웠다. 단패가 피해 주자 동패는 뱃속에 오물을 모두 쏟았다. 그렇지, 귀할수록 천하게 다루어야 한다. 오래전 송녀와 솥단지를 묻고 변을 보던 생각을 하며 쓴웃음을 웃는다. 물어물어 들은 소문에 아이를 낳고 죽었다는 소식을 들었었다. 아이는 어찌 될 것일까.

"어르신. 영악전이라는 게 도대체 무어요. 뭐 대단한 절 같은 거 뭐 그런 거 아니오?"

노인이 웃는다. 뱃사공으로 육십 년을 늙었다지만 배타는 나그네들로부터 얻어들은 풍월이 서당에 훈장급이다.

"광진에서 대여를 모시는 배가 떠서 여주까지 한강을 타고 거슬러 오르는데 밤이 되면 어딘가에서 밤을 유宿해야 할 것 아닌가. 그런데 왕대비마마의 혼을 출렁거리는 물 위에서 어떻게 그냥 모실 수가 있겠나? 뭍에 모셔야지. 그걸 저 위 백양포에다 짓는단 말이네. 한양에서 목수들이 곧 올 것이네."

노인은 성큼성큼 앞서 내려가 모래사장 위로 끌어 올려놓았던 배를 강으로 밀었다.

동패와 단패가 뒤에서 밀고 노인이 앞에서 삿대를 잡았다. 배가 가볍게 강물 위에 뜬다. 형제가 배에 올랐다.

"뭣하던 젊은이들인가?"

대답을 바라지 않는 듯 노인은 물 위에 한마디 던졌다. 능숙한 솜씨로 깊지 않은 강바닥에 삿대를 꽂고 힘껏 민다. 뱃머리가 하류로 방향을 틀어 물길을 잡았다.

"배가 가는 곳이면 어디든지 다닌다오."

"그쪽도 뱃놈이구먼. 그럴 테지, 예선군으로 가겠다고 나선 걸 보면."

"큰여울 바위가 뚫렸을까요?"

동패는 근심스러웠다. 큰여울 바위를 통과하기는 악몽을 되살리는 것과 같이 싫었다. 바위를 깨서 뚫었다고 하더라도 그 밑 소용돌이는 자신을 또다시 끌어들일 것 같은 기분이 들었다.

"물이 못 뚫는 바위를 사람이 뚫는다고? 어림없지. 여기를 보게. 용문산에서 뻗어 내린 산줄기가 여기서 그치고 저 건너에는 광주에서 흘러온 박병산 줄기가 만나 물길을 막았는데 수천 년을 흘러온 물이 산줄기를 뚫어 이렇게 배가 다니고 있지 않는가. 물이 바위를 뚫으려면 시간이 필요한데 그 시간을 사람이 뛰어넘어 뚫으려고 하니 이 땅에 횡액이 생기는 것이지."

"그런데 장지로 한양 근처 좋은 곳을 모두 놔두고 왜 하필 물을 거슬러 올라 여주 땅으로 했을까요?"

단패가 노인에게 끊어지는 말을 이어 붙였다.

"한양 근처면 어떻고 멀리 여주 땅이면 어떤가. 지관이 길하다고 하니까 그리로 잡았겠지. 아니 그보다도 평생을 여주 땅에서 내려온 곡식을 먹고 살았으니 뼈를 그곳에 묻어야 하겠지. 허허허. 왕대비상에 이렇게 말해도 되는지 모르겠구먼. 생각해보면 이 세상에서 영원한 게 없지. 뭐든지 생겨난 다음에는 반드시 사라지는 것이고 우리가 영원하다고 믿고 있는 모든 것들은 짧은 우리 생으로 그 생겨남과 사라짐을 보지 못하기 때문이네. 그것들은 인간들이 살아있는 시간보다 더 길게 이 땅에 남아 있기 때문에 생각 짧은 인간의 눈으로 보아 영원이라 일컫는 것이네. 지금 우리네 인간들이 천만 년 살 것처럼 호화롭게 만들어 놓은 능들도 수천 년 수만 년 후에는 평평한 땅의 될 것이야. 사자死者의 편에서 본다면 육신과 흔적이 얼른 이 땅에서 사라져야 그 영혼도 편해지는데, 인간들이 그 삶의 영화를 잊지 못해서 붙들어 두려고 웅장한 무덤을 만드는 것이지. 아마도 능지는 땅속에서도 세종임금과 같은 영화를 누리려고 그 근처로 잡았을 것이네. 자 보시게. 땅으로 오르는 것은 결코 거스르는 게 아닌데 흐르는 물을 타고 오른다니 거스르는 것처럼 보이지 않는가. 이 물이 한양에서부터 고여 차오른 물이라면 거스르지 않고 노를 저어 유유히 여주로 가지 않겠나? 그런데 물이 이 강을 채울 만큼 넉넉지 못하니 여울져서 흐를 수밖에. 물이 양근에서 한양으로 내리흐르는 데 우리는 지금 한양으로 올라가고 있지 않나. 오르고 내림은 사람의 마음속에 있는 것이지 눈에 보이는 세상 이치로만 볼 것이 아니라네. 허허! 젊은이들에게 내 말이 너무 어렵지 않나 모르겠네. 방방곡곡에서 한양으로 갈 때에 내려간다는 사람이 어디 있나. 모두들 올라간다고 하지. 그러니 조정의 생각으로만 본다면 왕대비의 대여도 한양에서 여주목으로 내려오는 것이지. 물의 흐름만으로 오르내림을 말하는 게 옳지 않다는 얘기네. 상경한다고 하지, 하경한다고 하는 사람은 없지 않나. 세상에는 임금님이 계신 한양 땅이 제일 높은 곳이 아닌가. 허허허."

노 사공은 흰수염을 흔들면서 웃었다. 어느덧 상심나루가 가까워오고 있었다. 동패는 상심나루로 내려갈수록 초조해졌다. 악몽 같은 죽음 직전의 기억이 되살아난다. 며칠 전 기억을 되짚었다. 그런데 단패는 아무렇지도 않게 태연하다. 벌써 모두 잊은 것일까. 단패는 주변에 몰려 있는 배들을 보느라 눈알을 전후좌우로 바삐 굴리고 있었다.

"형님, 오늘은 아무래도 날이 저물어 상심나루에서 주막 신세를
져야 할 것 같소. 나그막 설안이나 좀 만나고 가야겠소."

"뜬금없이 설안이가 누구냐? 감춰둔 계집이라도 있냐?"

"감춰둔 계집이 아니고 내놓은 정인이오. 느티나무 밑에 주막거
리 주모요."

단패는 노를 저어 선수를 나루 쪽으로 돌리면서 벌써 눈에는 푸
짐한 기대를 품고 있었다.

설안이. 그녀는 느티나무 밑 주막인 '나그막'의 주모다. 나그막
은 상심나루 몇 안 되는 주막 가운데 제일 큰 주막이다. 어디서 왔
는지 모르게 떠돌아 들어온 설안은 감실댁과 함께 나그막이라는
주막을 상심나루에 차렸다. 그 나그막은 단패가 천녕에서 옹기를
싣고 한양으로 내리 오를 때마다 들르는 곳이다. 나그막에 설안은
단패와 특별한 인연이 있었다. 처음으로 단패의 외로운 구석을 채
워주던 여인이었다.

"그 설안이라는 주모 말일세. 알다가도 모를 사람이야. 속이 꽉
찬 것 같으면서도 텅 빈 곳이 있는 것 같고, 남들이 오가는 곳은 다
알고 있는 듯한데 정작 자기는 어디서 왔는지 아는 사람이 없고, 무
슨 재주를 어떻게 배웠는지 술밥장사로 돈을 벌어들이는 재주가
배 타는 장사꾼을 뺨치고, 이런 곳 주막에서 나이 먹어갈 사람이 아
닌 것 같아."

노 사공이 끼어들었다. 단패가 보기에도 마찬가지였다. 주막에

주모 노릇을 한다고 하지만 말씨며 행동거지가 저잣거리의 상것들과는 다르다. 나루터에 드센 왈패들도 멋모르고 농지거리로 침을 삼키며 덤벼들었다가 번번이 봉욕을 당하는 일이 허다해서 그 소문은 물과 배를 타고 흘러내려 강변 나루마다 파다하게 퍼져 있었다. 주모라지만 옷매무새가 단정하고 똬리를 틀어 올린 머리가 흐트러지지 않는 깔끔이 음식 맛에까지 배어나니 상심나루에 배를 대는 사공들은 출출한 배를 움켜쥐고 나그막으로 몰려들었다.

주막 일을 거드는 감실댁도 설안이 어디서 왔는지 모른다. 사람이 하늘에서 뚝 떨어지지 않는 한, 세상을 일찌감치 떠났더라도 자기를 낳은 부모는 찾기 마련인데 여태껏 부모형제 일가친척에 대해서 하는 얘기를 들은 적이 없었다. 동패는 설안의 머리에서 나는 아주까리기름 냄새를 기억한다. 곱게 빗어 넘긴 머리에서 피어나는 아주까리기름 냄새는 밖으로 내색을 하지 않지만 설안이 간직하고 있는 외로움이었다. 단패가 설안을 처음 만나던 날 울컥 그 외로움에 취하고 말았다.

상심나루는 다시 막힌 물길 때문에 때를 기다리는 배와 사람으로 북적였다. 아예 물가 모랫바닥에 잠자리를 마련하고 지내는가 하면 지붕을 덮은 배 안에서 먹고 자고 하면서 오가는 사람들을 상대로 물건을 사들이고 되파는 장사를 벌이는 사람들도 있었다. 멀리 대탄 강변에 진을 친 군영에는 깃발을 펄럭이며 바위 깨는 군졸과 석수들이 보인다. 불어오는 서풍은 그들이 날리는 돌가루 냄새를 몰고 왔다.

"원님 덕에 나팔 분다고 우리 뱃놈들도 왕대비마마 장례 덕분에 대탄, 큰여울을 이제는 쉽게 오르내릴 수 있게 되겠네."

노 사공이 배에서 내려 밧줄을 말뚝에 묶으면서 대탄 쪽을 바라보고 흐뭇해했다. 동패는 상심나루를 몇 번 지나치기는 했어도 단패와 함께 주막을 찾아 들기는 처음이다. 모든 것이 어디서 많이 본 것처럼 낯설지 않았다.

"형님. 오늘 나그막에 머물면서 좋은 꿈 꾸시오. 많은 사람들이 오가는 곳이니 형님의 허우대를 보고 중신 서겠다는 사람이 나설지도 모르잖소. 허허허허."

말해 놓고 보니 단패도 멋쩍은 듯 뒷머리를 긁적이며 돌아섰다. 세 사람은 어느새 나루터를 지나 나그막에 들고 있었다.

나그막

나그막의 주모 설안은 상심나루 근방에 떠돌고 있는 모든 소식을 거둬들이고 풀어주는 고을 소문의 진원이었다. 설안은 눈같이 흰 얼굴이란 뜻으로 붙인 이름이다. 그래서 그런지 설안의 얼굴은 백옥이다. 단아한 백옥의 얼굴이 보통은 그러하듯 설안도 겉으로는 서글서글하게 사람을 대하지만 경우에 어긋나면 맺고 끊음이 분명하여 사람들이 함부로 범접하지 못했다. 그러나 이 사람이다 싶으면 무슨 수를 써서라도 꼭 붙잡았다. 상심에서는 그녀가 어디서 들어왔는지 그 내력을 아는 사람은 아무도 없었다.

나그막에 드나드는 강배 사공들이 흘리는 소문은 설안에게 모이고 설안에게서 퍼져나갔다. 설안에게 가면 뱃사람들이 상심나루에서 들고 나는 별별 이야기를 다 들을 수 있었다. 강변 마을 누구네 집 암캉아지가 발정을 해서 누구네 집 수캐와 붙어 다니더라는 이야기를 비롯해서, 홀아비 김 참봉이 과수 충주댁과 정분이 났다는

275

이야기, 어제 나루터 무곡시장에서 박 사공과 심 노인이 홍정을 하다가 서로 드잡이를 했다는 이야기, 무식한 양민을 속여먹다 양근 관아에 잡혀갔던 거간꾼 최 털보가 풀려났다는 이야기, 삼개나루에서 어느 거부가 소금을 몽땅 사모아서 올 김장철에는 소금이 귀할 거라는 이야기, 옹기배를 부리는 남사공이 여인들의 애장품을 흙으로 만들어 가지고 다니면서 금붙이와 바꾸어 모은다는 이야기 등등 한도 끝도 없이 모으고 풀었다.

설안은 평상 위에 두레상 손님이 모이면 우선 걸차고 푸짐하게 한 상 차려다 배부르게 먹여 놓고 나서 그동안 모은 이야기 중에서 패거리들에게 구미가 당기는 이야기 한 꼭지씩을 풀어 놓고, 그들이 맞장구치면서 덧붙이는 소문들을 긁어모았다.

단패가 오면 특별한 객으로 살갑게 맞아서 실없는 이야기들은 걸러내고 돈이 될 만한 이야기들만 모아서 반가운 웃음을 눈꼬리에 달아 조곤조곤 들려주었다. 단패와 이야기를 나누는 곳은 평상이 아니라 뒤채에 귀한 손님들만 맞는 방이다. 동패에게는 아직 설안에 대해 이야기한 적이 없었다. 딱히 마음먹고 얘기할 일은 아니었는데, 오랜만에 함께 상심나루에 이르니 설안이 생각나서 이제야 얘기를 꺼낸 것이다.

설안이 단패를 특별한 손님으로 맞는 데에는 특별한 사연이 들어 있었다. 떡 벌어진 가슴과 어깨 위에 사각 얼굴이 주먹을 쥐면 주막에서 하룻강아지가 범이 무서운 줄도 모르고 행악을 부리거나 날뛰는 놈들은 볼 것도 없이 한방에 기절을 시켜서 놓고, 깨어나면 꽁무니가 빠지게 달아나도록 혼쭐을 내주는 단패의 힘이 있었기 때문이었다. 설안은 단패의 그 힘을 좋아했다.

비가 부슬부슬 내리던 지난해 가을이었다. 차일을 친 평상에서 국밥에 탁주 한잔을 걸치고 있던 주객 하나가 느닷없이 주모를 부르면서 뚝배기 바닥을 보여주었다. 어른 손가락만한 생쥐 한 마리가 털이 젖은 채로 남아 있었다.

설안은 자신의 음식 솜씨가 야무져서 차려내는 상마다 정갈했고 나루터를 드나드는 남정네들은 그 맛과 정갈함을 좋아했기 때문에 단골로 삼아 들렀다. 그런데 그녀 앞에 웬 주객 하나가 강짜를 부리고 있는 것이다. 설안은 그가 무곡 배를 부리는 남자라는 것을 알고 있다. 무곡 배는 항상 쥐들을 달고 다닌다. 무곡섬 안에 살림을 차린 쥐들이 제집 실려 가는 줄도 모르고 있다가 짐을 들치면 정신 차리고 우왕좌왕하니 그때서야 뱃사공 손에 잡혀서 강물로 내던져지기도 하고 생쥐들은 배가 내려가는 내내 사공들의 손바닥 위에서 꼬리를 잡혀 장난거리가 되기도 했다. 강짜를 부리는 사내는 몇 달 전에도 국밥을 먹고 나서 국밥값이라면서 살아있는 생쥐 한 마리를 엽전주머니에 넣어서 던져 주고 간 적이 있었다. 설안이 그 기억을 모를 리 없으며 지금의 그 쥐도 국솥에서 들어갔을 리가 없다는 것은 이미 알고 있었다. 양근나루 투전판에서 엽전을 다 털리고 나서 빈털터리로 내려와 배를 채우려는 꼼수를 부리는 게 뻔했다.

"이봐요. 쥐사공 나리. 주머니에 국밥값이 없으면 쌀이라도 한 됫박 가져와서 먹고 갈 것이지 배터지게 한 그릇 잘 처먹어 놓고 어디 와서 행패를 부려! 내가 네 주머니에서 엽전이 한 닢이라도 나오면 여기 있는 사람들 국밥값을 모두 안 받고 네 국밥값에 서른 배를 얹어 주겠다.”

설안은 사내에게 대차게 덤벼들었다. 당황한 쪽은 주객이다. 단숨에 넘어가서 국밥과 탁주값은 안 받을 테니 잠자코 나가라고 손에다 엽전까지 몇 닢 쥐여줄 줄 알았는데 기세등등하여 덤벼든다. 주객은 탁주사발을 땅바닥에 내동댕이쳤다.

“이봐! 주모. 돼지 선짓국인 줄 알았더니 쥐고기 국밥이로구만.” 하고 웩웩거리면서 헛토역질을 해댔다. 놈은 뚝배기 바닥에 어른 손가락만한 크기밖에 안 되는 쥐새끼 한 마리를 젓갈 끝에 들어 올렸다. 그 모습을 본 주객들이 저마다 국밥을 젓가락으로 뒤적이며 쥐새끼가 들어 있는지 골라보고 있었다.

“술은 또 어떻고. 이게 술이야, 쌀뜨물이지. 술에다 한강물을 탔는지 한강물에 술 한 종지 풀었는지 알 수가 있어야 원.” 하면서 탁주를 사발 채로 입에 털어 넣고 있었다. 설안은 부엌으로 들어가서 술 단지를 들고나와 주객들이 둘러앉은 평상마다 한 사발씩 더 채워 줬다.

“마셔보셔요. 술이 싱거운지 사람이 싱거운지 다시 한번 맛보셔요.”

한 놈을 쫓아내려면 여럿의 도움이 필요했다. 주객들은 웬 떡이냐며 덤으로 받은 탁주 한 사발씩을 들이켰다.

“거 술맛 한번 좋구나. 술맛은 나그막 술맛이 최고지. 암 최고야.”

서너 명이 둘러앉은 평상에서 주객들이 설안을 편들고 나섰다. 쥐새끼를 보여준 주객이 주모에게 술 단지를 낚아채서 통째로 입에 들이댔다.

"내게도 한 사발 따라 주어야지. 이거 하늘 아래 인간이 평등한데 손님을 차별하는구먼. 나그막에 주모조차도 사람을 이렇게 차별하니 이 땅엔 언제 평등한 세상이 오나."

주객은 하늘에 대고 소리치면서 들고 있던 술 단지를 비워 바닥에 내던지자 빈 술 단지가 맥없이 박살이 났다. 주변에 있던 주객들이 술은 받아먹고 '저런, 저런' 하면서도 선뜻 나서기를 꺼려한다. 몇몇은 싸움에 끼어들기 싫어서 슬슬 꽁무니를 뺐다. 이때에 한 사내가 단지 하나를 들고 들어왔다. 주객 한 놈이 남의 주막에 술단지 하나를 깨뜨리자마자 기골이 장대한 낯선 사내 하나가 손에 작은 단지를 하나 들고 나타나니 우연인지 꾸밈인지 설안도 선뜻 감이 잡히지 않았다. 한패거리 같다는 생각이 들었다. 이 장사 제대로 해 먹으려면 거센 놈들일수록 거친 맛을 보여주어야 한다. 이판사판이다.

"알고 보니 독장수 패거리였구먼. 한 놈은 독 깨고 한 놈은 독 팔아먹고 잘들 논다."

독을 든 사내가 보니 무슨 사달이 일어나긴 난 것 같은데 어느 놈을 잡아야 할지 선뜻 감이 잡히지 않았다.

"이보쇼, 주모. 국밥값이 없어 독으로 가져온 사람한테 그게 무신 소리요."

"그 독에도 쥐새끼를 담아왔냐? 어디 보자."

설안은 단지를 붙잡고 안을 들여다보는 시늉을 했다.

"저놈이 술값 밥값이 없으니까 실컷 처먹고는 어디서 생쥐 한 마리 밥그릇에 집어넣고 생난리를 부리네."

사내는 눈앞에 깨진 독으로 눈이 갔다. 사태는 대충 파악이 되었다.

"그래서 이 작자가 술단지를 깼다고?"

설안이 가리키는 주객의 목덜미를 사내가 집어 들었다. 광목 홑저고리가 부드득 뜯긴다. 다시 한 손으로 멱살을 잡고 다른 한 손으로는 고의춤을 붙잡아 번쩍 들어 올렸다가 화덕 옆에 있는 나뭇단 더미 위로 내던졌다. 얼이 빠진 놈은 벌떡 일어나서 주변을 둘러보더니 사립문 쪽으로 방향을 찾아서 도망을 치려고 엉거주춤 꽁무니를 뺐다. 사내는 그가 고이 나가도록 그냥 내버려 두지 않았다. 뒤에서 도망가려는 자의 뒷발을 옆으로 툭 치니 휘청하면서 앞으로 고꾸라진다. 웃통을 벗겼다. 벌건 등허리가 드러났다. 짚신을 뺐고 고의춤을 풀러 바지를 벗겼다. 파리해진 그 자는 몸을 앞으로 웅크리고 여러 사람 앞에서 어쩔 줄 몰라 어리둥절한다.

"썩 꺼지지 못해! 배에 가서 쌀을 가져오든지 콩을 가져오든지 밥값을 내고 가야 할 거 아냐?"

사내의 기세에 주객은 아랫도리만 가린 채 나루터로 내달렸다. 껄껄거리며 웃는 사람들이 흩어지는 동안에 놈은 냉큼 배에 가서 쌀을 한 자루 덜어왔다. 사내는 쌀을 받아들고 그의 몸에서 벗겨 뺴

앗았던 옷을 내던졌다.

"허! 그놈 오늘 임자 한번 제대로 만났구먼."

구경하던 노인 하나가 그때서야 입맛을 쩍쩍 다시면서 어색한 침묵을 깼다. 설안은 단지 하나를 들고 들어온 사내를 잘못 알아본 무안에 얼굴이 벌게져서 그의 팔에 매달렸다.

"어이구 힘이 장사서. 어여 저 방안으로 드서. 내 따끈한 국밥에 탁주 한 사발 올릴게."

설안은 사내의 등을 방안으로 들이밀고 급히 부엌으로 들어가 상을 차렸다. 국물에 선지와 고기를 듬뿍 넣고 밥을 말아 한 뚝배기 그득하게 상에 올려놓았다. 부엌 바닥에 묻은 항아리에서 맑은 술을 한바가지 퍼 올려 술병에 담았다. 안주로 삶은 돼지고기를 넉넉히 썰어 접시에 올렸다. 수저 놓고 상을 들어 방으로 든다.

"어디서 온 뉘신데 이렇게 남의 어려움에 나타나서 도와주시나요?"

설안은 아양이 혀끝에 칭칭 감겼다.

"나 천녕 땅에 독장수요. 독이 안 팔려서 점심값이나 하려고 저걸 하나 가지고 왔는데 엉뚱한 오해를 받았나 보오. 내 수중에 가진 게 저것밖에 없으니 오늘 밥값으로 받아 주겠소?"

사내는 문밖에 놓은 단지를 가리켰다.

"내가 요놈의 입방정이 심해서 잘못하면 맞아 죽을 짓을 했지 뭐야. 술 항아리 하나 깨지자마자 단지 하나 들고 들어오니 그놈네 패거리인 줄 알았지 뭐야요."

설안은 처음에 우악스럽게 내뱉은 말이 지금도 켕기는지 손으로 입을 토닥이면서 손매를 때리고 있었다. 단패와 설안은 그렇게 만났다.

"단패라고 하오."

"단패? 단박에 패서 보내 버리니까 단패로구만. 호호호호. 보아 하니 총각 같은데. 어디서 그렇게 센 힘이 나누. 얼마나 독이 안 팔렸으면 엽전 한 닢 못 얻고 단지로 밥값을 가져와? 내 돈벌이 되는 데를 알려줄까요?"

단패의 귀가 솔깃했다.

"쉬~잇. 바로 요 앞강에서 금이 나온다는 소문이 떠돌고 있어요. 물 얕은 모래사장에서 채금꾼들이 몰래몰래 금을 건져내는데 그 재미가 쏠쏠한가 봐요. 운 좋으면 하루에 콩알만한 놈으로 서너 개씩은 건진다는구먼. 여기서 묵도록 해줄 테니 금을 찾아서 한몫 잡아보지 않을래요?"

단패는 구미가 당겼다. 강 어딘가에서 금이 나온다는 얘기는 일찍부터 들어왔지만 상심나루 아래 대탄에서 금이 나온다는 얘기는 처음 들었다. 단패는 설안이 따라주는 술대접을 더끔더끔 비웠다. 설안이 냉큼 나가서 술병에 술을 더 담아왔다.

"옛날부터 금은 나라의 것이라고 우리네 사람들은 손도 못 대게 했는데, 소문이 나고부터 사람들이 야금야금 대탄 모래를 파먹고 있어요. 어제까지만 해도 비실비실하던 사람들이 거들먹거리면서 나그막에 들어와서 술상을 부르는 걸 보면 금방 알아본다니까. 분

명 어제 대탄에서 금 한 조각씩 건진 사람들이거든. 단패! 사람 팔
자 금 몇 조각에 달려 있어요."

귀가 솔깃한 제안이었다. 구미가 당겼으나 눈꺼풀이 천근만근
으로 내려앉았다. 오랜만에 배부른 요기를 하고 나서 설안이 따라
주는 맑은 술을 연거푸 들이켰기 때문이다. 취기가 올랐다. 불콰해
진 얼굴로 일어서려 하자 설안은 손을 잡아 말렸다.

"단패, 너무 취한 것 같아요. 오늘 배로 한양 가기는 어려울 것
같아요. 더군다나 비가 덜 와서 독배는 오늘 안에 큰여울을 넘기 어
려울걸. 여기서 하룻밤 쉬고 더 있다가 비가 더 와서 물이 불면 상
심나루에서 짐을 덜고 내려가야 할 거야요."

설안은 아예 뒷방 문을 열고 이부자리를 펴 주었다. 단패는 몰려
오는 졸음을 견디지 못해 못 이기는 척하고 쓰러졌다. 얼마나 지났
을까? 아주까리기름 냄새가 났고 옆방에서는 코 고는 소리가 들렸
다. 잠시 자고 일어나서 배로 간다는 것이 그만 저녁때를 못 찾고
내쳐 잠이 들었던 모양이다. 주등을 내리고 밖에도 불이 꺼진 모양
이었다. 단패는 일어나려다 포기하고 잠을 더 청했다.

"깼어요?"

어둠 속에서 잠이 잔뜩 묻은 목소리가 작게 들렸다. 낮에 듣던
설안이다.

"더 자야 해요. 손님들 깨면 상심바닥에 소문 다 나요."

설안의 손이 단패의 가슴팍을 밀면서 되눕혔다. 설안은 아주까
리기름 냄새나는 머리를 단패의 가슴팍에 박았다. 갑자기 밖에서

도 들릴 정도로 단패의 가슴이 헐떡거리며 뛰었다. 숨소리가 거칠어지면서 단패의 남성이 일어나고 있었다. 어느새 설안의 손이 단패의 가슴을 더듬어 옷고름을 풀었다. 단패는 설안이 어둠을 더듬는 손짓대로 말없이 움직였다. 손에는 파와 마늘 생강이 범벅으로 짙게 밴 양념 냄새가 났다. 단패는 어려서 어머니의 젖을 물었을 때 그 손에서 나던 냄새와 같다고 생각했다. 단패의 손에 만져진 설안의 몸놀림은 단패를 혼절시키기에 충분했다. 단패의 동정이 진저리를 치면서 산산조각 나고 있었다.

"전 설안이라고 해요. 이름을 잊으면 그냥 눈눈이라고 해도 돼요."

"설안."

설안은 자기 이름자를 쉽게 풀어 눈설雪, 눈안眼으로 기억하라고 그리 말했다. 그러나 단패는 설안이 어둠 속에서 귓속으로 말하는 눈눈이 무슨 말인지 알 수가 없었다. 그러고 나서 그들은 깊은 잠속에 빠져들었다.

엄니는 항상 골방에서 양념 냄새가 나는 손으로 단패를 꼭 끌어안고 잤다. 단패는 항상 그 안에서 엄니 냄새를 맡으면서 그 품 안이 모든 세상인 줄 알고 옹기장네 안마당을 자기네 마당으로 알고 놀았다. 제일 무서운 사람이 옹기장 할아버지였다. 깨진 옹기 조각이 유일한 장난감이었는데 마당에서 놀고 있는 단패를 볼라치면 여지없는 불호령이 떨어졌다.

"이건 장난감이 아니다. 네 것이 아냐! 얼른 갖다 놓지 못해!"

단패는 그럴 때마다 황급히 옹기 편들을 걷어다 깨진 옹기 조각들이 쌓여있는 더미로 던졌다. 아무것도 아닌 것을 옹기장 할아버지는 깨진 옹기 조각 하나라도 밖으로 나가는 것을 못마땅해했다. 어렸을 적 그 옹기장이 눈에 어렸다.

"옹기라는 것이 제값을 치러 받아야지 안 팔린다거나 돈이 궁하다고 해서 밥술을 바꾸어 먹는다거나 덤으로 얹어 내놓는다거나 하면서 헐하게 내돌려서는 안 돼! 그건 자식새끼를 허틀게 다루는 것과 같아. 옹기배를 나루터에 묶어놓고 주막에서 잠을 잔다든가 해서도 안 돼! 가다가 날이 저물면 배 안에서 옹기와 함께 자야 해!"

처음 독배를 탈 때 옹기장은 어린 단패가 못 미더워서 단단히 일렀다. 옹기장 노인이 세상을 떠난 후로 그때의 충고를 잠시 잊었다. 옹기장 노인은 깨진 옹기 편 더미 위를 맨발로 올라서 거닐면서 단패를 내려다보고 혀를 끌끌 찼다. 잊고 있었던 옹기장 노인의 얼굴이 선명했다. 선연하게 나타나서 실망스런 얼굴을 보이고 있었다.

눈앞이 부스스해지면서 이른 새벽잠을 깼다. 단패는 슬머시 옷을 걸쳐 입고 밖으로 나왔다. 무엇보다 독을 실은 배가 궁금했다. 강가에 새벽은 밤새 피어오른 안개로 언제나 축축했다. 나그막에서 모래비탈길을 내려와 안개 속에 드러난 배는 그대로 매여 있었다. 그런데 이게 웬일인가. 배에 실었던 독이 모두 박살이 나 있었다. 누군가 밤새 요절을 내놓고 말았다. 사금파리 조각들 위로 독을 단단히 묶었던 새끼오라기들만 어지럽게 엉겨 있었다. 망연자실. 단패는 눈앞에 산산조각이 나서 독배에 수북하게 쌓인 옹기의 깨진 조각들을 보고 그 자리에 주저앉았다. 어제 주제넘게 힘자랑하면서 객기를 부린 것이 오늘 같은 사달을 낸 것이다. 대번에 짐작이 갔다.

단단히 앙심을 품은 모양이었다. 어제 나그막에서 가운데 토막만 가리고 강으로 내려가 쌀 한 자루를 갖고 오던 그놈의 형편없던 얼굴이 눈에 선했다. 어쨌든 그놈에게 한 수 당한 것만은 분명했다. 무곡 싣는 배라면 여주나 천녕이나 갈뫼나루를 자주 드나드는 놈일 텐데, 언제든지 만나면 또 해코지당할 것이 빤한데도, 그 짓을 해 놓은 걸 보면 그냥 물러설 놈이 아닌 듯, 일을 저지른 배짱이 보통이 아니다. 단패는 이를 부득부득 갈면서 분을 삭였다. 잡히기만 하면 그냥. 아니지, 남의 일에 끼어드는 게 아니었는데. 아니지, 주막에서 행패 부리는 놈들은 그냥 놔두면 안 돼. 본때를 잘 보여줬지. 그렇게 생각하니 어제 일에 또 웃음이 나왔다. 그런데 이 일을 어쩐다.

단패는 어제의 호기가 다 어디 가고 어깨가 축 처졌다. 안개에 축축하게 젖은 몸으로, 옷과 머리는 후줄근해져서 나그막으로 돌아왔다. 설안이 어디 갔다 왔느냐고 화덕에 불을 지피면서 십 년은 넘게 사귄 사람처럼 반갑게 맞았다. 단패가 평상에 걸터앉자 국밥 한 그릇을 가득 말아왔다.

"어제는 술이 좀 과했었나 봐요."

설안은 걱정스런 눈빛으로 단패의 눈치를 살폈다. 설안의 느낌으로 단패는 동정이었음이 분명했다. 듬직하고 곁에 두고 싶은 사람이었다. 그런데 단패의 잠자고 난 얼굴이 영 아니다.

"해장술 한잔할까요?"

단패는 대답 대신 고개를 돌렸다.

"주모. 나 어떡하면 좋겠소. 어젯밤에 독배가 박살이 났소. 어느 놈에 짓인지 짐작은 가지만 소용없는 일이오."

단패는 국밥을 몇 술 뜨다 말고 숟가락을 놓았다.

"독배가 박살이 났다고? 그놈의 짓이 분명해!"

설안은 제일처럼 분해서 목소리를 높였다.

"분명하면 지금 어쩌겠소? 그놈을 잡아다가 죽도록 패주고 사금파리로 덮어 장사 지내줄까?"

옹기장에게 받아온 독의 값이 만만치 않았다. 독 값을 물자면 아마도 일 년은 헛장사해야 할 것 같았다.

"어떡하면 좋소. 누님!"

단패는 자기도 모르게 누님이라 불러 놓고 머쓱했다.

"누님? 그래 내가 누님 노릇을 해야겠지요. 앞으로 내 뒷배를 봐줄 사람인데. 이렇게 하면 어떨까?"

설안은 방안에 들어갔다 나오더니 단패 앞에 조그마한 주머니를 하나 내밀었다.

"이거면 옹기 값이 될 거야. 그대신 깨진 옹기는 내가 사는 거야."

주머니에 달린 끈을 늘여 열어보니 노란 금 조각이 두 개였다.

"지금부터 내가 얘기 해주는 대로 해요. 사람을 둘 붙여 줄 테니 옹기배를 끌고 큰여울로 가서 모래사장에 내버려. 그러면 뱃짐을 덜어서 오늘이라도 여울을 쉽게 넘을 수 있을 거야. 빈 배는 잘 다닐 수 있다니까. 그걸 갖고 삼개나루까지 내려가서 마른 어물을 잔뜩 받아 와요. 그것도 내가 팔아 줄 테니까."

설안은 마음대로 결정하고 마음대로 말했다. 그러면서도 단패의 눈치를 살폈다. 단패가 고개를 끄덕이자 설안은 부엌에 달린 방에서 사람을 깨워내 단패에게 붙였다.

"나그막에 단골 일꾼들이니 잘할 거야. 얼른 조반들하고 저 사람을 따라가요."

설안은 둘에게 국밥을 한 그릇씩 먹여서 단패의 배에 딸려 보냈다. 보아하니 나그막에서 빌붙어 먹는 놈팡이들 같았다. 단패가 앞서고 두 사람이 따라서 강배로 내려갔다. 배 안은 옹기 파편으로 가득해서 어디 제대로 발 디딜 틈도 없었다. 밧줄을 풀고 배를 띄웠다. 큰여울에 이르려면 물이 점점 얕아지면서 모래밭이 넓어지고 배 두 척이 겨우 지나갈 정도로 골이 파여 있었다. 배들은 깊이 파 놓은 골을 따라서 큰여울을 넘는다. 단패는 두 사람과 함께 배를 모래톱 가까이 대고 배 안에 독 깨진 사금파리들을 모래사장으로 내던졌다.

"잘들 살펴보시오. 금 조각이 나올지도 모르니 하나라도 나오면 얘기하시오. 독 안에 금 알갱이 두 개를 감추어 두었는데 모두 박살이 났으니 찾으려는 게요. 앙심을 품고 독을 박살 낸 놈이니 금 알갱이는 어딘가에 남아 있을 거요."

따라온 두 사람한테 단단히 일렀다. 곱고 넓은 모래에 세 사람이 내던지는 옹기편이 군데군데 박혔다. 깨진 옹기에서 금은 나오지 않았다. 넣은 게 없으니. 속셈은 금을 캐낼 영역을 확보하기 위해서다.

"그래! 이번에 한몫 쥐면 내, 배에서 내리리라."

설안의 말대로 단패는 깨진 옹기 조각들을 큰여울 모래사장에 버리고 빈 배로 삼개나루에 내려가서 마른 어물을 한배 가득 받아왔다. 약속대로 설안은 단패에게 어물값을 치르고 모두 받아다 뒷방에 쌓았다. 주막을 드나드는 사람들의 안줏거리, 반찬거리로 마른 어물은 겨우내 요긴한 재료였다. 그 후로 비가 내리고 강물이 불어 모래사장을 쓸었다. 단패는 아예 나그막에 뒷방을 차지하고 앉아서 봄장마가 지나기를 기다렸다. 설안은 기름진 음식과 술로 단패를 붙들었다. 그러면서 단패는 매일 밤 설안의 애욕에 혼절하다시피 하면서 며칠을 보냈다.

물이 빠지자 큰여울 모래사장은 또다시 드러났다. 설안은 단패에게 또다시 사람을 붙여 주면서 모래밭에 내다 버린 옹기 조각들을 모두 걷어 달라고 했다. 더러는 떠내려갔을 테고 더러는 모래밭에 박혀 있을 것이다. 단패는 그러마고 배에 사람을 싣고 큰여울 모래밭으로 가서 지난번에 버린 옹기 조각들을 걷어 모아 채반 위에 씻었다. 그러기를 며칠째 되는 날 그들이 옹기 조각을 찾아 모으는 곳으로 관원 둘이 배를 타고 왔다. 관원은 이곳이 나라에서 정한 채금장이므로 사사로이 발을 들여놓을 수 없는 곳이라면서 으름장을 놓았다. 단패네 패가 대탄 백사장에서 사금을 캔다고 누군가 퍼뜨린 소문이 관아까지 들어간 모양이다. 오래전부터 이곳, 너른 모래사장에서 금이 난다는 소문이 나돌았다. 누군가 한사람이 조그마한 금 조각을 얻었다는 소문은 나그막을 통해서 퍼져나갔다.

큰물이 한 번씩 지나고 나면 강모래에서는 가끔 금 알갱이가 한두 개씩 나왔다. 매번 그런 것이 아니고 양강으로 흘러드는 물줄기에 드러난 금맥을 물이 건드리면 흐르고 흘러 대탄까지 내려왔다. 채반에 모래를 담아 하루 종일 물에 흘려 내면 모래알 같은 금 조각이 한두 알씩 건져졌다. 그러나 채금은 나라에서 금하는 일이었다. 그걸 잘 아는 설안은 단패가 싣고 온 독이 모두 깨졌다는 소리를 듣고 묘안을 생각해낸 것이다. 그런데 지금 관원이 나와서 방해를 놓는다. 단패가 사람들을 제치고 나섰다.

"천양 사는 독장순데, 상심나루에서 하룻밤을 묵다가 어느 놈이 밤에 내 독을 모두 박살 냈소. 내 삼개나루에 가서 물목을 실어와야겠기에 배에 있는 옹기 조각들을 임시로 이곳에 부렸소. 그런데 우리 옹기장이 깨진 조각이라도 다시 찾아오라는 것이오. 그래서 이렇게 남은 조각이나마 찾고 있는 것이오. 나리는 아마 옹기장이들이 제가 만든 독은 깨진 파편이라도 찾아다가 장사 지내고 싶은 심정을 모를 것이오. 여기서 금을 캔다는 것은 금시초문이오. 나도 금붙이 두 알을 여기서 잃어버렸소. 독배에는 장사 밑천으로 독 속에 금지환을 숨겨서 싣고 다녔는데 그걸 찾지 못해서 이렇게 깨진 독 조각을 거두고 있는 것이오. 이틀만 더 시간을 주시오. 그러면 일이 끝날 것이오."

관원은 고개를 끄덕였다. 그 대신에 관원 둘이 그들의 일을 지키기로 했다. 금지환이 나오면 단패의 것이고 사금 알갱이가 나오면 관원에게 바치기로 했다. 약속한 마지막 날에 단패는 채반에 모래를 흘리고 있던 중 눈에 확 뜨이는 콩알만한 금 조각을 두 개나 발견했다. 관원이 한눈을 파는 틈을 타서 금조각을 입에 넣고 꿀꺽 삼켰다. 그러나 눈치 빠른 관원이 그 모습을 놓칠리 없었다. 관원 둘이 단패의 양팔을 잡았다. 토해내라고 윽박질렀다. 웩웩거리면서 토역질을 했지만 나오지 않았다. 단패는 아니라고 내댔지만 관원은 단패를 관아로 끌고 갔다.

"정녕 네 입속으로 금 조각을 삼키지 않았더냐?"

관원의 고告함을 듣고 정운이 문초한다.

"이놈이 먹는 것이라곤 밥뿐이옵니다. 가끔 벼슬 높은 양반들이 금을 먹고 체했다는 소리는 들었지만, 우리네 같은 것들이야 금이라는 것은 먹고 죽으려고 해도 구경조차 할 수 없는 귀물이 아닙니까."

단패는 머리를 조아려 변명했다. 관원은 분명 보았다고 하고 단패는 한사코 아니라고 항변한다.

"안 되겠다. 저자를 가두고 생콩물을 갈아 강제로 먹여라. 설사를 하기 시작하면 판명이 날 것이다. 그때는 나라의 금을 절취한 죄, 관리를 기망한 죄의 값으로 엄벌을 각오하라!"

단패는 갇혔다. 옥졸이 생콩물을 가져와서 배가 터지도록 강제로 먹였다. 몸 안에서 금 조각이 나오면 어쩌나? 삼킨 금알갱이가 부스러져 핏속으로 녹아들었으면 좋겠다는 생각을 한다. 금을 먹어 소화시킨 몸은 빛나리라. 물배가 가득 차서 거북스러운 몸으로 관아 옥사 안에서 밤을 맞았다. 그날 밤 자시 무렵 옥사 밖에서 떠들썩한 소리가 들렸다.

"끌어내라!"

단패는 횃불 밑으로 끌려 나왔다. 포졸이 단패를 끌어다가 아랫도리를 벗겨 놋요강에 앉혔다.

"이제 나올 것이다. 어디 싸 봐라!"

단패의 얼굴이 횃불 밑에 파리해졌다. 그러는 사이에 관아 문밖이 떠들썩했다. 누군가 들어오려 하고 관원들이 막는 소리다. 여자의 높은 곡성이 들렸다.

"밖에 누구냐?"

"어느 여인네가 사또를 뵙자고 하네요."

"이 밤중에 나를? 들여라."

여인은 사또 앞에 엎드렸다.

"아이고. 쇤네 나그막에 주모 설안이라 하옵니다요. 나으리."

"그래 일전에 내 나그막 얘기는 들었다만 이 밤중에 무슨 일이냐?"

추상같던 사또의 말이 부드럽다.

"저 이가 금 조각을 먹었습니다요."

"네가 그걸 어찌 아느냐?"

"쇤네 객방에서 며칠째 유하던 사람인데 오늘 아침에 갑자기 가슴이 답답하고 어지럽다고 해서 이 금 조각을 잘라서 먹여서 살렸습니다요."

설안의 손에는 금 조각이 들려 있었다.

"아니 그 손에 든 게 금 조각 아니냐? 금 조각을 먹여서 사람을 살린다고?"

정운의 눈이 휘둥그레졌다. 둘러섰던 관원들의 눈도 모두 휘둥그레졌다. 금 조각이라면 귀한 물건인데 주막 아낙 손에 들려오니 가짜인지 의심스러웠다.

"이리 가져오라."

사또는 금 조각을 받아들고 이리저리 살펴 깨물어 보니 분명 금이다. 설안은 이때를 놓치지 않았다.

"저 사람 뱃속에는 분명히 이게 두 알이나 있을 겁니다. 사또께서 괜한 오물 냄새 맡지 마시옵고 이것으로 대신 받아 주시오. 그 대신 저 사람을 풀어주십시오."

"좋다. 데려가라. 또다시 대탄에서 금을 캐려고 얼씬하면 그때는 용서하지 않겠다."

정운은 설안의 청에 못 이겨 단패를 내보냈다. 설안이 정운에게 내준 것은 금 두 조각뿐이 아니었다. 손가락 한마디 정도 토막만한 금알이 설안의 손에서 정운의 손으로 전해졌다. 그리고 나서 단패는 풀려났다. 단패는 나그막으로 돌아와서 내장 속에 오물을 모두 쏟아냈다. 단패는 그 안에서 나온 금 조각 두 개를 골라내서 설안에게 주었다.

"내 치도곤을 면해 주었구려. 이것이 무엇이관데 사람을 그리 괴롭게 하나요."

모두 설안이 단패에게 의리와 정을 표함으로 그를 제 곁으로 붙잡아두기 위해서였다. 그날 밤 그 일로 설안은 단패에게 영원한 믿음을 주었다.

단패는 지금도 그때 생각을 하면서 실소한다. 오랜만에 설안을 만나고 싶은 생각이 들었다. 그곳을 지나 한양으로 떠나려 하면서 설안을 보고 싶은 마음이 더욱 간절했다. 세 사람은 상심나루에 배를 대고 내려 나그막으로 올랐다. 설안은 보이지 않고 감실댁이 나와 맞는다. 단패는 섭섭한 마음에 나그막 안을 휘 둘러보았다. 주막 안이 왠지 모르게 뒤숭숭하다.

"설안은 어디 갔소? 내 오랜만에 왔는데 안보이니 묻는 거요?"

"딸애 데려다주러 갔다우."

"딸애라? 설안이 딸을 낳았던가요?"

"아니 거 왜 있지 않수? 석수 노인의 딸애."

"모르는 얘기요. 석수 노인이 누군지. 딸애라는 애가 누군지. 설안이 낳은 딸은 아니라는 말이오?"

"저기 건지골 석산에 늙은 석수가 천녕, 최 영감 댁에서 다듬잇돌 하나 값에 얻어 왔다는 딸앤데, 에미는 아기를 낳자마자 죽었다나 어쨌다나 그렇고, 건지골에 절름발이 총각 석수 마래라는 자가 맡기고 간지 나흘이 지났는데도 찾아가지 않아서 애를 데리고 건지골에 갔다우. 이제 알겠수?"

감실댁은 단패와 설안의 관계를 알고 두 사람의 내력을 안다. 함께 온 동패와 노 사공을 힐끔힐끔 보면서 다 알고 있는 걸 왜 묻느냐는 듯 대수롭지 않게 내던졌다.

"내가 소문은 들었지. 건지골에 왕 석수 하나가 손주 같은 딸애 하나 데려다 기른다고."

노 사공이 거들었다.

"애는 곱상한게 돌산에 묻혀 사는데 불쌍하지 뭐야. 그래도 제 할버이를 보고 싶다니 데려다주어야지. 얼마나 울고불고 난리를 치던지 나 원 참. 몸속에 피도 한 방울 안 섞였을 텐데 그렇게 제 할애비 찾아 섧게 우는 애는 첨 봤어. 사흘 밤낮을 울더라고. 할 수 없이 설안이가 데리고 갔지. 나그막에서 잔심부름이나 시키면서 밥 먹여주려고 했더니만……."

감실댁도 딸애가 눈에 밟히는 모양이다.

"천녕 최 영감 댁이라고 했소?"

동패의 귀가 번쩍 뜨여서 감실댁에게 물었다.

"소문으로 들은 얘기라서 잘은 모르지만 천녕 쪽에서 데려온 아이인 것만은 분명해."

"건지골이라는 데가 어디요?"

감실댁은 손가락으로 건지골 쪽을 가리켰다. 동패는 평상에 걸터앉는 일행을 뒤로하고 감실댁이 가리키는 건지골 쪽으로 내달렸다. 분명 천녕 사는 최 영감 댁이라고 들었다. 천녕에서 데려왔다면 송녀가 낳은 아기일 수도 있었다. 떠돌아 들리는 소문에 송녀가 아기를 낳다가 죽었다고 했으니, 그녀의 아기라면 동패의 아기다. 망설일 겨를이 없었다. 동패는 달리면서 재차 길을 물어 건지골을 찾았다. 석수들이 모두 대탄바위 깨는 일에 동원되어 석산에 돌들은 그대로 나뒹굴었다. 때마침 산비탈 쪽으로 어린아이를 앞세워 초막에 드는 여인네 모습이 눈에 잡혔기 때문에 동패는 쉽게 석수 노인의 초막집을 찾았다. 석산 석수촌 맨 꼭대기에 석수 노인의 초막이 있었다. 숨 가쁘게 달려온 동패는 가슴이 뛰었다.

여인네 하나가 어린아이를 데리고 막 초막 안으로 들어서고 있었다. 따라 들어가려던 동패는 거적문 밖에서 멈춰 섰다. 섣부르게 덤벼들 일이 아니다. 주막에 주모라는 사람이 아이를 데려왔다. 아이의 내력을 알 리 없을 터인데, 석수 노인이 있다고 하더라도 낯모르는 사람에게 쉽게 그 아이의 내력을 알려줄 것 같지 않았다. 안에서 남자의 인기척이 들렸다. 동패는 숨을 죽였다. 병든 환자의 신음이다. 갑자기 어린아이의 울음이 터진다.

"할버이!"

노인의 신음이 흐느낌으로 바뀐다. 동패는 거적문을 살며시 들치고 안으로 들어갔다. 저녁 무렵, 아직 해가 있었지만 초막 안은 어두웠다. 노인이 바닥에 누웠고 아이는 그 위에 엎드려서 목청껏 울고 있었다. 여인은 둘의 울음에 어쩌지 못하고 서 있었다. 낯선 동패가 초막 안으로 들었는데도 그들은 아직 알아보지 못하고 울음으로 가득 찬 초막 안에 음침한 어둠은 오랫동안 계속되었다. 동패가 초막 안 어둠에 겨우 익숙해지면서 노인의 얼굴이 눈에 들어왔다. 그때서야 등을 보이고 서 있던 여인은 인기척을 느꼈는지 뒤를 돌아보았다. 설안이다. 석수 노인 가비는 설안과 동패를 번갈아 본다. 딸애가 울음을 그치고 설안과 동패를 번갈아 보았다. 초막 안은 한동안 네 사람 사이에 어색한 침묵이 흘렀다. 노인의 머리는 봉두난발, 얼굴과 몸은 핏자국과 상처투성이다.

"누구야?"

딸애가 초막 안에 침묵을 깼다. 동패가 물었다.

"네 할아버지냐?"

"아니, 할버이."

"그~래? 할버이라고?"

딸애는 고개를 끄덕였다.

"누구시오? 건지골 석수는 아닌 것 같은데."

답답한 듯 설안이 난데없이 나타난 동패에게 경계를 풀지 않고 묻는다.

"나그막에 들렸던 주객이요. 이 아이를 보러 왔소."

딸애가 주춤주춤 뒤로 물러서다가 설안의 치마 뒤로 숨는다. 노인이 동패를 향해 손을 내저었다. 밖으로 나가라는 손짓이다. 희미한 어둠 속에 얼굴은 매우 괴로워 보였다. 동패는 마지못해 밖으로 나왔다. 설안이 노인 앞에 쪼그려 앉아서 혀를 찼다.

"쯧쯧쯧쯧, 어쩌다 이렇게 됐누."

신음하는 가비는 눈알을 굴리면서 설안을 알아봤다. 한숨을 내

쉰다. 설안은 그 한숨 소리를 두 귀로 생생하게 들으면서 가비의 손을 꼭 잡았다. 온몸이 성한 데가 없는 상처투성이를 보니 누군가에게 흠씬 두들겨 맞은 것 같았다. 가비는 설안에게 무언가 하고 싶은 얘기가 있는 것 같은데 입이 떨어지지 않는 듯했다. 설안이 주머니에서 무명 수건을 꺼내 가비 얼굴에 흘러내리는 식은땀을 닦는다. 무슨 일이 생겼던 것일까? 설안은 더 이상 묻지 않았다.

그 무렵 군영에는 박병산 소부석소의 일을 돌아보고 온 정동설이 총대장과 장교들을 불러 모았다.

"이제 얼마 남지 않았다. 가비라는 석수 영감을 불러와라."

총대장이 머뭇거렸다.

"도망이라도 쳤다는 말인가?"

"낭청 어른! 어린 것이 혼자 집에 있다고 해서 잠시 다녀오라고 보냈습니다."

"잘 보살펴 줘라. 그자가 없으면 일을 그르친다. 여기에만 있기는 아까운 인물이다."

정동설은 소문으로 들어 가비를 익히 알고 있었다. 그를 만나려고 왔는데 아쉬웠다. 모처럼 군졸들을 위로하려고 탁배기에 삶은 돼지고기를 나그막에서 가져 왔으니 가비라는 석수와 술 한 사발씩 나누고 싶었다. 그동안 돌가루만 목구멍으로 넘기면서 바위를 깨느라고 고생하고 있는 군졸과 석수들의 칼칼한 목을 풀어 줄 요량으로 부석소 일을 마치고 부지런히 군영에 들었던 것이다. 각 대마다 술 한 동이씩 돌리고 삶은 돼지고기를 다섯 등분하여 똑같이 나누어 주었다. 모두들 오랜만에 맛보는 술과 안주에 힘들었던 얼굴들이 환하게 피었다.

상심 마을 사람들을 걱정했었지만 일은 수월하게 풀려가고 있었다. 나루터에 대사공들이 주동이 되어 몰려올 줄 알았는데 예상외로 조용했다. 앞장설 것이라고 걱정했던 이 대감도 침묵을 지키고 있었다. 이대로 바위를 깬다면 늦어도 오월 스무날 안에는 마칠 수 있을 것 같았다. 도감에 총호사 김수홍의 털털 웃는 얼굴이 눈에 들어왔다. 일을 무사히 마치면 기뻐서 폐하께 고할 것이다. 이번 장례만 무사히 끝나면 자신의 공을 알아줄 것이다. 정동설은 총대장과 함께 각 군막을 돌면서 군졸과 석수들에게 한마디씩 훈계했다.

"우리는 지금 왕대비마마의 장례만을 위해서 저 바위를 깨는 것이 아니다. 대탄에 막힌 물길을 뚫어 사나운 물을 다스리고자 하는 것이다. 이 물길이 뚫리면 그동안 한양으로 오르내리면서 장사하던 모든 배들이 거침없이 오르내릴 것이다. 이 모두가 주상의 뜻이고 은혜다. 모두 이번과 같이 훌륭한 일에 참여하게 된 것을 감사하게 생각하기 바란다. 이번 대탄바위 깨는 데 참가한 석수들에게는 그 기록을 영원히 남겨 후대에 영광으로 전할 것이다."

우렁차고 위엄 있는 정동설의 한마디에 떠들썩하던 군영이 쥐죽은 듯 조용해졌다.

"오늘은 모두들 편하게 쉬도록 해라."

군영을 뒤로하고 정동설은 자신의 임시 거처로 마련한 나그막으로 향했다. 나그막에 주모가 어디선가 많이 본 듯한 얼굴인데 도무지 생각이 나지 않는다. 그렇다고 양근 땅에 살아 본 적도 없는 그가 주막 밖에서 보았을 리도 없고. 유난히 끌린다. 그러나 상중이다. 정동설은 군영에 화톳불을 뒤로하고 어둠 속으로 들어가면서 스스로 허벅지를 꼬집었다. 나루터 주막에서 술 빚어 먹고 살기에는 아까운 인물이었다.

오늘은 넌지시 나그막 주모의 이름이라도 알아보리라. 내일부터 일찌감치 군졸과 석수들을 다그쳐서 일을 시작하려면 늦기 전에 잠자리에 들어야 할 것이다.

대탄바위

단패는 설안을 기다리다가 예전에 금 알갱이를 삼키고 나서 관아에 잡혀 생콩물을 마시던 일을 떠올리면서 웃음이 나왔다. 정말로 강모래에서 금이 나온다고 했던가? 단패는 설안을 처음 만났던 때에 일을 머릿속에서 지우지 못하고 강가로 내려갔다. 사람들이 물가 모래밭에 둥그렇게 모여 있었다. 누군가 물건을 내놓고 사람들이 구경을 하는 모양이다. 단패는 궁금한 생각에 흰옷 무리의 틈을 비집고 들어갔다.

"자 보세요, 봐. 이 거북으로 말할 것 같으면 먼바다에 일백 년, 동해바다 일백 년, 서해바다 일백 년, 합해서 삼백 년 하고도 상심나루, 대탄 여울 밑에서 일백 년을 살았는데, 먹은 마음 거룩하여, 속 비우고 살면서, 치오르는 소금배, 흘러내리는 세곡선, 무사평안 지켜주는 신령스런 거북이오."

사람들이 모인 가운데서 열심히 소개하는 물건은 분명 맹꽁이

오지거북이었다. 흙으로 거북 모양을 만들어 구운 것이다. 오지거
북은 속이 비어서 물에 뜬다. 뱃사람들이 배꼬리에 부적처럼 매달
고 다니는 물건이다. 그런데 그놈이 그리 흔한 물건은 아니다.

단패는 옹기장이 영감이 옹기가마에 오지거북을 굽던 일이 떠올
랐다. 보통 옹기를 만들려면 물레 위에 흙을 놓고 돌리면서 모양을
만들어나가지만 오지거북은 다르다. 어른의 몸 가운데 토막만한
크기로 나무를 깎아 만든 거북의 형틀 위에 진흙을 입혀서 빚어낸
다. 애벌구이로 가마에 구울 때에 거북의 뱃속에 형틀로 깎아 넣은
오동나무가 다 타서 연기가 솟고 재만 남도록 입과 꼬리를 튼다. 굽
고 나서 거북의 뱃속에 든 재를 긁어내고 다시 잿물을 입혀 재벌구
이를 하니 영락없는 거북이다. 물에 띄우려면 뚫린 거북의 입을 봉
해야 뜬다. 속이 빈 거북은 여간한 재주가 아니고는 못 만드는 물건
이니 귀할 수밖에 없었고 사공들은 배에 부적처럼 달고 다니면서
무사안녕을 바랬다. 그러다가 여차여차하여 배가 뒤집히기라도 하
는 날에는 그놈만 꼭 잡고 있으면 목숨은 부지한다. 물에서 사백 년
을 산다는 거북이가 깨지지만 않는다면 강에서 그대로 천년을 더
살 목숨이다.

뱃사람들은 모두들 그 오지거북 한 마리씩 갖기를 바랐지만 쉽
지 않았다. 속이 빈 오지거북은 단패가 얹혀 지내던 옹기막에서만
만들어 냈다. 늙은 옹기장은 오지거북을 한 해에 한 마리밖에 만들
지 않았다. 그토록 귀한 게 오지거북이다. 그런데 지금 단패 앞에
서 누군가 그걸 팔고 있었다. 그것이 단패네 옛 옹기막에서 만든 것

이 아니라면 가짜다.

"이 거북이 살아있는 거북이요? 죽은 거북이요?"

단패는 앞에 나서서 다짜고짜 거북이가 살았느냐 죽었느냐고 물으니 거북을 팔려던 남자가 당황한다.

"하하하하. 이 사람! 거북이 살고 죽고가 어디 있소? 세상 살기가 거북하면 죽은 거북이고 죽어 있기가 거북하면 살아있는 거북이지."

빤한 걸 물으니 빤한 대답이 아니냐는 투다. 단패는 거북의 목을 손으로 잡아 제켰다. 돌덩이처럼 무거웠다. 속이 꽉 찬 놈이다. 단패네 옹기막에서 만든 놈은 아니다. 단패는 힘을 다해서 묵직한 거북을 뒤집어 놓았다.

"이 거북은 죽었소! 뱃속에 이렇도록 무겁게 욕심이 잔뜩 들어 있으니 죽을 수밖에. 죽어 있는 거북이 무신놈에 무사평안을 지켜 준다는 것이오. 거북이가 물에서 살려면 둥둥 떠야 하는데 이 거북은 물에 뜰 수가 없지 않소. 강바닥에 가라앉아 흙앙금에 묻혀야 하니 아무짝에도 쓸모없는 거북이오."

구경하던 사람들이 고개를 끄덕였다.

"이보시오. 남의 장사판에 와서 훼방 놓지 마시오. 이 거북은 배에 싣고 다니는 거북이요. 이놈을 배에 싣고 다니면 해년대년 무사 평안 할 것이요. 괜히 남의 장사에 훼방 놓지 말고 비키시오."

"대탄 여울을 넘으려면 배에 짐을 덜어야 하는데 이런 돌덩이를 배에 싣고 다니면 짐만 되지 평안은 무신놈에 평안? 거북은 속이 텅텅 비어서 물에 둥둥 떠야 헤엄치면서 배를 따라다닐 것이 아니요? 이런 가짜거북은 일찌감치 대탄바위 밑 물귀신에게 제물로 수장이나 시키시오."

두 사람의 언사가 험악하게 이어지던 중, 커다란 몸집에 검은 도포자락이 나타났다.

"아니 그렇게들 다툴 것 없어. 거북이 쥔 양반! 값은 달라는 대로 쳐주겠으니 그걸 내게 넘겨주소. 내 오래전에 이러한 거북은 억만금을 주어도 못 구한다는 얘기를 들었소. 저 배에 실어주소. 오늘은 참 운이 좋은 날이오. 허허허허!"

도포를 입고 갓을 쓴 사람은 엽전을 꾸러미 채로 내놓았다. 장사치는 그 앞에 넙죽 절하고 '어느 배에 실을까요.' 하며 머리를 조아린다. 도포자락은 나룻가에 뜸으로 지붕을 씌운 배를 가리켰다. 가운데로 지붕이 씌워진 유선遊船이었다. 도포 입은 사람은 구경꾼들을 둘러보면서 호탕하게 한마디 했다.

"내 여러분의 구경거리를 거둬들여 미안하오. 거북 구경을 하고 싶으면 언제든지 내 배로 오시오. 허허허허!"

도포자락은 의미 있는 웃음을 지으면서 또다시 손을 들어 배를 가리켰다. 호사스럽게 치장한 배였다. 모두들 난데없이 나타난 사람에게 의아했다. 어안이 벙벙해지는 쪽은 단패다. 바람잡이임이 분명했다.

뱃사람들이 애장품처럼 달고 다니는 거북은 분명, 속이 비어 있어야 하고 물에 떠야 한다. 주둥이가 막힌 벙어리 옹기처럼 거북의 입만 봉해 놓았기 때문에 손으로 들면 뱃속이 가벼워 번쩍 들리는데, 단패 앞에 있는 거북은 웬만큼 돌에 부딪혀도 쉽게 깨지지 않을 정도로 속이 꽉 차 있었다. 그런데 건달 같은 사내가 와서 아무짝에도 쓸모없는 묵직한 거북을 엽전 한 꾸러미로 냉큼 사가니 알다가도 모를 일이다. 무안해진 단패는 구경꾼 틈을 슬그머니 빠져나와 홀로 근처 상심나루가 내려다보이는 솔산으로 올랐다. 해가 멀리 한양 쪽으로 넘어가면서 노을이 짙어가고 있었다.

멀지 않은 대탄에서는 군사들이 진을 치고 바위를 깨는 모습이 보였다. 단패에게 대탄은 낯설지 않은 곳이다. 오래전에 설안의 권유로 사금을 캔다고 덤벼들었다가 혼쭐이 났던 곳이다. 설안은 타고난 장사꾼이다. 나그막에서 사람을 끌어들이는 수완이며, 찾아오는 사람들을 이용해서 거래를 하는 수단이 보통이 아니었다. 단패에게 착착 감기는 말투가 그랬고 챙겨주는 손끝의 자상함이 그랬다.

설안의 뒤를 쫓아간 형 동패가 궁금했다. 동패는 단패와 옹기막에서 일하는 내내 최 영감 집에서 있었던 일들은 얘기하지 않았다. 그런 동패가 최 영감 댁에서 데려온 아이라는 말에 부리나케 쫓아나선 것은 분명 끌리는 것이 있었을 게다. 단패가 이런 생각 저런 생각에 서산 너머로 꺼지는 빨간 햇덩이를 바라보고 있는 사이에 아름드리 소나무 아래 후미진 곳에서 두런두런 사람들의 목소리가 들려왔다. 소나무 밑 평평한 너럭바위에 상투잡이 대여섯이 모여서 얘기를 나누고 있었다. 단패는 아름드리 소나무 뒤로 몸을 숨겼다.

"그러니까 오늘밤에 대탄으로 가서 물막이 포를 모두 트자는 거요? 그렇다고 해서 관군들이 바위 깨기를 포기할 것 같소? 모두 소용없는 짓이오. 우리네 목숨만 위태로워지지."

"그렇다고 이렇게 가만히 두고 볼 일만은 아니잖소. 상심나루에 물이 빠져 버리면 배가 머물 곳이 없어져 버리는데. 무려 서른 자도 넘게 깬다니 바위물꼬가 터지면 상심에 모이는 물은 다 빠져나갈 게 아니오. 물에도 기氣가 있어서 대탄에 물이 모두 빠져나가 냇물 같은 여울로 바뀌면 이제 상심나루에 번성도 끝이 나는 거요. 대탄의 바위는 양근·천녕·여주·원주에서 나오는 물목들이 무한정 한양으로 빠져나감을 막는 곳인데, 이제 그 바위를 깬다면 필시 상류에 물목은 수심 깊은 물 속에 기와 함께 거침없이 한양으로 빠져나갈 것이오. 우린 상심나루에 물을 지켜야 하오. 이 대감께서 세종임금 때, 세조임금 때 그렇게들 깨려고 덤벼들었다가 못 깬 바위라 하지 않소. 그런데 왜 하필이면 이 가뭄에 그 바위를 깨냔 말이요?"

또 다른 목소리가 들렸다.

"그때는 백성들에게 소용이 되는 물목들을 실어 나르는 배가 다니기 위해서라지만 지금은 나라의 장례를 위해서라 하지 않소? 아무리 왕대비의 대여라도 우리네 앞강으로 상여를 지나가게 할 수는 없소. 장례를 치르고 나서 무슨 변이 생길지 모르는 일이오. 그러니 더욱 안 된다는 것이오."

"그러면 우리가 조정의 뜻을 꺾을 힘이 무어요? 감히 일을 물리자고 했다가는 그 자리에서 군사들에게 잡혀 치도곤을 당할 것은 뻔한데, 그래도 덤벼들어 해보자는 거요? 그리고, 물막이를 트는 일이 밤에 초병들이 지키고 있는데 당키나 한 일이요?"

"걱정 마오. 우리 패가 나루에서 추렴을 해서 군영에 삶은 고기 안주와 탁배기를 여러 동이 가져다 바쳤으니 오늘은 초저녁부터 군사들이 모두 꿈나라에 가 있을 것이오. 총대장이 우리 상심나루 사람들을 칭찬하면서 입이 쩍 벌어졌습디다."

"그렇소. 여기 모인 사람들 모두 입만 다물면 되오. 오늘 밤에 감쪽같이 해치우자는 거요. 소문에 들으니 저들은 열흘의 기한을 잡고 일을 한다고 하오. 그러니 열흘 안에 일이 끝나지 못하면 대장은 책문을 당할 것이고 군사들의 사기도 떨어질 것이오. 바위 깨기가 어렵다는 걸 알도록 해서 포기하도록 해야 하오. 장례 날은 이미 잡아 놓았기 때문에 바위 깨는 일이 늦어진다면 땅길로 운구 길을 바꿀 수밖에 없을 것이오. 우린 그때까지 잡히지 않고 도망가서 살아 있으면 되는 것이고. 우리 뱃길도 급하지 않소? 세곡선단만 내려보내고 모두 막았으니 머물러 있는 배들이 벌써 며칠째요. 모두 명심하시오. 오늘밤 축시요."

축시라면 모두 단잠에 들어 있을 시간이다. 단패가 보니 그들은 엄청난 일을 꾸미고 있었다. 나라에서 하는 일에 반기를 들고 덤벼들겠다니 역적이나 다름없는 자들이었다. 무심코 산에 올랐다가 생각지도 않게 큰일을 저지르는 사람들을 발견한 것이다. 힘 좋은 단패라지만 저들의 눈에 띄었다가는 무슨 변을 당할지 모를 일이다. 단패는 서둘러 자리를 피해 나그막으로 내려왔다. 날이 저무는데 설안은 아직 보이지 않고 감실댁 혼자서 몰려드는 손님을 분주하게 맞고 있었다.

"거, 이젠 이 나그막에 넘치는 손님도 오래가지 못할 걸세. 이달 안에 대탄바위 깨는 일을 마친다고 하니 충주·원주·여주 땅, 삼주에서 내려오는 배들은 쉬지도 않고 청탄, 병탄, 도미를 지나 한양으로 몰려들겠지. 양근에 상심이라는 땅이 어디 배들이 쉬어갈 자리인가? 대탄바위가 물을 막고 있어서 가뭄에나 어쩔 수 없이 머무는 곳이지. 이제 나그막도 손님을 잡으려면 우리네 뱃놈들한테 잘해야 해."

그 소리를 듣는 감실댁의 입이 한 자는 부어 있었다. 주등이 켜지고 나그막은 여느 때처럼 주객들로 가득 찼다. 평상 여기저기서 물막이가 언제 뚫리는지가 화제였다. 오빈에서 함께 온 노 사공이 부엌 옆에 딸린 마루에 홀로 앉아 저녁상을 받고 있을 즈음에 단패가 돌아와 마루에 올라앉아 겸상을 했다.

"감실 아주머니 여기 국밥 하나 더 주소."

감실댁은 단패를 보자 제 식구처럼 반갑게 맞아 국밥을 말아온다. 설안이 없어 불안하던 차에 단패가 들어오니 제 식구처럼 마음이 놓이는 모양이다.

"이 늙은이 혼자 두고 어디들 갔나 했더니만, 때가 되니 들어오는구먼. 어서 앉아 들게."

노 사공은 수염에 묻은 국물을 닦아내면서 단패에게 권했다. 마음이 복잡해진 단패의 수저가 제대로 입에 들어갈 리가 없다. 설안이 나그막에 없고 동패가 뒤따라갔다. 산위 소나무 밑에 음모가 단패에게는 실타래가 엉키듯 복잡했다. 노 사공이 그 일을 알리 없다. 단패는 몇 술을 뜨다가 숫제 국밥 뚝배기를 들고 입으로 들어부었다. 마음이 급했다. 오늘 밤사이에 꼭 무슨 일이 크게 벌어질 것만 같은 기분이 단패를 더욱 불안하게 했다. 그렇다고 노 사공에게 털어놓을 일도 아니다.

"단패서방. 지금 빨리 의원 좀 불러와야 되겠어! 건지골 석수 노인이 다 죽어 간다고."

감실댁은 단패가 국그릇 비우는 것을 보고 뒤에서 숨찬 목소리로 불러냈다.

"석수 노인이라면 설안이 찾아갔잖아요. 그 뒤로 동패형이 따라갔었고. 무슨 일이 난 게요?"

단패가 더 급해서 물었다.

"석수 노인이 대탄바위 깨는 일에 앞장선다고 나루터 사람들한테 몰매를 맞아서 다 죽게 됐대. 단패와 함께 왔던 사람이 업고 와서 뒷방에 눕혀 놨어."

"설안은요?"

"가보면 알아!"

석수 노인은 나그막 뒤채에 누워 있었다. 감실댁이 부랴부랴 화덕에 흰쌀을 씻어 넣고 물을 넉넉히 잡아 흰죽을 안쳤다. 단패가 설안과 마주치자 반가움도 잠시, 의원을 데리러 가자고 재촉했다. 단패는 설안과 함께 그 길로 의원을 부르러 모래여울이 있는 관아 쪽으로 길을 잡았다.

"그동안 어떻게 지냈어요?"

"형님을 찾았소. 석수 영감을 업어온 분이 내 형님이오."

"석수 영감이 퍽 오랫동안 뵈지를 않더니 얼마 전에 한여울에서 세곡 실은 배가 뒤집혀서 사람이 죽었어요. 한 사람은 살아났는데 세곡이 모두 물에 빠졌다고 관아에서 잡아갔더래요. 큰 벌을 받았을 거예요. 죽은 사람은 그걸로 벌을 다했을 테고 살아 나온 사람은 다른 벌을 받았겠지요?"

어둠 속에서 설안은 그동안의 소식을 전했다. 설안은 살아난 사공이 바로 자신과 함께 건지산에 다녀온 동패인지 아직 모르고 있으니 단패는 자초지종을 모두 얘기해 줄까 하다가 그만두고 오랜만에 만나는 설안의 손을 잡았다. 설안에게 단패의 손은 항상 듬직했다. 의원을 부르러 가자고 단패를 데리고 나선 것은 설안이 오랜만에 찾아온 단패에게 길잡이를 시켜 회포를 풀고자 함이었다. 마음이 닿는 사내의 손을 잡아본다는 것이 이렇게 편안하고 반가울 수가 있을까. 설안과 단패의 만남은 천연이었다. 사람들의 모든 만남이 서로의 이끌림 때문은 아니지만 둘은 그때의 기억이 어둠 속이라 더욱 생생하게 떠오른다. 지금도 단패는 얼마나 듬직한 사내인가.

"천양들(천녕현)로 올라가는 길이었나요?"

"아니오. 한양으로 가는 길이요."

"큰여울에서 뱃길이 막혀 꽤 여러 날이 걸릴 텐데. 왕대비마마 장례 때까지는 배도 못 띄운다고 하던데요."

"국상에 장례 일을 보러 가려오. 배도 필요하고 배꾼도 필요하다고 해서 갈뫼나루에 나붙은 방을 보고 가는 길이오. 그런데 대탄 쪽에는 웬 사람들이 그렇게 많아요?"

"한양에서 정동설이라는 사람이 군사들을 데리고 바위를 깨러 왔어요. 왕대비마마 대여가 강으로 오르는데 물길이 막혀 길을 뚫는다는 얘길 못 들었나요? 이 근방에 소문이 파다하던데. 오늘은 그 사람들 준다고 상심에서 술과 안주를 가득 내갔대요. 나도 한 동이 냈고요."

설안은 단패의 손을 꼭 잡았다. 그러면서도 어둠을 뚫는 화살처럼 그들의 발걸음은 빨랐다. 단패는 설안의 손이 자신의 손을 잡고 있는 힘을 느낀다. 손아귀에는 간곡함이 배어들었다. 단패는 잊은 듯 버린 듯 강줄기를 오르내리면서 몇 달을 보냈지만 설안은 내내 단패를 기다려 왔다. 두 사람은 발걸음을 더욱 재촉했다. 관아가 있는 곳까지 다녀오려면 꽤 오랜 시간이 걸려야 했다.

노인 옆에는 딸애가 눈에 마른 눈물 자국을 남긴 채 피 묻은 손을 꼭 잡고 앉아 있었다.

"할버이! 죽지 마! 죽음 안 돼!"

딸애는 초막에서 자지러지듯 가비의 가슴팍에 얼굴을 묻고 눈물을 쏟아냈다. 그 뜨거움을 노인은 숨이 붙어 있는 가슴으로 느꼈을 것이다. 불한당 같은 사람들에게 치가 떨리도록 당하던 순간이 간간이 떠오르면 노인의 몸이 움칠거렸다.

　대탄바위를 깨기 시작한지 나흘째 되던 날. 상심나루에는 또 소
문이 떠돌았다. 이번에 대탄바위를 깨서 물꼬를 트면 상심나루에
물은 죽 빠져나가 배를 댈 곳도 없게 될 것이라고 했다. 상심나루에
터를 잡고 살던 가물치와 잉어, 뱀장어, 메기와 잡어들도 물을 따라
서 청탄으로 내려가 버릴 것이고 물이 메마르니 나루터에는 손님
도 메말라 돈이 메마를 것이라는 흉흉한 소문이었다. 나루에 터를
잡고 장사하던 사람들도 떠나야 할 것이라는 얘기다. 소문의 진원
지는 알 수 없었지만 백여 명의 군사들이 한양에서 내려와 대탄바
위를 깨고 있는 것은 눈앞에 사실이었고, 한양 석수도 모자라 건지
산 석수들까지 모두 잡혀갔다는 것을 보면 앞으로의 소문도 사실
로 믿을 수밖에 없었다. 상심나루 앞으로 흐르는 물의 보 역할을 하
고 있는 대탄바위를 깨서 물길을 트면 멀리 제탄에서 상심을 거쳐
대탄까지 잠겨 있는 물은 죽 빠져나갈 것이다. 물뿐이 아니었다.
상심나루까지 쓸어다 놓은 모래자갈이 쓸려 내려가 배가 건널 수
없는 여울로 변할 것이다.
　더욱이 예전에는 세곡선에 물길을 튼다, 장삿배의 뱃길을 튼다
고 군사 몇십을 데리고 와서 깔짝대다가 번번이 허탕을 치고 돌아
갔지만 이번에는 왕대비마마의 장례를 위한 일이기 때문에 하늘이
두 쪽으로 갈라진다고 해도 꼭 해야 할 일이었다.
　앞으로 남은 열흘의 기한이 낭청 정동설에게는 목숨과도 바꿀

정도로 절박했다. 다행스럽게 가비의 힘으로 바위를 깨기 시작하면서 일의 속도가 나던 즈음이었다. 일을 시작한지 나흘째 되던 날 저녁. 노인은 총대장에게 허락을 얻어 딸애를 보려고 밤을 틈타 군막을 빠져나왔다. 그런데 그게 화근이었다. 수중에는 총대장이 나누어 준 엽전 몇 닢이 들어 있었다. 먼저 망가 대장한테 들러서 안부를 묻고 사사로이 쓰던 정을 벼려 줄 것을 단단히 일렀다. 뾰족한 정 날로 못다 한 용의 눈알을 만들리라. 상심나루 장거리에서 팥죽 한 그릇으로 요기를 하고 나루 쪽으로 내려갔다. 감자를 몇 알 구해서 어깨걸이 행낭에 집어넣었다.

"아니, 이게 누구여? 석수 영감이 아니신가?"

희미한 불빛 밑에 누군가 가비를 알아봤다.

"그럼 이 자가 지금 대탄바위를 깨고 있는 사람이라, 그 말이여?"

말하지 않아도 복색에서 묻어나는 돌가루 냄새가 방금 전까지도 돌을 깨던 사람이라는 것을 알게 했다.

"노인장! 대탄바위를 깨고 나라에서 녹 좀 받았나 보구려."

불한당 하나가 행낭에 집어넣은 감자를 매만지면서 빈정거린다.

"그래, 우리 밥줄을 끊어 놓고 당신네 명줄은 성할 줄 아쇼?"

"어허. 이 사람이 무슨 죄가 있다고 그러시오. 강제로 끌어다 시키는 군사들 때문이지."

누군가 나서서 험악한 분위기를 말리는 척했다.

"듣자 하니 이 늙은이 없으면 이번 일을 못 했을 것이라던데. 바위 깨는 기술이 장안 석수 뺨칠 정도라는 거여."

생트집이었다. 노인이 아니라도 어차피 깨도록 되어 있는 바위였다. 감히 군사들에게 어쩌지 못하는 나루터 왈짜패들이 애꿎게 밖으로 나온 석수들만 못살게 굴었다. 못살게 구는 정도가 아니라 석수 하나라도 더 몸을 망가뜨려서 일을 더디게 하려는 속셈이었다.

"나라에서 시키는 일이니 어쩔 수가 없어 하는 일이오. 괜히들 관아에 붙들려 가서 혼들 나지 말고 비키시오."

"어~쭈. 이 늙은이가 귀엽게도 우릴 협박하네."

검정 옷이 나서더니 가비의 망태를 잡고 조리를 돌렸다. 가비는 그 자리에서 쓰러졌다. 흙바닥에 쓰러진 그에게 발길질과 뭇매가 이어졌다. 머리가슴 할 것 없이 채이고 밟히고 짓눌렸다. 비명과 신음도 아랑곳하지 않고 사정없이 몰매를 맞았다. 정신이 들었을 때는 한밤중이었다. 엉금엉금 기다시피 해서 새벽녘에 초막에 닿았다. 군막에서는 아침나절에 초막을 다녀갔고 설안이 안 것은 점심이 훨씬 지나서였다. 노인의 구타 사건을 알게 된 군막에서는 왈짜패들을 잡는다고 나루터를 한바탕 훑고 지나갔다지만 잡힐 그들이 아니었다. 군사들은 나루터에 진을 친 장사치들에게 그들이 간 곳을 대라고 펼쳐놓은 물건들을 뒤집어엎는 것으로 분풀이했다.

초막에 와서 쓰러진 노인은 정신이 몽롱했다. 딸애가 없어져 텅 빈 초막이 그를 더욱 초주검으로 만들었다. 늦게나마 설안이 딸애를 데리고 와서 다행히 가비는 정신을 차리게 된 것이다. 딸애가 할버이의 가슴에 얼굴을 묻고 울던 울음이 멎으려던 석수 노인의 심장을 다시 뛰게 했다.

설안을 뒤따라간 동패가 결국 노인을 등에 업고 나그막까지 왔다. 동패는 설안에게 딸애에 대해서 물을 틈도 없었다. 노인만 알고 있을 최 영감 얘기는 꺼내지도 못했다. 나그막에서도 딸애는 노인의 곁을 떠나지 않고 지켰다. 아이의 조그만 손아귀에는 굳은살이 진 늙은 손이 꼭 잡혀 있었다. 동패가 그 모습을 본다. 영락없는 손녀와 할아버지의 모습이다. 그 사이로 동패가 끼어들 틈이 없었다. 딸애는 노인의 얼굴과 동패의 얼굴을 번갈아 가면서 힐끔힐끔 보았다. 난데없이 나타난 사람에게 경계의 눈초리가 분명했다.

"네 할아버지 되시냐?"

동패가 무거운 입을 열었다. 딸애는 차갑게 머리를 흔들었다.

"할버이."

딸애에게는 노인이 아버지도 아니고 할아버지도 아닌 할버이였다. 동패가 알았다는 표시로 고개를 끄덕였다. 아버지가 없다면 이 아이에게는 두 세대를 뛰어넘는 아버지이자 할아버지와 같은 존재일 것이다. 핏줄일까? 감실댁으로부터 딸애가 최 영감 댁에서 데려온 아이라는 말을 듣고 동패는 쿵덕거리는 가슴을 진정시키지 못했다. 최 영감이라는 소리를 듣자 송녀가 생생하게 떠올랐다. 송녀를 다시 떠올리는 일은 괴로웠다. 함께 야반도주라도 했더라면 어딘가에서 어떻게든 함께 살고 있었을 터인데. 그때에 송녀가 주인

집을 떠난다는 것을 감히 생각도 못 하던 터였다. 동패의 기억에서 잊으려 할수록 더욱더 생생하게 떠오르는 송녀는 오뉴월 하루살이처럼 눈앞에 맴돌았다.

동패는 딸애에게 말 걸기를 포기했다.

단패가 의원을 부르러 간 사이에 감실댁은 직접 물수건을 적셔 피 묻은 노인의 얼굴을 닦았다. 흙과 피가 범벅이 된 옷을 동패가 갈아 입혔다. 노 사공이 거들었다.

"몹쓸 인간들."

상처투성이가 된 노인의 몸을 보면서 노 사공은 강하게 내뱉었다.

"이 아이가 손孫이오?"

노 사공의 물음에 감실댁은 고개를 끄덕였다.

"불쌍한 애라우. 내가 데려다 기르려 했었는데."

"이 아이를 최 영감 댁에서 데려왔다고 했지요?"

말의 틈새를 잡았다고 생각한 동패가 끼어들어 확인했다.

"그렇다우. 그런데 무슨 인연이길래 건지산 초막까지 따라갔는지. 보통 인연은 아닌 것 같은데. 석수 노인한테 나 모르는 인연이 있었나요?"

감실댁은 동패를 또렷이 바라봤다. 그냥 객을 대하는 눈빛이 아니다.

"지금 당장은 말하기 어렵지만 깊은 인연이오."

"이 애가 거기서 왔다던데. 어미는 애를 낳고 얼마 못 가서 세상을 뜨고 아비는 아마 누군지도 모른다지. 아~, 행랑아범이었다나. 아이를 심어 놓고 도망을 갔다지 아마. 석수 영감이 자기가 기르겠다고 사정사정해서 데려왔던 모양인데, 이지경이 되었으니. 쯧쯧쯧."

감실댁은 노인의 머리에 물수건을 갈아 얹으면서 혀를 찼다.

"최 영감 댁이 어디야요?"

딸애가 다 들었다. 감실댁은 아차 했다. 열 살 안팎의 딸애. 그러나 어차피 알 것은 일찌감치 알아야 했다.

"네가 온 곳이 아니냐? 이제 너도 알 것은 알아야겠다. 앞으로 너도 밥 벌어먹으려면 팔 걷어붙이고 무어든지 해야 해. 계집아이가 산에서 돌 일을 할 것도 아니고 나루께로 나와야지. 그래야 허드렛일도 생기고 세상 살아가는 이치도 깨우치고 일도 배우지."

감실댁의 눈치가 나그막에서 붙들어 둘 요량이니 동패가 잘못 이야기를 꺼냈다가는 아이 하나 빼앗길까 봐 듣고만 있었다. 그만큼 자라 준 게 고마울 뿐이다. 자기 아이라고 우겨도 딱히 연로한 어머니에게 데려다 기를 것도 아니었다. 그렇다고 자신이 데리고 다닐 처지도 아니고.

"참하고 진득해 보이니 나그막에서 지내면 좋을 것 같소. 내 아는 사람이 최 영감 댁에서 나왔는데, 부엌일을 하는 사람과 좋아 지내다가 아이를 갖게 해서 쫓겨났다는 소문은 들었소. 그래서 보자고 쫓아갔던 거요."

동패는 자리에서 일어나면서 딸애를 다시 한번 훑어봤다. 동그란 눈망울이 영락없는 송녀였다. 딸애는 어른들의 이야기를 알 듯 모를 듯 듣고만 있었다. 그러면서도 노인의 손을 놓지 않고 꼭 잡고 있었다. 동패는 눈을 지그시 감고 머리를 흔들었다. 아니다. 나 없이도 잘 자라 주어야 한다.

"주모가 고옵게 기르다가 좋은 곳에 시집 보내주면 좋겠소. 있는 집에 인연이 닿으면 더 좋지 않겠소? 여기서는 보느니 주객이고 일을 배워야 술상 차리는 일일 텐데."

동패는 감실댁의 눈치를 보면서 남의 일 같이 몇 마디 던졌다. 아, 귀하게는 아니지만 잘 자라 주었구나. 몸이 온전치 못한 노인이 측은했다. 동패는 부리나케 쫓아가서 노인을 업고 온 것이 딸애를 키워준 데에 대한 일말의 보은인 듯싶었다.

얼마 안 있어 설안과 단패가 의원과 함께 왔다. 의원은 노인의 겉옷을 벗겼다. 상처와 부기가 빠지지 않았다. 다리를 걷어 올리고 발목을 움직였다. 죽은 듯 고요하던 노인의 얼굴이 자지러지면서 일그러진다.

"쯧쯧쯧. 다리가 부러졌어. 여러 날 누워 있어야 해. 상심나루를 떡 버티고 지키는 바위를 함부로 깨려 했으니 벌을 받지! 그게 어떤 바윈데. 한양에서 아무리 양근 땅을 넘봐도 함부로 하지 못하는 게 그 바위 때문이었어. 그 바위가 깨지면 이제 이 양근 땅은 힘을 못 쓰는 거야. 그걸 알아야지. 산에서 돌을 파먹고 사는 사람이 돌의 기氣도 모르고 살아서야 쓰나, 원 참. 나라에서 하는 일이라니 함부로 나서서 막지는 못하지만 상심나루 사람들의 안타까운 마음이

오죽하겠어. 내 소문은 들어서 알고 있네. 그런데 어쩐다. 묶어놓고 세월을 기다리는 수밖에 없는 병이야. 멍과 부기는 잘 먹으면 절로 빠질 거고. 부러진 뼈는 늙은 뼈라 쉽게 잇지 못할 거야. 자네 나가서 막대기 하나 가져오게."

단패에게 일렀다. 단패는 어느새 부목용 막대를 찾아 왔다. 의원은 벗겨진 웃옷을 넓게 쭉쭉 찢어서 막대를 다리에 대고 감았다. 다리가 들릴 때마다 석수 노인은 정신을 놓을 정도로 아파했다.

"이 늙은이가 엄살은. 병이 나으려면 참아 주어야 고치지."

미운 아이 골리듯 핀잔을 준다. 몸의 여기저기 침을 꽂았다. 한 침, 한 침 들어갈 때마다 딸애의 인상이 아프게 찌그러졌다. 얼굴에는 눈물 자국이 턱밑까지 말라 있었다.

"이보게 설안이, 잘 멕여야 하네. 산속에서 늙은이가 혼자서 뭘 먹었겠나. 여기 약 한 재 놓고 가니 잘 달여 멕여. 늙은이가 정신 줄을 놓을지도 모르니 잘 살펴야 해."

침을 거두고 의원이 일어섰다.

"거, 환부를 다루는 손이 거칠구려."

"이 손도 이제 늙어서 나무토막이 돼가네."

노 사공과 의원이 그때서야 서로 알은체를 했다.

"아니 그런데 이 밤중에 자넨 오빈나루 버려두고 웬일인가. 자네도 바위 깨러 왔나? 다리몽뎅이 분지르려고?"

"예끼, 이 사람. 이 노인네도 하고 싶어 했겠나. 군사들이 끌어가니 마지 못해 잽혀 가서 했겠지."

"바위 깨다 황천길 간 사람이 어디 한둘인가. 저 죽을 줄 모르고 거길 잡혀가? 군사들이 왔다는 소문을 들었으면 냅다 도망칠 일이지."

"혼자 도망치면 이 애는 어쩌구요?"

감실댁이 딸애를 가리키며 끼어들었다.

"애지중지 품 안에 차고 있으면 길러서 제 계집 삼으려구? 얼른 제 팔자에 맞는 데루 보내야지, 왜 데리구 있어. 제대루 기르지두 못하믄서."

대탄바위는 이 근방 토박이들에게 강 하류로부터 상류를 지키는 수호신과 같은 존재였다. 상심나루 근방에 나이든 노인들은 바위를 깨려고 군사들이 몰려올 때마다 제 살점 잘리는 것 같은 아픔에 뜨끔뜨끔했고 강이 머잖아 노할 것이라고 예견했다.

바위를 깨는 데 끌려갔던 석수들은 일이 끝나고 나면 한해를 못 넘기고 사라지거나 명줄이 끊겼다. 어떤 사람들은 강이 노했기 때문이라고 했고 어떤 사람은 나루터 사람들의 소행일 것이라고도 했다. 어느 쪽이 진실인지는 아무도 몰랐다. 때로는 우연한 죽음이나 행방불명일 수도 있었다.

감실댁의 말대로 석수 영감이 남들처럼 피신도 못 하고 꼼짝없이 붙들려가서 일을 한 것은 순전히 딸애 때문이었다. 어디 가서 무엇을 하든 목에 풀칠은 하겠지만 딸애를 남의 눈 밖으로 돌리면 석수 영감에게서 벗어날 것 같은 불안 때문에 군사들을 따라나섰던 것이다. 딸애가 그런 할버이의 마음을 아는지 그 곁을 떠나지 않았다. 의원이 가고 나서 동패가 밖으로 나오자 단패가 따라 나왔다.

"이제 보니 형님 얼굴이 저 어르신하고 닮았소. 그래서 찾아갔던 것이요?"

동패는 대답 없이 뒤채로 들어갔다. 단패도 고개를 갸웃거리며 따라 들어갔다. 밤이 이슥해지자 단패는 슬그머니 일어나 부엌에 들어가서 창칼을 품에 넣고 나그막을 빠져나와 나루터로 내려갔다. 불 꺼진 나루는 간간이 출렁이는 물소리만 들린다. 축시라고 했다. 멀리 대탄가에 보초들이 번을 바꾸고 두어 시간이 지나는 시각이다. 한밤중 보초들은 껌벅이는 관솔불 밑에서 졸다가 깊은 잠에 빠져들었다.

간간이 스치는 불빛에 배가 한 척 움직이고 있었다. 모두 검은 복색에 검은 두건을 썼다. 노인을 해한 자들도 저들이리라. 단패는 어둠 속에서 희미하게 선수가 대탄 쪽으로 향하는 것을 확인하고 군영이 있는 쪽으로 내리뛰었다. 상심나루에서 대탄까지는 한식경을 걸어야 하는 거리다. 어둠은 단패의 달림길을 뚫어주었다. 단패의 줄달음이 배보다 빨라야 한다.

군영은 졸고 있는 게 아니라 숫제 죽음과 같이 고요했다. 단패는 첫 번째 군막 앞에서 졸고 있는 보초의 품에 안은 창을 뽑아 창날 쪽을 바투 잡고 목에 가져다 댔다. 한 손은 목덜미를 잡고 깨웠다. 놀라 소리치려는 입을 무릎으로 눌렀다. 술 냄새가 진하게 풍겨 올랐다.

"놀라지 마오! 급한 일이니 대장 군막을 알려 주시오?"

잠이 확 깬 보초는 겁에 질려서 세 번째 군막을 가리켰다. 그 앞에 있는 보초도 세상모르고 큰대자로 늘어져 잠이 들었다. 단패는 보초의 목을 움켜쥔 채 창날을 대고 총대장의 군막 안으로 들어갔다. 총대장도 코를 골면서 세상모르고 잠들어 있었다. 코 고는 소리에 인기척도 묻힐 정도다. 단패는 총대장을 흔들어 깨웠다.

"누~누구야!"

"나리. 낮에 상심나루에서 술동이를 갖고 왔던 사람이오. 지금 그 뱃놈들이 물막이를 트려고 이리로 오고 있소. 놈들을 잡아야 해요. 군사들을 깨우면 놈들이 눈치채고 달아날지도 모르니 내가 잡겠어요. 밧줄이 있으면 주시오. 물속에 숨어 있다가 이 밧줄 끝을 놈들의 배 끝에 달린 노에 걸 테니 군사를 깨워 줄을 힘껏 끌어당기시오. 물속으로 뛰어드는 놈은 내가 맡겠소. 배가 끌려오면 씨불에 기름을 붓고 키우시오. 군사들이 모두 깨면 놈들은 중과부적일 테니 모두 잡을 수 있을 거요."

중과부적. 단패가 배꾼들과의 패싸움질에서 배운 말이었다.

"네놈 혼자서?"

총대장이 못 미더워했다. 이 얼떨떨한 순간을 총대장은 침입자가 상심나루에서 온 사람이라는 말에 믿었다.

"이놈은, 평생 물속에서 살아온 놈이오. 믿어 주시오."

단패는 밧줄을 허리에 매고 물속으로 들어갔다. 옷자락이 몸에 감기고 뼈가 저리는 한기가 어금니를 진동시킨다. 단패는 물막이 판에 바싹 달라붙었다. 어둠 속에서 아무것도 보이지 않았다. 멀리 배에서 밀려오는 물결이 물에서 겨우 내놓은 코끝까지 일렁인다. 놈들은 모두 배에 엎드려서 몸을 낮추고 손으로 물을 소리 없이 밀어내면서 대탄바위 물막이 쪽으로 가까이 다가오고 있었다. 단패는 밧줄을 몸에서 풀어 고리를 지었다. 한 손에는 창칼을 잡았다. 배가 서서히 가까워 오다가 조심스럽게 물막이에 닿았다. 단패는 숨을 죽이고 고물 쪽이 자기 앞으로 돌아오기를 기다렸다. 배가 물막이에 기대려 한다. 검은 두건 하나가 고개를 들어 주위를 살폈다. 그러더니 물속으로 소리 없이 들어간다. 물막이를 지탱해 놓은 밧줄 묶인 곳을 찾는 모양이다. 단패는 재빨리 노에 줄을 감아 걸고 군영 쪽을 힘껏 당겼다. 군영 쪽에서 알았다는 당김이 전해졌다. 단패는 물속에 몸을 숨겼다. 배가 순식간에 밧줄을 따라 군영 쪽으로 끌려간다. 검은 두건 하나가 일어서려다 배에서 쓰러졌다.

"웬 놈이냐!"

"노가 걸렸어. 덫이다!"

"도끼로 잘라버려!"

그러나 때는 늦었다. 배는 벌써 군막 쪽으로 끌려가고 있었다. 군영에서는 씨불 위로 기름 부은 화톳불이 올랐다. 군사들이 창을 들고 몰려온다. 단패는 도망치려고 물로 뛰어드는 두 놈을 해쳤다. 당황한 놈들은 흔들리는 배에서 도끼도 놓치고 칼도 놓쳤다. 배에 탄 채로 끌려간 놈들은 몽땅 잡혀 화톳불 앞에 무릎을 꿇었다. 군사들은 그들을 밧줄로 굴비처럼 묶었다. 단패가 그들의 두건을 벗겼다. 하나하나 얼굴이 드러났다. 총대장이 씩씩거리며 한 사람씩 붙잡고 얼굴을 확인했다. 모두 여섯이다. 둘이 물에 빠졌으니 총은 여덟이다. 마지막 두건을 벗기는 순간 단패에게 어디서 본 듯한 안면이 드러났다. 벗겨진 얼굴도 놀라는 표정이다.

"아니! 네놈은?"

"이런, 웬수 같은."

놈은 땅에다 침을 퉤 뱉고 나서 어둠 쪽으로 얼굴을 돌려 단패를 외면했다. 단패는 두 손으로 양 볼을 맞잡고 얼굴을 다시 돌렸다. 그놈이다. 나그막에서 생쥐 한 마리 갖고 설안에게 장난치던 그놈이었다.

"총대장 나리! 이놈이 주모자요."

단패는 대뜸 그자를 주모자로 지목했다. 그리고 햇불을 놈의 얼굴에 갖다 댔다. 단패의 옹기 실은 배를 박살 내고 달아난 놈이다. 그 덕분에 단패는 설안을 만나 인연을 맺었지만 옹기막에서는 쫓겨났다. 이 배 저 배 옮겨 다니면서 떠돌이 생활을 해야 했다.

"난 주모자가 아니오."

"밤고기를 잡자고 해서 따라왔을 뿐이오."

그자는 강하게 부인했다.

"누구냐? 그럼."

"여기 없소. 흑포 영감이요."

단패는 그의 입에 햇불을 갖다 댔다. 저녁에 검은 도포 입은 최영감을 떠올렸다. 놈은 불을 피하려다 뒤로 벌러덩 나자빠졌다. 손이 뒤로 묶여서 일어나지도 못하고 뒹군다.

"총대장님. 이놈은 무곡장수를 하는 뱃놈입니다."

"뱃놈? 그럼 물길을 뚫는 일이 네놈에게 유익한 일이 아니냐? 그런데 이런 짓을 해?"

"맞습니다. 그런데 상심나루에 묵은 지가 오늘이 이레째요. 한양 갈 길이 언제 뚫릴지도 모르는데 주막 밥만 축내고 있을 수 없습니다. 그래서 그만."

단패의 발이 목을 눌렀다. 총대장이 단패를 말렸다.

총대장은 놈들을 갑대에게 맡기고 단패를 군막 안으로 끌어들였다. 총대장은 생쥐라는 자보다 단패의 정체가 더 궁금했다.

"이제 보니 네놈 솜씨가 보통이 아닌데, 저들이 올 줄 어떻게 알고 여길 왔느냐?"

"난, 천녕에서 옹기배 부리던 단패요. 왕대비마마 국상에 노군으로 가는 길이었어요. 물길이 막혀 나루터 주막에 들었는데 바람 쐬러 나왔다가 수상한 놈들이 모여 있는 것을 보았소. 놈들의 얘기가 오늘 밤 축시에 물막이를 트겠다는 거요. 나루를 지키다 놈들의 배가 뜰 때를 기다려 이리로 달려왔소. 군사들을 깨웠으면 저놈들은 쫓아내기는 하겠지만 잡지는 못했을 거요. 아마 저놈들은 나루에서 배마다 얼마간의 돈을 받았을 거요. 이를테면 행동대원들이요. 물막이가 트이면 줄줄이 기다리던 배가 내려가기로 되어 있소. 놈들의 계획은 치밀했소. 낮에 나루터 사람들이라면서 술동이를 가져온 것은 군사들을 잠재우기 위한 계책이었소."

총대장은 혀를 내둘렀다.

"아니, 너라는 놈이 왜 일찍 내 눈에 안 띄었냐? 어디서 뭐 해 먹고 살다가 이제서 나타났느냐, 이 말이다!"

총대장이 얼굴에 웃음을 보이며 단패의 등을 두드린다. 그때였다.

"총대장! 석수들이 모두 도망쳤소!"

군졸 하나가 군막 안으로 뛰어들면서 알렸다. 총대장 뒤로 단패가 쫓아갔다. 이십여 석수가 묵던 막은 텅 비었다. 그 막 앞을 지키던 군졸은 사색이 되어 벌벌 떨고 있었다. 그도 어젯밤 놈들이 가져다준 동이 술에 곯아떨어졌으리라.

"근방을 샅샅이 뒤져라! 한 놈도 놓치지 말고 모두 잡아 와!"

이미 멀리 갔을 석수들이었다. 그들은 일을 하면서 시시때때 빠져나갈 틈만 엿보고 있었을 것이다. 쫓는다고 잡힐 그들이 아니었다.

"총대장! 이미 늦었을 것이오."

"건지산 초막을 모두 뒤져라!"

총대장의 얼굴은 사색이 되었다.

"소용없소. 바위를 온전히 깼다고 해도 나루터 패들에게 맞을 뭇매가 두려워서 그들은 이제 여기 살 수 없는 자들이오."

어느새 군막 가까운 마을에 숙사를 정해 묵고 있던 정동설이 왔다.

"그 놈들을 꽁꽁 묶어서 석수 군막에 넣어 두시오. 한 놈이라도 도망치면 총대장의 목이 위험할 것이오."

총대장의 지휘로 군사들은 침입자 일당을 결박하여 석수들이 묵던 군막 안에 넣었다. 그들의 얼굴에서 벗겨낸 검은 두건을 군졸 서넛이 썼다. 두건을 쓴 군졸들이 군막 안으로 들어갔다. 주먹과 발길질이 결박당한 자들을 마구 강타한다. 비명과 고함이 들렸다.

"분명히 너희 놈들 뒷배를 봐주는 자가 있을 것이다. 그자가 누구인지 대라. 오늘 밤 안으로 대지 않으면 대탄바위 밑으로 수장을 시킬 것이다."

두건 중에는 단패도 끼어 있었다. 그는 설안의 나그막에서 생쥐로 장난치던 자를 가려 사정없이 구타했다. 배에 가득하던 옹기가 박살이 나서 수북하던 모습은 지금 생각해도 분이 풀리지 않았다. 분풀이로 주먹과 발길질이 놈에게 날아갔다. 소식을 듣고 급히 달려온 정동설은 그 모습을 유심히 봐 두었다.

"단패라고 했냐?"

"예! 내 어린 귀가 세상 소리를 알아듣기 시작하면서부터 사람들이 단패라 불렀습니다."

"오늘 밤 나와 함께 갈 곳이 있다."

정동설은 말에 올라 단패와 군사 둘을 더 데리고 횃불을 밝혀 군막을 나섰다. 하루가 급하다. 군졸들만으로는 부족하다. 석수들을 더 모아 와야 한다. 건지산에 석수들이 남아 있을 리 없으니 소부석소가 옮겨왔던 박병산으로 가볼 생각이다. 멀리 상심나루에 불빛이 아직 잠들지 않고 있었다. 군사들이 습격한 놈들을 잡느라 정신이 팔린 사이에 석공들은 기회라 생각하고 도망쳤을 것이다. 가비가 나루터에서 몰매를 맞았다는 소문은 군영에 파다하게 퍼졌다. 석수들도 일이 끝나면 나루터 뱃사람들에게 몰매 맞아 죽을 것이라는 소문도 돌았다. 낮에 술동이를 가져왔던 사람들이 흘리고 간 얘기들이었다. 모든 추측이 그들의 계략이라는데로 기울었다. 단패는 솔산에 올라가서 들었던 얘기를 그대로 정동설에게 말했다. 결국 정동설은 흑포 영감 패들에게 보기 좋게 당한 셈이다. 어둠 속을 걸으면서도 분이 풀리지 않았다.

소부석소 사람들이 떠난 박병산 석산은 어둠 속에 잠들어 있었다. 초막에 이르자 단패는 정동설의 지시로 쇠붙이를 두드려 남은 석공들은 깨웠다. 석공들 일부가 수석소 일을 맡으면서 영릉으로 함께 갔고 남은 석공들은 석산을 되살리려고 남아서 뒷일을 하다 잠들어 있었다. 석공들이 눈을 비비며 일어나서 난데없는 침입자를 경계했다. 정신 차려보니 눈앞에 관복이 떡 버티고 서서 새벽잠에서 깨어나기를 재촉한다. 감조관도 그렇게 갑자기 나타나더니 하루아침에 석산을 점령했다.

"모두 들어라. 나는 왕대비마마 국장을 치르는 산릉도감에서 온 소부석소 낭청 정동설이다. 너희들은 오늘부터 대탄에 물을 막고 있는 바위를 깨야 한다. 모두 짐을 챙겨 나를 따라라. 돌을 다루던 쇠지레가 있으면 함께 가져가라. 한 놈이라도 허튼짓하거나 도망치려고 하면 살아남지 못할 것이다. 딴생각은 아예 말고 따라나서라."

정동설의 엄포는 산을 울렸다. 모두 석장 이감에게로 눈이 쏠렸다. 어떻게 해야 하느냐는 투다.

"모두 갑시다. 왕대비마마 국상을 치르는데 우리가 사사로이 가고 안 가고를 따질 처지가 되겠소?"

이감이 앞서고 십여 명의 석수가 그 뒤로 따라나섰다. 횃불을 더 만들어 대열의 앞과 뒤를 비췄다. 말을 탄 정동설이 앞서고 군사 둘이 앞뒤에 섰다. 정동설의 말고삐를 단패가 잡았다. 석공 십여 명이 영문도 모르고 대탄을 향해 밤길을 걷는다. 한동안을 걷자 어느새 동쪽 하늘에 어둠이 걷혔다. 등 뒤에서 산 능선을 헤집고 붉은 햇덩이가 올라온다. 그들은 제 그림자를 밟아 조반 때가 되어서야 대탄에 닿았다.

군사들은 이미 조반을 마치고 바위를 깨러 들어갔다. 어젯밤에 도망친 석수를 빼니 일꾼들은 허룩하게 비었다. 박병산에서 도착한 일행은 국물에 주먹밥 하나씩 받아 들어 입에 욱여넣고 국물을 후룩후룩 목구멍으로 넘겼다.

어젯밤 아수라장을 벌이던 물은 바위틈을 타고 말없이 흘러내리고 있었다. 쉬지 않고 흐르는 물에 맞서듯 바위는 수천의 세월을 물 가운데서 버티고 있었다. 물은 모여서 힘을 키우고 성이 날 때에는 바위마저 무너뜨리지만 땅 깊숙이 뿌리박은 바위를 어쩌지 못하고 세상 밖으로 드러난 모습만 맛보듯 핥고 훑고 비껴 흘러간다.

어젯밤 석수들이 모두 도망간 판에 이감 일행은 새로운 원군이 되었다. 새로 온 석수들은 연장을 잡고 바위로 들어갔다. 힘센 군사들이 쇠망치로 내려친다. 돌파편이 튄다. 뽀얀 돌가루가 퍼진다.

총대장은 어젯밤 석수들을 도망치게 한 책임 때문에 전전긍긍하면서 정동설의 눈치를 살피다 직접 물에 뛰어들어 일꾼들을 재촉했다.

"왕대비마마의 장례가 얼마 남지 않았다. 마지막 가시는 길을 편안케 해드리려면 우리가 밤을 새워 이 바위를 깨야 한다. 한눈팔지 말고 바위에 집중하라. 아무리 단단한 바위라도 우리를 이길 수 없다. 깨 부셔서 물길을 만들어야 한다. 어서들 서둘러라!"

정동설은 물 건너에서 총대장이 설치는 모습을 보고 흡족해한다.

"석장! 앞으로 열흘밖에 안 남았소. 이 군사로 바위를 모두 깰 수 있겠소?"

이감에게 묻는 정동설은 초조한 표정이 역력하다. 바위는 생각보다 강했다. 정동설이 알기로 오백여 년이 넘는 세월을 깨왔으니 그럴 법도 하건만, 그동안 물로만 깎아내렸어도 계곡에 물골 진 바위와 같이 뱃길은 났을 텐데, 인력으로 이토록 어려운 힘을 들이는 것을 보면 땅속 끝까지 심지를 단단히 박은 바위였다.

"강을 거슬러 오르려면 물이 늘어날 때를 기다려야지 바위를 깨는 것은 가당치 않은 일이오. 이 바위는 양근 땅을 지키는 보루와 같은 것이오. 땅속에 바위는 본래 그렇게 생겨먹은 것인데 사람이 배 한 척 편케 다니자고 바위를 깨는 것은 무모한 짓이라는 말이오. 오늘 이렇게 군사들이 힘들여 바위를 깬다고 해도 물이 불어나면 모두 헛된 일이 될 것이오. 문제는 강을 거슬러 오르면서 왕대비마마의 대여를 운구하려면 물이 넉넉할 때 해야 한다는 말이요. 이 바위가 여기에 뿌리박고 있는 뜻은 양근강에 물을 품어 지키기 위함인데, 그 물을 빼내려는 것도 아니고 단지 배 한 척이 오르려는 셈으로 이 일을 한다면 땅이 노할지도 모르오."

이감은 문득 하늘을 올려다보았다. 정동설은 처음 보는 이감의 당돌함에 매우 당황한 표정이다. 단패는 두 사람의 눈치만 보고 있었다. 힘센 쪽이 약한 쪽을 한바탕 억누를 기세다.

"흐름이 순리라면 멈춤 또한 순리인데 흐름을 막음도 역행이지만 멈춤을 뚫어 흘림도 역행이요. 세상에 머무를 것은 머물러야 하고 흘러야 할 것은 흘러야 하는데 인간이 그것들을 가만두지 않으니 땅과 하늘이 노하는 것이오. 암은 땅을 지탱하는 뼈인데 뼈를 건드리면 땅이 꺼지고 산이 무너져 흐름은 순리를 잃을 것이오. 위에서 아래로 흘러야 할 물이 거꾸로 흐르고 낮은 곳을 향해야 할 것이 위로 향하니 인간사가 소용돌이치듯 방향을 잡지 못하고 휘돌 것이오."

정동설은 그 앞에서 고개를 갸우뚱했다. 이감은 평생 돌을 다루어 온 돌쟁이였다. 그 돌쟁이가 공조 낭청 정동설 앞에서 알아들으라고 한마디 한다. 그 어조가 훈계하듯 무겁고 엄하다. 더욱 어쩔 줄 몰라 하는 것은 단패다. 이감은 단패도 처음 보는 얼굴이다. 수염과 눈매가 돌장이치고는 범상치 않다.

"이보오! 바위를 깨는 것은 왕대비마마의 장례를 치르기 위해서 우리가 반드시 해야 할 일이고 물이 거꾸로 흐르든지 바로 흐르든지 하는 것은 흐르는 물들이 알아서 할 일이오. 한가롭게 훈계들을 시간이 없소. 알겠소? 이 돌쟁이 늙은이! 얼른 건너가서 바위 깨는 일이나 거드시오!"

정동설의 음성이 높아지면서 군사들이 일하는 강 쪽을 손가락으로 가리켰다.

"나리! 이 노인의 몫을 내가 하겠소. 내가 한 사람 몫의 일을 하면 되지 않겠소."

단패는 정동설 앞에서 팔을 들어 보였다.

"암! 해야지."

"나도 깨리다."

생각 끝에 이감은 정과 망치를 잡고 단패 뒤를 따랐다. 군사들은 벌써 강으로 들어가서 뽀얀 돌가루 먼지를 일으키고 있었다. 그러나 힘겹게 오르내리는 철봉은 오래지 않아 지쳐갔다. 단패는 이감이 청태목을 잡고 내리치려는 망치를 빼앗아 내리쳤다. 몇 번 못 쳐서 지친다.

"쯧쯧쯧. 젊은이가 그렇게 힘을 못 써서야. 이리 주게."

이감은 커다란 쇠망치를 넘겨받았다.

"두 손으로 정을 잡아보게."

단패는 얼결에 정에 달린 청태목을 잡고 뚫던 바위 구멍에 댔다. 그 위로 이감이 망치를 내리친다. 단패가 내리치던 것보다 몇 배의 힘이 더 가해졌다. 노인의 팔에서 무슨 힘이 그렇게 나오는 것일까. 궁금한 답을 기다릴 겨를도 없이 이감이 가르친다.

"망치에 목덜미를 바짝 쥐고 번쩍 들어 올렸다가 자루 끝을 잡고 이렇게 내리치게. 사람의 힘으로 내리치면 돌을 이길 재간이 없어. 망치 스스로의 힘으로 내리쳐야 제힘을 받지. 망치대가리 제 놈의 무게만으로도 정의 머리를 때리기에 충분한데 쓸데없는 힘을 쓰니 지칠 수밖에. 자~아, 이렇게." 하면서 이감은 힘 하나 안 들이고 망치로 정 머리를 내리쳤다. 그 힘에 돌구멍이 퍽퍽 난다. 군사들의 눈이 모두 젊은 군사 못지않은 이감의 팔로 쏠렸다. 그도 삼십 년을 넘게 돌을 다루어온 팔이었다.

"젊은이는 여기 군사 같지가 않은데. 그렇다고 석수장이도 아닌 것 같고. 그러고 보니 날 감시하려고 온 위인이구먼."

"그래요. 도망치지 못하두룩 감시하려고요. 그러니 도망갈 생각은 아예 마시고 조심하시오. 어젯밤에 석수 스물이 모두 도망쳤는데 잡히면 머리와 몸뚱이가 따로 놀게 될 것이오."

"그러고 보니 관원도 아닌 것이 협박이 심하구먼. 허허허."

노인은 단패의 말에 아랑곳하지 않았다.

"단패! 너야말로 일이 끝날 때까지 예서 도망칠 생각은 마라."

정동설이었다. 그는 단패를 심복처럼 신임했다. 그런데 나그막에 동패형에게 소식을 전하지 못하니 어찌할까?

"나으리! 내게 동패라는 형이 있는데 지금 나그막에 묵고 있습니다. 지금 나를 기다리고 있을 거요. 물막이 트려는 놈들을 잡으려고 밤에 나왔다가 기별도 못 하고 있으니 오늘 밤을 빌어 잠시 다녀오겠어요."

"아니 된다. 형을 만나려거든 내 사람을 보내 데려오겠다. 너라는 놈이 여기서 꼭 쓸 만한 놈인데 형 핑계를 대고 달아날까 봐 걱정이 되는구나."

정동설의 걱정은 진심이었다. 일을 방해하려는 놈을 제 목숨 걸고 잡았으니 그 공이 대단한데 멋모르고 달아나기라도 한다면 아까운 인물 하나를 놓치는 셈이다. 그 형도 일손으로 하나 더하면 되지 않겠는가.

여울넘이

동패는 그날 밤 어디로 사라졌는지 모르는 단패를 기다리면서 나그막에서 며칠 밤을 보냈다. 가비는 설안이 끓여준 탕약을 먹고 겨우 기력을 찾아가고 있었다.

어두침침한 방안에서 딸애는 여전히 석수 노인의 손을 꼭 잡고 놓지 않았다. 동패가 방안에 들어서자 딸애가 눈치를 보면서 뒤로 물러앉는다. 가비는 여전히 다리를 움직이지 못한 채 눈만 깜박거리면서 낯설게 동패를 올려다보았다. 정신은 드는 모양이다. 딸애는 두 사람을 번갈아 보면서 무슨 말인지 꺼낼까 말까 하다가 그만두었다.

동패는 딸애가 잡고 있던 가비의 손을 꼭 잡았다. 언제 이렇게 누군가의 손을 살갑게 꽉 잡아 본 적이 있었던가. 얼굴을 꽉 채운 눈이 휑하니 남아 있지만 낯설지 않다고 느꼈다. 그렇게 손을 잡고 한동안 침묵이 흘렀다. 가비가 몸을 움직이려고 하다가 부목을 댄

다리에 아픔을 느끼는지 심하게 얼굴을 찡그렸다. 참는 손아귀 힘이 가비의 아픔만큼 동패의 손으로 전해졌다. 그렇다. 그것은 노인이 세상을 살아온 아픔이었다. 혼절한 동안 가비는 기나긴 여행을 했었다. 괴산 어느 산골짜기에서 낭이를 두고 내려와 붉은 강물에 떠내려오던 물길을 생각했다. 그때도 거의 정신을 잃고 그대로 머나먼 바다까지 가는 줄 알았었다. 그러나 바다는 가비에게 아직 멀었다.

"아저씨, 이거."

딸애가 동패의 뒤에서 대접을 내민다. 설안이 다려놓은 약이다. 동패는 가비의 몸을 일으켜 약을 권했다. 가비가 받아들어 단숨에 쭉 들이켜고 빈 대접을 딸애에게 건넨다.

"젊은인 어디서 왔소?"

몸을 움직이자 또다시 아픔이 오는지 오만상을 찡그리며 귀찮은 듯 동패에게 물었다. 첫 말문이다.

"정신이 좀 드세요? 어르신."

가비는 대답 대신 눈을 껌벅거렸다. 이쯤에서 잊고 지냈던 소싯적 낭이의 얼굴이 떠오르는 것은 무슨 징조인가. 죽었을까, 살았을까. 가비는 머릿속에 남는 잔영을 털어 버리려고 비 맞은 개털에 빗물방울 털어내듯 몸을 흔들었다. 낭이가 살아있다면. 이제는 '내가 가비다' 하면서 세상에 몸을 드러내고 휘돌아다녀도 괜찮을 것 같다는 생각을 한다.

"이름이 무어냐?"

동패는 딸애에게 물었다. 딸애는 대답 없이 가비의 눈치만 살피자 가비가 딸애에게 일렀다.

"낭이라 해라."

처음으로 붙여 주는 이름이다. 가비는 그냥 딸애라 불렀고 달리 불러 줄 사람이 없었으니 굳이 이름을 붙여야 할 필요가 없었다. 가비는 딸애를 데려온 동안 한 번도 불러본 적이 없는 이름을 댔다.

"낭이? 낭이? 거 이름이 괜찮네요." 하면서 동패는 고개를 갸우뚱거렸다. 그때서야 동패는 그동안 잊고 지냈던 엄니의 이름을 떠올렸다. 어렸을 때 부엌엄마에게서 들은 기억으로 엄니의 이름이 낭이라고 했다.

"어르신! 낭이는 가비 색신데요."

동패는 자기도 모르게 어머니로부터 들은 아버지의 이름이 입에서 튀어나왔다. 가비의 얼굴이 갑자기 상기된다.

"내가 가비다. 너는 어디서 온 누구냐?"

가비는 몇십 년 동안 잊고 지냈던 경계심에 봉두난발 한 머리가 솟구쳐 올랐다. 이 자가 도대체 누구인가.

"우리 엄니 이름자가 낭이라고 들었어요."

"그럼 가비는?"

"어렸을 적에 부엌엄니한테 들었어요. 아비가 없으니 이름자라도 알려달라고 졸라 내서 들었어요. 남의 집 종살이 이십여 년에 맨몸으로 쫓겨나서 옹기배를 타다가 한양에 임금님의 엄니 초상 치르 배를 타러 가는 길인데 왜 그리 놀라시는 거요?"

"나 좀 일으켜 주게."

가비는 손을 뻗었다. 동패는 노인을 일으켰다. 가비의 손이 일으
키던 동패의 손을 맞잡고 더듬어 동패의 얼굴로 갔다.

"이거 놓으시오. 쑥스럽게시리."

동패는 가비의 손을 멋쩍게 뿌리치며 일어섰다.

"어르신 몸조리나 잘하시오. 살아있으면 또 만날 날이 있을 거
요. 그리고 낭이야, 할아버지 잘 모시거라."

"할버이!"

가비의 커다란 눈에서 눈물이 주르르 흐르자 딸애는 고개를 흔
들면서 '할버이'를 외치고 덩달아 눈물을 떨어뜨렸다. 동패는 뒤채
에서 나와 대탄이 내려다보이는 솔산으로 향했다. 물은 나루에서
대탄으로 미끄러지면서 세찬 여울을 만들었다. 그 여울은 항상 오
르내리는 배를 한입에 집어삼킬 듯이 덤벼들어 열에 한둘은 교만
에 빠진 사공들을 잡아들였다.

멀리서 돌을 깨는 망치소리와 정소리가 돌가루 먼지를 뚫고 들
려온다. 동패는 나무 밑에 털퍼덕 주저앉았다. 눈을 감는다. 한양
에서 불어 오르는 바람에 날려 온 돌가루 먼지가 화약 냄새처럼 매
캐하다. 바위까지 가득 찬 물이 바람에 넘실거렸다. 물은 양근에서
한양으로 가는데 바람은 한양 쪽에서 양근 땅으로 불고 있었다. 강
물 위에 펼친 노을이 거칠게 너울거리고 너울 끝에 흰 거품이 인다.
물 위에 부는 바람도 메말라서 노질하던 촉촉한 얼굴에 땀기를 씻
어가는 바람이 비는 내려줄 것 같지 않았다. 임금의 추상같은 명이

하늘에도 미쳤을까. 대탄을 흐르는 물은 줄어들 대로 줄어들었다. 배들은 막힌 물길을 피해 멀리는 수청, 가깝게는 재뜰에서 머물고 마차와 짐꾼들은 짐을 풀어 상심나루까지 올리고 있었다.

넘실거리는 물바람과 함께 올라오는 망치소리는 대탄 사람들의 가슴을 때렸다. 사람들이 은근히 바라고 있는 비는 얄궂게도 내릴 기미조차 보이지 않는다. 대놓고 기우제를 지내는 것은 국상 중인 한양 쪽으로 일을 그르치게 하는 기원이기 때문에 섣불리 누구 하나 선뜻 나서지 않았다. 단패는 지금쯤 어찌된 것일까. 동패는 솔산 바위에 앉아 이런저런 생각에 잠겼다. 타고 가려던 뱃길이 며칠째 막혀 있으니 걷든지 눌러앉든지 양단간에 결정을 내야 할 것 같았다. 노인을 두고 나그막을 떠나고 싶지는 않았다. 아니, 딸애가 더 눈에 어린다. 아이와 노인을 보면서 초면임에도 끈적끈적하게 이끌렸다. 동패는 메마른 강바람을 맞으면서도 그 감정이 가슴에 아직 축축하게 남아 있었다. 뱃길이 쉽게 뚫리지 않는다면 단패를 찾아서 재뜰 밑에서 한양 가는 배를 얻어 타든지 하루 밤낮을 걸어 가든지 해야 한다. 생각 중에 함께 길을 나섰던 오빈나루 노 사공이 솔산 쪽으로 올라왔다.

"어쩔 셈인가? 물을 따라 내려가든지 거슬러 올라가든지 해야 할 것 아닌가. 나야 포기하고 돌아가서 나룻배에 노나 저으면 그만이지만 그쪽은 한양으로 꼭 가지 않으면 아니 될 이유가 생겼지 않나. 얼른 떠나게. 재뜰까지 걸어서 내려가면 저 여울이 막혀서 오르지 못하는 배들이 있을 것이네. 요즈음에는 여울넘이를 하던 장정들이 재뜰까지 올라온 짐을 대탄까지 올리면서 벌이를 하고 있으니 뱃길이 거기서부터는 이어질 것이네. 하늘에서 비가 흠뻑 내려 큰물이 불어준다면 바위 깨던 일도 모두 헛고생이 되겠지. 물이 불어 바위를 덮으면 모두가 헛일인데 그걸 알면서도 돌가루먼지를 날리는 저 사람들이 모두 개미 같지 않나? 우리도 역시 세상바닥에서 조그만 자갈 하나 넘지 못해 쩔쩔매는 개미인지도 모르지."

바람이 일자 청탄 쪽에서 올라오는 짐을 받아 실은 배들이 돛을 올린다. 바람이 도와주니 힘 안 들이고 양근 쪽으로 올라갈 수 있는 기회다. 내려갈 때는 여울의 흐름 따라 내려가고 오를 때는 여울을 거슬러 오르는 바람 따라 올라간다. 한양에서 바람이 불어올 때면 오르는 배들은 하얀 돛을 올렸다. 그래서 상심마을 사람들은 한양에서 불어오는 바람을 하얀 바람이라고 했다. 하얀 바람이 불 때면 배들이 흰 돛을 달고 몰려 올라와 여울 밑에서 멎었다. 아무리 힘센 하얀 바람이라도 상심나루 큰여울에는 맥을 못 춘다. 그래서 하얀 바람보다는 여울이 더 세다.

동패가 일어나서 바람을 등지고 내려오려는데 솔산 밑 너럭바위에 사람들이 모여 제물을 쌓아놓고 기원하는 모습이 보였다. 노 사공이 알아채고 귀띔한다.

"기우제라네. 소문이 나면 군영에 있는 사람들에게 들킬까 봐 숨소리도 숨겨 가면서 기우제를 지내야 하는 세상이 되었다네. 돌을 깨러 온 군영에서는 상심 사람들이 기우제 지내는 것을 보고 제물들을 흩뜨리면서 훼방을 놓지 않았다던가. 자기네 일을 방해한다고. 그게 조정의 뜻은 아닐 걸세. 결국 돌아가신 왕대비마마를 욕 잡숫게 하는 짓이지. 자 가세! 난 배를 바쳤으니 걸어서라도 가기로 했네. 평생을 나루에서 배로 밥 빌어먹은 놈이 나라에서 우리 같은 뱃놈을 쓰겠다는데 마다할 리가 있겠나. 허나 이젠 되돌아가야 할 일이 생겼어."

그랬다. 모두들 비가 내리기만 기다리고 있었다. 비가 오면 뱃길도 뚫리고 조금 더 많이 온다면 바위를 깨는 일도 끝이 날 것이다. 그래서 물은 세상에 모든 분란을 평정할 것이다. 노 사공은 앉았던 바위에서 엉덩이를 털고 일어서 산을 내려갔다. 동패가 그 뒤를 따랐다.

"아무래도 나그막 뒤채에 있는 노인과 그쪽 얼굴이 닮은 것 같애. 전생에 무슨 인연이 있었는지는 모르지만 꼭 부자지간 같더라고. 나그막에 들자마자 설안이를 뒤쫓아 건지골에 갔던 것도 그렇고 말일세. 내게 숨기려는 것이라도 있나? 그럴 필요 없어."

사공 노인은 딴청을 하듯 넌지시 물었다. 동패는 제 얼굴을 보지 못해 익숙하지 않으니 닮았는지 안 닮았는지 알 길이 없다. 솔산 비탈길로 들어서려는데 밑에서 나그막 설안이 숨 가쁘게 올라왔다. 필시 무슨 일이 있는 것이 틀림없다.

"이보세요. 나그막 뒤채에 건지골 영감이…."

빨리 내려오라고 손짓을 했다.

"영감님이 급히 보자고 하네요. 얼른 내려와 보세요."

무슨 일일까. 부르는 설안보다 내려가려는 동패의 마음이 더 급했다.

"무슨 일이요?"

"글쎄 가보면 알아요. 얼른 내려오시기나 하셔요."

산을 내려오자 설안이 두 사람을 잡아끌 듯 한다. 동패가 앞장서서 나그막으로 돌아와 뒤채 대살문을 열어젖혔다. 가비가 동패를 보자 얼른 들어오라고 손짓을 했다.

"날 좀 업고 가주게. 갈 곳이 있네."

"그 몸으로요?"

"내가 살면 이 몸으로 얼마나 더 살겠나. 죽기 전에 가봐야 할 곳이 있네. 부탁이네."

가비는 차돌 같은 흰 이빨을 보이면서 홀로 일어서려 하였다. 그러나 몸이 따라주지 않는다. 동패가 만류하며 노인을 되눕혔다.

"당신 혼자서 강으로 가시겠다고 무릎걸음으로 방에서 기어서 나오시잖아요. 딸애는 어떡헐려구."

설안이 걱정하자 가비가 설안을 안심시켰다.

"그 약을 먹고 이렇게 기운을 차리니 정말 고맙소. 내 다시 돌아올 것이오. 딸애를 잘 봐 주오."

노인이 딸애에게 눈짓을 하자 딸애는 노인의 옷깃을 잡고 늘어지면서 함께 따라가겠다고 나섰다.

"싫어! 싫어! 할버이하고 같이 갈래."

설안이 나서서 가비의 옷깃을 잡은 딸애의 손아귀를 풀자 딸애가 주저앉았다. 동패가 노인을 등에 업으니 몸이 검불같이 가벼웠다.

"딸애가 기다릴 테니 속히 돌아오셔요."

설안은 남은 약을 싸서 동패의 허리춤에 매달아 주었다.

"어디로 가는지 알기나 하면 좋으련만."

설안이 노인의 고집으로 가는 곳을 알려줄 것 같지 않아, 문을 나서면서 들으라고 던졌으나 대꾸가 없었다. 동패의 등에 업힌 가비는 어깨를 잡은 손에 힘이 들어 있었다.

"미안하네. 양근 쪽으로 가게. 양근으로 들어서기 전에 돌산 모롱이를 돌면 강가에 집이 한 채 있네. 거기로 가세. 내 마지막으로 낯선 젊은이 신세 좀 져야겠네."

그러면서 노인은 동패의 어깨를 꽉 쥐었다. 동패가 그 느낌을 받는다. 귀에 대고 말하는 노인에게서 아직도 돌가루 냄새가 났다.

"어디로 가던 길이었나?"

"한양에요."

"그러면 방향이 역이지 않나. 하여튼 그곳까지만 데려다주게."

"그 아이 이름자가 낭이라고 했지요? 왜 하필 우리 엄니 이름자와 같은 낭이일까요. 할아버지 손주 맞죠?"

"아닐세. 내 오래전에 석물 값으로 받은 아이네. 혼자 살기 적적해서 키워보려고 했지만 제대로 먹이지를 못했네. 가여운 아이지. 이제 제 갈만한 곳으로 보내야지. 자네 같은 젊은이가 그앨 데려가 주었으면 좋으련만."

"어디예요. 아이를 데려왔다는 곳이."

강가 모랫길을 사뭇 걸으면서 두 사람은 서로 묻고 답하였다.

"어느 부잣집에서 키우던 아일세. 어미가 그애를 낳자마자 죽고 아비는 모른다네. 아비는 아마 어미에게 씨만 주고 도망을 쳤다지. 몹쓸 놈의 세상."

"쫓겨난 게 아니고요? 어르신은 건지골이 태생인가요?"

"떠도는 늙은이가 태생이 어디 있나. 머무는 곳이 태생이지."

"그럼 지금 가는 곳도 태생이 되겠군요."

"젊은이, 부친이 가비라고 했나?"

"우리 엄니한테 분명 그렇게 들었어요. 평생 기억에 생생해요."

"어머니는 만나본 적이 있나?"

"찾았어요. 천녕에 어느 골짜기 사기막에서 그림을 그리고 살았댔어요. 몇 년 전에 만나서 같이 살고 있어요."

노인은 대답 없이 늘어져 잠들고 있었다. 아직 잠들지 않은 바람은 동패와 가비의 갈 길을 밀어 올려주고 있었다. 배는 때를 만나 돛을 높이고 서풍을 탄다. 바람이 하얀 돛을 밀어 올렸다. 단패를 찾아 가야 한다. 동패는 거절할 수 없어 노인을 업고 가지만 단패 걱정이 마음을 떠나지 않았다. 노인은 동패의 등에서 배로 전해지는 뜨끈한 온기를 느꼈다. 듬직한 등허리였다. 그들은 뒤따르고 있는 사공 노인을 까마득히 잊고 있었다.

대탄바위는 날이 갈수록 한 조각 한 조각씩 떨어져 나가고 있었다. 수천 년을 버텨온 바위도 임금이 마음만 먹으면 무엇이든지 할 수 있다는 것을 보여주는 듯 일백여 군사와 석수들의 정질과 지레질에는 맥없이 무너지고 부스러졌다.

상심마을 사람들의 가슴속에 대대로 박혀 있던 뿌리가 잘려나가고 있었다. 상심마을에 살아 본 일이 없는 군사들과 석공들은 그 가슴을 알 리가 없다. 하루하루 잘려나가는 바위 조각들을 보고 왕대비마마의 장례일이 가까워 옴을 알고 있을 뿐이었다. 일의 속도가 붙자 정동설은 신이 나서 군졸들과 석공들은 격려했다.

"자! 얼마 남지 않았다. 이 바위가 뚫리면 육백 년 넘게 물길을 막고 있던 강물이 뚫릴 것이다. 이제 한양에서 동방 삼도로 가는 배는 거침없이 물길을 치오를 것이다. 조금만 더 힘을 내라. 일을 마치면 나라에서 큰 상을 내릴 것이다."

정동설이 이감 쪽에 대고 이른다.

"석장. 정말로 고생이 많소. 이번 일은 석장의 공이 크오."

그동안 깨들어 온 바위가 이제 대여섯 자밖에 남지 않았다.

"낭청 어른. 우리가 오기 전에 일하던 사람들이 도망을 쳤다고 하던데 어디서 온 사람들이었어요?"

"그건 왜 묻소? 그들은 다시 찾지 않을 것이오. 우릴 배신하고 떠난 자들이오. 쫓아가서 잡아 죽이지 않는 것만으로 그들은 다행스럽게 생각해야 할 것이오."

정동설은 그들이 도망친 데 대해 강한 서운함을 드러냈다.

"돌에 심을 박아놓은 솜씨가 범상치 않아서요. 돌을 깨낸 것은 우리 공이 아니오. 먼저 와서 일하던 사람들이 돌 깊숙이 심을 박고 물푸레나무 쐐기를 질렀기 때문에 그 틈이 벌어져서 쉽게 깨낼 수 있었던 것이오. 돌에 쐐기 박는 일은 보통 돌일 하는 사람이면 할 수 있는데 결을 찾아 박는다는 것이 보통 솜씨가 아니기 때문이오. 그들이 도망을 갔다면 아까운 일손은 놓친 거요."

정동설은 대답이 없었다.

"그 사람이 혹시 건지골에서 온 노인이 아니요?"

정동설 옆에서 총대장이 고개를 끄덕였다. 오래전에 걸망을 메고 다니는 건지골 석수 노인이 돌 일을 하겠다고 박병산 채석장으로 찾아온 적이 있었다. 돌 일도 밥줄인지라 일손을 더하는 것보다 식량을 축낼 입을 더는 쪽이 더 나았다. 그때 이감은 거절하고 건지골로 갈 것을 권했다. 거기에 가서 스스로 일한 만큼 알곡과 바꾸어 먹으면 밥은 굶지 않고 지낼 수 있다고 했다. 박병산 석공들은 관아에 필요한 일들을 주로 했고 건지산 석공들은 여염집에 소용이 되는 석물을 주로 만들었다. 그 손이 지금 값지게 쓰임은 왕대비마마의 상여길을 뚫는 대탄바위 깨는 일이다.

"총대장! 그 노인을 놓치지 마시오. 이 근방에서 돌 일이라면 그 노인을 당할 사람이 없소."

"일 없소. 이제 끝나가는 일이오. 돌 깨는 일 마무리나 집중하시오. 이깟 바위 깨는 일에 망치 때리는 힘만 있으면 되었지 무슨 재주가 필요하오."

겨우 이레 정도가 지났지만 총대장은 석수 가비를 이미 잊은 지 오래였다. 도망한 석수들과 함께 불귀의 객으로 취급하고 있었다.

다시금 총대장은 일을 재촉했다. 처음 덤벼들 때에는 엄두가 안 나던 바위가 장정들의 계속되는 망치질과 정질에 금이 가고 골병이 들어 여기저기서 부서져 크고 작은 조각들이 떨어져 나갔다. 물에 쓸려 내려갈 만큼 잘게 부숴서 내려 떨어뜨려야 한다. 자칫 잘못하다가 금이 간 바위를 통째로 지레에 들려 넘겼다가는 물속에서 꼼짝도 하지 않아 이러지도 저러지도 못하게 될 것이다. 총대장은 그것을 염려할 뿐이었다. 그러니 군졸들에게 다그침은 더 심해졌다. 석공들 또한 쉴 틈 없이 돌가루와 땀이 범벅이 되어 얼굴에 엉겨 붙었다. 대여가 지나려면 그 넓이가 서른하고도 여섯 자는 넘어야 한다고 정동설로부터 단단히 일러 들었다.

보름이 넘어가면서 이제 물을 막고 있던 커다란 바윗덩이가 서른 자 넘게 깎이어 나갔다. 정동설은 매일매일 도감으로 계를 올리면서 건너편 바위에 올라서서 흐뭇하게 내려다보았다. 박병산 소부석소에 석공들이 아니었다면 일이 낭패를 볼 뻔했다. 일이 잘되려고 했던지, 소부석소의 일이 일찍 끝나 여유가 있었기에 망정이지, 건지산 석수들이 도망치고 나서 한양에서 온 석수와 군사들만으로는 어림없는 일이었다. 손이 많다고 되는 일이 아니었다. 물속에 뿌리박은 바위에 약한 틈을 골라 정질을 하고 실금을 내어 못정을 박고 장지레 틈을 만드는 것이 기술이었다. 그 실금이라는 것이 바위의 결을 모르고서는 도저히 찾아내기 어려운 것이다.

이곳만 뚫으면 아쉬운 대로 너비 서른 자 가량의 뱃바닥이 넓은 평저선은 어렵지 않게 대탄 큰여울을 넘어 다닐 수 있을 것이다. 아

347

쉬운 것은 여울넘이 하는 사공들의 일거리였다. 지금이야 여울을 막아 수청까지 올라오는 물목을 마차와 등짐으로 실어 나르고 있지만 이제 물막이를 트고 나면 그나마 일거리도 없어질 것이다. 상심나루 사공들이 일거리가 줄어드니 나그막에 쉬어가는 객들도 줄어들 것이다. 봄에서 여름이 오기까지 기다리던 비는 바람으로 구름의 변죽만 치고 달아났다. 몰래 지낸 기우제도 소용이 없었다. 물길이 트이는 군영에 흥분은 도를 더해가고 상심마을의 낙심은 깊이를 더해갔다. 상심나루 유선에서 갖은 협잡질을 하던 유객들은 배가 오를 물골을 파러 간다고 떠났다. 보나 마나 물골 파는 일은 그들이 직접 할 일이 아니었다. 겉보리나 벼 몇 바가지씩 나누어 주면서 마을 사람들을 불러낼 것이다. 툴툴거리는 사람들에게 나라의 일이라고 에두를 것이다.

저녁은 삶은 고기가 서너 점씩 국 바가지에 담겨졌다. 일이 진전되자 정동설은 양근 군수에게 청을 넣어 도야지 두 마리를 잡아들였다.

"목구멍에 돌가루를 씻어내려면 이 기름 덩어리를 꿀꺽꿀꺽 삼켜야 해여."

이감은 바가지에서 비곗덩어리 한 점을 입에 넣고 우물거린다. 오랜만에 입안이 고소하다. 누군가 이감의 국 바가지에 고깃덩이를 서너 점 더 넣는다. 정동설은 그를 보며 의미 있게 웃는다.

"이보시오 석장! 소부석소 사람들이 아니었다면 일이 더뎌서 큰일 났을 것이오. 한양에서 온 식구들이 일머리를 모르니 머릿수만 가지고 되는 일이 아니라는 걸 알았소. 든든하게 들어두시오."

이감은 자신의 국 바가지에서 고깃덩이를 건져 단패의 바가지에 넣었다.

"그건 석장의 것이니 넉넉히 드시오."

총대장은 자신이 직접 바가지로 고깃덩이를 건져서 단패의 바가지에도 붓는다. 그 모습을 보더니 정동설이 직접 고기를 몇 점 단패의 바가지에 넣었다. 단패가 황송해서 어쩔 줄 모른다.

"고맙습니다. 낭청 어른."

오랜만에 먹어보는 고기 맛이다. 총대장은 얼마 남지 않은 강의 바위를 보면서 흐뭇해했다.

"단패! 자네 예선군 되려고 한양으로 가던 길이라고 했지. 이 일을 끝내고 나서 내 서찰을 써줄 테니 광진나루에 가서 보여줘라. 자넨 이번에 왕대비마마 장례에 상여를 메든지 배를 끌어 올리든지 한 역할을 꼭 맡아야겠다. 내일쯤이면 일이 끝나니 여기를 뜰 것이다. 나그막에는 자네 형이 출타 중이라 해서 주모한테 얘기해뒀으니 걱정 말아. 소식을 들으면 이리로 올 것이네."

정동설이 단패의 어깨를 두드리자 단패는 바가지에 국밥을 떠먹다 말고 정동설에게 넙죽 절을 했다.

"나리께서 천한 것을 위해 서찰을 써주신다니 이 은혜 백골이 되어도 잊지 않겠습니다."

벼슬아치를 대하는 단패의 말과 행동이 제법이다.

"낭청 어른. 우린 이제 할 일을 다 한듯하니 박병산으로 돌아가도 되겠소?"

이감은 며칠째 박병산을 떠나와서 석산의 일이 궁금했다. 매일 찾아 올라가서 예를 올리는 거북상이 궁금했다. 왜목터 회양암 노승은 별일이 없을까. 그동안의 긴장이 풀리자 이런저런 생각이 복잡하다.

"석장. 정말로 어려운 일을 했소. 박병산 사람들이 아니었다면 지금까지도 돌을 못 깨고 있었을 거요. 우린 이제 산릉 일을 하는 여주로 가야 하오. 소부석소 사람들은 모두 그리로 갈 것이요. 석장은 우리와 함께 가시오."

석장 이감은 겸손하게도 낭청의 공치사를 정중히 사양했다.

"우린 그저 깬 돌을 치워냈을 뿐이오. 도망을 쳤다고 하는 석수들이 어려운 있을 해냈소. 일의 실마리는 가장 어렵게 맺힌 곳을 푸는 것인데 그 사람들이 그걸 해낸 것이오."

그날 저녁에 대탄 큰여울은 삼십여 척 넘는 폭으로 물길이 뚫렸다. 이감은 도망을 쳤다는 건지산 석수들에게 물길을 뚫은 공을 돌렸다. 이감이 이곳 군영에서 소문으로 들으니 건지산 노석수는 바위를 깨다가 나루터 대사공들에게 몰매를 맞아서 초주검이 되었다고 했다. 이감은 젊었을 적에 그자를 기억한다. 건장한 체격에 주먹으로 바위까지 부셔낼 것 같은 힘이었는데 무얼 못하랴. 이감은 그자가 박병산에 찾아왔을 때에 내심 우두머리를 빼앗길 것 같아 쫓아버린 것이나 다름없었다. 그의 가슴 속에는 그것이 항상 개운치 않게 남아 있었다.

물막이를 트자 상심나루에 고였던 물이 한꺼번에 홍수를 이루어 한양으로 흘러갔다. 군사들과 석공들은 뚫린 물길로 세차게 흐르는 물을 보고 군영에 모여서 만세를 부르고 있었지만, 상심마을 사람들은 솔산에 올라가서 그 모습을 애석하게 바라보고 있었다.

"기어이 뚫리고 마는구나."

여울넘이 사공질을 하던 육재네 삼 형제였다. 이 대감이 그들 뒤에서 어정쩡하게 대탄 쪽을 내려다보고 있었다. 정동설은 세차게 한양 쪽으로 내리흐르는 물길을 보면서 생각에 잠겼다. 이번 일을 잘 끝내고 나면 자신도 공신록에 오를 것이다. 국장도감 총호사 김수홍의 언질을 생각한다. 가슴은 한껏 부풀어 올랐다.

멀리 검단산 쪽으로 노을이 붉게 타고 있었다. 일을 성공적으로 끝낸 군영도 들떠 있을 때 두 사람이 탄 배 한 척이 다가오고 있었다. 동패와 노 사공이었다. 단패가 물로 뛰어들듯 배로 다가가며 형을 맞았다.

"단패! 내가 그 노인을 빈양산 밑 노 사공 댁에 모셔드렸다. 거기서 편하게 지내실 거야."

동패는 묻지도 않는 말을 단패에게 했다.

"젊은 사공들. 잘 다녀오게. 난 이제 오빈나루로 돌아가겠네."

노인은 동패를 내려주고 뱃머리를 돌려 다시 양근 쪽으로 길을 잡았다.

"낭청 어른. 이쪽이 내 형입니다요."

"이놈 동패라 부릅니다요."

동패가 정동설 앞에 허리 굽혀 절했다.

"허, 그놈 일도 빠르더니 일할 사람 구해오는 것도 빠르구만. 너희들은 내 서찰을 써줄 터이니 이 서찰을 가지고 광나루로 가라. 그러면 노군으로 뽑혀서 다시 올라올 것이다."

정동설은 반갑게 두 형제의 손을 맞잡았다.

"부디 잘 다녀오라. 내 부석소 일을 마치고 오면 발인 다음 날 대탄에서 만날 것이다."

정동설은 이감과 함께 박병산으로 갔다. 이제 박병산 소부석소 석수들을 데리고 산릉도감으로 속히 떠나야 한다. 일을 마친 군사와 석수들은 이튿날 총대장의 지휘 아래 관선 세 척에 나누어 타고 대탄을 떠났다. 군사들은 한양으로 가고 석수들은 박병산으로 돌아갔다. 단패와 동패도 군사들 틈에 끼어 한양으로 내려갔다.

군사들이 탄 배는 재뜰을 뒤로하고 청탄을 지나 월계를 거쳐 병탄에 이르러 두 물이 만나는 합수머리에 대었다. 두물머리나루는 분원을 거쳐 광주목에 이르는 물의 큰 길목이었다. 나루를 중심으로 양근과 용진 쪽으로 갈라지고 합치는 오름배와 내림배들이 분주하게 드나들었다.

단패는 강심 쪽에 오르는 배를 바라보다가 멀리 오지거북을 잔뜩 실은 배를 발견했다. 오지거북. 저것이 진정 속이 비었을까? 생쥐. 그렇다. 사공은 멀리 보기에도 생쥐의 모습이었다. 그쪽에서 이쪽의 많은 군사들 틈에 낀 단패를 알아보기 어려웠지만 단패는 생쥐를 금방 알아봤다.

"총대장님! 물막이를 트러다 잡혀서 양근 관아에 넘겨졌던 저놈이 어떻게 여기를……."

"내버려 두어라. 바위 깨기는 이제 끝났다."

총대장도 그를 알아보는 모양이다. 태연한 것을 보니 그날 이후 생쥐에 대해 단패가 모르는 일이 있는 것 같았다. 상심나루에서 단패의 독배를 박살 내고 달아난지 얼마 만인가. 배는 한양 쪽으로 내려가는데 생쥐의 거북배는 양근 쪽으로 오른다. 단패는 배에 몸을 맡기면서 고개는 거북배를 따라 돌아갔다.

배가 병탄 합수머리인 두물나루에 멎었을 때에 단패는 배(腹)를 움켜쥐면서 배(船)에서 내렸다. 단패가 배에서 내리자마자 풀 속으로 사라지는 모습을 군졸들이 보고 낄낄거리며 웃는다.

"저자가 어제 비곗덩어리를 그렇게 퍼 먹드니만 기어코 배탈이 난 모양이네. 하하하하."

군졸들이 배에서 내려 점심 요기를 하고 배에 다시 올랐을 때 단패는 보이지 않았다. 어찌된 것일까. 군졸 몇이 풀숲을 뒤져서 찾았지만 단패는 이미 그 근처에 없었다.

"버려둬라. 가기 싫은 뜻이면 굳이 같이 갈 생각은 없다. 거~어 참, 싱거운 놈이로구나."

총대장은 단패를 버려두고 배를 띄웠다. 동패는 어리둥절했다. 동생이라는 것이 천방지축으로 날뛰는 것인지 무슨 계산이 있어서 하는 짓인지 도무지 종횡을 잡을 수가 없었다. 하지만 기왕에 내친

길이니 가기는 가야 할 것 같았다. 그리하자. 어차피 대여가 오르면 대탄에서 만나겠지.

동패는 단패의 재주를 믿고 홀로 총대장을 따라가기로 했다. 정동설이 적어준 서찰에는 분명 두 형제가 적혀 있을 터인데. 저 혼자 남아서 뭘 어쩌자는 것일까. 동에서 번쩍 서에서 번쩍하는 아우니 어디서 무슨 수를 쓰려고 내렸는지는 모르지만 형을 홀로 보내는 것이 야속했다.

동패의 등에는 노인을 업었을 때에 배가 맞닿았던 온기가 아직도 남아 있는 듯했다. 자신에게도 아비가 있었다면. 노인을 업고 걸으면서 몇 번이고 소원했다. 아비만 있었어도 개구멍바지로 들어가지는 않았으리라. 아니, 그렇다면 송녀도 못 만났겠지. 송녀는 정말 이 세상에 없는 것일까? 부엌에서 그녀를 받쳐 들 때에 검불 같은 가벼움이 가슴을 매우 아프게 했다.

단패는 두물나루 갈대숲에 숨어 있다가 배가 떠난 후에 강가로 나왔다. 멀리 거북을 실은 배가 오르는 것이 아직 보인다. 저것들이 분명 속이 꽉 차 있는 맹꽁이 거북이리라. 그렇다면 어느 나루에서 또 선량한 양민들을 등쳐먹을 것인가. 나루터의 독배를 박살 내던 그때 생각만 하면 지금도 깊은 속살까지 소름이 돋는다. 오지거북을 실은 배를 쫓아가려면 두물나루에서 배를 얻어 타야 한다. 분원으로 건너려는 배가 한 척 있었지만 그 배로 거북배를 쫓는 것은 역부족이다. 단패는 사공에게 다가가 허리춤에 챙겨 두었던 엽전 꾸러미를 내보였다.

"쪽배 한 척 빌리겠소."

엽전을 보자 사공은 고개를 끄덕이며 강가에 매어놓은 쪽배 한 척을 가리켰다. 단패는 엽전을 꾸러미 채로 던지다시피 사공에게 건네주었다. 사공은 얼른 받아들고 횡재한 듯 입이 딱 벌어진다.

"오늘 해전에는 돌아오시오."

단패는 고개를 끄덕이며 쪽배에 올라앉아서 있는 힘을 다해서 쌍노를 젓기 시작했다. 노가 날갯짓을 하듯 배를 밀어냈다. 노를 저으면서 단패는 행전에 끼워둔 창칼을 다시 확인했다. 여차하면 써먹어야 할 소중한 물건이었다.

옹기거북. 세상에 귀한 물건이었지만 단패의 아비가 죽고 나서 속이 꽉 찬 맹꽁이 거북이 나돌아 판을 쳤다. 단패의 아비가 만들었던 옹기거북은 배가 파선되거나 전복이 되었을 때 진정 사람을 살리는 속 빈 거북이었다. 그런데 그 귀한 거북을 모방해서 속이 비지 않은 맹꽁이 거북을 만들고 뱃사공들에게 목숨을 살리는 물건이라고 설레발을 치며 얼렁뚱땅 팔아넘기는 행각을 벌이며 다닌다.

쥐새끼 같은 놈. 대탄에서 물막이를 트러다 잡혔을 때에 반쯤 죽여 놓고 영영 배를 못 타게 했어야 하는 건데, 그때에 양근 관아로 넘겨져서 볼기 몇 대 맞고 풀려난 모양이다. 숨 가쁘게 노를 저어가니 멀리 독배가 눈에 들어왔다. 그때부터 단패는 노질을 멈추었다. 예상대로 오지거북을 실은 배는 상심나루에 배를 댈 모양이다. 단패는 대탄에서 강가 풀숲에 배를 대고 상심 쪽으로 사뭇 걸어 올라갔다. 땀이 등을 적신다.

"자아~! 공님들 이리들 모이시오. 사람을 살리는 거북배가 왔어요. 이 거북은 분원 땅에 귀한 흙으로 만든 영험한 거북이요. 공님들! 배에 한 마리씩 갖고 다니지 않으면 언제 물귀신 밥이 될지 아무도 알 수 없어요. 자~아! 한 마리에 스무 냥이요."

사공들이 모여들었다.

"이게 사람을 살린다는 그 거북이여? 귀하다드니 이렇게 많은 감?"

단패가 자세히 보니 거북을 팔려고 떠드는 사람은 쥐사공이 아니다. 배에서 얼핏 보았던 그의 모습은 보이지 않았다. 낯선 자가 오지거북을 팔고 있었다. 분명 배에서 건너다볼 때에는 나그막에서 드잡이 하던 그 자가 분명했었다. 한양으로 가는 배에서 내려서까지 쫓아왔는데 낭패였다.

"내 이번에 공님들을 위해서 특별히 빚어서 구워왔어요."

"거북이 배에 똥이 꽉 찼구만 그래. 이게 어디 똥거북이지 사람을 살리는 영험한 거북인가? 나루터에 사는 놈들이라고 얕보고 무시하는 거여. 이런 돌덩어리를 갖고 와서 우릴 속여먹으려고 해?"

육재였다. 그 옆으로 두 형제가 날개를 달았다. 여차하면 덤벼들 기세다. 육재는 오지거북 하나를 들어 내던졌다. 돌처럼 튀면서 거북의 다리 한쪽의 깨진 파편이 흩어졌다. 몸통은 돌처럼 멀쩡하다.

"거북은 물에 떠야 하는 것이여. 글치 않음 거북과 사공이 함께 죽어!"

육재는 오지거북 장사꾼을 훼방 놓고 있었다. 그러고 보니 이곳에서 똑같은 짓으로 오지거북을 팔고 있을 때에 검은 도포를 따라 다니던 자였다. 아마 검은 도포로부터 독립을 한 모양이다. 그런데 갑자기 젊은이 하나가 나서서 오지거북 장수의 저고릴 잡고 다리를 걸어 나룻가 모래사장에 넘어뜨렸다.

"이놈이다. 세심탄에서 우리더러 세심여울 물길 파는 일만 시켜 놓고 도망친 놈이다. 네 이놈 잘 만났다."

기골이 장대한 사내 하나가 나타나 발로 놈의 목을 누르고 손은 벌써 두 다리를 꺾은 엉덩이 쪽으로 누르고 있었다.

"여러분! 왕대비마마 가시는 뱃길을 만들어야 하니 물길 파라고 해 놓고 품삯을 도둑질해 먹은 놈이오. 그 돈으로 이 거북을 사서 장사질을 해 먹는 놈이요."

그랬다. 검은 도포는 자기 수하들을 데리고 여울마다 올라가서 한양에서 보낸 사람인 양 행세하면서 품삯을 줄 터이니 물골을 파도록 해 놓고 일을 마치면 도망쳐버렸다.

왕대비마마의 장례 덕에 뱃바닥이 걸리는 여울 물길을 공짜로 파보겠다고 앞장선 것이 애꿎게 주변 마을 사람들만 골탕을 먹었다. 두서넛이 나서서 옹기거북을 팔려던 사내의 뒷덜미를 잡아 조리돌림을 했다. 순식간이었다. 조리돌림을 당한 사내는 나루터 모랫바닥에 나가떨어졌다. 쥐사공은 생쥐같이 숨어버려 모습을 드러내지 않았다. 상심 바닥에 와서 또 무슨 일을 저지르려는 것일까.

단패는 그들 앞에 나서려다 포기했다. 아무래도 대여가 오르기까지 대탄을 지키고 있는 편이 나을 것 같았다. 놈은 분명 대탄에서 무슨 일을 꾸미고 있을 것이다.

거슬러 오르는 사람들

인선왕후의 발인 날.

상여 머리가 회양리 고개를 넘어오는 모습이 광나루에서 어렴풋이 보이더니 어느새 장례행렬의 선두에 선 경기감사는 배들이 장사진을 치고 있는 광나루에 닿았다. 대여는 나루에서 도성 쪽으로 세 번 절하고 배에 올렸다. 광나루에 준비한 대여선에 상여를 올리고, 네 귀에 고리를 채워 배와 대여가 한 몸이 되니 기다리던 노군들의 얼굴이 상기된다. 뒤따르는 반차행렬이 멈추어서 배가 뜨기를 기다렸다.

양주목사가 직접 나와서 여사군과 장례행렬을 따르는 문무백관 군졸들의 아침을 준비하여 국장도감 총호사에게 올린다. 이른 새벽에 도성을 빠져나온 여사군들은 모두 모래사장에 털퍼덕 앉아서 아낙들이 장국에 말아 담아 주는 바가지 밥을 허겁지겁 먹었다. 여사군이 아침을 끝내고 노군들이 배에 오르자 뒤를 따르는 긴 장례

행렬이 광나루 모래사장으로 속속 들어왔다. 궁에서부터 걸어온 행렬은 광나루에서 선단으로 바뀌었다.

동패는 정동설의 배려로 대여의 맨 앞에서 노군을 맡았다. 나루는 곡성과 상엿소리가 뒤덮였으나 엄숙하고 질서정연한 움직임으로 모두들 배에 짐을 싣고 오르고 있었다. 노군들은 종을 손에 잡은 선소리꾼을 보면서 배 띄우는 북소리를 기다리고, 광나루 모래사장을 꽉 메운 양주고을 사람들은 대여를 실은 배가 떠나는 모습을 지켜보고 있었다. 종친들은 가마와 수레와 마차를 타고 육로로 올랐다. 총호사 김수홍과 국장도감에 당상들이 대여를 따랐다. 어느새 해가 중천에 떠오르고 있었다.

총호사 김수홍은 만장이 날리는 바람의 방향을 살펴 돛을 올리도록 이른다. 출발신호로 북소리가 울리면서 일백칠십여 척의 배가 일제히 경기감사의 배를 뒤따라 오를 준비를 했다. 선소리꾼의 우렁찬 목소리가 손에 들린 종소리와 함께 강물 위로 퍼졌다. 뱃머리 쪽에서 해가 떠오르고 서풍이 불었다. 대여선은 노군들의 노질에 맞추어 조금씩, 조금씩 앞으로 나아 간다.

선소리꾼은 인선왕후의 어려서부터 일대기를 구슬프게 엮어 매기니 노군들이 받고 노질은 선소리에 박자를 맞추어 나아갔다. 배는 강을 가로질러 암사~추탄~몽오정~졸항탄에 이르자 첫 번째 예선군을 교체하고, 관란대를 지나 덕연에 마련한 대주정소에 머물렀다. 명화탄에서 두 번째 예선군을 교체하고 마탄, 창모루를 거쳐 선단이 도미나루에 가까이 이르렀다. 배가 여울로 접어들자 양쪽

컨에서 밧줄을 던진다. 노군들은 올가미 지은 밧줄을 뱃전에 만든 고리에 걸었다. 독수리 날개처럼 이백여 장정들이 양옆에서 배를 끌어 올리고 노군들은 삿대로 얕은 물 바닥을 찔러 배를 치민다. 어울 길은 물길에 밝은 윤심이 맡았다. 선소리꾼의 매김소리가 빨라지고 윤심은 노군들을 재촉했다. 양옆에서는 기수가 깃발을 위로 치올리면서 배를 이끌어 올리는 힘을 모았다. 뒤따르는 짐배와 예선군들이 배에서 내려 힘을 더하니 강은 하얀 사람들의 바다가 되어 인선왕후의 오름을 돕는다.

두미 협곡은 수만에 수천 년을 두고 물이 바위를 뚫은 곳이다. 양근 병탄에서 모인 물이 능내 앞강을 채우고, 예봉산과 검단산이 가로막고 조그만 틈새를 내준 곳으로 빠져나가자니 흐름이 거세고 빠르다. 그 흐름을 거슬러 오르려니 노군이 물살을 이겨야 한다. 선소리꾼의 매김소리와 노군들의 받는소리가 아예 하나로 합쳐진다. '어이, 어하'가 빠르게 연속된다. 동패의 팔은 자신도 모르게 힘이 솟았다. 배가 배알미에 오르자 급하던 물길은 숨을 고른다. 배도 지치고 노군도 지치니 기다리는 예선군도 지쳤다.

어느새 해가 한양 쪽으로 기운다. 새벽에 도성을 떠나 긴 하루에 먼 길을 왔다. 숨을 돌리는 사이에 배들은 어느새 양절촌 영악전에 닿는다. 대여가 하룻밤을 보내고 족자섬을 지나 아오라지탄에 이르자 배는 갈 길을 못 잡고 머뭇거린다. 종을 잡은 선소리꾼의 장난이 섞였다.

"좌로 가면 춘천 땅, 우로 가면 충주 땅, 물 거슬러 하늘로 가는 왕대비마마, 갈길 못 잡아 고민인데, 한양 가는 물줄기는 서슴없이 하나로 길을 잡네. 멈추거라 우노군아, 젓거라 좌노군아, 양근 대탄 여울 넘어, 홍제동으로 가자꾸나. 세상 백성 하직하고 님 계신 곳 찾아가자."

정동설은 여주 홍제동에서 산릉 일을 보다가 대여가 대탄을 오르는 발인 이틀째 날에 맞추어 대탄으로 내려왔다. 군영이 자리했던 곳에 도착해 말에서 내리니 멀리 대여를 앞세운 장례 선단이 깃발을 나부끼며 월계쯤에 모습을 드러냈다. 상심 마을에서 구경 나온 사람들이 정동설을 알아봤다. 장례 선단의 선두가 청탄을 지나자 정동설은 상심나루에서 배를 불러 타고 내려가 총호사를 맞았다. 김수홍이 정동설을 반기며 쪽배에서 오르도록 손을 잡아 올려주었다.

"그렇지 않아도 대탄이 가까워지면서 자네 생각을 하고 있었는데 잘 왔네. 정 낭청이 닦아 놓은 물길을 이제야 오르게 되는구먼. 노고가 많았네. 이번 장례에 돌 일이 많은데 대탄바위 깨는 돌 일까지 겹쳤으니 그야말로 어려운 장례를 치르게 되는구먼."

이윽고 배는 청탄을 지나 재뜰에서 머뭇거렸다. 앞에서 배를 지휘하던 윤심이 양팔을 벌리고 날갯짓하듯 위아래로 내젓는다. 노를 멈추라는 표시다. 동패와 좌우현 노군이 노를 멈추었다. 맨 앞에 노군은 선수 쪽을 볼 수 있지만 좌우현 모든 노군들은 오로지 노질만 할 뿐 앞에 무엇이 있는지 모른다.

동패는 뱃전으로 고개를 내밀어 양근 상류 쪽을 바라봤다. 무언가 떠내려오는 것이 보였다. 뗏목 같은데 그 위에 무슨 짐 같은 것이 묶여 있다. 한양에서 여주까지 거의 모든 배들이 장례에 동원되었으니 배가 있을 리 없다. 급한 대로 양근 나루에 거룻배 한 척만 남겨두었을 뿐이다. 대탄바위를 깨지 못했다면 바위에 걸렸을 만큼의 크기였다. 뗏목을 발견한 사람들은 모두 긴장했다. 오늘이 어느 물길이라고 감히 뗏목을 띄웠는가. 철저하게 조사해 볼 일이었다. 멀리 뒤에서 바라보던 총호사의 눈이 휘둥그레지면서 호통을 친다.

"아니! 저것이 무엇이냐?"

동패는 선수에서 멀리 물 위에 점처럼 떠내려오는 뗏목을 알아보려고 애를 썼다. 뗏목은 사공 없이 홀로 떠내려 오고 있었다. 보통 용산나루로 가는 뗏목이면 사공이 둘쯤은 있는데 주인 없는 뗏목은 위험하기 짝이 없는 노릇이었다. 뗏목이 여울로 길을 잡아 내려온다면 물살 중심으로 급류를 타고 내려와 대여와 정면으로 부딪친다. 뗏목의 흐름을 돌려야 한다. 그렇다고 배가 피할 수도 없는 노릇이다. 잘못 피했다가는 여울 밑 소용돌이 속으로 들어가서 방향을 잃고 위험에 처하게 된다. 차라리 여울 어딘가에 걸려주는 게 낫다. 걸리면 그대로 머무를 수밖에 없지만 뱃길을 막아 오도 가도 못 한다. 멀리서 눈으로 가늠해 봐도 그 길이가 대여선보다 크다.

선소리꾼이 갑자기 소리를 높이면서 노질을 재촉한다. 멀리서 떠내려오는 뗏목을 만나기 전에 큰여울을 올라야 한다. 얼마나 공을 들여 파낸 물길인가. 총호사가 급히 뱃머리로 와서 물길을 살폈다. 며칠 사이에 물이 더 줄어 남은 바위에 물때자국이 허옇게 선을 긋고 드러나 있었다. 정동설은 순간 아차 했다. 물을 막고 있는 바위의 폭을 서른여섯 자가 넘게 깨냈고 바닥은 두 자 넘게 파냈지만 가뭄으로 물 깊이가 한 자도 넘게 줄어 있었다. 정동설은 뱃전에 물이 남은 깊이를 뼘으로 쟀다. 예상보다 한 뼘이 더 깊게 잠겨 있었다. 대여의 무게와 사람의 무게가 배를 누르니 배는 더 깊이 물속에 잠긴 채 오르고 있었다.

"노군만 남기고 모두 내려야 합니다."

정동설이 뱃길을 잡는 윤심에게 걱정스럽게 청한다. 대여선에서 무게를 줄이려면 내릴 짐은 사람밖에 없었다.

"배가 너무 깊이 잠겼습니다. 물도 줄었고요. 바닥에 암이 있어 이대로 오르기는 어려울 겁니다."

공조판서 이정영도 고개를 갸웃거리며 당상들과 함께 배에서 내렸다.

"그럴 리가 있나. 용산에서 시험까지 하고 온 밴데. 노군들이 아침을 너무 먹었나. 뱃속에 오물을 안 뺐나. 짐은 그대론데 왜 배가 잠겨?"

윤심은 고개를 갸우뚱거리면서 배를 둘러보았다. 배에서 사람들이 내리자 잠겼던 배가 떠오른다. 동패는 여전히 앞에서 노질하면서 멀리 떠내려오는 뗏목을 살폈다.

"나으리. 저기 뗏목에 묶여서 떠내려오는 것이 사람 같은데요."

사공 없는 뗏목은 대탄바위로 점점 가까워오고 있었다. 뗏목 위에 묶여 있는 물체가 서서히 보이기 시작했다. 뗏목 위로 늘어진 사람의 검은 머리카락이 보인다. 대여가 내려오는 뗏목을 피하자니 왕대비마마 장례에 당치 않은 일이다. 뗏목의 방향을 돌려야 한다. 다리에 부목이 묶인 채였다. 동패가 멀리서 보아도 석수 노인 가비였다.

"아니! 석수 어른이!"

뗏목에 떠내려오는 사람이 석수 가비임을 알고 동패가 삿대를 장대 삼아 뱃전에서 맞은편 바위로 건너뛰었다. 다시 바위에서 물 위로 뛰어내려 뗏목을 향해 있는 힘을 다해 헤엄쳐 갔다. 뒤따르는 배의 노군들이 어쩔 줄 모르며 바라보기만 한다. 물살을 거슬러 오르는 동패의 숨이 목까지 차오른다. 불과 숨을 몇 번 들이쉬고 내쉬는 시간이었다. 동패의 손이 뗏목에 닿았다. 순식간에 있는 힘을 다해 헤엄쳐 와서 지칠 대로 지쳤지만 지체할 틈이 없었다. 삿대를 강바닥에 짚고 뗏목의 머리를 강가 쪽으로 돌렸다. 그러자 물의 흐름이 뗏목의 꼬리를 몰고 와서 물길 쪽으로 내리 몬다. 뗏목 덩어리는 대탄바위 물길을 막고 걸려 버렸다. 이를 어쩌나. 뗏목이 뱃길을 가로막은 것이다. 모두들 혀를 찬다. 동패의 날렵한 뗏목 몰이가 대여와 충돌을 면했지만 서른여섯 자 폭이나 되는 물길을 가로질러 떡하니 막은 것이다.

그제야 뗏목 위에 묶여 있던 사람의 모습이 보였다. 분명 석수 노인 가비였다. 누굴까. 누가 뗏목을 만들어서 대여가 오르는 시간에 맞추어 이렇게 물에 떠내려 보냈을까. 동패는 석수 노인 가비의 죽음보다 뗏목에 묶여 대여가 오르는 시간에 맞추어 물길을 막도록 보냈다는 사실에 더 아연실색했다. 배에서는 뗏목을 치우라고 아우성이었지만 누구 하나 선뜻 나서기 어려워서 쉽게 될 일이 아니었다.

"대여 양쪽에 빈 배를 대라! 모두들 밧줄을 배에 걸고 배에서 내려 바위로 올라가라. 예선군은 모두 배에서 내려 뗏목을 강가로 당겨서 막힌 물길을 뚫어라. 어느 놈의 짓인지 반드시 가릴 것이다. 뗏목 위에 저 송장 덩어리는 또 뭐냐!"

정동설이 미친 듯 고함을 질렀다. 그러나 주검의 얼굴이 눈에 들어오자 대번에 대탄바위를 깨던 가비 노인임을 알아차렸다. 창백한 얼굴 이마에는 피가 굳어 검은 상처가 남아 있었다. 상기된 정동설이 놀라면서도 태연하려 애쓴다. 정동설의 기억으로는 대탄바위를 깨던 중에 틈을 내어 집에 다녀오라고 했더니 돌아오지 않고 도망을 쳤던 자다.

하늘이 내린 벌이다. 정동설은 그리 생각했지만 누군가에게 죽임을 당한 것이 분명했다. 그리고 뗏목에 실려 떠내려온 것이다. 왜. 누구의 짓일까. 모두들 왕대비마마 상례에 길하지 못한 일이라고 생각하면서 감히 입 밖으로 내놓고 말하지 않았다.

동패가 뗏목 위에 올라서 묶인 줄을 풀며 어찌할 줄 모르고 허둥대는 사이에 상심나루 쪽에서 쪽배 한 척이 물을 가르며 여울을 타고 다가왔다. 단패였다.

"아니, 단패 네가!"

정동설은 배에서 갑자기 나타난 단패를 보고 아연실색한다. 단패도 상심나루에서 뗏목이 떠내려오는 것을 보고 급하게 노를 저어 온 것이다. 단패가 도끼를 내밀자 동패는 뗏목을 묶은 칡을 끊고 시신을 부축하여 쪽배에 옮겨 태웠다. 배에 노군과 당상들이 여울 밑에서 머물러 지켜보고 있었다. 동패의 능숙한 손으로 뗏목이 해체되자 뱃길이 뚫렸다. 석수 노인이 묶여 있는 뗏목 한 동을 잡은 단패가 어쩔 줄을 모르고 있었다.

"그냥 떠내려 보내라. 본래 강을 따라 바다로 가려던 자였다."

정동설은 가비의 시신을 쪽배에 싣고 상심 쪽으로 가려는 단패에게 명령했다. 불길하게 대여의 앞길을 막지 말라는 뜻이다. 왕대비마마 운구길을 방해하는 모든 것들을 막아야 한다. 그러나 단패는 동패가 쪽배에 올라타자 강가로 배를 저어가더니 도끼를 들어 바위를 내리쳤다. 여러 번 내리친다. 대여에 노군들과 당상들은 영문도 모르고 바라만 보고 있었다. 그러나 이내 도끼 맞은 정체가 드러났다. 단패는 칡을 여러 갈래로 꼰 줄 토막을 들어 올렸다. 그러자 여울을 가로질러 비끄러매 놓았던 생갈 밧줄이 떠내려와서 선두에 선 경기감사 배의 머리를 때린다. 모두 고개를 끄덕였다. 누군가 여울을 가로질러 생칡으로 줄을 꼬아 물속에 덫을 친 것이다. 내려가는 배라면 물살에 밀려가다 줄에 걸려 고꾸라질 것이고 오르는 배라면 여지없이 걸릴 것이다.

"어느 놈의 짓이냐? 당장 찾아내서 잡아 오너라!"

어느새 올라온 총호사 김수홍이 단패 쪽을 향해 목을 놓아 외쳤다.

"나으리. 이런 짓을 저지른 놈을 저기 상심나루에 잡아 놨습니다요."

그리고 단패는 뒤도 안 돌아보고 노를 저었다. 배는 빠른 속도로 대여에서 멀어지고 있었다.

"아니, 노질하던 저, 저놈이 도망가고 있지 않느냐? 잡아라."

정동설이 뒷배에 대고 소리치자 김수홍이 제지한다.

"내버려 둬라. 모두 대여선에 줄을 걸고 배를 끌어 올려라!"

총호사는 대여의 오름이 더 급했다. 뒤에 따라오던 군졸들의 배가 쏜살같이 상심나루로 노를 저어가는 단패의 배를 잡으려고 뒤따르다가 되돌아갔다. 예선군들은 양쪽 바위로 올라 대여를 끌어 올린다. 밧줄을 당기자 배는 서서히 여울을 거슬러 오른다. 그 힘은 무엇보다 강했다. 한여울이 있고 나서 처음 나오는 힘이었다. 보통 장삿배들이 이곳에 이르러 여울을 넘을 때면 대사공들의 노 짓는 기술이나 짐을 쪽배에 덜어 올리는 것으로 족했다. 이번에는 큰 배에 큰 짐인데 예선군들은 집채만 한 배를 통째로 끌어 올린다. 많은 배들이 오르내림을 포기하던 곳이었다. 이것이 조정의 힘이고 나라의 힘이었다. 배가 여울을 거슬러 오르자 모두 환호성을 울리고 선소리꾼이 목청을 높였다.

"왕대비 가시는 길, 물이 돕고 하늘이 도와, 천년만년 복을 받아, 자손만대 광영일세, 한번 가면 못 오실 길, 편안하게 모셔드려, 생전 선정 은혜 갚세. 어영치기 어영차."

대여는 노질과 예선군의 배끌이로 거센 여울을 거슬러 올랐다. 넘는 여울 앞에 거칠게 배 앞으로 달려드는 세찬 물줄기를 맞는다. 세찬 물소리에 종잡이 선소리가 뒤섞였다. 모두 있는 힘을 다해서 노질을 하고 예선군은 대여의 양쪽 옆에서 줄을 잡아 배를 끌어 올렸다. 끌어 올려야 할 배가 무려 일백오십여 척. 그야말로 여울과 치열한 싸움을 벌이는 전쟁터다. 멀리 제탄까지 늘어진 선단은 천천히 양근 나루 쪽으로 다가가고 있었다.

여울을 넘은 배는 곧바로 오르지 않고 대탄바위를 지나 한바퀴 휘돌면서 매김소리에 맞추어 노군들이 받고 선소리꾼 종잡이가 다시 화답한다. 북이 울리면서 노군들은 매김소리를 받아 목청을 가다듬고 숨을 고르며 노질을 맞추었다.

"경기도라 양근 땅에, 한양 가는 물 있어, (어~어~어이 어~어~어하야) 양강이라 이르노니, 양주·광주·여주 땅 (어~어~어이 어~어~어하야), 삼주사이 양근 땅이, 황천길을 가로 막네, (어~어~어이 어~어~어하야) 자비하신 우리마마, 팔도 만곡 만백성에, (어~어~어이 어~어~어하야) 서운한 일 있었던가. 원한 살일 있었던가, (어~어~어이 어~어~어하야) 지신님이 노하셨나, 수신님이 노하셨나, (어~어~어이 어~어~어하야) 왕대비님 가시는 길, 한 있으면 풀고 가고, 복 있으면 주고 가소, (어~어~어이 어~어~어하야)."

그러는 사이에 상심나루 쪽에서 관선 하나가 제물을 가득 싣고 대탄 쪽으로 다가왔다. 뱃머리에 선 사람이 양근 군수 정운이다. 왕대비마마의 장례를 위하여 물길을 뚫은 데 대한 보답이고 상심 마을 사람들이 신주처럼 대하던 대탄바위를 깨어낸 데 대한 미안함으로 대여가 대탄 여울을 넘는 시각, 미시未時에 맞추어 제사를 드리려는 준비다. 배가 대여 앞에 다가오자 양근 군수는 예를 올리고 총호사가 예를 받는다. 제물이 바위 위에 차려지고 양근 군수가 직접 나아가 잔을 올려 삼배를 했다. 잔에 부었던 술을 여울에 뿌리고 제물에 시루떡을 들어 여울 밑으로 던졌다. 물속에서 하늘로 오르지 못한 물귀신 이무기의 밥이다.

　삼도를 휩쓸고 내려오는 물도 쓸어가지 못하는 바위를 건드림은 상심마을 사람들뿐 아니라 양근 땅 사람 모두가 두려워할 일이었다. 나라의 장례를 위한 일이라지만 나중에 노하여 어떤 화를 당할지 모르는 일이다. 양근 군수는 상심마을 이 대감의 청을 쾌히 받아 제사를 직접 지냈다. 더욱이 광진에서 여주까지 팔십 여리 뱃길 중에 병탄에서 배개(이포)나루까지 양근 물길이 삼분지 일이니, 삼일 길에 하루는 양근 땅을 지나는 길이 되는데, 여울에 바위에 제일 험한 물길인지라 양근 군수가 나서서 노여움을 풀어야 하지 않겠는가. 대여와 장례 선단은 다시 평안을 되찾아 여울진 길을 오른다.

　단패의 배는 상심나루로 가는 척하더니 강가를 타고 사뭇 양근 쪽으로 올랐다. 강가에 대고 그만일 것 같았던 단패의 쪽배가 계속 오르자 선단에서 민유중이 소리쳤다.

"저 배를 쫓아라. 감히 왕대비마마의 대여를 앞서는구나."

소용없는 일이었다. 뒤를 따르던 예선군의 별대가 노를 저으며 쫓았지만 앞선 단패의 배는 더욱더 멀어져 갔다. 배가 무려 일백오십 척. 예선군이 여울마다 손을 바꾸어 가면서 밧줄을 늘여 배를 끌어 올리고, 여울을 넘은 배는 연이어 양근 쪽으로 향했다. 앞 배에서는 만장이 다시 올라 돛처럼 펄럭이고 뒷배에서는 흰 돛이 오르기 시작했다. 저녁 서풍이 배의 오름을 돕는다.

상심나루에는 마을 사람들이 흰옷을 입고 나와서 왕대비마마의 마지막 가는 길을 배웅했다. 설안이 나오고 감실댁이 나왔다. 육재네 삼 형제도 나오고 여울넘이 하던 대사공들이 모두 나왔다. 이 대감은 솔산 너럭바위에 마을 노인들과 앉아서 그 모습을 지켜봤다.

마을 사람들이 선단을 향해 곡을 하면서 손을 흔들고 있는데 선단에서 배 한 척이 상심나루 쪽으로 다가왔다. 배의 치장으로 보아 예선군의 배가 아니다. 배에서 어떤 여인이 손을 들어 흔들었다. 배가 강가에 다가오자 설안이 놀라서 울음을 터뜨리며 앞으로 나아가고 감실댁이 그 뒤에서 물속에 들어가려는 설안을 붙잡았다.

"공주마님!"

인선왕후의 둘째 딸 숙안 공주였다. 얼마 만인가. 설안은 궁 안에서 공주의 궁인으로 있다가 공주가 혼인하여 궁을 나왔을 때에 홀로 살게 해주었다. 설안이 상심나루에 나그막을 차리고 터를 잡은 것은 그때였다. 공주와 설안은 궁 안에서 궁인과 공주 사이라도 자매처럼 지냈으니 그때 나눈 정이야 오죽하랴만, 공주가 혼인을 하면서 설안에게는 세속에서 자유롭게 살 것을 권하였었다. 설안이 나그막에서 장사를 하면서도 불현듯 만나고 싶은 마음이 한두 번이 아니었지만, 오늘 이렇게 공주마님을 만날 줄은 생각지도 못했다. 배가 나루에 닿자 공주는 몸소 내려 설안을 부둥켜안았다.

"공주마님!"

"아니, 이 사람이 누구야? 설안이 아닌가?"

설안이라는 이름은 공주가 세속에 나아가 자유롭게 살도록 보내면서 자매처럼 생각하라고 내려준 이름이었다. 숙안 공주는 어머니를 잃은 슬픔이 설안을 보자 한꺼번에 터져버렸다. 마을 사람들이 두 사람을 둘러싸고 함께 울었다. 이 대감은 솔산 너럭바위에 앉아서 그 모습을 내려다보고 있었다. 설안이 부둥켜안고 울만 한 저 여인이 누구인가. 지체가 높은 여인인 것 같은 데 누구인가 보니 벼슬에 있을 때에 궁 안에서 보던 숙안 공주가 분명했다. 이 대감은 너럭바위에서 몸을 일으켜 나루터로 바삐 내려 간다.

공주가 타고 온 배 뒤로 양근 쪽에서 곡 섬 두 척이 내려오고 있었다. 오늘 같은 장례에 누가 무곡 배를 띄웠는가? 모든 배가 장례에 동원이 되었을 터인데. 모두들 의아해하고 있었다. 원주 홍원창에서 대여가 대탄에 이르는 발인 다음 날에 맞추어 배 두 척에 백미 일백 석을 싣고 내려온 것이다.

왕대비 장례에 양근의 대탄가 상심마을 사람들이 바위 깨기를 도우면서 장례준비에 성심을 다하고 있다는 소식을 듣고 임금이 국장도감에 특별히 명하여 내린 것이다. 더욱이 대탄에 바위를 깨서 그동안 여울넘이 대사공과 주막, 나루터 장사치들의 생계를 걱정하고 있음은 양근 군수가 계를 올려 이미 현종임금도 염려하고 있던 터였다. 백미 일백 섬을 나루에 내리면서 공주가 마을 사람들에게 그 뜻을 전하자 마을 사람들은 공주 앞에 엎드려 감복하며 그동안 대탄바위 깨던 일로 조정에 대해 서운해했던 마음을 풀었다.

"공주마님! 몸이 많이 상하셨어요."

눈물을 닦으면서 설안이 공주의 손을 꼭 잡았다.

"내 그동안 양근 땅에서 장사를 하면서 산다는 얘기는 들었네만 이렇게 얼굴을 보니 어머님이 마지막 가시는 길에 만나게 해주신 것 같아서 고맙네. 양근 사람들이 어마마마의 장례를 위해서 막힌 바위를 깨서 뚫는데 많은 도움을 주었다고 들었네. 그동안 양근에서 궐 안에 필요한 많은 진상품들을 올려왔고 이번 장례에도 많은 물목과 사람을 대었으니 이 얼마나 감사한 일인가."

이건 또 무슨 얘긴가. 상심 마을 사람들은 바위를 깨기 시작하면서부터 민심이 뒤숭숭해서 조정에 불만을 품고 일을 방해하려고 힘써 왔는데 그 일을 도운 보답으로 백미까지 내리니 어리둥절할 따름이었다. 모두 이 대감이 꾸민 일이다. 홍문관 김필주가 찾아왔을 때에 밀봉하여 총호사에게 올려보낸 서찰은 운구길을 수로로 결정한데 대한 찬사와 양근 사람들이 장례를 무사히 치를 수 있도록 대탄바위를 깨는 일이며 모래여울에 물길을 내는 일이며 국장도감에서 영을 내린 생갈을 마련하는 일까지도 성심을 다해 준비하고 있다는 내용이었다. 그 뜻은 현종에게 전해졌고 임금은 흐뭇하게 생각하고 있던 터에 마침 장례 참여를 위해 궁에 든 숙안 공주를 통하여 백미 일백 석을 내리도록 이른 것이다.

"공주마님!"

이 대감이 설안의 등 뒤에서 마님에게 읍하고 마을사람들 앞에 서 섰다.

"여러분! 그동안 대탄바위 때문에 왕대비마마의 장례를 그르칠까 봐 얼마나 걱정하면서 일을 도왔습니까? 오늘 왕대비마마의 대여가 우리 상심마을로 오르는 날 마님이 직접 오셔서 그 공을 알아주시니 그저 감읍할 따름입니다. 아니 그렇습니까? 여러분!"

이 대감의 청에 마을 사람들은 다시 한번 마님 앞에 엎드렸다. 육재가 어리둥절한다. 이 무슨 뚱딴지같은 얘긴가. 그렇게도 찾아가서 대탄바위 깨는 것을 막아 달라고 했는데. 그러나 마을 사람들은 이미 숙안 공주 앞에 감읍해 엎드리고 있었다. 육재도 홀로 서 있다가 공주 뒤에 서 있는 군사들이 눈에 들자 그대로 땅에 엎드렸다.

"설안이. 내 그동안 여염집 규수로 들기를 바래왔었는데 이렇게 장사로 성한다니 아쉽지만 마음은 놓이네. 부디 잘 살아주게."

숙안 공주는 설안과 힘거운 이별을 하면서 배에 올랐다. 숙안 어머니의 대여는 벌써 제탄쯤 오르는데 해가 기울고 있었다.

"마님, 적적하시지 않게 아이 하나 보내드리려 하옵니다. 근본은 모르나 생김이 순하고 심성이 착하여 곁에 두고 가르치시면 마님의 충실한 일꾼이 될 것이옵니다."

"설안이 보내는 아이라면 내 믿어 의심치 않겠네."

마님은 고개를 끄덕이며 배에 올랐다. 그사이에 뒤따라온 여사청 포군들이 강가에 묶여 엎어져 있는 생쥐사공을 끌고 갔다. 어느샌가 바위를 깬 여울에 칡으로 밧줄을 꼬아 물덫을 놓은 자들이다. 오지거북을 팔아먹을 심산으로 꾸민 일인지 모르지만 두물나루에서부터 그들을 뒤쫓았던 단패의 눈에 걸려든 것이다. 놈들이 가지고 다니는 오지거북은 속이 꽉 들어찬 가짜였다. 독이고 물동이고 사발이고 간에 모든 그릇은 속이 비어야 제값을 하는 것이고, 물에 뜨는 오지거북이라면 더욱더 속이 비어야 하는데, 생쥐란 놈이 가지고 다니는 오지거북은 분명 속이 꽉 들어찬 가짜였다. 감히 나라의 장례를 치르는 길에 배짱 좋게 물덫을 놓은 놈들이 또 무슨 장사판을 벌일지는 모를 일이었다.

대탄을 오르면서 시간을 허비했으니 모래 여울을 지나 양근에 다다르자 해가 지고 있었다. 박병산 밑 모래 여울은 물길이 부드럽지만 예선군이 많아도 모래를 딛고 끌어야 하기 때문에 버팀이 없어 애를 먹는 곳이다. 힘을 쏟는 매김소리와 받는소리가 한동안 박병산에 메아리치면서 큰 배를 선두로 뒷배들이 힘겹게 오르고 있었다.

동패와 단패가 탄 배는 덕구실을 지나 역말에 이르러 오빈나루에 배를 댔다. 동패가 가비의 시신을 들쳐 업었다. 단패는 이미 모든 길을 짚어 두었다. 다행스럽게 날이 어두워지고 있어 빈양산 쪽으로 접근하는 그들의 모습을 감춰주고 있었다.

단패와 동패는 무작정 과리장군 묘소라는 곳으로 올라갔다. 며칠 전 대낮에 보았던 묘소 앞에 쭉쭉 뻗은 소나무들은 깡그리 베어져 있었다. 달빛 아래 가시나무 덮인 봉분만 덩그러니 남아 있었다. 단패는 빈양산에 오르자 바위 밑에 자신이 오물을 배설하던 곳을 확인했다. 아무도 손을 탄 흔적이 없었다.

동패가 등에 업은 시신을 과리장군 묘 앞에 뉘었다. 그 자리에서 동패가 오열한다. 단패가 참다못해 일어나 동패 곁으로 다가갔다.

"형님! 진정해요."

단패는 이미 저간의 사정을 꿰뚫고 있었다.

"그래, 아우 단패야. 네가 나를 석수 영감하고 똑 닮았다고 했었지. 석수 영감이 가비란다. 알아듣겠냐? 얼굴도 못 본 우리 아비. 아~ 아니 봤지 봤어. 내가 여기까지 업어다 준 걸. 내 아버지가 가비라고 했더니 이게 내 할애비 묘소란다. 내가 이걸 믿어야 하냐? 단패야. 그런데 왜 죽냐? 핏줄을 찾아 놓고 죽긴 왜 죽어? 날더러 자기가 가비라고 아무에게도 하지 말라잖니. 끝까지 아비가 누군지 모르고 살다가 죽으래. 이런 영감태기 기껏 여기까지 업어다 주었드니 겨우 한다는 얘기가 그 얘기를 하더구나. 그러고 죽었어."

"그 영감이 형님네 아버지라도 된다는 거요? 똑바로 얘기해 봐요."

단패가 의심나는 사정을 확인하려고 바짝 달려들어 묻는다.

"그렇다. 난생처음 본 사람인데 내 아비라면서 죽었다니 눈물이

나는구나."

"여기들 와 있었구먼. 날세. 늙은 사공."

단패가 놀라서 벌떡 일어선다.

"쯧쯧쯧. 여기는 왜 오나? 얼른 도망치지 않고. 이제는 틀렸어. 자네들은 모두 여사청으로 잡혀가야 돼."

"잡혀가다니요?"

"잡혀갈 짓들을 했지. 예가 어디라고 함부로 찾아와? 역적의 묘를. 그 영감이 과리장군의 숨은 아들 석수쟁이 아닌가. 젊어서 숨어 살다가 양근 땅에 와서 여태까지 수염 기르면서 건지산에 묻혀 돌이나 파먹고 살다 갈 것이지, 이제야 애비를 왜 찾아 왔나. '날 잡아가 주쇼' 하는 게지. 동패 자네 아비가 가비라면 과리장군의 손자가 맞네. 과리가 죽은 지 올해 꼭 오십 년이지. 지금이라도 얼른 도망치게. 오십 년 전 도성을 쳐들어갔던 역패, 도망치다가 부하의 손에 죽었지."

이건 또 무슨 얘긴가. 역패라니. 역패의 자손이라니. 누가 역패고 누가 자손이란 말인가. 모를 일이었다. 어리둥절할 겨를도 없이 동패와 단패 주변으로 횃불을 든 포졸들이 에워쌌다.

"이 자들을 묶어라!"

좌포청에서 나온 종사관이다. 둘은 포졸들에게 묶여서 배들이 정박한 백양포 영악전 앞 군영으로 끌려갔다. 단패는 도무지 뭐가 어떻게 되는 일인지 아무것도 모르고 무조건 끌려갔지만 동패는 모든 게 심중에 짚이고 있었다. 자신의 손을 꼭 잡던 석수 노인의 손을 기억한다. 뜬금없이 빈양산 밑으로 데려다 달라고 청하던 노인을 생각한다. 오래전에 무슨 장군인가 하는 사람이 난을 일으켜서 삼 일동안 세도를 잡은 적이 있다는 얘기를 듣긴 들었다. 그러나 그가 자신의 조부일 줄이야. 그 묘가 그 사람의 묘인 줄도 몰랐다. 묘지기 노인이 삼십 년 동안이나 숨어 있던 후손을 잡으려고 지키고 있을 줄도 몰랐다. 인연도 모르는 노인의 주검이 딱해서 시신이라도 수습하려 했던 게 그들 시험에 걸려든 것이다. 불을 밝히고 포청에서 나온 종사관이 묻는다. 확증을 더 잡아 한양으로 끌고 가야할지 말지를 알아보자는 것이다.

"동패라고 했느냐?"

"예."

"네 놈은 노군으로 대여를 모셔야 할 놈이 어찌 물에서 떠내려오는 근본도 모르는 시체 하나를 구하겠다고 도망을 쳤느냐?"

"종사관 나리. 그 사람은 이번 상여 배가 오를 물길을 가로막은 바위를 깨다가 몸을 다친 사람이요. 어떻게 죽었는지 연유는 모르겠으나 왕대비마마의 장례를 위하여 죽은 것만은 분명한데 대여가 오르는 뱃길에 가로 거친다는 이유만으로 뗏목만도 못하게 버려져서는 안 되겠기에 시신이라도 건져서 흙에 묻으려고 했던 것이오."

"그 시체가 네놈의 핏줄임을 알아보고 그리한 것이 진정 아니더냐?"

"그렇소! 하지만 그분은 내 친부가 맞소. 뗏목에 묶여 떠내려가는 모습을 보고 그냥 보낼 수가 없었소. 왜, 어떻게 해서 누구의 손으로 그 사람이 뗏목에 떠내려오게 되었는지 그것부터 밝히는 것이 순서가 아니겠소."

동패는 묶인 몸이지만 말은 거침없이 나왔다. 그 앞이 어느 앞이라고. 포졸이 동패의 입을 막으려 하나 종사관이 제지했다.

"저자들을 나무에 묶어 두어라. 숨어 있는 역적의 자손을 잡았다고 계를 올려 처단하라는 어명을 받아 올 것이다. 오냐, 그때까지만 기다려라."

"그 사람들을 모두 풀어 주시오."

종사관 뒤에서 추상같은 여인의 목소리가 들렸다. 종사관이 뒤를 돌아보니 숙안 마님이다. 영악전을 지키고 있다가 떠들썩하여 나와 얘기를 들어보니 옛날 과리장군의 자손이라고 한다.

"지금은 상중이오. 궁 안에서는 갇힌 죄인도 관대하게 처결했소. 상중에 사람을 상하게 한다면 돌아가신 마마를 욕되게 하는 짓이오. 과리장군도 조정에서 쓸데없는 공론으로 벌인 권력 싸움에 희생이 두려워 저질렀던 일이오. 그 책임은 오히려 힘 약했던 왕실에 있었소. 궁에서 내 눈으로 보고 들은 것이오. 벌써 오십 년이 지난 일이요. 부모가 누구인지도 몰랐던 이 사람들을 벌하면 또 얼마나 더 많은 희생을 바라는 것이오. 나의 어머님 상례에 불편한 일이 없기를 바라오. 내 말 알아듣겠어요? 종사관."

"공주마님, 그래도 이 문제는 중한 일이라 임금님의 명을 받들어야 할 것으로 아옵니다."

"아바마마 생각도 나와 같을게요. 영악전 앞에서 이 밤에 무슨 상서롭지 못한 짓이오. 어서 풀어주시오. 대비마마 장례에 공을 세운 사람들인 것 같은데, 이게 무슨 무례냔 말이요?"

마님의 청은 단호했다. 총호사가 나섰다.

"풀어주라고 하지 않느냐. 상께서 이번 장례에 절대로 사람이 다치는 일이 없도록 하라 이르셨다."

졸지에 대역죄인의 자손이 되었다가 풀리는 몸이 되었다. 단패와 동패는 손을 묶은 밧줄이 풀리자마자 총호사와 숙안 공주 앞에 넙죽 엎드렸다.

"나의 어머님 장례에 끝까지 모시고 가주어요."

숙안은 고개를 숙여 답례를 하고 영악전 앞으로 갔다. 묘지기 노사공이 동패의 손을 잡아끌어 묘막으로 가고 단패가 따라갔다.

"석수 영감이 자진한 뜻을 알겠나? 세상에 살아있다가는 이제야 찾은 핏줄마저 잃을까 걱정이 되었던 것이지. 만나지 않는 게 차라리 나았어."

"어르신께선 그럼 여태껏 역적의 묘를 지켰다는 게요?"

단패가 흥분해서 나섰다.

"나라의 영이었네. 이 묘를 지키고 있으면 반드시 그 후손의 핏줄이 찾아올 것이라고. 그 핏줄을 찾으면 관아에 고하라는 명을 받고 살아왔네. 참 안타까운 일이지. 이제야 아무도 모르고 있던 이 묘는 역적 과리장군의 묘라는 게 드러났으니. 그 후손이 살아있다는 사실도 세상에 드러났고. 오늘 밤 안으로 멀리 뜨시게. 아무 눈에도 뜨이지 않는 곳에 가서 살든지. 그렇지 않으면 반드시 쫓는 사람이 있을 것이네. 내 말 알아듣겠나?"

"아니요. 내겐 할 일이 더 있소. 이렇게 된 이상 최 영감을 만나야겠소."

"소용없는 일이여."

사공 노인은 고개를 가로저었다.

"소용없는 일이예요."

여인의 음성이 들렸다. 설안이다. 곁에 딸애가 있었다.

"이 아이는 걱정 마셔요. 숙안마님이 데려가기로 했어요. 최 영감이라는 사람은 세탄에서 물골을 파다가 마을 사람들에게 몰매 맞고 도망을 쳤대요. 물길을 파라고 내준 쌀을 알겨먹다가 들통이 났다네요. 생쥐를 시켜서 대탄 물속에 줄을 쳐놓은 것도 그 사람 짓이래요. 그러니 만날 필요가 없어졌잖아요."

이튿날 동패와 단패는 총호사의 배려로 큰 배의 앞 노를 잡았다. 배가 백양포 영악전을 떠나 세심여울을 거스르고 이포나루에 이르렀다. 많은 사람들이 소복을 입고 나루로 나와서 왕대비마마의 상여를 기다리고 있었다. 큰 배가 가까워오자 모두 눈물을 흘리며 손을 흔들었다.

"형님! 엄니가 나왔소. 저길 보오."

허리가 굽은 노파가 한 손에는 보따리를 들고 한 손을 흔들고 있었다. 한 손에 든 것이 무엇일까? 대여가 이포나루에 멎자 단패는 뛰어내려 어머니 낭이의 손을 잡았다. 동패도 맞잡았다.

"엄니! 우리 형제가 만나서 왕대비마마 장례에 예선군이 됐다우."

동패는 이름이 가비라는 석수 노인의 얘기를 차마 하지 못했다. 세 모자가 손을 맞잡으면서 낭이가 울음을 터뜨렸다. 나루에 내린 사람들이 천녕현에서 마련한 점심을 먹다가 힐끗힐끗 세 모자의 상봉을 바라본다. 멀리서 바라보던 정동설이 그들에게로 다가왔다.

"엄니. 낭청 어른이오."

낭이가 정동설에게 정중히 고개를 숙여 예를 올리고 단패에게 말없이 들고 있던 보따리를 내밀었다. 속이 딱딱하다. 무얼까? 단패가 성급하게 풀어보니 물동이만 한 오지거북이다. 가벼웠다. 단패가 동패를 향해 떨리는 목소리로 말했다.

"형님, 거북이오. 엄니가 간직했던 오지거북. 속이 텅 빈 오지거북. 형님이 대비마마 뱃길에 바치시오."

단패가 보따리를 다시 싸서 동패에게 건넸다. 그 보따리를 동패가 다시 정동설에게 전하자 정동설은 배로 올라가서 총호사에게 전했다.

"남은 뱃길, 반혼 길도 무사평안하시기 바라옵니다."

멀리서 낭이는 오지거북이 총호사에게 전해지는 것을 보면서 눈을 감고 중얼거렸다. 선소리꾼이 종을 흔들고 북소리가 울린다. 다시 배가 서서히 능지를 향해 물살을 거슬러 올라 떠나고 있었다.

■ 고쳐 쓰고 나서

애초 『여울넘이』를 쓰게 한 스스로의 충동질은 변하는 양강의 옛 모습을 잡아두려는 안간힘에서 비롯되었다. 2009년 소설문단에 얼굴을 들이밀고 나서, 남한강변을 돌아다니며 역사 속에 숨은 이야기를 풀어 월간『문학저널』에 1년여간 연재했다. 마치자마자 단행본으로 내놓은 때가 2014년이다.

이후에도 양강에 관심을 갖고 옛 문헌을 찾아 모았다. 조선시대에 흐르던 강의 역사와 주변에서 살아간 사람들의 이야기를 정리하여 『해설과 감상 양강유록楊江遺錄』(양평문화원 刊)을 내놓았다. 소설이 아닌 양강의 향토사록鄕土史錄이다. 그러고 나니 『여울넘이』의 자잘한 흠들이 더 크게 보였다. 이미 절판이 되어 새롭게 내놓아야 할 필요도 있었다.

양강을 터전 삼아 살아간 사람들을 되살려내는 일은 소설을 매개로 한 과거와 현재 간의 소통이다. 모쪼록 많은 분들에게 부담 없이 읽히기를 바랄 뿐이다.

『여울넘이』를 연재했던 『문학저널』은 월간에서 계간으로 바뀌

고, 주간사가 '도서출판 도화'로 바뀌었다. 문학저널의 맥을 이은
도화에서 흔쾌히 출간에 응하였으니 감사할 따름이다.